帝王燕

제왕연 9

ⓒ지에모 2020

초판1쇄 인쇄	2020년 12월 28일
초판1쇄 발행	2021년 1월 12일

지은이	지에모芥沫
옮긴이	이소정

펴낸이	박대일
편집	이문영 · 박지해 · 임유리 · 신지연 · 이지영
마케팅	임유미 · 손태석
일러스트	흑요석
디자인	박현주
교정	김미영

펴낸곳	파란미디어
출판등록	2004년 9월 14일 제313—2004—00214호

주소	03992 서울시 마포구 동교로23길 14 국제빌딩 6층
전화	02.3141.5589 영업부 070.4616.2012 편집부
팩스	02.6499.5589
전자우편	paranbook@gmail.com
카페	http://cafe.naver.com/paranmedia
인스타그램	@paranmedia

ISBN	978—89—6371—858—3(04820)
	978—89—6371—821—7(전21권)

제
왕
연

9

帝王燕 지에모芥沫 지음 이소정 옮김

파란

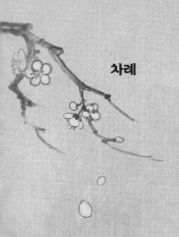

차례

帝王燕：王妃有药

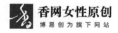

香网女性原创
博易创为旗下网站

각종 놀라운 일들

설랑을 보자마자 군구신은 바로 비연을 데리고 추격하기 시작했다.

지난번 그는 이 설랑에게 대적할 도리가 없었으나 이번에는 달랐다. 이렇게 마주친 이상 그들은 대황숙이 설랑에게 끌려간 것인지 아닌지 알아내야 했다.

설랑이 빠르게 도망쳤다. 보통 사람이라면 예전에 이미 놓치고 말았을 것이다. 그러나 군구신은 영술로 쫓고 있었다. 소리 없이 그림자처럼 지나가니 놓치지 않았을 뿐 아니라 설랑에게 들키지도 않았다. 군구신은 신경 써서 일정한 거리를 유지하며 쫓았다.

한참을 돌고 또 돈 끝에 설랑은 마침내 하늘이 보이는 얼음 구덩이로 들어갔다. 이 얼음 구덩이는 그들이 백새빙천에서 보았던 것과 아주 비슷했지만 그보다는 많이 작아 보였다.

비연이 속삭였다.

"그렇게 계속 돌더니…… 우리 분명 환해빙원까지 온 거겠지?"

군구신은 고개를 끄덕였다. 그는 더 이상 영술을 쓰지 않고 비연과 함께 벽에 등을 붙인 채 조심스럽게 구덩이 입구로 다가갔다. 그들은 조금 긴장한 상태였다. 대황숙이 여기 갇혀 있는 건 아닐까? 어쩌면 그는 이미 죽었을지도 모른다.

그러나 그들이 얼음 구덩이 안 모든 것을 보게 되었을 때, 두 사람 모두 명한 표정을 짓고 말았다.

얼음 구덩이는 하늘을 향해 길쭉길쭉하게 뻗은 빙벽으로 둘러싸여 있었고, 빙벽 위로는 거대한 푸른 산호들이 가득 자라 있었다. 푸른 산호의 수많은 뿔이 계속 요동치고 있었다. 마치 깊은 바다 속으로 들어온 듯한 착각을 불러일으켰다. 설랑이 벽에 기댄 채 푸른 산호를 씹고 있었는데, 아주 맛있는 모양이었다.

비연이 참지 못하고 찬탄했다.

"정말 아름다워!"

군구신이 의심스럽다는 듯 말했다.

"설랑이 채소를 먹는다는 이야기는 들어 본 적 없어. 저건 대체 뭐지?"

비연이 다시 설랑에게로 시선을 던졌다. 그리고 곧 무엇인가 이상하다는 것을 발견했다. 이 설랑은 마치 병에 걸린 것 같았다. 원래 윤기가 돌아야 할 흰 모피는 어둡다 못해 누런빛까지 돌고 있었다.

"망할 얼음, 뭔가 이상해. 마치……."

비연의 말이 끝나기도 전에 설랑이 그들을 알아챘다! 그가 재빨리 고개를 돌리더니 그들에게로 달려왔다.

이때, 비연과 군구신은 더욱 경악했다. 깊은 푸른빛으로 반짝여야 할 설랑의 두 눈에 온통 핏줄이 가득했던 것이다. 예전의 차가운 위엄이라고는 전혀 보이지 않았다. 비연이 확신했다.

"아픈 거야!"

설랑은 군구신을 보고도 정신을 차리지 못했으나 비연의 목소리를 듣자 바로 군구신 뒤의 그녀를 바라보았다. 한번 보는 것만으로도 비연을 알아볼 수 있었다. 설랑은 바로 공포스러운 표정을 지으며 몸을 돌려 오른쪽 문으로 도망치려 했다!

천 년을 살아온 설랑이 어떻게 병에 걸린 걸까? 밖에 있는 이들도 그가 죽인 걸까? 대황숙은? 군구신과 비연은 점점 더 의아해졌다. 그들은 일각도 지체하지 않고 바로 쫓아가기 시작했다.

방금까지처럼 조심스럽게 쫓는 게 아니었기에 군구신은 더욱 속력을 낼 수 있었다. 그러나 그들이 바짝 뒤를 쫓았을 때 설랑이 홀연히 환상처럼 변하더니, 갑자기 손바닥보다도 작은 빙려서로 변해 계속 도망쳤다.

이렇게 작은 빙려서라니! 잠시라도 정신을 팔면 놓치기 마련이었다. 군구신이 열심히 주시했고 비연은 아예 눈도 깜빡이지 않았다. 그렇게 추적하던 군구신이 갑자기 속도를 늦췄다.

"앞에 누가 오고 있어!"

누가 오고 있다고? 백 족장과 시위들일까?

비연과 군구신이 신중하게 발걸음을 멈췄다. 순간, 빙려서도 앞에서 오는 이들을 눈치챈 듯 다급하게 멈춰 섰다. 그러더니 단 한순간도 낭비하지 않고 몸을 돌려 비연과 군구신 방향으로 달려오기 시작했다.

군구신이 검을 뽑으려는데 비연이 다급하게 막았다.

"내가 할게!"

그녀는 빙려서가 가까이 왔을 때 불시에 특수한 주머니를 꺼내 뒤집어씌우고는 바로 입구를 막았다. 이 주머니는 그녀와 고운원이 빙려서를 잡기 위해 준비한 것으로, 안에는 살충 방역용 약초가 들어 있었다. 그러니 이렇게 특수한 빙려서를 잡기에도 꽤 적합한 것 같아 보였다.

비연은 다시 주머니 입구를 봉해서 빙려서가 뛰어나오지 못하게 막았다. 군구신이 주머니를 받아 들고 말했다.

"내가 갖고 있을게."

그는 빙려서가 갑자기 설랑으로 변해 비연에게 상처를 입힐까 봐 두려운 모양이었다.

앞쪽에서 들려오는 기척이 점점 더 커졌다. 누군가가 그들을 향해 달려오는 것 같았다. 비연과 군구신이 서로 눈빛을 교환한 후, 몸을 숨기지 않고 계속 앞으로 걸어갔다. 그러나 군구신은 비연의 손을 놓고 시위인 척했다.

의외의 사건은 정말로 꼬리에 꼬리를 물고 일어났다! 곧 비연과 군구신은 익숙한 사람을 보게 되었다. 그는 목숨이 걸린 것처럼 달려오고 있었는데, 바로 설족의 족장 백서화였다!

백 족장 역시 비연과 군구신을 보자 아주 놀랐다. 물론 그의 주의력은 오로지 비연만을 향하고 있었다. 군구신을 그저 시위라 생각했기 때문이다. 백 족장은 발걸음을 멈추더니, 곧 다시 빠르게 달려오며 외쳤다.

"왕비마마, 어서! 빨리 갑시다!"

설랑은 이미 그들이 잡았는데…… 설마 이 지하 궁전 안에 설랑이 더 있는 걸까?

비연과 군구신이 답답해하고 있자니 백서화가 그들 앞까지 달려와 숨을 헐떡이며 외쳤다.

"왕비마마! 대, 대황숙이…… 흑사병에 감염되셨습니다! 그, 그가…… 미쳤습니다! 어서 가야 합니다, 어서!"

대황숙? 흑사병에 감염되었다고? 게다가 미쳤다고? 이건…….

비연은 말할 것도 없고 군구신도 순간적으로 어찌 반응해야 할지 알 수 없었다.

백서화가 재촉하는 동안 대황숙이 쫓아왔다. 봉두난발에, 얼굴에는 검은 발진이 여러 곳 보였다. 바로 흑사병에 감염되었다는 표식이었다!

그의 몸은 분명 쇠약해진 상태였고 숨도 고르지 않았다. 대황숙은 벽을 짚은 채 간신히 서 있었지만…… 결코 미친 것은 아니었다. 그의 정신은 말짱했다.

대황숙은 차갑게 비연을 한번 흘깃 보더니 그녀가 누구인지 묻지도 않았다. 그리고 고개를 숙이고 있는 '시위' 군구신은 아예 쳐다보지도 않고, 노한 소리로 질책했다.

"백서화, 네가 감히 본존을 버리고 도망가? 어서 와서 본존을 구하지 못하겠느냐!"

백서화가 비연의 등 뒤로 숨으며 소개했다.

"대황숙, 이, 이분이…… 이분이 정왕비입니다!"

대황숙이 멈칫하더니 바로 기뻐하며 외쳤다.

"네가 바로 고비연이구나!"

비연은 비록 어쩔 줄 몰랐지만 곧 냉정을 되찾았다. 이런 상황에서라면 일단 유별난 행동을 하지 않고 대황숙을 데리고 돌아가는 게 가장 좋을 것 같았다. 어쨌든 대황숙은 병이 든 상태가 아닌가. 결국은 그들 도마 위에 오를 생선 신세가 되지 않겠는가?

비연이 재빨리 몸을 굽혀 절했다.

"그렇습니다. 연아가 황숙을 배알하옵니다!"

대황숙이 크게 기뻐하며 말했다.

"연아, 어서 나를 구하거라! 나는 여기서 죽고 싶지 않다."

대황숙이 말을 하며 앞으로 다가오자 백 족장이 깜짝 놀라 멀리 몸을 피했다.

비연이 슬쩍 군구신을 뒤로 밀어 군구신도 멀리 떨어지게 했다. 군구신은 비록 변장하고 있었지만 대황숙이 자신을 알아볼까 걱정되었기에 고개를 숙인 채 비연의 등 뒤로 숨었다.

흑사병은 치료할 방법이 없는데 무섭지 않은 사람이 누가 있겠는가? 비연도 입을 가릴 것이 없었기 때문에 재빨리 뒤로 물러났다. 그 모습을 본 대황숙이 분노했다.

"너희…… 설마 이 늙은이를 여기에 버리고 갈 생각은 아니겠지?"

대황숙은 평생 영생을 추구했다. 그가 가장 두려워하는 것은 바로 죽음이었다! 하물며 그는 비연이 이미 흑사병을 예방하는 법을 발견했다는 사실도 모르고 있었다. 설족의 원래 규칙에 따르면, 흑사병에 감염된 환자는 바로 태워 죽여야 했다! 그러니 그가 어찌 공포에 질리지 않을 수 있겠는가?

그러나 비연과 군구신은 그를 죽게 내버려 둘 생각이 없었다!

비연이 재빨리 말했다.

"아니에요! 황숙, 제 말 좀 들어 보세요."

최악의 계책

생로병사 앞에서 담담할 수 있는 사람이 얼마나 될까? 설사 높은 지위와 권세를 누리는 대황숙이라도 두려운 것은 두려운 것이다.

비연은 대황숙을 위로하며 알약을 하나 꺼내 건넸다.

"황숙, 제가 황숙을 꺼리거나 싫어하는 게 아니에요. 다만, 저도 감염되면 황숙을 구할 수 있는 사람은 없어요. 지금 저희가 이 흑사병의 전파 경로를 발견했답니다. 흑사병은 바로 빙려서의 몸에 기생하는 괴이한 벌레가 퍼뜨리는 거였어요. 일단 이 약을 품에 품고 계세요. 완벽하게 벌레를 죽일 수는 없어도, 전파될 가능성을 줄여 주니까요."

대황숙이 알약을 받았다. 그가 몹시 놀라며 비연이 말한 대로 약을 품에 간직했다.

"네 말은…… 흑사병을 치료할 수 있다는 것이냐?"

치료와 관련한 일은 고운원이 맡아 하고 있었고, 고운원은 아직 자신이 없다고 했다. 그러나 비연은 지금 그것을 솔직하게 털어놓을 생각이 없었다. 그녀는 군구신이 들고 있는 빙려서를 가리키며 말했다.

"곧 약방을 만들어 낼 거예요! 방금 빙려서를 한 마리 잡아서, 돌아가 약을 시험하려던 참이었어요! 황숙, 저는 절대 황숙을 버리지 않아요. 우리 지금부터 함께 출구를 찾아 나가야 해요. 하지만 황숙께서는 절대 우리에게 가까이 오지 마세요. 설족의 수만 백성을 위해서만이 아니라, 황숙 자신을 보호하기 위해서라도요!"

대황숙은 치료약에 대한 이야기를 듣자 황망한 가운데에도 조금은 안정이 된 것 같았다.

그가 고개를 끄덕이며 말했다.

"본존은 당연히 너를 믿겠다. 하지만 이 지하 궁전은 미궁이더구나. 본존이 하루 종일 길을 찾았지만 지금까지도 나갈 길을 찾지 못하고 있어! 게다가 이 안에는 설랑이 한 마리 살고 있는데……. 이곳은 분명 몽족의 유적일 게다! 우리가 나가는 것이 쉽지 않을 게야!"

이 말을 들은 백 족장이 깜짝 놀랐다.

"설랑? 몽족의 설랑이 아직 살아 있다고요? 설마 밖에 있는 시위들도 그 설랑에게 죽은 겁니까?"

대황숙은 경멸이 담긴 눈초리로 그를 노려보며 대답하지 않았다. 그리고 다시 한번 군구신의 손에 들린 빙려서를 바라보았다.

"몽족의 설랑은 언제라도 빙려서로 변신할 수 있지. 그 빙려서를 어떻게 잡은 것이냐?"

대황숙은 분명 의심하고 있었다.

비연은 잡힌 설랑이 지금까지 조용한 걸 보면 분명 대단히 아픈 것이라 생각했다. 그녀는 설랑이 이 중요한 시기에 일을 망쳐 놓지 않기를 기원하면서 대답했다.

"방금 빙려서 한 무리를 만나서 그중 한 마리를 잡았어요. 설랑이 변신한 거라면 그렇게 쉽게 잡힐 리 없지 않겠어요? 황숙, 안심하세요."

대황숙은 그제야 의심이 걷힌 모양이었다. 그가 가볍게 기침을 몇 번 하더니 다소간 웃어른의 위엄을 회복했다.

"그 시위에게 앞에서 길을 열게 하고, 백서화, 너도 따라가거라! 흥, 너는 본존을 너무 실망시키는구나!"

백 족장은 자기가 가장 앞에서 걸을 수 없어 안타까울 지경이었지만 아무튼 대황숙이 마지막에 한 말은 무시하고 겁에 질린 채 걷기 시작했다.

오히려 군구신은 가장 앞에서 걷지 않았다. 어떤 상황에서도 그는 비연을 자신이 지킬 수 있는 거리 안에 두고 싶었던 것이다.

설랑은 군구신의 손에 들려 있고, 이 지하 궁전은 기관과 결계를 제외하면 그렇게 위험한 곳이 아니었다. 그러나 군구신과 비연은 그들이 나갈 수 있을지 확신하지 못하고 있었다.

그들에게 있어 가장 좋은 결과는 모두 함께 나가는 것이었다. 가장 나쁜 결과는 백 족장을 죽이고, 대황숙을 통제하면서, 설랑이 그들을 데리고 나가게 만드는 것이었다. 어쩔 수 없는 상황이 아니라면 그들은 백 족장에게 손을 쓰고 싶지 않았다. 어쨌든 백 족장이 실종되면 설족에게 설명하기가 어려워질 테니까.

지금 그들은 가장 좋은 계책을 따르는 동시에, 마음속으로 가장 나쁜 경우의 수를 생각하고 있었다.

비연이 기억하는 통로는 양쪽 벽에 야명주가 박혀 있어 밝게 빛났고, 점차 위로 올라가는 듯한 지형이었다. 그리고 지금 그들이 있는 곳도 그러했다. 군구신은 앞장서서 걸으며 한 번도 길을 꺾지 않았다.

처음에는 모두 침묵했다. 그러나 시간이 길어지자 모두 걱정하기 시작했다. 비연이 몽족에 대한 이야기를 꺼냈다. 이 기회를 틈타 대황숙이 몽족에 대해 얼마나 아는지 알아보고, 모두의 주의력을 돌리고 싶기도 했기 때문이었다.

"황숙, 이 동굴이 몽족 유적의 입구라는 걸 원래 알고 계셨어요?"

대황숙은 병이 들어 기력이 쇠한 데다 정신도 없었다. 게다가 마음속에 공포가 가득해 평소처럼 경계심이 강하지 않은 상태였다. 마침 그도 무슨 말이라도 해서 맑은 정신을 유지하고 싶다고 생각하던 참이었다.

"본존은 그저 보통 산동굴인 줄 알았다. 본존이 요양하고 있을 때 그 설랑이 갑자기 숨겨져 있던 문에서 나타나더니 날뛰기 시작하더구나. 본존은 요행히 몸을 피한 후 문 안으로 도망쳤지. 그러지 않았으면 그 자리에서 죽었을 게다. 그러나 안타깝게도, 그 후 미로에서 얼마나 헤맸는지 모르겠구나."

비연은 사실 그 정도는 이미 추측하고 있었지만 대오 각성한 듯한 표정으로 다시 물었다.

"황숙, 설랑은 대체 어떻게 생겼나요? 남경에도 랑종 한씨에 설랑이 있다던데요?"

대황숙이 깜짝 놀랐다.

"아직 젊은 계집이 아는 것도 많군!"

비연이 재빨리 설명했다.

"몇 달 전 황상의 명을 받들어 남경에 다녀왔어요. 그때 찻집에서 이야기꾼이 말하는 것을 들었죠. 나중에 한씨 가문 삼소저가 저에게 자랑하지 뭐예요? 뭐라더라, 설랑이 무슨 신수라나. 저는 삼소저가 저를 속인다 생각했어요. 어쨌든 결국 제가 정왕 전하에게 시집을 갔으니 한 삼소저는 지금도 기분이 별로일걸요!"

비연이 일부러 자랑하듯 늘어놓아 대황숙을 웃게 했다.

"이 늙은이는 본래 몽족의 설랑을 본 적이 없었다. 그러니 두 곳의 설랑이 서로 같은지는 모르겠구나. 지금 보건대 큰 차이는 없을 것 같다.

랑종, 그 가문은 몽족보다 역사가 짧아. 어쩌면 천 년 전 설랑 한 마리가 남쪽으로 내려가서 우연히 한씨 가문이랑 마주쳤던 건지도 모르겠구나."

비연은 대황숙이 이쪽 역사에 대해서는 잘 알지 못하는 모양이라고 짐작했다. 그녀가 망설이다 계속 질문을 던지려 했을 때, 대황숙이 혼잣말처럼 중얼거리기 시작했다.

"랑종은 빙해 남안의 운공대륙에서 온 자들이야. 그들의 표식을 본 사람은 있어도, 그들이 기른다는 설랑을 본 사람은 없다. 그렇게 보면…… 그들은 아마 빙해 남안에서 예전부터 설랑으로 표식을 삼고 있었을 게다. 어쩌면 몽족의 설랑이 빙해를 건너 남안으로 갔던 건지도 모르지. 아니면 빙해 남안에도 설랑 같은 신령한 동물이 원래 있었다거나…….”

대황숙의 이러한 추론은 비연과 군구신도 모두 이야기한 내용이었다. 그러나 대황숙의 이런 말들이 그들에게 쓸모없는 말은 아니었다. 최소한 그는 빙해의 남안을 언급했고, 비연은 이 화제를 따라 계속 탐색해 볼 수 있게 되었으니까!

비연이 고개를 갸우뚱하며 물었다.

“황숙, 황숙은 제가 본 사람 중 견식이 가장 넓은 분이세요. 빙해 남안에 있다는 운공대륙은 대체 어떤 곳이에요? 황숙도 가 보셨나요?”

비연은 일단 비위를 맞춘 다음 질문을 던졌다. 대황숙이 대답해 줄 마음이 없다 해도 최소한 몇 마디라도 하도록 말이다. 과연, 대황숙이 입을 열었다.

“본존은 몇 번이나 가 보았지. 하하, 그쪽은 지금의 현공대륙과 똑같아. 진기를 수련하지 않고 권세나 다투고, 명리나 좇고……. 모두 범속한 자들이지! 말할 가치도 없는 자들이다!”

이 말에 비연은 화가 났다.

비록 자신의 고향에 대해 아는 바가 없었지만 그래도 대황숙이 이렇게 폄훼하게 하고 싶지 않았다!

이 세상 어디에 좋은 사람만 가득한 곳이 있겠는가. 그리고 나쁜 사람들로만 가득한 곳도 이 세상에는 없을 것이다. 대황숙의 이 말은 너무나 편협했다!

비연이 진지하게 말했다.

"황숙, 그런 일은 어디나 마찬가지일 것 같아요."

대황숙은 비연이 자기에게 반박하리라고는 생각지 못했으나, 의심하기보다는 오히려 그녀를 믿게 되었다. 그는 웃으며 더 이상 아무 말도 하지 않았다.

비연이 잠시 생각하다가 계속 물었다.

"황숙, 빙해 남안에는 비범한 사람들이 없나요?"

비연은 자신의 부황이 영웅이라고, 가장 비범한 영웅이라고 믿고 싶었다!

그녀는 속으로 바라고 있었다. 대황숙이 대진이라는 나라를 언급해 주면 얼마나 좋을까. 그리고 부황에 대해 말해 준다면······.

추측, 황숙께서 영명하시다

비범한 사람들?

대황숙이 조금의 망설임도 없이 비연에게 대답했다.

"없다! 빙해의 이변이 아니었다면 현공대륙의 어떤 고수라도 쉽게, 그들의 가장 고귀한 황제며 가장 대단한 장군을 죽일 수 있었다!"

비연은 원래 살짝 화가 나 있었을 뿐이었지만 이 말을 듣자 작은 얼굴이 음울하게 가라앉고 말았다. 그녀는 대황숙의 이런 말을 믿고 싶지 않았다!

운공대륙은 보통 세계고, 현공대륙은 과거 무력을 높이 여기던 세계였으니 본래 비교할 수 없는 것 아닐까? 굳이 비교한다 해도 결국 무력으로 약자를 핍박하는 것이니 영광 없는 승리일 뿐이다! 게다가 정말로 대황숙의 말대로 그렇게 쉽다면 어찌 꿈속의 빙해에서는 그렇게 격렬한 전쟁이 있었을까?

비연이 다시 물었다.

"황숙, 그럼 운공대륙에는 황제가 몇 명 있어요?"

대황숙이 기억을 떠올리더니 말했다.

"셋인가…… 본존도 젊을 때 다녀온 거라 기억이 정확하지 않다!"

비연은 묻고 싶은 게 너무나 많았지만 참아야 했다. 지금 너무 많은 것을 드러낼 수는 없었다. 그녀는 마음속으로 중얼거렸다.

'저 늙은이, 기다려 봐. 내가 나중에 분명히 알게 해 줄 테니까. 진기를 수련하지 않고 무공을 하지 않아도 내가 아주 쉽게 너를 손봐 줄 수 있다는 걸 말이야.'

대황숙이 빙해의 이변을 언급했으니 비연도 그것에 관해 물을 기회를 잡은 셈이었다.

"황숙, 빙해의 이변은 저주인가요? 정말 무서워요! 언제가 되면 모두의 진기가 회복될까요?"

그러자 대황숙의 눈가에 복잡한 빛이 스쳐 갔다. 사실 흑사병 문제가 아니었다면 그는 천무제로 하여금 비연을 한참 동안 관찰하게 하려 했다. 그녀가 정말로 쓸 만한 인재라면 빙해의 비밀을 알려 주어도 무방했다. 비연으로 하여금 정왕부에서 군구신을 감시하게 하려면 조만간 빙해의 일에 대해서도 어느 정도 이해해야 했다.

대황숙이 잠시 머뭇거리다가 말했다.

"얘야, 네가 본존을 치료해 주면, 본존이 너와 함께 돌아가며 모두 말해 주마. 이곳에서는…… 하하, 비밀이 너무 크구나!"

비연이 계속 말을 이었다.

"비밀이 크다고요? 황숙, 설마 그게 저주가 아니라 누군가의 음모였던 건 아니겠죠?"

대황숙이 발걸음을 멈췄으나 비연은 침착하게 계속 앞을 향해 걷고 있었다. 대황숙이 그녀의 뒷모습을 바라보다가 한참 후 다시 걷기 시작했다.

"요 계집애, 아주 영리하구나, 아주 영리해!"

비연은 상당히 의외였고 군구신도 의아했다. 대황숙은 빙해에 대해 많이 알고 있었지만 10년 전 이변에 대해서는 잘 알지 못하고 있었다. 설마 이 한 달 동안 뭔가를 알아낸 걸까?

비연이 말했다.

"저야 뭐 그냥 대충 추측해 본 것뿐인데요. 설마…… 제 추측이 맞았나요?"

"네 추측이 본존의 추측과 일치한다! 하하, 빙해의 중심에는 모두가 원하는 물건이 있지. 그해의 이변도 바로 그 물건을 빼앗으려다가 벌어진 일일 게다."

대황숙의 말에 비연의 마음이 서늘해졌다. 그녀와 군구신의 추측이 옳았던 것이다. 그때 그녀의 부황과 모후를 포함한 사람들이 빙해에 있었다. 그들은…… 봉황력을 빼앗으러 온 것일 터였다.

비연은 긴장하기 시작했다. 그러나 일부러 그저 호기심을 느끼는 척 물었다.

"어떤 물건인데요?"

대황숙은 대답하지 않았다. 그러자 계속 침묵을 지키던 백족장이 참지 못하고 입을 열었다.

"바로 진기 수련과 관계있는 물건이지. 아니면 빙해의 이변 때 모든 이들의 진기가 없어지지 않았을 게다!"

그건…….

봉황력은 힘이지 기가 아니었다. 그런데 어떻게 연결이 된다는 걸까? 하지만 백 족장의 말이 아마 맞을 것이다.

비연은 홀연히 한 가지 문제를 깨달았다. 봉황력이 빙해의 이변을 만들어 낸 것이라면, 설마 빙해의 이변이 현공대륙 진기의 근원을 건드린 걸까? 그래서 모든 이들의 진기가 소실되었다거나…….

현공대륙의 진기는 기를 수련하는 자들의 체내에서 생겨나는 게 아니라 외부의 현기를 흡수하여 진기로 변화시킨다고 군구신이 이야기해 준 기억이 떠올랐다.

이 추측은 비연에게 새로이, 더 넓은 감각을 느끼게 해 주었다. 대황숙과 그 복면인들이 봉황력을 찾고 있었던 것은, 봉황력으로 빙해를 다시 한번 뒤흔들기 위해서일 가능성이 높았다! 빙해를 다시 요동치게 만든다면…… 대체 무슨 일이 벌어질까?

그러나 지금은 그 문제를 그렇게 깊이 생각할 겨를이 없었다. 그녀는 지금 봉황력을 제어할 수도 없으니까.

비연은 백 족장을 상대하지 않고, 계속 고개를 갸우뚱하며 놀란 듯 물었다.

"황숙, 그때 빙해의 이변에 참여하셨어요?"

대황숙이 장탄식을 금치 못하며 말했다.

"놓치고 말았지! 만약 참여했더라면……. 아……."

이제 관건이 되는 문제 앞에 도착한 셈이었다. 비연은 대황숙이 여기서 그만두게 하고 싶지 않아 다급하게 물었다.

"그, 그렇다면 그때 참여한 사람들은 누구죠? 설마…… 그들이 군씨 가문보다 더 대단했던 건가요?"

대황숙은 원래 그렇게 많은 이야기를 할 생각이 없었다. 그러나 비연의 마지막 말을 듣자 분노한 그가 무시하듯 코웃음을 치며 말했다.

"혁씨 가문, 소씨 가문, 기씨 가문이지. 그 나쁜 놈들이 어찌 우리 군씨와 함께 거론될 가치나 있겠느냐?"

만약 대황숙이 승 회장의 서신을 얻지 않았다면 영원히 혁씨, 기씨, 소씨, 세 가문이 빙해의 이변과 관계있다고 의심하지 않았을 것이다. 또한 그들을 조사할 생각도 하지 않았을 것이다. 군씨 가문과 다른 은거 세력들은 일찍이 그들을 아예 안중에도 두고 있지 않았으니까.

대황숙은 혁씨 가문을 조사한 후, 당시 노령이었던 혁씨 가문의 가주가 운공대륙에서 온 젊은 여자와 사통했다는 사실을 알게 되었다. 당시 본처는 물론이고 첩이며 시녀들의 불만이 대단했다고도 했다.

그러나 바로 이 여자가 다리를 놓아 주었기 때문에 혁씨 가문의 가주 혁소천, 소씨 가문의 가주 소제성, 그리고 기씨 가문의 가주 기연결이 수차례에 걸쳐 비밀리에 회합을 가질 수 있었다.

그들은 후에 비밀리에 함께 남하했고, 행방불명되었다. 그리고 그들의 행방을 알 수 없게 된 지 얼마 되지 않아 빙해에 이변이 일어났다!

빙해에 이변이 일어난 후에 세상이 어지러워졌다. 은거 가문이 잇달아 세상에 나오고, 전란이며 쟁투가 사방에서 벌어졌다. 세 가문은 모두 가주가 나이가 들어 물러나고 아랫대에게 자리를 물려주었다고 공포했다. 이것은 분명 진상을 숨기기 위한 움직임이었다.

후에 기씨 가문은 군씨 가문에게 귀속되었고, 소씨 가문은 백리 가문에 귀속되었으며, 혁씨 가문은 전쟁에서 패해 뿔뿔이 흩어져 멸족 상태가 되었다.

물론 대황숙은 비연에게 승 회장을 통해 얻은 혁씨 가문의 정보를 알려 주지 않았고, 가장 중요한 봉황력에 대해서도 알려 주지 않았다. 그는 다만 자신이 조사하고 분석한 내용을 비연에게 들려주었다.

그가 차갑게 말했다.

"애야, 본존은 얼마 전에야 정보를 하나 얻었지. 혁씨 가문은 멸족한 게 아니라 여전히 빙해를 노리고 있더구나! 말해 봐라. 이 세 가문이 의심스러우냐, 의심스럽지 않으냐?"

이 이야기를 들은 비연은 경악했다. 군구신도 비할 데 없이 놀라는 중이었다. 10년 전 빙해에서 비연의 가문을 공격한 자들이 설마 기씨, 소씨, 혁씨, 세 가문의 가주란 말인가? 그들이 비연의 가문을 망하게 한 적들이라고?

비연은 담담한 표정을 유지하기 어려웠다. 그녀는 주먹을 꽉 쥔 채 한참 동안 대황숙에게 대답하지 않았다.

군구신이 발걸음을 멈추고 일부러 두어 번 기침했다. 비연은 그제야 정신을 차리고 몇 번 심호흡한 다음, 자신의 분노를 억누르며 말했다.

"황숙께서는 정말 영명하셔요!"

비연이 한 가지 일을 떠올렸다. 그녀와 군구신은 빙해에서 우연히 소옥승과 기욱의 대화를 몰래 들은 적이 있었다. 소씨 가문과 기씨 가문이 결탁하는 것은 그저 천염국과 만진국을 도모하기 위해서만이 아니라, 공통으로 빙해의 수수께끼를 풀기 위해서기도 했다.

그때 기욱이 소옥승에게, 일이 잘 풀리기만 하면 어떤 밀정이라도 정탐 불가능한 기밀을 소씨 가문에게 알려 주겠다고 약속하지 않았던가. 그녀와 군구신은 그 기밀이 빙해와 관련이 있을 거라고 생각했다. 그리고 지금 보니 그들의 추측은 옳았던 것이다!

가족에 대해서는 새로이 알아낸 것이 없지만, 적이 누구인지는 알게 되었다. 비연은 아주 만족스러웠다!

그녀는 발걸음을 빠르게 옮겼다. 당장이라도 이곳을 떠나지 못하는 것이 안타까울 지경이었다…….

악운, 마주치다

일행은 군구신을 따라 앞으로 걸어갔다.

약 반 시진 정도 걷자 모두 길에 경사가 생겼음을 느낄 수 있었다.

그들은 위로 올라가고 있었다. 비연은 속으로 기뻐했다. 그녀의 경험으로 보아 이 길은 분명 출구로 통하는 길이었다.

어쩔 수 없는 경우가 아니라면 그녀는 입장을 드러내고 싶지 않았고, 군구신은 더욱 드러낼 수 없었다. 대황숙을 핍박해 심문하는 것보다는 이렇게 그에게 순응하는 척하는 것이 더 많은 정보를 얻을 수 있었다.

그들은 걷고 또 걸었다. 반 시진도 되지 않아 앞에 자연광이 쏟아져 들어오는 것이 보였다. 백 족장이 가장 기뻐하며 외쳤다.

"우리 모두 살았습니다! 앞에 출구가 있습니다!"

백 족장이 이렇게 기뻐하는 것도 이상한 일은 아니었다. 이렇게 좁고 음산한 공간에 오래 있으면 흑사병에 감염될 가능성도 높아지니까. 이 지하 궁전에 얼마나 많은 빙려서가 사는지는 하늘만이 알 것이다.

백 족장이 가장 먼저 출구로 뛰어나갔다. 군구신과 비연이 그다음, 마지막으로 대황숙이었다. 그러나 그들은 곧 눈앞에 펼쳐진 장면에 아연실색했다.

이 동굴 입구는 원래의 그곳이 아니었다! 원래 동굴은 호란설지에 있었는데 이 동굴은 환해빙원에 있었다. 그들의 눈앞에 펼쳐진 것은 광활하고 끝이 없는 빙원이었다. 멀리 하늘의 벽인 양 우뚝 솟은 백새빙천이 보였다!

명백했다. 지하의 몽족 유적의 출구는 하나만이 아닌 것이다.

비연은 놀라는 와중에도 몰래 군구신을 살폈다. 군구신도 그녀를 보고 있었다. 두 사람은 눈빛을 교환했다.

그들이 도달한 곳이 백새빙천이 아니라니 얼마나 다행인가. 그게 아니었다면 대황숙과 백 족장은 분명 백새빙천의 그 얼음 구덩이 중심의 깊은 동굴에 의심을 품었을 것이다!

백 족장은 비연과 군구신 우측에 서서 대황숙과 최대한의 거리를 유지하고 있었다. 그는 그 희끗한 구레나룻을 정리하더니 상당히 담담하고 냉정해진 듯했다.

대황숙은 장검을 지팡이 삼아 서 있었는데, 안색은 창백하고 호흡은 어지러웠다. 그러나 지하 궁전에 있을 때보다는 상태가 좋아 보였다. 최소한 지하 궁전에 있을 때처럼 그렇게 낭패한 몰골은 아니었다. 핏줄로 가득한 두 눈동자도 평소의 날카로움을 회복했다.

비연이 그를 몇 번 흘깃거린 후, 만약 지하 궁전에 갇혀서 다들 황망한 상태가 아니었다면 대황숙에게서 그렇게 많은 정보를 얻어 내기는 무리였겠다고 생각했다.

어쨌든 대황숙이 그녀에게 그렇게 많은 것을 이야기한 이상, 앞으로 그녀가 대황숙에게서 정보를 얻어 내는 것은 그렇게 어렵지 않을 것이다. 그녀는 이 흑사병을 증오하고 있었으나, 대황숙이 흑사병에 감염된 것만은 무척 기뻤다!

대황숙은 비록 쇠약해진 상태라 하나 목소리만은 여전히 날카로웠다.

"백서화, 어서 우리를 맞이할 사람들을 부르지 않고 무엇 하느냐!"

"예! 예!"

백 족장은 바로 공중에 신호를 올렸다. 그는 여전히 대황숙에게 공손한 태도를 취하고 있었지만 마음속으로는 이미 자신을 위한 퇴로를 모색하기 시작한 참이었다.

흑사병의 상황을 잘 모르는 대황숙은 비연의 약속을 믿고 있었지만 백 족장은 지금 아주 잘 알고 있었다. 비연 일행은 흑사병이 퍼지지 않도록 방지할 수 있을 뿐 근본적으로 치료할 방법은 아직 찾지 못한 상태였다.

만약 대황숙의 병을 치료할 수 있다면 모든 것을 옛날처럼 하면 된다. 그가 반드시 대황숙을 따라 진양성으로 도망칠 이유도 없다.

만약 대황숙의 병세가 좋지 않으면, 군씨 가문도 천무제의 명이 얼마 남지 않았으니 하늘이 바뀌는 것이다.

지금 정왕이 천무제의 압박을 받았다 하니, 자신이 비연과 손을 잡고 천무제로 하여금 정왕을 압박하게 하면……. 그리고 어린 황제를 자신이 보좌한다면……. 그때가 되면 천염국은 자신과 비연의 생각대로 다스릴 수 있을 것이다!

백 족장은 이렇게 주판알을 튕기며 언제쯤 기회를 보아 비연을 떠볼 수 있을지 고민하기 시작했다. 그는 자신 곁에서 침묵을 지키고 있는 시위가 바로 군구신이라는 사실을 알지 못했다. 정왕비인 비연이 바로 그를 칠 생각을 하고 있다는 것은 더더욱 알지 못했다.

비연은 대황숙을 치료할 자신이 없었을 뿐 아니라 치료할 생각도 없었다. 그녀는 대황숙을 치료한다는 핑계로 시간을 끄는 한편, 가능한 빨리 백 족장을 족장의 자리에서 끌어내릴 생각이었다. 이 두 사람만 통제할 수 있다면 북강은 그들의 마음대로나 마찬가지였다.

설사 흑사병을 치료할 수 없다 해도, 광범위하게 퍼지는 것을 막을 수만 있다면 설족은 결코 멸족하지 않는다! 그때가 되면 그들에게 협력하는 사람을 뽑아 족장의 지위를 주기만 해도 환해빙원을 장악하게 된다. 사람들을 안배하여 그 두 백의 여자와 흑의 남자를 잡는 것도 가능할 것이다.

이때, 대황숙도 자리를 찾아 앉아 쉬고 있었다. 그는 때때로 비연을 바라보며 속으로 계획을 세웠다.

그는 백서화를 아주 잘 알고 있었다. 돌아가는 대로 백서화에게 단독으로 경고할 필요성이 있었다. 그리고 비연에게는 은혜와 위엄을 동시에 베풀어 주어야 했다. 그의 병세가 중해진 틈을 타서 백서화가 군씨 가문의 담장을 넘보지 못하도록 말이다!

이렇게 모두 각자 다른 마음을 품고 조용히 구원병을 기다리고 있었다.

일각 정도 지났을 때, 시위 한 무리가 썰매를 타고 도착했다. 그들은 잠시도 지체하지 않고 썰매에 올라탄 채 백랑곡 방향으로 향했다. 백 족장이 가장 앞이었고, 비연이 중간, 군구신이 두 시위와 함께 비연의 곁을 호위했다. 그리고 대황숙이 가장 뒤에서 따라오고 있었다.

순조롭게 길을 가던 그들이 백랑곡에 도착해 골짜기를 넘을 준비를 하고 있을 때였다. 갑자기 멀리에서 날카로운 파공음이 들려왔다!

모두 경계 태세를 취하고 소리가 들려오는 쪽을 바라보았다. 날카로운 화살이 하늘로 올라가더니, 하늘에 날개를 펼치고 있는 백우응을 명중시켰다!

백우응은 순식간에 아래로 떨어지기 시작했다. 그 순간 백 족장이 눈을 휘둥그렇게 뜬 채 멍한 표정을 지었다. 안 그래도 창백하던 대황숙의 안색도 더더욱 하얗게 질렸다!

다른 이들이 모두 깜짝 놀랐다. 가장 먼저 반응한 것은 군구신이었다. 그는 빠른 걸음으로 쫓으며 소리쳤다.

"누군가가 백우응을 죽였다!"

수행하던 시위 여럿이 순식간에 쫓기 시작했다. 백 족장과 대황숙이 막으려 했지만 소용없었다. 동시에, 백랑곡을 지키던 시위 한 대대가 소리를 듣고 쫓기 시작했다.

백우응은 설족에게 존경받는 신수로, 결코 상처를 입혀서는 안 되는 동물이었다. 누군가가 백우응에게 상처 입히는 것을 보면 설족 그 누구라도 반드시 자신의 일을 내려놓고 전력으로 쫓아야 했다! 이것은 설족의 불문율이었다!

대황숙이 곧 정신을 차리고 외쳤다.

"백서화!"

백서화가 천천히 고개를 돌려 대황숙을 바라보았으나 여전히 아무 반응도 보이지 않았다. 대황숙은 다급한 나머지 노한 소리로 일깨웠다.

"누군가가 백우응을 죽였는데 어찌 쫓아가지 않는 게냐!"

이 말을 듣자 백서화도 마침내 이 일이 얼마나 중요한지 깨달았다.

첫째, 백우응이 정보를 휴대하고 있을 가능성이 있었고, 둘째, 백우응을 죽인 궁수를 죽여 어서 입을 막아야 했다!

이렇게 많은 시위는 통제하기 쉽지 않았다. 특히 백랑곡을 지키던 시위들은 골짜기를 지키는 임무를 맡아 사람들의 출입을 통제할 뿐, 환해빙원에서 무슨 일이 벌어지는지는 알지 못하고 있었다.

백 족장이 최대한 빠른 속도로 쫓아갔으나 결국은 늦고 말았다. 군구신과 시위들이 그 궁수를 쫓아갔고, 남은 시위들은 모두 백우응의 시체를 지키고 있었다. 백우응의 발에는 아무것도 묶여 있지 않았다.

이때 백랑곡을 지키던 시위들이 달려왔다. 모두 분노하고 슬퍼하며 사냥한 자를 끊임없이 질책하는 동시에 백 족장에게 흉수를 잡아 달라고 간청했다.

"이 늙은이가…… 직접 흉수를 잡아 데려오겠다!"

백 족장은 분노로 흥분한 척했지만 실제로는 긴장하고 있었다. 그는 서둘러 군구신 등을 쫓아갔다. 그러나 얼마 가지 않아, 군구신 일행이 한 궁수를 잡아 데려오는 것이 보였다…….

악행, 자업자득

　군구신은 대황숙의 주의를 끌 생각이 없었다. 그는 궁수를 직접 끌고 오지 않고, 오른쪽 후방을 지키며 만약의 사태를 준비하고 있었다!

　그가 만약 대황숙이라면, 백우응을 쏘아 죽여 환해빙원에 갇힌 사람들이 구원을 청하는 것을 막을 것이다. 여기까지는 의외가 아니었다.

　오늘 아침에도 그는 백우응을 쏘아 죽인 궁수가 체포되었다는 소문을 들었다. 백 족장은 궁수를 죽여 입을 막은 다음에야 비연을 찾아왔다. 그리고 군구신은 이번에 참새가 되어, 어두운 곳에서 백 족장의 일을 그르칠 생각이었다.

　그는 고민하고 있었다. 돌아가 대황숙을 안전한 곳에 있게 한 후에, 이 일을 이용해 백 족장을 처리하는 것은 어떨까. 그러나 생각지도 못하게, 돌아가기도 전에 새로운 증인과 증거가 나타난 것이다. 정말이지 잠자고 싶어 하는 사람에게 베개를 받쳐 주는 것이나 다름없는 일이었다! 그는 더 힘을 쓸 필요 없었다. 백서화는 족장의 지위를 결코 유지하지 못할 것이다!

　시위들이 복면한 궁수를 백 족장 앞으로 데려오더니, 의분에 가득 차 외쳤다.

　"족장님, 이자가 흉수입니다! 우리 설족의 신수를 쏘아 죽였으니, 이자의 시체로 백우웅의 제사를 지내야 합니다!"

궁수는 놀라서 다리가 다 풀릴 지경이었다. 죽는 것보다도, 제 시신이 조각나 매에게 먹히는 것이 더 무서웠다. 그는 백 족장을 바라보더니, 차라리 이를 악물고 자진하려 했다.

그러나 비연이 미리 막았다! 재빨리 그의 턱을 잡고 복면을 벗긴 후, 그것을 뭉쳐서 그의 입에 집어넣었다.

그제야 시위들은 이 궁수의 얼굴을 제대로 보게 되었다. 얼굴 윤곽이 뚜렷하고 코가 매우 높은 것이 분명 설족이었다. 시위들은 더욱 분노했다.

"하! 설족이라니! 정말 죽일 놈이군!"

"흥, 우리 설족에 저런 쓰레기는 없지! 쉽게 죽을 생각 마라! 네 시신을 조각내 줄 테니까!"

"반드시 합당한 징벌을 받아야지. 아무도 너를 용서하지 않을 것이다! 네 가족들이라도!"

이런 질책을 듣고 있노라니 백 족장도 황망하여 식은땀이 흘렀다. 마치 시신이 조각날 사람이 자신인 것 같았다. 사실 오늘 아침 궁수가 잡혔다는 소식을 들었을 때 그는 대황숙에게 백우웅을 죽이는 일을 멈추자고 의논할 참이었다. 그런데 이런 일을 또 겪게 될 줄은 몰랐다.

백 족장이 대황숙에게 구원을 청하는 시선을 던졌다. 대황숙도 일이 이렇게 될 줄은 몰라 당황하고 있었다. 그러나 그는 얼른 입을 열어 외쳤다.

"백 족장, 무엇 때문에 시간을 끌고 있느냐! 어서 사람들을 끌고 가지 않고!"

수많은 시위 앞에서 살인 멸구 한 적이 적지는 않았다. 그러나 일단 사람을 데려가면 기회가 있는 법이다!

대황숙이 이리 말하자, 어쩔 줄 몰라 하던 백 족장도 마침내 정신을 차렸다. 그가 분노를 억누르며 차가운 표정으로 외쳤다.

"여봐라, 일단 저자를 끌고 가라. 뇌옥에 가둔 다음 심판하겠다!"

비연이 아무 말도 하지 않고 군구신에게 눈짓했다. 그 눈빛은 바로 남들 몰래 나쁜 일을 계획하는 눈빛이었다. 의심할 바 없이 그녀의 마음속에는 묘계가 있었다! 군구신은 웃음이 새어 나오는 것을 참기 위해 수염을 만지작거렸다.

시위가 궁수를 꽁꽁 묶어 썰매에 태우자 군구신이 직접 수습한 백우웅의 시체를 궁수 뒤에 놔두었다. 일행은 출발했다. 백랑곡을 지나 호란설지에 들어서니 날이 어두워졌다.

백우웅을 쏘아 죽이는 것은 설족 최고의 죄였다. 이 궁수는 반드시 밤을 새워 압송해 데려가야 했다. 비연이 제안했다.

"대황숙, 몸을 피곤하게 하지 마시고 일단 하룻밤 쉬시고 내일 가시는 것으로 해요. 백 족장은 먼저 돌아가게 하고요."

대황숙이 입을 열기 전에 비연이 다시 이어 말했다.

"제가 빙려서를 잡았으니, 어서 빨리 돌아가 태의와 약을 시험해야겠어요. 약을 시험하는 일은 절대로 그르쳐서는 안 될 일이지요. 대황숙의 병세도 가볍지 않으시고, 많은 환자들도 기다릴 수 없어요!"

대황숙은 원래 안심하지 못하고 있었으나 비연의 말을 듣자 더욱 조급해졌다. 자신의 병세가 더욱더 중해져 약방을 기다리지 못할까 봐 두려웠던 것이다.

"어서 돌아가거라! 백우응 일은 백 족장이 알아서 처리할 수 있을 테니 걱정할 필요 없다! 반드시 약에만 집중하도록 해라! 필요한 것이 있으면 백 족장에게 얼마든지 이야기하고!"

비연이 공손하게 고개를 끄덕였다.

"예!"

백 족장은 정신이 다른 데 팔려 있었다. 어떻게 궁수의 입을 막을지 계속 고민 중이었던 것이다.

그날 밤, 대황숙은 백랑곡 뒤의 호위영에서 머물렀다. 비연은 시위 둘을 남겨 시중을 들게 한 후 약방 둘을 건넸다. 하나는 시위들이 쓸 것으로 방충제였고, 다른 하나는 대황숙이 고온으로 약욕을 할 용도였다. 그리고 비연 일행은 밤을 새워 길을 가 다음 날 아침, 설족 중심 대영에 도착할 수 있었다.

밤새도록 달려온 이들은 상당히 피로한 상태였다. 백 족장은 두 눈에 핏발이 서 있었지만 여전히 정신은 멀쩡했다. 하룻밤 내내 그는 주도면밀한 계획을 짜 두었다. 기회를 보아 직접 살인하여 궁수의 입을 막을 작정이었다. 심지어 살인을 한 후 어떻게 부족 사람들의 의심을 해소할지도 생각해 두었다.

그러나! 그들이 설족 중심 대영에 도착했을 때 중앙의 얼음집 주위를 부족 사람들이 둘러싸고 있는 게 보였다. 그것도 세겹, 네 겹은 될 정도로 수많은 사람들이었다! 대체 무슨 일이 벌어진 걸까?

흑사병이 발생한 이래 부족 사람들은 감염될까 두려워 서로 모이는 것도 피했다. 특히 비연이 고온으로 벌레를 죽이는 법을 알려 준 후, 모두 추운 곳을 피하느라 문밖으로는 감히 나오지 못하고 있었다! 그런데 대체 무슨 일이 있기에 부족 사람들이 목숨조차 아끼지 않고 이리 나와 있는 걸까?

일행이 멀리서 발걸음을 멈췄다. 비연은 아직 군구신이 어젯밤과 오늘 아침 대체 무슨 일을 했는지 모르고 있었다. 백 족장의 안색은 점점 더 딱해져 가고 있었다. 불길한 예감이 들었던 것이다. 설족 사람들에게 있어 생명보다 더 중요한 것이 있다면 그것은 신앙, 바로 백우응에 대한 신앙이었다!

갑자기 무리 중 누군가가 외쳤다.

"시신으로 백우응의 제사를 지내자!"

비연은 바로 오장로의 목소리임을 알아차렸다. 백 족장 역시 알아들을 수밖에 없었다. 그가 정신을 차리기도 전에 부족 사람들이 이구동성으로 외쳤다.

"시신으로 백우응의 제사를 지내자! 시신으로 백우응의 제사를 지내자! 시신으로 백우응의 제사를 지내자!"

설마 저들도 백우응을 사냥한 자를 잡은 걸까?

백 족장이 무의식적으로 몸을 돌려 자리를 피하려 했다. 순간 비연이 속으로 짚이는 것이 있어 소리쳤다.

"백 족장이 돌아왔다! 너희들, 대체 무슨 일이냐?"

백 족장이 갑자기 발걸음을 멈췄다. 앞에 있던 이들이 고개를 돌려 그를 바라보았다.

사람들이 길을 열자 오장로가 그에게로 걸어왔다. 다른 장로 네 사람도 전부 뒤쪽에 있었다.

비연의 시선이 그들을 넘어 얼음집 대문으로 향했다. 검은 옷을 입은 궁수가 거대한 나무판에 꽁꽁 묶여 있었다. 의심할 바 없이 이 궁수도 백우응을 사냥했던 자였고, 곧 시신이 갈기 갈기 찢길 예정이었다.

비연이 즉시 군구신을 바라보았다. 그들 사이에 묵계가 많아 지고 있었다. 비연의 눈빛을 본 군구신은 그녀가 묻고 싶어 하는 것을 알아차렸다. 그는 고개를 끄덕여 자신이 한 일이라는 걸 인정했다.

비연은 즐거웠다. 군구신이 그녀보다도 손이 빠를 거라고는 생각지 못했던 것이다! 그러나 그녀는 누가 일을 처리하느냐는 신경 쓰지 않았다. 살며시 웃으며 소리 없이 옆으로 물러나 조용히 사건의 추이를 살펴보았다.

장로들의 표정은 아주 엄숙했으나 분노를 감출 수 없었다. 평소 오장로는 백 족장에게 좋은 태도를 보이지 않았으나 다른 사람들은 공손했다. 그러나 지금 이 순간, 인내심이 강한 대장로조차 예의를 지킬 생각이 없어 보였다. 그가 분노한 목소리로 물었다.

"백 족장! 옥졸의 말로는, 족장의 명을 받아 백우응을 사냥한 자를 처리했다고 하던데, 이 일이 진짜인지?"

장로들은 어제 모두 재난 구역으로 갔고, 오장로는 고운원과 함께 빙려서를 잡으러 갔다. 그러나 그들이 출발한 지 얼마 되지 않아 감옥의 옥졸이 쫓아와, 백우웅을 잡은 자를 감옥에 가두었음을 고지했다.

그들은 바로 돌아갔고, 적시에 이 일을 막을 수 있었다. 그리고 장로회의 명의로 공개적으로 옥졸을 심문했다. 그리고 옥졸이 자백한 것이다. 백 족장에게 명을 받아, 궁수를 죽여서 입을 막으려 했다고.

백 족장은 상황이 이렇게 드러난 것을 보자 머릿속이 텅 비는 것만 같았다. 그는 본능적으로 부인하기 시작했다.

"모략! 누군가의 모략이다!"

적당한 문구가 떠오를 때까지 포기하지 않다

모략?

오장로가 빠르게 다가오더니 백 족장의 팔을 비틀어 잡고 소리쳤다.

"증인이 둘이나 있는데 감히 궤변을 늘어놔?"

백 족장이 바로 오장로의 손을 쳐 냈다. 그는 긴장한 나머지 목소리가 커지고 있었다.

"어떻게 저들의 말이 정말이라고 증명할 텐가? 본 족장이 당당한 부족의 장으로서 백우웅을 지키지는 못할지언정, 어찌 죽이라고 했겠느냔 말인가. 백우웅이 죽는다고 본 족장에게 무슨 이익이 있다고?"

오장로는 기가 막혀 죽을 지경이었다.

"너!"

백 족장이 빠르게 앞으로 나가더니 그 궁수와 옥졸을 향해 경고의 시선을 던졌다.

"족장을 모략하면 그 죄가 온 가족에게 연루될 것이다! 본 족장이 단 한 번만 묻겠다. 누가 너희에게 백우웅을 쏘아 죽이고 본 족장을 모략하라고 했느냐? 제대로 생각하고 다시 답변해 보아라!"

백 족장의 이 말은 눈앞의 두 사람뿐 아니라 그들이 데려온 궁수에게 하는 말이기도 했다. 이 세 사람은 모두 그의 심복으로, 그의 경고를 분명히 알아들을 수 있었다.

과연, '온 가족이 연루될 것'이라는 말을 듣자 안 그래도 황망해하던 궁수와 옥졸은 더욱 어쩔 줄 몰라 하며 오래도록 입을 열지 않았다.

백 족장이 계속 소리쳤다.

"본 족장이 말해 두마! 자백은 증거가 아니다. 흥, 감히 본 족장을 모략하려거든 먼저 증거를 가져와야 할 것이다!"

증거? 백 족장은 오로지 입으로만 그들에게 명령했었다!

옥졸은 영리한 사람이었다. 그러나 그는 백우웅을 죽인 일에 대해서는 아는 바가 없으니, 아무리 머리를 짜내도 증거로 나올 것이 없었다.

궁수도 일개 무인으로, 원래 말솜씨가 영 없는 편이었기에 어찌 변명해야 할지 알 수 없었고, 또 감히 변명할 엄두가 나지 않기도 했다!

게다가 백 족장은 이 일을 아주 주도면밀하게 했기에 아무런 증거도 남기지 않았다.

장로들이 모두 다가왔고 오장로가 질문했다.

"백 족장, 그럼 내가 물어보지. 저자가 백우웅을 죽인 것을 알고도 무엇 때문에 장로회에 바로 고지하지 않았나? 대체 무슨 생각이었던 거지?"

백 족장이 잠시 멈칫했으나 또 궤변을 늘어놓기 시작했다.

"본 족장은 저자를 본 적이 없는데 어떻게 저자가 백우웅을 죽였는지 알 수 있다는 말이냐? 본 족장은 오늘 아침 일찍 왕비마마를 모시고 외출했는데, 너희는 대체 이게…… 이게 무슨 일이냐? 누가 저들을 잡아넣었는지도 본 족장은 모른다! 어서 제대로 설명해 보아라!"

오장로가 화가 나서 말을 하려는데 백 족장이 갑자기 소리쳤다.

"여봐라, 본 족장이 잡아 온 저자를 끌어와라! 역시 백우웅을 죽인 자다!"

이 말에 모두 쥐 죽은 듯 고요해졌다. 장로들도 깜짝 놀라 서로 얼굴만 바라보았다.

계속 무리 주위에서 기다리고 있던 시위들이 바로 백우웅을 잡은 자를 끌어냈다. 사방에서 이런저런 목소리가 들리기 시작하더니 곧 시끌벅적해졌다.

백 족장이 백우웅을 잡은 궁수 가까이 다가갔다. 백 족장의 눈에는 희미한 경고의 빛이 떠올라 있었다.

백우웅을 죽인 죄는 한 사람이 치르지만 족장을 모략한 죄는 가족들까지 연루시킨다! 충분한 증거를 보일 수 없다면 차라리 죄를 인정하는 게 나았다. 그러지 않으면 가족들에게까지 피해가 갈 테니까.

백우웅을 죽인 궁수는 족장의 경고를 분명히 알아들었다. 그는 두려움에 고개를 숙인 채 감히 백 족장을 바라보지도 못했다.

형세가 자신에게 유리하게 돌아가는 걸 보고 백 족장은 배짱이 두둑해져서, 두 손을 들어 올려 사람들을 조용히 시켰다.

"여러분, 이자는 본 족장이 환해빙원에서 체포해 왔다. 백우웅의 시체 역시 함께 가져왔다!"

그는 시위에게 백우웅의 시체를 가져오도록 했다.

백우웅의 시체를 본 사람들의 분노가 다시 들끓기 시작했다. 백 족장 역시 의분에 가득 찬 표정으로 몇 마디 질책한 다음 소리쳤다.

"여러분, 만약 본 족장이 이 일의 배후에 있는 원흉이라면 본 족장이 무엇 때문에 이자를 체포해 왔겠는가? 왕비마마께서도 현장에 계셨다. 여러분이 본 족장을 믿지 않는다고 해도, 왕비마마는 믿어야 하지 않겠는가!"

이 말을 들은 모든 이들이 비연을 돌아보았다.

비연은 암암리에 차가운 숨을 들이마셨다. 그녀는 정말로 백 족장의 궤변을 과소평가하고 있었다!

그녀는 아무 일도 하지 않았는데, 백 족장이 뜻밖에도 먼저 그녀를 끌어들여 그녀가 그의 죄를 씻어 주게 했다! 정말이지 죽고 싶은가 보군!

비연의 신분 때문에 모두 그녀를 바라보기만 할 뿐 아무 말도 하지 않았다.

대장로를 포함한 사람들은 서로 얼굴만 쳐다볼 뿐이었다. 그러나 오장로는 한치도 망설이지 않고 걸어 나오더니 물었다.

"왕비마마, 백 족장이 한 말이 사실입니까?"

비연이 머리카락을 쓸어 올리며 대답했다.

"오장로, 이 문제는 대답하기 어려운데. 나에게 생각할 시간을 좀 주지."

이 말은…… 무슨 의미일까?

백 족장이 미간을 찌푸린 채 불안한 표정으로 비연을 보았고, 사람들은 모두 의혹에 가득 찬 눈길을 던졌다. 오장로의 분노가 극에 달했다.

"왕비마마, 사실이 어떠하건 그대로 대답해 주시면 됩니다. 생각하실 시간이라니요? 설마 백 족장과 결탁하신 겁니까!"

일이 점점 더 커지고 있었다. 사람들은 서로를 바라보며 감히 아무 말도 하지 못하고 있었다.

대장로가 오장로를 끌어내더니 냉정하라고 눈짓했다. 백 족장은 속으로 기뻐하고 있었다. 그는 오장로가 비연을 좀 더 자극하기를 바라고 있었다.

그러나 이게 웬일일까. 비연은 화를 내지 않을 뿐 아니라 오장로가 말한 '결탁'이라는 단어에도 전혀 신경 쓰지 않고 차분하고 느긋하게 대답했다.

"백 족장이 이야기하는 일이 한 가지만은 아니니까. 백우웅을 죽인 첫 번째 죄인 문제는 어찌 된 것인지 본 왕비가 알지 못한다. 두 번째 죄인은 본 왕비가 직접 목격했지. 수행하던 시위들이 가서 잡아 왔다."

백 족장이 눈을 휘둥그렇게 떴다.

비연이 한마디 덧붙였다.

"연이어 죄인 둘을 잡다니, 아무래도 이것은 개별적인 행동이 아닌 듯하다. 내가 보기에 환해빙원에 백우응을 잡는 자들이 더 있을 것 같다. 사람을 파견해 수색해 보면 어떨까 하는데……. 한 사람의 말은 증거가 되지 않고, 두 사람의 말이면 혐의가 되겠지. 그리고 한 무리의 사람이라면…… 반드시인 것이고. 그리고 백우응은 높이 날더군. 백우응을 잡으려면 반드시 특수하게 제작한 화살이 필요할 텐데."

비연이 군구신의 손에서 화살을 하나 받아 오장로에게 건넸다.

"오장로, 이 화살이 어제 백우응의 몸에서 뽑아낸 것이니, 이 화살의 내력을 조사해 보는 것도 좋겠지."

백 족장은 비연이 화살을 숨기고 있으리라고는 예상하지 못했다. 그는 이해할 수 없다는 눈으로 비연을 바라보다가 점차 혈색을 잃었다!

그리고 마침내 비연의 입장을 의심하기 시작했다.

대황숙이 비록 비연에게 백우응을 사냥하는 이야기를 해 주지 않았지만…… 이 상황에서 비연은 그를 돕지 않으면 그만이다. 이렇게까지 장로회를 도울 이유는 없는 것 아닌가! 단순히 비연이 강직하기 때문만은 아니다. 다른 마음이 있는 것이 분명했다!

대황숙은 그 자리에 없었다. 군구신이 막 자신의 수하를 보내 그를 데려오게 한 참이었다.

비연은 이제 백 족장의 의심을 사는 것이 두렵지 않았다!

그녀가 다시 말했다.

"본 왕비는 너희 설족의 규칙을 잘 알지 못한다. 그러나 이 일은 본 왕비가 맡도록 하지! 북강의 흑사병은 300년에 한 번 돌아오니, 이치대로라면 흑사병이 퍼지기까지는 아직 100년은 더 있어야 했다. 게다가 빙려서가 폭주를 일으키는 현상도 없었다. 본 왕비와 의원들은 이 원인을 규명하는 중이다. 백우응이 빙려서의 천적이라 하더군. 지금 보기에 흑사병이 발생한 원인 중 하나는 백우응이 몰래 사냥당한 것과 관련이 있을 가능성이 지극히 높다!"

비연의 이 연설은 적당한 문구가 떠오를 때까지 포기하지 않고 한 마디 한 마디 고민한 끝에 완성한 것이었다. 이 말을 들은 사람들은 곧 폭동이라도 일으킬 것 같았다!

그녀가 언급하지 않았다면 모두 이 일과 흑사병을 연결 짓지 못했을 것이다. 그러나 그녀의 말을 듣자 모두 이치에 맞는다고 여겼다.

떠들썩한 가운데, 비연이 천천히 고개를 돌려 두 죄인을 바라보았다.

그리고 몹시도 차가운 목소리로 외쳤다.

"보아하니 너희들이 잡은 백우응이 한두 마리가 아닐 것 같구나! 흑사병은 설족 사이에서 시작되어 보명고성까지 퍼지고, 심지어 천염국 전체를 위험하게 만들었다! 본 왕비가 경고하는데, 솔직하게 털어놓지 않는다면 너희들의 시신을 갈기갈기 찢는 것은 말할 것도 없고, 온 가족을 연루시키는 것은 더 말할 필요 없다! 본 왕비가 보기에 너희 설족 전부가 연루되어 천고의 죄인이 되어 마땅하구나!"

비연의 말이 떨어지자 시끄럽던 장내가 순식간에 조용해졌다. 마치 소리 없는 세계로 변한 것 같았다…….

마음껏 은원을 갚게 해 줄게

적막 속에서 모두의 심장이 미친 듯이 뛰고 있었다. 비연의 패기와 날카로움에 압도되지 않은 이가 없었다. 마치 비연이 천염국 전체의 주재자로서 그들을 심판하는 것 같았다.

갑자기 쿵 소리가 들렸다. 백우응을 쏘았던 죄인 하나가 스스로 무릎을 꿇은 것이다. 이 모습을 본 백 족장이 경악한 가운데 겨우 정신을 차렸다. 그러나 안타깝게도 이미 막을 길이 없었다. 무릎을 꿇은 죄인이 자백하기 시작했다!

"왕비마마, 용서해 주십시오! 장로님들, 제발 살려 주십시오! 소인은 백우응을 죽이고 싶지 않았습니다. 바로 백 족장이 그렇게 하라고 핍박했습니다! 지금 빙원에는 우리 형제들이 스물이 넘게 잠복해 있는데, 모두 백 족장에게 핍박받았습니다. 어서 그들을 말리십시오!"

이 말을 듣자 목판에 묶여 있던 죄인도 외치기 시작했다.

"억울합니다! 왕비마마, 저희 모두 핍박받았습니다. 억울합니다! 백 족장이 저희에게 경고하기를, 한 마디라도 새어 나가면 가족 전부를 죽여 버리겠다고 하였습니다. 백 족장이 백우응을 죽이라고 한 것은 정보를 막기 위해서입니다. 그리고…… 만약 우리가 발견되면, 만진국의 삼황자 백리명천이 시킨 짓이라 하라 하였습니다! 지금 흑사병이 돌기 시작하자 이 이유로는 통하지 않으니…… 그래서 백 족장이 저를 죽여 입을 막으려 한 것입니다!"

두 죄인이 자백하자 옥졸도 견디지 못하고 무릎을 꿇었다.

"왕비마마, 소인이 아는 것은 방금 장로들 앞에서 모두 자백하였습니다! 소인 역시 백 족장의 요구로 어쩔 수 없이 살인을 돕게 되었던 것입니다!"

"모략! 너희 모두 본 족장을 모략하고 있다! 너희……."

백 족장이 부인하며 뒷걸음질을 쳤다. 도망칠 생각인 듯했다. 그때 비연이 차갑게 명령했다.

"여봐라, 백서화를 잡아들여라! 모략인지 아닌지는 환해빙원에 정말로 다른 궁수들이 있는지 확인해 보면 알 수 있겠지. 진상을 명명백백하게 밝히겠다!"

환해빙원은 이곳에서 상당히 먼 거리였고 이미 봉쇄된 곳이었다. 그러니 소식이 그렇게 쉽게 전해지지는 못할 것이다. 그들에게는 죄인을 잡으러 갈 시간이 충분했다!

비연이 일부러 정보에 대한 이야기는 무시한 채 죄인에게 물었다.

"말하라. 그 스물이 넘는다는 형제들이 어디에 숨어 있지?"

죄인이 은신처를 자백하자 비연은 장로회에 사람들을 보내 체포할 것을 명했다. 시위들에게 백 족장과 궁수들을 모두 감옥에 가두라고도 지시했다. 특별히 서로 분리하여 투옥하되, 그녀의 허락 없이는 그 누구도 가까이하지 못하게 하라는 명도 잊지 않았다.

그 자리에 있던 시위들 중에는 백 족장의 사람들도 있었고 장로회의 사람들도 있었다. 그러나 그들은 생각조차 하지 않고 비연의 명령을 그대로 따랐다.

주변의 부족 사람들은 비연이 가져온 예방약 때문에 그녀를 은인으로 모셨는데, 지금 그녀가 이렇게 박력 있게 일을 처리하자 경외심이 더욱 커졌다!

이렇게 백 족장이 갇힌 다음 오장로는 직접 사람들을 이끌고 환해빙원으로 향했다. 다른 네 장로는 사람들의 분위기를 달래고 계속 격리 구역을 건립하는 일을 안배했다.

설족 중심 대영으로 옮겨 온 대황숙은 군구신이 안배한 사람들에 의해, 격리를 핑계로 대영 서쪽의 얼음집에서 머물게 되었다.

비연이 사람들을 헤치고 방으로 돌아가자 군구신이 기다리고 있었다. 비연이 그를 보자마자 환하게 웃으며 엄지손가락을 세웠다.

"정왕 전하, 이번 초식은 정말 대단하시와요!"

군구신은 본래 웃음이 새어 나오는 것을 참을 수 없었는데, 비연이 이렇게 즐겁게 웃는 것을 보고 결국은 웃음을 터뜨리며 말했다.

"애비愛妃 역시 전혀 모자라지 않는 것을."

비연이 살짝 멈칫했으나 군구신이 곧 설랑을 넣어 둔 주머니를 가져왔다.

"이 녀석의 병이 가볍지 않은 것 같은데. 백서화의 죄목이 정해지면 돌려보내야 할 것 같아."

이것은 진짜 빙려서가 아니라 상고 시대 몽족의 신수인 설랑이었다. 이렇게 신령한 동물이라면 병이 든다 해도 스스로 치유하는 법이다. 하지만 지금은 병이 심한 나머지 설랑으로 돌아갈 수도 없는 것 같았다.

설랑을 다른 이에게 맡기기에는 안심되지 않아 군구신이 직접 데리고 있다가 직접 놓아줄 생각이었다.

비연이 고개를 끄덕이며 빙려서를 받아 들고 안전한 자리를 마련해 주었다. 그녀가 군구신에게 백우응이 지니고 있던 정보를 찾았느냐고 묻기 위해 몸을 돌렸을 때, 군구신이 네모난 종이쪽지를 꺼내고 있었다.

서신에 적힌 서명은 '계강란'이었고, 내용인즉 '저와 요 이모가 환해빙원에 갇혔습니다. 마른 양식도 곧 다해 갑니다. 유양형, 어서 구원을 부탁드립니다. 반드시 축운궁에 통지하여 궁주께도 알려 주세요.'였다.

분명했다. 그날의 두 백의 여자가 원조를 요청하는 서신이었다.

비연이 의심스럽게 물었다.

"축운궁, 들어 본 적 있어?"

군구신이 고개를 저었다.

"들어 본 적 없어. 가명이든가, 아니면 은거 중인 세력이든가."

비연이 그의 곁에 앉아 중얼거렸다.

"당신 생각에…… 그 흑의 남자가 기씨, 소씨, 혁씨, 세 가문

중 한 가문 사람일 것 같아?"

빙해를 주시하는 자들은 아주 많다. 그러나 봉황력을 쫓아 북강에 올 수 있는 이들은 결코 많지 않았다.

군구신도 같은 추측을 하고 있었다.

"황숙이 계속 나에게 10년 전 빙해의 이변에 대해 조사하라 했었지. 황숙은 최근 한 달 남짓한 기간에야 소씨, 기씨, 혁씨, 세 가문을 의심하게 된 것 같아. 황숙이 차단한 정보를 통해 알게 되었을 가능성이 극히 높아."

비연이 작은 손을 꽉 쥐었다. 그 하얀 얼굴이 차갑게 가라앉으며 사람 전체에서 냉랭한 기운이 뿜어져 나오기 시작했다. 마치 타고난 듯한, 사람들을 천 리 밖으로 밀어내 버리는 듯한 그런 기운이었다!

그녀는 마음속으로 맹세했다. 반드시 이 세 가문의 진정한 당사자를 끌어내어 진상을 알아낼 것이다. 그때 대체 어떤 이들이 빙해의 그 전투에 참전했는지! 그녀의 집안을 무너뜨린 이가 누구인지! 단 한 사람도 도망치지 못하게 할 것이다!

군구신이 비연의 주먹 쥔 손을 보고 손을 내밀려다가 결국은 그만두었다. 그리고 아무 말 없이 조용히 몸을 일으킨 다음 그녀에게 물을 한 잔 따라 주었다. 조용히 함께하는 것이 소리 내어 위로하는 것보다 나은 경우가 많다. 약속보다는 묵묵히 곁을 지키는 게 나은 경우도 많고 말이다.

그녀가 악몽을 꾸며 눈물 흘리던 모습을 본 후로, 그녀가 얼마나 집으로 돌아가고 싶어 하는지, 또 얼마나 가족들을 그리워하는지 알고 있었다. 그리고 그 갈망과 그리움만큼 원한 역시 크다는 것도 알고 있었다.

현재 그들이 장악한 정보로 분석해 보면, 10년 전 빙해에서 벌어진 전투는 음모였을 가능성이 높았다. 봉황력을 빼앗기 위해, 봉황력으로 빙해의 이변을 일으키기 위한 음모.

빙해 안에는 진기의 비밀과 영생의 힘이 숨겨져 있다. 설마 봉황력이 영생의 힘을 얻기 위한 열쇠일까?

봉황력이 다시 비연의 몸속으로 돌아갔다. 어떻게 해야 비연이 이 힘을 부릴 수 있을까?

기씨, 소씨, 혁씨, 세 가문이 원흉이라면 그들을 도운 자들은 누구일까? 현공대륙에 있는 이들일까, 아니면 운공대륙에 있는 세력일까?

두 대륙은 왕래가 없었다. 그들이 어떻게 비연이 봉황력을 가지고 있다는 것을 알게 된 걸까? 비연과 그의 부황이 무엇 때문에 빙해에 왔던 걸까?

10년 전 그날, 대황숙이 우연히도 빙해 북안을 떠나지 않았다면 대황숙은 분명 모든 과정을 목격했을 테고 사건의 전말을 이해했을 것이다. 그렇다면, 당시 대황숙과 같은 은거 가문 출신 사람들 중 몇이나 남몰래 빙해를 주시하고 있었을까? 그들이 타인의 위급한 때를 타서 이익을 챙기거나, 아니면 앉아서 어부지리를 챙긴 것은 아닐까?

비연이 어떻게 빙해영경에 가게 된 걸까? 백의 사부가 그때 그곳에 있었을까?

봉황력이 그때 비연을 떠났다 해도, 그동안 그 누구도 얻지 못했던 모양이었다. 빙해 영생의 힘 역시 그 누구도 얻지 못한 듯했다. 그렇지 않다면 이 10년 동안 기씨, 소씨, 혁씨, 세 가문은 물론이고 그들이 들어 본 적도 없는 '축운궁'까지 빙해를 지켜보며 봉황력을 쫓고 있을 리 만무하니까!

이 순간 비연의 마음을 가득 채운 것은 원한이었다.

군구신은 여러 방면으로 주도면밀하게 고려하면서, 어떻게 방비해야 할지 생각하고 있었다. 언젠가는, 군구신이 비연에게 마음껏 은원을 갚도록 해 줄 것이다. 그 무엇에도 구애받지 않고!

비연은 지금 당장이라도 빙원으로 달려가 흑의 남자와 백의 여자를 체포하고 싶어 안타까울 지경이었다. 그러나 그녀는 여전히 냉정을 지키고 있었다. 비연이 눈을 들어 군구신을 바라보며 말했다.

"망할 얼음, 가자. 우리 백서화와 대화를 좀 나눠 봐야지!"

오장로가 증거를 찾아오고, 장로회가 백서화를 심판하기 전까지 백서화의 입을 열어 볼 생각이었다.

백서화는 대황숙과 함께 오랜 세월을 보냈으니 알고 있는 비밀이 적지 않을 것이다. 특히 군구신이 어린 시절 납치되어 팔려 간 비밀을 알고 있을지도 모른다…….

진상

오장로가 직접 사람들을 이끌고 환해빙원으로 향했다. 다른 장로들은 서둘러 격리 구역을 건립했고, 백 족장의 심복 잔당을 수습하고 있었다. 어쨌든 민감한 시기니 장로들은 반드시 빠른 시일 내에 족장의 모든 업무를 이어받고 민란이 일어나지 않도록 해야 했다.

비연의 신분과 군구신의 안배가 있었기에, 두 사람은 쉽게 장로회의 허가를 얻어 감옥에 있는 백 족장을 만날 수 있었다.

군구신은 얼굴을 드러낼 작정이었지만 비연은 백 족장이 그를 보고 경계심이 강해져 솔직하게 털어놓지 않을 것을 걱정했다. 그래서 군구신은 다른 변장으로 바꾸어 비연의 수행 시위로 위장했다.

백 족장은 비연을 보자 흥분한 나머지 군구신은 제대로 쳐다보지도 않았다. 그는 철장에 쓰러지다시피 하며 분노한 소리로 외쳤다.

"고비연, 대체 무슨 짓이냐? 본 족장이 대황숙을 뵈어야겠다!"

비연이 벽에 기댄 채 팔짱을 끼고 명랑하게 웃었다.

"백서화, 그 자리에서 대황숙 이야기를 하지 않은 건 대황숙이 구해 줄 거라 믿어서였나 보지?"

백 족장은 점점 더 불안해졌다.

"그게 대체…… 무슨 뜻이지?"

비연은 시간이 많지 않았기에 명쾌하고 단순하게 설명해 주었다.

"대황숙은 자기 자신도 지키기 어려운 상황이니 너를 구하러 올 수 없다는 이야기다! 네 시신이 갈기갈기 찢기고 싶지 않다면, 그 정도는 내가 도와줄 수도 있지!"

백 족장이 눈을 휘둥그렇게 뜨더니 마침내 상황을 파악했다.

"좋아! 너 이 망할 계집, 대황숙도 속이고 황상도 속였다. 모든 사람을 속이다니, 아주 대담하구나! 정왕은, 응, 어디 있지?"

군구신은 비연의 곁 어두운 곳에 서 있었다. 시위의 복장을 입고 있었지만 온몸에서 냉랭하고도 신비로운 기운을 발산하는 모습은 감히 범할 수 없을 정도로 고귀했다. 그는 미동도 하지 않았다.

비연이 군구신은 언급하지 않고 웃으며 말했다.

"백 족장, 당신도 바보는 아닐 테니 분명 알고 있을 텐데. 지금 본 왕비를 제외하면 아무도 당신을 도와줄 수 없어! 말 다섯 필에 시신을 묶고 달리게 하는 형벌…… 당신도 분명 직접 본 적이 있을 테지. 하지만 당신이 내 질문 몇 가지에 답만 해 준다면 그 형벌은 면하게 해 주지."

백 족장은 당연히 그 형벌을 본 적이 있었다. 그 잔인한 장면을 떠올리자 온몸에 소름이 돋고 등줄기가 쭈뼛해졌다. 대황숙도 그를 구할 수 없다니…… 그가 무엇 때문에 망설여야 하는 걸까? 그는 바로 요구 사항을 제시했다.

"당장 내가 설족을 떠나게, 아니지, 내가 북강을 떠나게 안배해 줘. 내가 안전해진 다음, 알고 싶어 하는 모든 것을 다 말해 주어도 늦지 않을 테니까!"

비연이 눈썹을 치켜세우고 백 족장을 힐긋 바라보고는 바로 몸을 돌려 감옥 밖으로 향했다.

백 족장이 다급하게 외쳤다.

"고비연, 멈춰! 돌아와!"

비연은 상대하지 않았다. 그녀가 가장 싫어하는 사람이 바로 거래할 만한 패도 없으면서 흥정할 수 있다는 망상에 사로잡힌 자들이었다. 백 족장은 자신을 높이 보는 게 아니라 그녀를 낮춰 보고 있는 것이다. 그녀가 바보라고 생각하는 것이다!

비연이 한 걸음 한 걸음 앞으로 걸어가자 백 족장이 다급하게 외쳤다.

"내가 먼저 답을 할게! 대답해 줘! 알고 싶은 게 뭐야, 다 알려 줄 테니까! 거기 서!"

비연이 어둡고 음산한 회랑에 서서 환하게 미소 지었다. 그런 그녀의 모습은 마치 작은 악마처럼 보였다. 그것을 본 군구신이 저도 모르게 입꼬리를 들어 올렸다.

백 족장은 비연이 돌아오는 것을 보고, 허공에 걸린 듯하던 심장이 마침내 제자리를 찾는 것을 느낄 수 있었다.

비연이 본론부터 묻기 시작했다.

"정왕 전하가 출생한 후 어딘가로 팔려 간 일은, 대체 어찌 된 일이지?"

이 말에 백 족장은 경악했다. 그는 비연과 군구신이 결탁했으리라 추측하긴 했다. 그러나 비연이 이런 일을 물을 줄은 몰랐던 것이다. 보아하니, 진양성의 상황도 결코 낙관할 수 없을 것 같았다!

비연이 귀찮다는 듯 재촉했다.

"답할 건가, 아니면……?"

백 족장이 다급하게 외쳤다.

"답할게, 답하면 되잖아! 내가 알기로는 대황숙과 황상은 그때 군씨 가문 내부에 적이 있었다고 의심하고 있어. 내부의 적이 인신 매매상과 손잡고 정왕 전하를 데려가 버린 거지. 대황숙과 황상이 그 일을 계속 조사했지만, 안타깝게도 아무리 찾아도 실마리조차 발견하지 못했지. 지금까지도 이 일은 결론이 나지 않았어."

이 진상은 비연과 군구신이 예전에 추측했던 것과 일치했다. 비연이 무의식적으로 군구신을 바라보았다. 군구신이 담담하게 계속하라고 손짓했다.

비연이 다시 물었다.

"그럼 전하가 어떻게 돌아오신 거지?"

백 족장이 회상하며 대답하기 시작했다.

약 9년 전, 군구신이 열한 살이었을 때였다. 군구신이 빙해 북안, 대황숙의 은신 동굴을 발견했다. 그는 동굴에 들어간 후 대황숙에게 감금당했다.

대황숙은 처음에는 군구신이 자신과 마찬가지로 빙해의 수수께끼를 찾고 있는 거라고 생각했다. 그는 군구신에게 고문을 가하며, 출신이며 알고 있는 정보를 요구했다. 그러나 군구신은 굳세게 한마디도 하지 않았다.

대황숙은 군구신이 도망치지 못하도록 두 다리를 폐하려고 했다. 그런데 이게 웬일인가. 놀랍게도 군구신의 발을 본 대황숙은 그가 수년 전 실종된 군씨 가문의 적장자임을 알게 되었다.

대황숙은 군구신이 자신의 신분을 알고 있는지 확신할 수 없었다. 그래서 그는 자신의 신분을 드러내지 않고 일단 군구신을 탐색해 보면서, 그를 친부모에게 데려가 주겠다고 말했다.

그 말을 듣자 군구신이 마침내 입을 열더니, 대황숙에게 대체 누구냐고 반문했다. 대황숙은 대답하지 않고, 그가 누구의 손에서 자랐는지, 빙해안에는 왜 왔는지 등을 물었다. 그러나 군구신은 여전히 대답하지 않았다.

백 족장은 여기까지 말한 후 망설이는 듯하더니 더 이상 말하지 않았다.

그러나 여기까지 들은 비연은 천무제가 거짓말을 했다는 것을 확신할 수 있었다. 그녀는 다시 군구신을 바라보았다. 그는 다른 이의 이야기를 듣고 있는 것처럼 유난히 냉정한 모습으로 계속하라고 손짓했다.

비연이 더욱 직접적으로 물었다.

"그다음에는? 전하께서 열한 살부터 열네 살까지 3년 동안 무슨 일이 있었지? 전하께서는 무엇 때문에 기억을 잃으신 거지?"

이 말에 백 족장은 경악했다. 그는 원래 이 3년간의 일은 숨길 작정이었는데, 비연이 이렇게 물어 온 것이다.

군구신은 침착한 표정이었지만 비연은 저도 모르게 초조해져서 소리쳤다.

"말해!"

백 족장도 비연이 대체 얼마나 아는지 알지 못해 이제 간청하고 있었다.

"이 일은…… 제가 말씀드릴 수 있습니다. 하지만 왕비마마, 절대로 전하께…… 제가 아는 진상을 말씀드리시면 안 됩니다!"

비연이 냉랭하게 말했다.

"알겠다!"

백 족장이 마침내 이어 말하기 시작했다.

당시 대황숙은 군구신의 입에서 아무것도 알아내지 못했다. 그는 군구신을 동굴에 가둔 다음 천무제를 불러와 서로 인사시켰다.

부자가 서로 상봉하였으나 군구신은 여전히 자신이 어디서 왔는지, 빙해에 왜 왔는지 말하지 않았다. 대신 그는 한 달만 떠나 있다가 다시 돌아오겠다고 말했다. 대황숙과 천무제는 거절했고 쌍방 간에 갈등이 생겼다.

대황숙과 천무제는 군구신의 배후에 있는 세력이 빙해의 이변과 관계있는 것은 아닌지 의심했고, 군구신이 동료들을 데려오지 않을까 두려워했다. 그래서 그들은 군구신을 비밀리에 북강으로 데려가 인적이 드문 환해빙원에 숨겨 두었다.

천무제가 인내심을 발휘해 장장 한 달을 구슬렸으나 군구신은 상대하지 않았다. 마지막으로 천무제는 군구신을 대황숙에게 넘겨, 고문을 가해 자백을 받아 내도록 했다.

백 족장은 저도 모르게 감개무량한 듯 말했다.

"정왕 전하는 당시 열두 살이 안 되신 상태였습니다. 하지만 이미 아주 단단한 사내였죠. 어른이라 해도 그때의 전하만큼 버티지 못했을 겁니다! 대황숙은 열여덟 종류의 고문을 가했고, 하마터면 목숨도 빼앗을 뻔했지만…… 그렇게 석 달 동안 고문을 받으면서도 단 한 마디도 하지 않았습니다. 이 늙은 이는 평생 그렇게 군센 아이는 처음 보았습니다……."

여기까지 들은 비연은 얼이 빠졌다. 군구신이 그 3년 동안 호의호식했을 거라 생각지는 않았지만 이렇게 잔인한 일을 당했을 줄이야.

그녀는 주먹을 꽉 쥐었다. 눈시울이 뜨거워졌다. 지금 제 마음에 가득한 것이 분노인지 아픔인지도 알 수 없었다. 그저 심장이 무엇엔가 막힌 듯이 너무나 괴로울 뿐이었다.

그녀가 다시 군구신을 보았지만 여전히 평온한 표정이었다. 마치 아무 일도 없었던 것처럼.

비연은 결국 견딜 수 없어 그에게 다가갔다. 그녀는 그가 이 이야기를 직접 듣지 않기를 바랐다. 가끔은 기억을 잃는 것도 반드시 나쁜 일은 아닌 것이다!

그녀가 그에게 밖으로 나가 기다리라고 하려 했을 때 군구신이 먼저 입을 열었다. 아주 다정한 목소리였다.

"이제 됐다. 나가서 나를 기다리고 있어."

이렇게 결정적인 순간이니 백 족장도 뭔가를 더 숨기지는 않을 것이다. 군구신은 그 뒤에 벌어진 일은 기본적으로 알고 있었다. 다만 계속 비연에게 이야기하지 않았을 뿐.

비연은 차마 그의 말을 따를 수 없어 다시 빠른 걸음으로 원래의 자리로 돌아왔다. 그리고 분노한 목소리로 외쳤다.

"그다음은? 전하께서는 대체 어떻게 기억을 잃으셨지? 기억을 되찾을 수는 있는 건가?"

극도의 분노

백 족장은 어두운 곳에 서 있는 사람이 군구신인 줄 알지 못했지만, 계속 바라보며 조금 머뭇거렸다.

비연이 퉁명스럽게 말했다.

"내 사람이다!"

백 족장은 비연이 방금 그에게 어떤 일을 명령하고 왔다고 여겼다. 그러나 완전히 안심할 수는 없어 다시 한번 강조했다.

"왕비마마, 이 일은 군씨 가문의 기밀입니다. 절대로 밖으로 새어 나가서는 안 됩니다. 정왕 전하께 말씀드려도 안 됩니다! 오늘 밤…… 아니, 늦어도 날이 어두워지기 전에 저를 내보내 주셔야 합니다!"

비연이 분노를 내리누르며 말했다.

"알겠다!"

백 족장이 그제야 입을 열었다.

"설족에게는 한형이라는 이름의 고문법이 하나 있습니다. 바로 죄인을 얼어붙은 물에 담그는 형벌이지요. 죄인의 의지력을 깎아 내면서 심문할 수 있습니다. 그 3년 동안 대황숙은 수도 없이 정왕에게 한형을 가했습니다. 제가 기억하는 마지막 한형은…… 장장 열흘에 걸쳐서였지요. 천무제도 함께 있었습니다. 하지만 안타깝게도 정왕은 마지막까지도 그들에게 협조하지 않았고, 대황숙이 저에게 부탁해서……."

백 족장은 잠시 망설이더니 겨우 이어 말했다.

"대황숙이 저에게 부탁해서 설족의 망혼수를 정왕 전하에게 마시게 했습니다."

망혼수?

그런 이름을 들어 본 적 없었기에 다급하게 물었다.

"전하께서 망혼수를 마시고 기억을 잃으신 건가? 독약인가? 증상은? 해독은 가능한가?"

백 족장이 가볍게 탄식했다.

"그 물은 약이면서 약이 아니고, 독이면서 독이 아닙니다. 설족 대대로 내려오는 것인데, 일단 마시고 나면 평생 기억을 회복할 방법이 없습니다."

분노한 비연이 그에게 다가가 소리쳤다.

"어째서 그렇게 잔인한 짓을 도운 거야! 무엇 때문에!"

백 족장이 깜짝 놀라 뒤로 물러났다. 이렇게 큰일이니, 앞에 있는 사람이 정왕이라면 그는 결코 털어놓지 않았을 것이다. 자신이 이 이야기를 하면 죽음을 면하기 어렵다는 사실을 잘 알고 있었다.

그가 서둘러 변명했다.

"왕비마마, 진지하게 생각해 보십시오. 정왕 전하는 군씨 가문의 적장자입니다. 황상의 친혈육이라고요. 정왕 전하의 마음은 당연히 군씨를 향해야 하지 않습니까? 조상의 품으로 돌아온 이상 대황숙과 황상이 그를 푸대접할 리 있겠습니까? 그런데 어째서 단 한마디도 하지 않은 것일까요? 또 무엇 때문에 한 달을 떠나 있겠다고 한 것일까요? 어쩌면 정왕 전하는 군씨 가문으로 돌아가고 싶지 않았을 수도 있고, 아니면 커다란 비밀을 지니고 계셨는지도 모릅니다!"

비연은 그런 문제는 아직 생각해 본 적 없었다.

백 족장이 다시 말했다.

"왕비마마, 정왕 전하는 당시 겨우 열한 살이었습니다. 그런데 빙해안에서 무엇을 하고 있었을까요? 정왕 전하 뒤에 있는 세력은 결코 단순한 이들이 아닐 겁니다! 그때 대황숙과 황상은 전하가 그리도 굳센 것을 보고 더욱 놓아주기를 두려워하셨습니다. 그가 돌아오지 않을까 봐 말이지요. 그래서 그런 하책을 쓰고 만 것입니다. 정왕 전하의 기억을 지우고, 정왕 전하의 인생을 다시 시작하게 하자……."

백 족장은 비연이 분노하고 있음을 알아채고 재빨리 한마디 덧붙였다.

"왕비마마, 대황숙의 성격을 어느 정도 아시는지 모르겠지만, 대황숙이 저에게 약을 달라고 하면 제가 감히 안 드릴 수는 없습니다. 어쨌든 그것은 군씨 가문의 일이고, 저는 일개 외인으로서 너무 많이 끼어들 수 없으니…… 사실…… 대황숙과 황상도 무서우셨던 것뿐입니다. 만약 정왕 전하께서……."

이 말이 끝나기도 전에 비연이 냉랭하게 말을 끊었다.

"그만!"

그녀는 분노로 몸을 떨고 있었다. 대황숙과 천무제의 죄를 덮어 주는 말을 듣고 싶지 않았다. 그녀는 지금 당장 대황숙을 죽이고 천무제를 도살할 수 없어 한스러웠다!

석 달 동안의 가혹한 고문, 3년 동안의 한형. 마지막에는 잔인하게 모든 기억까지 지워 버렸다. 군구신이 열네 살의 나이로 깨어났을 때 온몸에 중상을 입고 있었던 것도 이상한 일이 아니었다! 호랑이가 아무리 잔인해도 제 자식은 잡아먹지 않는다는데, 그들은 어찌 그럴 수 있었을까?

단순히 군구신이 군씨 가문의 혈통이기 때문에 그들이 그의 뜻을 어기고 그를 그렇게 대할 수 있는 거라고? 능력이 있으면 태어난 지 한 달도 되지 않은 아이를 인신 매매상의 손에 들어가게 하지 말았어야지!

아이를 찾아 데려오고는 솔직하고 성실하게 대하지는 못할망정 수단을 가리지 않고 그를 떠나지 못하게 하다니, 그게 다 무엇이란 말인가? 그들이 그를 남겨 두려 했던 것도 잔인하게 훈련시키기 위해서가 아니었던가? 택과 같은 아이에게도 그렇게 모질게 대하는데 하물며 군구신에게는 어땠을까?

본질적으로 그들은 자기 자신의 이익을 챙긴 것이 아닌가. 그 빙해의 수수께끼 때문에! 군구신과 그 뒤의 세력이 그들이 영생을 얻는 데 있어 장애물이 될까 봐 걱정한 것에 지나지 않았다! 정말이지 역겨워!

이 순간, 비연은 멀지 않은 곳에 서 있는 군구신이 무척이나 보고 싶었다. 그러나 그녀는 감히 고개를 돌릴 수 없었다. 예감할 수 있었다. 군구신은 지금도 여전히 평온한 얼굴일 것이다.

그러나…… 바로 그 평온함이 그녀를 아프게 했다.

마침내 알게 된 것이다. 웃으면 그리도 보기 좋은 사람이 무엇 때문에 그렇게 냉정한 성정을 품게 되었는지.

비연이 심호흡을 한 후 냉정을 되찾기 위해 노력했다. 그리고 계속 냉랭하게 질문했다.

"지금도 망혼수를 갖고 있나?"

백 족장은 고개를 저었다.

"단 한 병만 있었습니다. 일단 망혼수를 복용하면 파해할 방법이 없습니다. 그게 아니라면, 기억을 잃게 하는 약물이 그리 많은데 대황숙이 굳이 그 약을 원했을 리 없습니다."

비연의 눈 속에서 분노의 불길이 용솟음쳤다. 마음속에서는 살의가 일렁이고 있었다. 그녀는 다시 한번 심호흡하고, 냉정하자고 자신을 억눌렀다. 냉정하자. 군구신처럼 냉정하자…….

그녀가 계속 물었다.

"기억을 잃는 것 외에 다른 증상은?"

백 족장이 고개를 저었다.

"없습니다."

없다고?

백 족장은 거짓말을 하는 것 같지 않았다. 거짓말을 할 필요도 없고 말이다. 그렇다면 군구신의 한증은 어찌 된 걸까? 무엇 때문에 한증이 발작할 때마다 기억을 회복하는 현상이 있을까? 3년 동안의 한형으로 인한 것이라면, 망혼수에 백 족장조차 모르는 또 다른 무엇이 있는 걸까?

비연이 계속 질문했다.

"전하께서 계속 손에서 떼어 놓지 않으시는 염주를 알고 있겠지? 어린 시절부터 갖고 계시던 것이냐?"

"염주……."

백 족장이 물었다.

"기남침향으로 만든 것 말씀입니까?"

비연이 고개를 끄덕였다.

"바로 그것!"

백 족장이 어쩔 수 없다는 듯 말했다.

"그…… 그 염주는 사실, 사실 제가 여러 해 전에 대황숙께 드린 물건입니다. 그날, 대황숙이 억지로 정왕에게 망혼수를 마시게 할 때, 정왕 전하가 왜인지 모르면서 그 염주를 잡더군요. 심할 정도로 세게 잡은 다음 인사불성에 빠져서…… 어떻게 해도 손을 펼 수 없었습니다. 결국 대황숙도 그냥 그대로 두고 말았지요."

비연은 진상이 이러리라고는 전혀 예상치 못한 바였다. 군구신이 그때 무엇 때문에 그랬던 것일까?

비연이 재빨리 물었다.

"그때 전하께서는 대황숙이 전하께 망혼수를 마시게 한다는 것을 아셨느냐?"

백 족장이 솔직하게 대답했다.

"모르셨을 겁니다. 아마 독약을 마신다고 오해했겠지요. 그래서 그렇게 발버둥을 쳤을 거고……."

정말 이상한 일이었다. 만약 군구신이 그것이 망혼수라는 걸 알았다면, 염주를 빌려 자신에게 뭔가를 일깨우려 했을 수도 있다. 그러나 상황을 알지 못했다면, 염주를 잡은 것에 대체 무슨 의미가 있는 걸까?

비연이 생각에 빠진 동안 백 족장이 천장의 창을 흘깃 보았다. 하늘이 이미 어두워지고 있었다.

"왕비마마, 정왕 전하와 관련한 일, 제가 아는 것은 전부 말했습니다. 이제 어서 저를 빼내 주십시오. 장로들이 돌아오면 그때는 이미 늦습니다!"

비연이 묻고 싶은 것은 군구신의 일만이 아니었다. 빙해에 대해서도 물어야 했다!

"조급한 모양이지? 그럼 어서 빙해의 비밀에 대해 말해라!"

비연의 어조는 놀라울 정도로 차가웠다. 그녀는 알지 못했지만 백 족장은 그녀의 목소리를 듣는 것만으로도 몸서리를 치며 저도 모르게 멀리 떨어질 정도였다.

그가 물었다.

"빙해에 대해서는 사실 제가 아는 것이 많지 않습니다. 그……마마께서는 무엇을 알고 싶으신가요?"

내가 어떻게 하는 게 좋을까

비연의 분노가 극에 달해 눈빛마저 차가워졌다.

"봉황력은 어찌 된 것이지? 너희들은 대체 빙해에서 무엇을 얻고 싶은 것이냐?"

백 족장은 더 이상 숨기려 하지 않았다. 감히 시간을 허비할 수 없었던 것이다.

"빙해의 중심에는 빙핵이 있는데, 그 빙핵에는 신비한 힘이 숨어 있어 영생을 얻을 수 있습니다. 오로지 봉황력만이 빙핵을 불러낼 수 있고요. 전언에 따르면, 현공대륙에서 진기를 수련하는 것은 천지의 현기를 흡수하는 데서 기원했다고 합니다. 그래서 지금 대황숙은 빙핵 안의 신비한 힘이 바로 현기의 근원이 아닌지 의심하고 있습니다. 빙핵을 얻을 수만 있다면 원래의 진기를 회복할 수 있을 뿐 아니라, 심지어 10품까지 쉽게 끌어올려 영생을 얻을 수 있다는 거지요."

백 족장이 말하는 진상은 비연이 예전에 추측했던 것과 차이가 크지 않았다. 그러나 비연은 여전히 의외라는 생각이 들어 저도 모르게 중얼거렸다.

"빙핵? 빙해의 중심에 숨겨져 있다고?"

백 족장이 말했다.

"그렇습니다. 10년 전 빙해의 이변은 기씨, 소씨, 혁씨, 세 가문이 빙핵을 다투느라 벌어졌던 일일 가능성이 높습니다. 다만 대황숙은 그때 대체 무슨 일이 벌어졌는지, 무엇 때문에 빙해 전체가 극독에 감염되었는지 지금도 알지 못합니다. 그때, 대체 어떤 사람이 봉황력을 부려 빙핵을 불러냈던 것인지⋯⋯."

비연은 분노한 것은 분노한 것이고, 머릿속은 아주 맑았다. 그녀는 잘 알면서도 일부러 물었다.

"대황숙이 어떻게 혁씨 가문을 의심하게 된 거지?"

백 족장은 후회하는 듯한 표정을 지었다. 그는 봉황력이 이미 비연에게 돌아갔다는 사실을 알지 못했다. 그는 자신과 대황숙이 백새빙천에서 세 무리와 함께 봉황력을 두고 다툰 일을 모두 상세하게 비연에게 말해 주었다.

비연은 다시 한번 그녀와 군구신의 추측이 맞았음을 확인하고 말했다.

"그 흑의 남자가 혁씨 가문의 사람이군!"

백 족장이 고개를 끄덕였다.

"바로 그렇습니다. 그 정보가 아직 대황숙에게 있습니다. 아, 그 정보를 막지만 않았더라면 저는⋯⋯ 저도 이 지경까지 떨어지지는 않았을 텐데!"

"혁씨 가문이라, 아주 잘됐군!"

비연은 마음에 원한을 품고 있었으나 겉으로 드러내지는 않고 계속 물었다.

"봉황력을 다루는 방법을 알고 있나?"

백 족장이 어쩔 수 없다는 듯 웃으며 말했다.

"왕비마마, 봉황력을 다루는 법을 안다면 그날 봉황력이 그 얼음 구덩이를 부수는 것을 지켜만 보지는 않았을 겁니다. 저와 대황숙이 봉황력을 쫓는 것도, 봉황력이 대체 어디에 머무는지 알고 싶어서였고요. 안타깝게도 그날 이후 봉황력은 다시는 나타나지 않았습니다."

비연은 마음에 짚이는 것이 있어 계속 물었다.

"그렇다면 지금, 그 잠입자들 중 몇 명을 잡았지?"

백 족장이 고개를 저었다.

"백새빙천 부근과 북쪽 동굴들을 아직 수색해 보지 않았습니다. 아마 그 일대에 숨어 있겠지요. 그러나 잡지 못한다 해도 계속 이대로 가면…… 아마 조만간 그들도 양식이 떨어져 나오지 않을 수 없게 되겠지요."

백 족장이 잊지 않고 비연에게 일깨워 주었다.

"왕비마마, 그들을 잡고자 하신다면 백랑곡과 일선천을 지키셔야 합니다. 그리고 대황숙이 은신해 있던 동굴도 잊지 마시고요. 저에게 묘계가 하나 있는데, 왕비마마께서 고려해 보셔도 무방합니다!"

비연이 아무 말도 하지 않자 백 족장이 즉시 말했다.

"왕비마마, 흑사병을 옮기는 빙려서를 백새빙천 부근의 동굴에 넣어 보십시오. 그들이 안 나오고는 못 배길 겁니다!"

비연이 냉랭하게 웃으며 말했다.

"백 족장, 그 방법이 정말 절묘하군!"

백 족장은 이 말이 자신을 비꼬는 거라는 걸 알아듣지 못하고 오히려 칭찬이라 여겼다. 그가 자못 감격한 듯 웃으며 말했다.

"왕비마마, 제가 아는 것은 전부 말씀드렸습니다. 어서 저를 떠나게 해 주십시오. 아니면 정말로 늦고 맙니다!"

가까스로 이 기회를 얻었는데 비연이 어찌 쉽게 백 족장을 놓아줄 수 있을까? 그녀가 계속 물었다.

"빙해의 남안에 대해서는 얼마나 알고 있지?"

백 족장이 잠시 멈칫하더니 이어서 말했다.

"왕비마마, 저는 평생 빙해를 건너 본 적이 없습니다. 그쪽 대륙에 대해서는 아는 것이 전혀 없습니다."

비연이 차가운 얼굴로 다시 물었다.

"기씨, 혁씨, 소씨, 세 가문을 제외하고, 또 어떤 세력들이 빙해를 주목하고 있지?"

백 족장은 호기심을 느꼈다. 비연은 무엇 때문에 빙해에 대해 알고 싶어 하는 걸까? 군구신의 뜻일까, 아니면 그녀 자신에게 다른 목적이 있는 걸까?

당연히 백 족장은 감히 입을 놀리지 않았다.

"그건 말하기 어렵군요. 필경 다들 어둠 속에서 지켜보고 있지 않겠습니까."

비연이 고개를 끄덕이며 계속 물었다.

"축운궁에 대해 들어 본 적 있나?"

백 족장은 미간을 찌푸린 채 생각해 보더니 결국은 머리를 저었다.

"들어 본 적 없습니다."

비연은 마침내 알고 싶은 것을 다 알아낸 셈이었다. 그녀가 담담하게 말했다.

"좋아, 이제 됐다."

백 족장이 기뻐하며 말했다.

"왕비마마, 감사합니다!"

백 족장은 비연이 그가 도망치도록 도와줄 것이라 믿었다. 그런데 이게 웬일일까. 비연이 직접 감옥의 문을 열어 주었다. 백 족장은 잠시 멍한 표정을 지었다가 곧 상황을 파악하고 경악했다!

그가 막 비명을 지르려 했으나 안타깝게도 군구신의 속도가 훨씬 빨랐다. 군구신이 순식간에 그의 곁에 다가오는 듯싶더니 바로 그의 입을 막았다.

물어봐야 할 것을 모두 물어보았는데 굳이 남겨 둘 이유가 있겠는가. 그는 본래 죽어 마땅한 자였다.

백 족장을 죽인 군구신은 그가 목을 매어 자살한 것처럼 꾸며 놓은 후, 비연과 함께 감옥을 떠났다.

돌아오는 내내 비연은 몇 번이나 말을 걸까 하다 결국은 그만두었다. 두 사람 다 침묵을 지켰다.

방에 돌아온 후에야 비연은 겨우 입을 열었다.

"예상 밖이었어…… 백 족장이 그렇게 많이 알 줄이야. 좀 더 일찍 그를 찾았으면 좋았을 텐데."

물론 백 족장이 이 지경까지 떨어지지 않았다면 그렇게 쉽게 진상을 이야기하지는 않았을 것이다. 비연은 일부러 군구신이 입을 열게 만들 말을 고르고 있었다. 그러나 그는 그녀의 화제를 따라가지 않고 진지하게, 몇 가지 중요한 사항을 이야기하기 시작했다.

첫째, 대황숙에게는 숨길 수 있는 한 숨기는 게 좋다. 대황숙과 백 족장은 맹우조차도 아니니 분명 백 족장에게도 속인 비밀이 있을 것이다. 게다가 그들은 인원수가 많지 않으니, 대황숙의 수하들을 이용해 환해빙원에서 계속 사람을 찾아야 한다.

둘째, 상 장군에게 보명고성을 지키라고 해야 한다. 명목상으로는 흑사병이 퍼지는 것을 막는다고 하되, 암암리에 축운궁이나 혁씨 가문 사람이 잠입해 들어오는 것을 막아야 한다. 그 세 사람이 한 달이나 떠나지 못하고 있으니, 그들 배후도 분명 조급한 상태일 것이다.

셋째, 최선을 다해 흑사병을 통제하고 치료법을 찾아내야 한다. 흑사병이 끝나지 않는 한 설족, 심지어 북강 전체가 진정으로 안정될 수 없다. 그렇게 되면 누가 설족의 새로운 족장이 된다 해도 아무 의미가 없어진다.

군구신 자신은 곧 사람들을 이끌고 환해빙원으로 갈 작정이었다. 축운궁의 사람이건 혁씨 가문의 사람이건, 잡고 나면 10년 전 진상에 한 걸음 더 가까이 다가가게 될 것이다!

군구신이 손을 들었다가 소리 없이 내렸다. 비연을 바라보는 그의 눈빛은 여전히 부드럽고 다정했다.

"고생하고 있어. 스스로를 잘 돌보도록 하고. 내가 돌아오는 걸 기다려 줘."

말을 마친 그는 정말로 몸을 돌려 가 버렸다. 비연은 마침내 참을 수 없어 그의 옷자락을 잡았다. 군구신이 발걸음을 멈추고 고개를 돌렸지만 비연은 아무 말도 하지 않고 그저 아름다운 미간을 찌푸린 채 그를 바라보았다.

그녀도 자신이 무엇을 하고 싶은지 알 수 없었다. 다만⋯⋯ 그가 이대로 가게 하고 싶지 않았다!

이 사람은 어찌 이런 걸까? 어찌 이럴 수 있을까! 그 잔인한 과거를 제 귀로 듣고도 괴롭지 않은 걸까? 분노가 일지도 않고? 울분을 털어놓고 싶지는 않은 걸까? 어떻게 이렇게 아무 일도 없었던 것처럼 평온하고 냉정할 수 있을까?

군구신의 눈 아래 일말의 복잡한 빛이 스쳐 갔다. 그가 몸을 돌리더니 살며시 비연의 미간을 펴 주면서 담담하게 말했다.

"영원히 회복할 수 없는 기억이라니, 근심을 키우지 않게 된 거야⋯⋯."

그렇게 말하다가 담담하게 웃기 시작했다.

"만약 내가 너의 적이라면, 내가 어떻게 하면 좋을까?"

그는 대체 누구의 손에서 자란 걸까? 그는 빙해에 무엇을 하러 갔던 걸까? 그때 그는 겨우 열한 살이었다. 대체 어떠한 신념이 있었기에 장장 3년을 버틸 수 있었던 걸까?

이 생애 최대의 행운

만약 적이라면?

비연은 군구신이 그 어두운 3년을 마주하고도 아무렇지도 않은 척하면서 이 문제에 관심을 둘 줄은 생각도 하지 못했다. 그리고 그녀 자신은, 그 문제를 아예 생각도 하지 않고 있었기에 멍해지고 말았다.

군구신이 몸을 돌리더니 여전히 나가려 했다. 비연이 조급한 나머지 그의 옷자락을 잡아끌고 입에서 나오는 대로 외쳤다.

"가지 마!"

군구신이 고개를 돌렸다. 그 잘생긴 얼굴에는 평소의 냉랭함이 아니라 놀라움, 의혹, 그리고 어쩔 수 없다는 표정이 나타나 있었다. 언제나처럼 거만한 느낌이 아니라 훨씬 다정한 느낌이었다.

그는 비연의 말을 기다리는 듯 그녀를 보고 있었다. 비연도 그를 바라보았다. 그러나 무슨 말을 해야 할지 알 수 없었다. 그를 붙잡고 무엇을 하고 싶은 걸까?

결국 그녀는 반문했다.

"만약, 아니라면?"

군구신이 갑자기 웃기 시작했다. 잔잔하고, 담담하고…… 소리 없는 웃음. 사월에 불어오는 봄바람처럼 따뜻하고 다정한 웃음. 이 순간 그는 그 어두운 나날을 보낸 적 없는 사람 같아 보였다. 혹은 모든 것을 이미 바람결에 실어 보낸 사람 같아 보였다.

"만약 아니라면…… 아마 그건 나 군구신의, 이 생애 최대의 행운이겠지."

비연의 눈가가 붉어졌다. 그녀는 그의 옷자락을 더 단단히 잡아끌었다. 군구신이 그녀에게 다가와 가볍게 그녀의 코를 문질러 주었다.

"내가 돌아오기를 기다리라니까. 좋은 소식을 가져올게."

비연은 여전히 손을 놓지 않았다. 군구신은 어찌해야 할지 알 수 없었다.

"너……."

그의 말이 끝나기도 전에 비연이 갑자기 그의 품으로 뛰어들어 그를 단단히 끌어안았다. 군구신은 깜짝 놀랐다. 심지어 손발을 어디에 두어야 할지도 모를 정도였다.

"연아……."

비연은 아무 말도 하지 않고, 마치 떨어질까 두렵다는 듯 그를 더욱더 강하게 끌어안았다.

한 사람을 좋아하면서도 인정하지 못하는 경우가 많다. 용기가 있어야만 계속 좋아할 수 있는 것이다.

하고픈 일이 있어도 인정하지 못하는 경우도 많다. 그 무엇도 꺼리지 않는 마음이 있어야 계속해 나갈 수 있는 것이다.

'자신을 속일 때' 사실 속이는 것이 아닌 경우도 많다. 그 누구라고 태어나면서부터 용감할 수 있을까. 충분히 용감할 수 없을 때 자신을 속인들 또 무슨 상관이 있을까?

이 순간, 비연은 군구신의 힘찬 심장 박동을 듣고 있었다. 머릿속은 텅 비었지만 마음은 가득 찬 것만 같았다.

군구신은 무엇인가 깨달은 듯 더 묻지 않고 조용히 그녀를 끌어안았다. 점차, 더욱더욱 강하게. 방 안은 고요했다. 설족의 땅 전체에, 북강 전체에, 아니 온 세계에 그들 두 사람만이 남아 있는 것 같았다. 두 사람은 밤새도록 아무 말 없이 서로를 끌어안은 채 잠을 이루지 못했다.

다음 날 새벽, 비연이 잠든 것을 보고 군구신이 조심스럽게 몸을 일으켰다. 그때 비연이 그의 손을 잡았다.

"군구신, 나……."

그녀가 잠시 멈췄다가 계속 말했다.

"당신이 돌아오기를 기다릴게."

군구신이 고개를 돌렸을 때 그녀의 두 눈은 감겨 있었다. 그는 그런 그녀를 보고 또 보다가, 저도 모르게 입매를 들어 올렸다.

그는 대답하지 않고 홀연히 몸을 굽히더니, 그녀의 입술에 제 입술을 맞췄다! 그렇게 입맞춤을 남긴 그가 몸을 일으켜 떠났다.

문 닫히는 소리가 들리자 비연이 눈을 떴다. 그녀는 그저 멍한 듯, 혹은 깊은 생각에 잠긴 듯 한참을 그대로 누워 있다가 침상에서 내려왔다.

비연이 문을 나선 지 얼마 되지 않아 백 족장이 감옥에서 목을 매 자살했다는 소식을 듣게 되었다. 군구신이 직접 손을 썼기에 이상한 부분이라고는 전혀 발견되지 않았다. 모두 백 족장이 죄를 짓고 자살했다고 믿었다. 오마분시라는 형벌을 무서워하지 않는 이들은 거의 없었으니까.

그날 오후, 오장로가 백우웅을 잡던 궁수 이십여 명을 끌고 돌아왔다. 장로회의 오대 장로가 전부 모여 심문을 진행했고, 비연도 그 자리에 초청받았다. 이십여 인이 모두 자백했는데, 백 족장이 죽었다 하더라도 죄를 피할 수는 없었다.

장로회도 수완이 없는 사람들은 아니었다. 자백을 들은 다음 오장로가 의문을 제기했다.

"백 족장이 너희들에게 백우웅을 죽이라 한 것은 정보가 오가는 걸 막기 위해서란 말이지? 대체 어떤 정보냐? 환해빙원에 갇혀 있다는 이들이 대체 누구지?"

전날 많은 부족 사람들 앞에서 비연은 일부러 그 일을 언급하지 않았다. 오늘은 비공개 심문에서 나온 이야기니, 비연은 내색하지 않고 그저 추이만 지켜보았다.

이 궁수들이 알고 있는 것은 사실 많지 않았다. 진상을 진정으로 이해하는 이들은 지금 환해빙원에서 백의 여자와 흑의 남자를 찾고 있는 시위들이었다. 그들은 백 족장이 아닌 대황숙에게 충성을 바치는 자들로, 그녀가 대황숙을 안정시킬 수만 있다면 봉황력과 관련한 일이 밖으로 새어 나갈까 걱정할 필요가 없었다.

오대 장로가 모두 기다리고 있었으나 궁수들은 감히 대답하지 못했다. 우두머리가 뜻밖에도 비연을 바라보았다. 비연은 의외라 생각했지만 웃으며 말했다.

"본 왕비를 봐서 무엇 하느냐? 이런 대죄를 저질렀으니, 본 왕비도 너희들을 구할 수 없다!"

그 사람이 겁에 질린 표정으로 입을 열었다.

"소인은…… 소인은 백 족장이 말하는 것을 들었습니다. 정보를 대황숙께 드린다고요."

이 말을 들은 오대 장로 모두 비연을 바라보았다. 비연이 아주 과감하게 물었다.

"그렇다면 이 일에 대황숙도 지분이 있다는 이야기인가?"

궁수가 감히 비연을 제대로 보지도 못하고 서둘러 말했다.

"장로님들, 우리는 모두 백 족장의 핍박을 받아 어쩔 수가 없었습니다! 우리가 만약 사실을 이야기하면……."

오장로가 바로 계산을 끝내고 외쳤다.

"하, 대담하구나! 감히 장로회를 위협하는 게냐?"

비연의 눈가에 복잡한 빛이 스쳐 가더니 결국은 끼어들고 말았다.

"어찌 되었건 너희들의 죄는 면하기 어렵다. 그러나 너희들이 아는 것을 전부 말한다면, 장로회가 너희들의 가족들을 푸대접하는 일은 없으리라 믿어도 좋다!"

다섯 장로는 비연이 이렇게 공정하게 이야기하리라고는 생각지 못했던 모양이었다. 그들은 비연을 의심하지 않고, 오히려 상당히 감탄했다.

대장로가 입을 열었다.

"왕비마마께서 하시는 말씀이 바로 우리 장로회의 뜻과 부합합니다! 너희들, 만약 감히 또 경솔한 짓을 한다면 우리 장로회가 예의를 갖추지 않는다고 원망하지 마라!"

궁수들은 이 일이 얼마나 심각한지 잘 알고 있었기에 감히 더이상 조건을 이야기하지 못했다. 우두머리가 서둘러 답했다.

"백 족장과 대황숙은 환해빙원에 비밀이 있었는데, 아무래도 대황숙의 사적인 은원 관계인 것 같습니다. 궁수대는 지금까지 정보를 단 하나 막아 냈을 뿐이고, 소인이 직접 백 족장께 가져다 드렸습니다. 서신 속의 내용은 소인도 감히 보지 못하였습니다!"

이 말을 들은 비연이 속으로 안도의 한숨을 내쉬었다. 대황숙과 백 족장의 일처리는 상당히 주도면밀했다. 사적인 은원이니 하는 것도 백 족장이 궁수들을 속이기 위해 한 말일 것이다. 덕분에 그녀는 진상을 숨기기 위해 마음을 쓸 필요를 덜게 되었다.

다섯 장로가 서로의 얼굴을 한번 바라본 다음, 마지막으로 비연을 바라보았다. 의심할 바 없이 그들은 비연에게서 사람을 데려가고 싶으나, 또 감히 그럴 수는 없는 상황이었다.

비연은 눈썹을 치켜세우며 몹시 분노한 얼굴로 말했다.

"대황숙이 자신의 사적인 일을 위해 이, 이렇게……. 결코 해서는 안 될 일이다! 정말이지 우리 군씨의 체면을 모두 망쳐 버리는 것과 같지 않은가! 본 왕비는 여러 장로들에게 정왕 전하와 황상의 명예를 걸고 약속한다. 군씨 황족은 절대로 대황숙에게 관용을 베풀지 않을 것이다! 그러나 지금 백우응을 사냥한 죄와 흑사병의 재앙은 연루된 바가 심히 광대하다! 본 왕비와 여러 장로들이 결단을 내릴 수 있는 바가 아닌 듯한데……. 이러면 어떻겠는가? 일단 궁수들을 처결하고, 대황숙은 잠시 연금한 다음 비밀리에 본 왕비가 황상과 태상황 폐하께 보고드리는 것이? 우리는 그다음에 다시 의논하면 될 듯한데, 어떠한가?"

비연은 너무 솔직하게 이야기하지는 않았다. 그러나 장로들은 모두 영리한 사람들이라, 그녀의 말속에 숨은 뜻을 알아차렸다. 지금 흑사병이라는 문제에 당면해 있고, 설족은 천염국의 지원을 받아야 하는 상황이었다. 흑사병 때문에 다른 일들은 방치되어 있으니, 더더욱 천염국의 물자 지원을 기대해야만 하는 상황이었다.

대황숙의 신분은 너무나 특수했다. 일단 이 일이 새어 나간다면 설족의 백성들은 대황숙뿐 아니라 군씨 황족에게도 원한을 품을 가능성이 높았다. 그런 상황에서 누군가가 선동이라도 한다면 인심이 불안정해지고 설족에는 난리가 일어날 것이다.

대장로가 비연의 생각에 동의했고, 다른 네 장로도 즉시 찬성했다. 공적으로는 대국을 살펴야 했고, 사적으로는 그들도 비연을 힘들게 하고 싶지 않았다. 필경 군씨와 설족은 적이 될 수 없는 사이였다. 족장의 자리는 공석이 되었고, 후에 그들은 여전히 비연에게 의지해야 했다.

사정이 이렇게 정해졌다. 궁수들의 시신은 전부 갈기갈기 찢겨 매들의 먹이가 되었고, 백 족장은 죽었으나 설족의 규칙에 따라 시신도 벌을 모면할 수는 없었다.

　장로회는 시위 여럿을 파견하여 대황숙이 머무는 얼음집 부근에 매복시켰다. 비연은 일부러 반나절의 시간을 끈 다음 직접 대황숙을 만나러 갔다…….

고수 서른 명을 빌리다

대황숙의 병은 가볍지 않았으나 침상에서 일어나지 못할 정도는 아니었다. 얼음집에 머물게 되자 바로 자신의 심복들을 찾았다.

지금 그는 백 족장의 상황을 알고 있었고, 주변 시위들이 이상하다는 것도 느낄 수 있었다. 그는 계속 비연을 기다리고 있었다. 그리고 비연이 방에 들어오자 바로 욕설을 내뱉었다.

"망할 계집, 담력이 이만저만이 아니군!"

비연도 대황숙의 분노를 예상하고 있었다. 그래서 일부러 시간을 반나절이나 끈 다음 찾아온 참이었다. 첫째로는 대황숙에게 장로회가 그를 주목하고 있음을 알게 하기 위해서였고, 둘째로는 자신의 분노를 억누르기 위해서였다. 대황숙을 보는 순간 그를 죽이고 싶어지지 않도록!

대황숙의 분노를 앞에 두고도 비연은 두려워하지 않았다. 그녀는 순진한 얼굴로 몸을 굽혀 절했다.

"황숙, 그 말씀이 무슨 뜻이셔요?"

대황숙이 차갑게 코웃음을 쳤다.

"네가 한 짓을 네가 잘 알 텐데? 바깥의 사람들은 어찌 된 일이냐? 장로회가 모반이라도 한다는 것이냐?"

대황숙은 비연이 백우웅 사태에 기름을 부었고, 백 족장이 두려움에 떨다가 자살했다는 사실만 알고 있었다. 백우웅을 잡던 자가 이미 자신에 대해 자백했다는 것은 알지 못했다. 백 족장에게 비밀을 지키라 했으나, 안타깝게도 백 족장은 그가 생각했던 것처럼 신중한 성격이 아니었던 것이다.

비연이 몸을 일으킨 다음 의분에 가득 차 말했다.

"그 일, 안 그래도 저도 황숙께 여쭙고 싶었어요! 황숙께서 사적인 은원 때문에 백 족장에게 백우웅을 죽이고, 정보가 오가는 것을 막으라 하셨노라고 궁수들이 모두 자백을 했거든요. 제가 다섯 장로에게 대국을 중요시하라고 설득하지 않았다면 지금 황숙께서 어찌 이리 편안하게 계실 수 있겠어요? 분명 설족 사람들이 벌써 이 집을 포위했을걸요! 황숙, 영명하신 분께서 어찌 이런 무리한 일을 하셨나요? 저는 이미 이 일에 대해 태황상께 서신을 띄웠어요!"

비연이 일부러 화가 나고 초조한 듯 말을 멈췄다.

대황숙은 원래 비연에게 다른 뜻이 있다고 의심하다가, 이 말을 듣자 눈을 휘둥그렇게 뜬 채 아무 말도 하지 못했다.

비연이 계속 말했다.

"황숙, 저는 기껏해야 황숙의 흑사병이 끝날 때까지 지켜 드릴 수 있을 뿐이에요. 황숙, 잘 생각해 두셔야 해요. 그때가 되면 설족에게 어떻게 이야기할지, 어떻게 군씨 황족의 체면을 유지할지 말이에요! 지금 장로회는 잠시 동안만 비밀에 부치는 것에 찬성했을 뿐, 황숙에 대해서는…… 비밀리에 연금하겠다고 했어요."

대황숙이 의자에 털썩 주저앉아 거칠게 탁자를 내려쳤다. 원래 그다지 좋지 않던 안색이 더욱 창백해졌다. 평생 지켜 온 명예가 이런 흑사병 틈바구니에서, 백 족장의 손에 무너질 위기가 되다니!

흑사병이 없었다면, 외부인들이 환해빙원에 들어갈 수 없었다면, 백우웅을 잡던 자들도 잡히지 않았을 것이다! 백 족장이 일을 좀 더 신중하게 했다면 그의 이름이 나오는 일도 없었을 것이다! 그러나 안타깝게도 인간의 계책은 하늘의 계책을 따르지 못하는 법이다!

그는 원래 비연을 추궁하려 했지만 지금은 비연이 이 일에 중립을 지키는 것만도 다행이라는 생각이 들었다. 비연이 공정한 입장을 취하지 않는다면 다섯 장로가 그녀까지도 신뢰하지 않을 가능성이 아주 높았기 때문이다.

비연은 비록 연기를 하는 중이었지만 이 분노만큼은 사실이었다. 대황숙은 이기적인 이유로 백우웅을 죽였다. 또한 자신의 욕망 때문에 군구신을 학대했다. 대황숙을 보는 비연의 눈가에 희미하게 원한이 어려 있었다. 그녀는 지금 대황숙에게 손을 쓸 수 없었지만, 그가 평온한 시간을 보내는 것도 용납할 수 없었다!

대황숙이 한참 동안 침묵하다가 마침내 길게 한숨을 내쉬더니, 비연을 바라보며 진지하게 말했다.

"연아, 분노하지 마라. 황숙이 백 족장에게 백우웅을 죽이라 한 것은 결코 사적인 은원 때문이 아니니까."

비연이 의아하다는 듯 재빨리 자리에 앉았다.

대황숙은 봉황력을 쫓을 때의 일을 전부 그녀에게 이야기하고 엄숙하게 말했다.

"이 일은 아주 중요하다. 백 족장이 이미 세상을 떠났으니 황숙은 오늘부터 이 중요한 임무를 너에게 맡길 수밖에 없구나! 네가 일을 제대로만 해낸다면 우리 군씨는 절대로 너를 푸대접하지 않을 것이다!"

비연이 놀란 얼굴로 외쳤다.

"빙해의 비밀은 영생이었군요!"

대황숙은 마음이 몹시 복잡했다. 비연이 군씨 가문 적장자의 아내라 하나 결국은 외부인 아닌가. 그러나 이렇게 중요한 시기에 다른 사람을 고를 수도 없었다. 비연이 설족 사람들의 마음속에 이미 생명의 은인으로 자리 잡았으니, 장로회도 그녀의 체면만은 살려 주려 할 것이다. 그러니 설족들 사이에서 일을 처리하기에는 그녀가 가장 적격이었다.

비연이 놀라고 기뻐하며 물었다.

"영생은…… 늙지도 죽지도 않는 거지요?"

그녀의 반응을 보고 대황숙이 서둘러 말했다.

"연아, 너는 영리한 아이지. 네가 사람들을 잡아 오기만 하면 황숙은 절대로 너를 홀대하지 않을 거다. 군씨 황족의 상황은…… 너도 잘 알고 있겠지."

비연은 단 한순간도 머뭇거리지 않고 일어나 공손하게 몸을 굽혀 절했다.

"연아, 맡겨 주신 임무를 완수하겠습니다!"

대황숙은 '영생'이라는 단어에 유혹되어 기쁜 마음으로 자신에게 굴복하던 예전의 백서화를 다시 보는 것 같은 느낌이었다! 당혹스럽던 그의 마음도 이내 안정되었다.

그는 영패 하나와 화살 한 묶음을 비연에게 건넸다.

"환해빙원에 고수 서른 명을 매복시켜 놓았다. 그들 모두 빙원을 아주 잘 아는 자들이다. 이 화살을 쏘면 그들을 소환할 수 있다. 영패를 보여 주면 본존을 대하듯 대할 것이고! 기억해라. 무슨 일이 있건 두 입구를 지켜야 하고, 절대로 사람들을 철수시켜서는 안 된다! 보명고성 쪽에도 사람을 증원해야 한다! 본존이 며칠 전 이곳을 떠나려 했지만 매복을 만났지 뭐냐. 분명 그들의 구원병이 이미 호란설지에도 잠입했을 테니, 신중, 또 신중해야 한다!"

비연이 재빨리 물건을 받아 들고 속으로는 조소를 날렸다. 구원병은 무슨! 보명고성과 호란설지가 만나는 곳에서 매복하고 있던 자들은 군구신의 수하들이었다.

어쨌든 비연은 이번에 북강에 온 가장 중요한 목적을 이루기 위해 대황숙의 수하들을 빌릴 수 있게 된 셈이었다.

그녀는 빙해의 비밀에 대해서는 더 묻지 않았다. 백 족장이 이미 충분히 이야기했던 것이다. 백 족장이 잘 모르는 일이라면 대황숙이 그녀에게 쉽게 알려 주지는 않을 터였다.

비연이 진지하게 물었다.

"황숙, 그럼 그 백우웅에 관련한 일은 어떻게 해야 할지……."

대황숙은 생각해 놓은 계책이 있는 모양이었다.

"네게 맡긴 임무만 다하면 된다. 다른 것은 신경 쓸 필요 없어. 아, 약을 시험하는 일은 진전이 있느냐?"

약?

비연은 지금 약방조차 없는데 무슨 약을 시험한다는 말인가. 그러나 그녀는 자신만만하게 약속했다.

"황숙, 안심하세요. 열흘이 지나기 전에 제가 반드시 약방문을 만들어 낼 테니까요. 그때가 되면 가장 먼저 약을 가져다 드리겠어요! 맞아! 제가 태의 한 사람을 안배해 두겠어요. 황숙의 시중을 들 수 있도록요."

이 말을 듣자 좋지 않던 대황숙의 기분이 어느 정도 괜찮아진 것 같았다.

지금 의원이 모자란 상황이었다. 그런데 비연이 어떻게 태의를 시켜 대황숙의 시중을 들라 할 수 있겠는가. 대황숙의 얼음집에서 나온 그녀는 바로 보명고성에서 데려온 수하를 불러 의원으로 위장시키고, 대황숙의 '시중'을 들 것을 명했다.

수하는 그 후로 매일 대황숙 몸에 있는 모든 발진을 찔러 구멍을 낸 뒤 약욕을 하도록 했다. 대황숙은 하마터면 목숨을 잃을 뻔했다. 물론 이것은 훗날의 이야기였다.

비연은 그날로 진묵에게 영패와 화살을 들려 환해빙원에 있는 군구신에게 보냈다. 그리고 감염 지역에 가려고 준비하다가 고운원과 마주치게 되었다.

고운원은 여전히 서생과 같은 복장이었다. 검은 외투에 등에

지고 있는 커다란 상자, 그리고 두 손에는 쥐가 든 주머니를 들고 있었는데, 정말이지 세상 고생은 다 겪은 듯한 모습이었다.

그는 비연에게 달려오더니 숨을 헐떡이면서도 환하게 웃었다. 몹시도 정직하고 무던해 보이는 웃음이었다.

"왕비마마, 보시지요! 제가 빙려서를 잡았는데, 이 주머니에 있는 녀석은 죽었고, 이 주머니에 있는 녀석은 살았습니다."

괴충의 진상

　비연은 고운원을 보며 쓰게 웃을 수밖에 없었다.

　고운원은 점점 더 백의 사부와 달라 보였다. 그러나 그럴수록 고운원이 싫지 않았다.

　"당신은 괜찮은 거예요?"

　고운원이 재빨리 대답했다.

　"저는 괜찮습니다. 왕비마마, 걱정해 주셔서 감사합니다."

　"그동안 정말 고생했어요."

　고운원이 다시 서둘러 답했다.

　"왕비마마께 약속드린 이상, 저는 당연히 최선을 다해야 합니다. 저는 약속을 지키는 사람이니까요. 옛사람이 말하기를, 말을 하면 반드시 행해야 하며, 행하면 반드시 결과가 있나니, 사람이 신의가 없으면 그 가함을 알 수 없음이라! 또 옛사람이 말하기를……."

　비연이 재빨리 그의 말을 막았다.

　"그만, 그만!"

　그러나 고운원이 굳이 한마디 덧붙였다.

　"그러므로 설사 제가 흑사병에 감염되어 결국 죽게 된다 해도 왕비마마께서는 괴로워하실 필요 없습니다."

　비연은 바로 고개를 돌려 그를 보며 입을 열었으나, 갑자기 무슨 말을 해야 할지 알 수 없어져 버렸다. 결국 이렇게만 말했다.

"기다려요!"

비연은 감염 지역의 일을 하인에게 설명한 다음, 약왕정의 약초밭에서 약재를 꺼내 하인들로 하여금 각 감염 구역으로 가져가도록 했다. 그다음에야 고운원에게 빙려서에 대해 물을 수 있었다.

흑사병은 빙려서 몸에 사는 괴충이 전파하는 것이니, 일단 그 괴충이 무엇인지 알아야 했다.

그들이 만든 주머니 안에 적지 않은 구충용 약재가 들어 있었지만, 비연과 고운원은 신중하게 행동했다. 두 사람은 죽은 빙려서가 든 주머니를 고온의 약탕에 반나절을 담근 다음에야 주머니에서 빙려서를 꺼냈다.

빙려서의 시체에서 죽어 있는 괴충을 발견할 수 있었다. 이 괴충은 모기만 한 크기에 꼭 커다란 이처럼 생겼다. 전체적으로 눈처럼 하얗게 투명하기 때문에 열심히 보지 않으면 발견하기 어려워 보였다.

비연은 징그러운 느낌이 들었지만 고운원의 표정은 진지했다. 그는 대오리로 벌레를 가볍게 건드리고 뒤집어 보았다. 그리고 곧 중얼거리기 시작했다.

"어디선가 이 벌레를 본 적 있는데……."

비연이 서둘러 물었다.

"어디서요?"

고운원이 대답하지 않고 여전히 혼잣말을 중얼거리며 관찰을 계속했다. 비연은 마음이 급했지만 그의 진지한 표정을 보니 차마 방해할 수가 없었다.

얼마 지나지 않아 고운원이 항상 가지고 다니던 상자에서 약재들을 꺼내고, 다시 의서를 몇 권 꺼냈다. 그리고 마지막으로 비단 두루마리를 하나 꺼냈다. 비연이 고개를 빼고 보려 하자 고운원이 재빨리 거둬들이며 엄숙한 얼굴로 말했다.

"왕비마마, 이것은 우리 고씨 가문 대대로 내려오는 비서입니다. 외부에는 보일 수 없습니다!"

비연이 고개를 끄덕이며 뒤로 물러났다. 고운원은 그제야 비단 두루마리를 펼쳤다. 그곳에는 백 종류가 넘는 벌레들이 기록되어 있었다. 고운원이 하나하나 살펴본 후 경악한 표정을 지었다.

비연이 서둘러 물었다.

"어찌 된 거예요?"

고운원의 설명을 들은 비연도 경악할 수밖에 없었다. 이것은 흑사병이 아니라 충역[1]이었던 것이다!

빙슬冰虱, 즉 북강에 사는 이는 정상적인 상황에서는 어떤 병도 옮기지 않았다. 그러나 빙슬이 병에 걸리면 그 병을 빙려서에게 옮기기 마련이었고, 벌레와 쥐가 서로 병을 옮기다가 후에 사람에게까지 옮겨 감염병이 폭발하게 되는 것이다.

비연이 다급하게 물었다.

---

1 虫疫, 벌레로 인한 역병

"그 빙슬이 대체 무슨 병에 걸린 건가요?"

고운원이 고개를 들더니 순진한 얼굴로 답했다.

"왕비마마, 저는…… 저는 사람을 고치는 의원이지 벌레를 고치는 의원이 아닙니다."

비연은 다시 할 말을 잊고 말았다.

고운원이 머리를 긁적거리며 중얼거렸다.

"이 병, 아주 지독합니다!"

비연이 고민하다가 진지하게 말했다.

"고운원, 시간은 없고 다른 방법은 없으니, 이 병을 독이라고 생각해 보죠."

고운원이 깜짝 놀랐다.

"독?"

비연이 진지하게 설명했다.

"독도 병이니, 병도 독이지요. 이 빙슬이 독충이라면, 빙려서와 환자도 중독된 것이나 마찬가지 아닌가요. 우리 일단 해독법을 고민해 보죠. 해독 불가능하다면 독소를 빼는 방법을 고민해 보고!"

고운원은 잠시 고민하더니 곧 비연을 향해 엄지손가락을 세웠다.

"절묘합니다, 절묘해요! 왕비마마, 정말 절묘한 방법입니다!"

비연은 환자에게서 나타나는 고열, 발진, 무력감 등의 증상을 정리하고 단숨에 세 가지 해약 방안을 적었다. 이 해약은 증세에 걸맞은 약이 아니라 같은 증세를 보이게 하는 독을 해독하기 위한 방안이었다.

그녀와 고운원은 일을 나누었다. 한 사람은 병을 앓고 있는 빙려서에게 해약을 써 보고, 다른 한 사람은 환자에게 해약을 써 보았다. 그렇게 매일 두 번 약을 먹이며 병세의 변화를 관찰했다. 그들은 또한 다른 환자 무리를 찾아 침술과 고온 약욕, 설사 등의 방법으로 체내의 독소를 배출하게 했다.

그들이 실험을 시작한 둘째 날, 진묵이 돌아오면서 빙려서 한 마리를 가져왔다. 비연은 바로 그 주머니를 알아보았다. 저 주머니 속에 있는 것은 바로 군구신이 환해빙원에서 돌아올 때 잡았던 설랑이 변한 빙려서 아닌가?

비연이 물었다.

"어떻게 된 거야?"

진묵이 답했다.

"전하께서, 이 녀석이 움직이지 않는 것이 병이 심한 것 같다고 했어. 그래서 나에게 데려가서 어서 의원에게 보이라고 하셨어."

보아하니 진묵도 이 빙려서가 신령한 동물인 설랑이라는 걸 알고 있는 듯했다.

고운원이 약을 배합하다가 이 말을 듣더니, 이해할 수 없다는 표정으로 고개를 돌렸다. 비연은 자못 어색하게 설랑을 받아 들고 담담하게 말했다.

"고운원, 나를 좀 따라와 봐요."

비연은 고운원을 옆방으로 데려간 후 설랑을 주머니에서 꺼냈다. 설랑은 변신하지 않고 계속 빙려서의 모습으로 있었는데, 힘이라곤 하나도 없는 듯 기진맥진해서 웅크리고 있었다. 두 눈에는 핏줄이 가득 서 있었다.

설랑은 비연을 한번 본 다음 바로 시선을 피했다. 그는 정말로 힘이 없었다. 그렇지 않았다면 이렇게 우둔하게 인간에게 잡혀 오지 않았을 테고, 봉황력을 지닌 여자 가까이 있지도 않았을 것이다.

이번에 걸린 병이 심하긴 했다. 아마도 나으려면 시간이 꽤 걸릴 것 같았다. 설랑은 자신이 변신하지 않으면 여자가 자신에게 별다른 위해를 끼치지 않을 것 같다고 생각했다. 그래서 그는 일단 얌전하게 굴다가, 몸이 나으면 빠져나가기로 마음먹었다.

비연과 고운원이 지켜보는 가운데 설랑은 차라리 머리를 털 속에 묻고 죽은 척하기로 했다.

고운원이 곧 의아한 표정을 지으며 물었다.

"왕비마마, 이건…… 대체 무엇입니까?"

비연이 잠시 고민하다가 사실대로 이야기했다. 고운원이 경악했다.

"뭐라고요? 이 쥐가 몽족의 신수라고요?"

비연이 재빨리 그의 입을 막고 호되게 말했다.

"목소리를 좀 낮춰요!"

설랑은 시끄러워지는 바람에 깜짝 놀랐다. 그는 비록 사람의 말을 이해하지 못했지만 아주 영리했기에, 그들의 말투며 표정

등을 보고 대략의 뜻을 이해할 수 있었다.

설랑이 고개를 들고 고운원을 사납게 노려보았다. 마치 그에게 그렇게 놀라지 말라고 경고하고 싶은 것 같았다. 그러나 노려보는 순간, 설랑은 도저히 고운원에게서 눈을 뗄 수 없었다. 아무래도 눈앞의 이 남자를 어디선가 본 적이 있는 것 같았다.

그는 천 년 이상을 살아왔고 제 나이도 잊었다. 예전에 보았던 인간들이며 겪었던 일도 대부분 잊은 다음이었다.

어디서 보았더라? 언제 보았지? 설랑은 보면 볼수록 익숙한 느낌이 들었다.

비연이 설랑의 이상한 모습을 눈치채고 의심스럽다는 듯 말했다.

"고운원, 설랑이 당신을 노려보고 있어요."

고운원은 당연히 설랑이 자신을 노려보는 걸 알고 있었다. 그는 엄숙한 얼굴로 진지하게 말했다.

"저것이 저를 노려본다 해도 소용없습니다. 왕비마마, 사람에게건 짐승에게건 저는 가문의 규칙을 어기지 않습니다! 게다가 저는 사람을 고치는 의원이지 짐승을 고치는 의원이 아닙니다. 저는 저 녀석을 치료할 수 없습니다!"

비연은 고운원의 규칙을 거의 잊고 있었다. 군구신이 그를 시험해 보려 했던 게 아니라면 아마 이 일도 완전히 잊고 있었을 것이다.

비연이 한마디 하려 했을 때, 설랑이 천천히 몸을 일으켰다.

설랑은 고운원을 보면 볼수록 너무나 익숙한 느낌이 들었다.

마치 천 년 전에 그를 보았던 것 같은 느낌이었다. 하지만 인간이…… 어떻게 신수처럼 천 년을 살 수 있단 말인가?

설랑은 생각하고 생각하다가 갑자기 등 쪽이 가려워 오는 것을 느꼈다. 그는 즉시 드러누워 사지를 하늘로 향하고, 등을 힘차게 탁자에 문질러 댔다. 이 모습은 몹시 귀여워, 비연이 참지 못하고 웃음을 터뜨렸다.

그러나 웃고 있던 비연이 갑자기 그대로 굳어 버렸다. 그녀는 무엇인가 떠오른 듯 불시에 고운원을 잡고 밖으로 달려 나갔다…….

원한을 기억, 너를 꼭 죽여 버리겠다

비연이 고운원을 끌고 다급하게 달려 나가며 문을 닫았다. 그리고 진묵이 곁에 있는 것을 보고 바로 멀리 떨어지라고 말했다.

그녀는 약왕정에서 약초 두 뿌리를 꺼내더니, 다급하게 한 뿌리에 불을 붙여 고운원에게 건넸다. 그리고 이곳도 격리 구역으로 설정하고 함부로 사람을 들이지 말라고 명령했다.

그녀가 설명할 필요 없이 고운원은 그녀가 왜 이렇게 하는지 이해할 수 있었다. 분명했다. 저 설랑은 흑사병에 감염되었을 가능성이 높았다. 심지어 몸에 빙슬도 달고 있었다.

그들이 설랑과 직접적으로 접촉했으니 가장 위험했다. 비록 몸에 구충을 위한 약을 지니고 있긴 했지만 그래도 당장 예방을 강화해야 했다. 아니라면…… 일단 빙슬에게 물리면 그 결과는 상상하기 어려울 터였다!

약초에서 흰 연기가 피어올랐고, 주변에 약 냄새가 짙어졌다. 가장 빠르게 벌레를 죽이는 방법이었다. 그러나 이것이 완벽하게 모든 벌레를 박멸할 수 있는 것은 아니었다. 고온 약욕이라면 분명 가능할 것이다!

얼음집은 문을 닫으면 완벽히 밀폐되기 때문에 바깥에 영향을 끼치지 않았다. 그러나 비연은 문 앞과 주변에도 구충용 약초를 피웠다. 예방을 위해서기도 했지만, 이곳이 격리 구역이라는 표식기도 했다. 사람들이 실수로라도 들어오는 것을 막아야 했다.

주변 사람들 모두 바로 고온 약욕을 하러 갔다. 머리를 감고, 옷도 모두 뜨거운 물에 담갔다.

비연의 마음에 가장 걸리는 사람이 바로 군구신이었다. 그러나 그녀는 반드시 눈앞의 일을 처리해, 자신이 빙슬이 전파되는 매개체가 되지 않도록 해야 했다.

약욕을 끝낸 비연이 바로 진묵에게 물었다.

"주머니를 열어 본 적 있어? 너와 전하가…… 설랑을 만졌어?"

"열어 보지 않았어. 전하는 설랑이 계속 움직이지 않는 걸 보고 나에게 가져가라 하셨어."

계속 굳어 있던 비연의 얼굴에 마침내 미소가 떠올랐다. 그러나 그녀는 여전히 대충 처리할 수는 없었다. 그녀는 심지어 설랑과 대황숙이 서로를 감염시킨 것은 아닌지 의심하고 있었다. 지하 궁전에 빙슬이 있었을 가능성이 아주 높으니, 지하 궁전에 있었던 이들도 감염되었을 가능성이 높은 것이다.

비연이 약재와 약을 준비해 군구신에게 보냈다. 동시에 군구신에게 방 안에서 한동안 움직이지 말고 휴식을 취하며 관찰할 것을 부탁했다. 무슨 병세라도 보이면 바로 알려 달라고도 말했다.

진묵이 말했다.

"왕비마마, 내가 가져다줄게!"

비연이 거절했다.

"안 돼. 너도 위험하니까, 일단 관찰해 봐야 해."

고운원이 끼어들었다.

"왕비마마, 작은 일에 너무 놀라지 마시지요. 이미 며칠이나 지났으니, 정말 빙슬에 감염되었다면 예전에 발병했을 겁니다. 빙슬은 다른 이와 달라서 멀리까지 튀어 오르지 못합니다. 가장 위험한 건 역시 우리 두 사람이지요."

비연은 그를 상대하지 않았다. 군구신의 안위가 달린 문제였다. 조심, 또 조심해도 지나치지 않았다. 그리고 감염병에 대해서는, 하나라도 더 예방해도 지나치지 않았다. 이 병이 아직 치료가 불가능한 이상, 기회를 놓칠 수는 없었다!

그리고 예방할 것은 예방하더라도, 치료하기 위해서는 결국 누군가가 모험을 해야만 했다.

모든 안배를 끝낸 비연이 설랑이 있는 얼음집으로 향했다. 고운원이 바로 따라오며 말했다.

"이상하네요. 설랑은 천 년을 사는 동물인데, 어떻게 감염된 건지."

비연은 그가 그렇게 빨리 자신을 따라오리라 생각지 못했다. 그녀가 그를 바라보며 진지하게 말했다.

"내 생각에도 이상해요. 일단 내가 들어가 그 녀석을 수습해 볼 테니, 여기서 기다려요."

"아닙니다, 아니에요!"

고운원이 재빨리 그녀 앞을 가로막았다.

"왕비마마, 제가 들어가겠습니다."

"당신에게 무슨 일이 생긴다면 본 왕비는 평생 양심의 가책을 느낄 거예요."

"왕비마마, 마마께 무슨 일이 생긴다면 저도 평생 양심의 가책을 느낄 겁니다."

비연은 고운원이 농담을 하고 있다고 생각했지만, 그의 엄숙한 얼굴을 보니 그녀도 진지해지고 말았다.

"고운원, 당신은 의원이고 나는 약사잖아요. 병을 치료하는 것은 당신에게 달렸고, 나는 당신을 보좌해 약제를 배합하는 역할이에요. 만약 그런 당신이 아프면 누가 치료하죠? 비켜요!"

"아닙니다, 아니에요!"

고운원이 두 손 모아 읍하며 진중한 목소리로 말했다.

"왕비마마, 제가 만약 정말로 병에 걸린다면 그것도 나름 좋은 일입니다. 직접 체험해 보고 어떻게 치료해야 할지 알 수도 있으니까요! 지금 북강에 약재가 부족한데, 마마 자체가 바로 약재 창고 아니십니까. 아프시면 안 됩니다!"

그는 말을 마치자마자 비연에게 반박할 기회도 주지 않고 문을 밀고 들어간 다음 바로 문을 닫았다!

비연의 눈가에 복잡한 빛이 스쳐 갔다. 그녀는 가만히 기다릴 수밖에 없었다.

방 안, 설랑이 여전히 빙려서의 모습으로 탁자 위에 엎드려 있었다. 그는 설족에 흑사병이 퍼졌다는 사실을 알지 못했고, 방금 비연의 행동은 더더욱 이해하지 못했다. 어차피 그도 비연이 다시 오지 않기를 간절히 바라고 있었다.

고운원이 들어오는 것을 보고도 슬며시 한번 쳐다보기만 할 뿐 별일로 여기지 않았다. 설랑은 생각했다. 인간은 그렇게 오래 살 수 없고, 저렇게 젊을 리도 없으니까……. 이 녀석이 아마 최근 몇 년 동안 빙원에 왔었나 보지. 우연히 마주친 적이 있는 걸 거야.

고운원이 연기가 피어오르는 약재를 곁에 두었다. 벌레를 몰아내기 위한 약재였으나, 그는 뜻밖에도 그 약재를 사용하지 않았다. 그는 빙려서를 상대하지 않고 갑자기 곁에서 약탕을 준비했다.

평소처럼 융통성 없이 느린 동작이 아니었다. 지금도 그의 동작이 빠르지는 않았지만, 움직임 하나하나 단정하고 고귀한 느낌을 주었다. 마치 모든 것을 알고 있고, 또 장악하고 있다는 듯.

약탕 준비가 끝나자 고운원은 그제야 설랑을 바라보았다. 그는 설랑의 꼬리를 잡아 들어 올렸다.

거만한 설랑이 인간에게 이런 모욕을 받는 걸 참을 수 있을 리 만무했다. 그는 바로 화를 냈다. 비록 변신하지는 않았지만 작은 몸을 구부리더니 사납게 고운원의 손을 물었다. 그러나…… 이게 웬일일까. 설랑이 물었음에도 불구하고 고운원의 손에는 아무 상처도 보이지 않았다. 설랑은 경악하여, 이해할 수 없다는 듯 고운원을 바라보았다.

고운원이 눈썹을 치켜세우더니 큰 소리로 웃기 시작했다. 나른하고 고귀한 모습, 그 무엇에도 구속받지 않고 활짝 열린 듯

한 표정……. 마치 저 높은 곳에 있는, 모든 일을 마음대로 하는 신 같아 보이기도 했고, 세속을 초월해 모든 것을 꿰뚫어 보는 신선 같아 보이기도 했다.

설랑은 더욱 경악했다. 고운원이 완전히 변해 버린 것 같았다.

고운원이 설랑의 꼬리를 가볍게 잡았다. 제법 다정한 듯한 움직임이었다. 그러나 잠시 후 그가 손을 놓는 순간, 설랑은 약탕 안으로 사납게 처박히고 말았다.

"찍……."

창졸간에 당한 일인지라 설랑은 평소 절대 내지 않으려 하던 쥐의 울음소리를 내고 말았다. 약탕에서 도망치려 했지만 고운원의 큰 손이 그를 가볍게 때렸다. 다른 쪽으로 도망치려 하면 고운원의 큰 손이 다시 나타났다. 이렇게 설랑은 여기저기로 뛰어다니고, 고운원은 마치 두더지라도 잡듯이 계속 때리며 쫓아다녔다.

설랑은 너무나 화가 나 마음속에 원한을 기억해 두었다. 몸을 회복하고 나면, 바로 앞발을 휘둘러 저 녀석을 때려죽일 테다!

그러나 고운원은 입가에 보기 좋은 미소를 머금은 채 즐거워하고 있었다. 이 놀이에 재미가 들린 모양이었다.

마침내 기진맥진한 설랑이 약탕에 완전히 빠지려는 순간 고운원이 그를 건져 냈다. 그리고 약탕을 흘깃 보더니 어쩔 수 없다는 듯 웃고는 더 이상 보려 하지 않았다.

고운원은 탁자 위에 흰 수건을 깔고 설랑을 그 위에 올려놓았다. 그리고 다시 반쯤 태운 약재를 가져와 곁에 배치하고는 문을 열었다.

"왕비마마, 들어오시지요."

비연이 들어가자 설랑이 흠뻑 젖어 있는 것이 보였다. 약탕을 살펴보니 빙슬 두 마리가 약탕 위에 둥둥 떠 있었다. 그녀는 재빨리 설랑을 바라보았다. 설랑은 이미 힘이 다해 도망칠 생각은커녕 그저 눈을 감고 있었다.

비연은 설랑을 열심히 살펴보았다. 과연, 설랑의 몸에 검은 발진이 보였다…….

기이한 약, 대오 각성

설랑의 몸에 검은 발진이 있는 것을 보고 비연의 마음이 갑자기 무거워졌다. 천 년을 넘게 살아온 신수인 설랑조차 감염당하다니, 이 벌레가 너무나 무섭지 않은가. 병의 진전을 끌 수는 있어도 치유는 그리 쉽지 않을 것 같았다.

그녀는 그저 설랑이 접촉한 사람들에게 별일 없기를 바라는 수밖에 없었다. 특히 군구신에게.

얼음집은 본래 아주 따뜻했는데, 약재까지 태우기 시작하니 집 전체가 답답할 정도로 더워졌다. 비연은 그래도 안심이 되지 않아 고운원에게 약초를 한 움큼 더 태우게 했다.

비연은 장갑을 끼고 설랑을 잡은 채 자세히 살피기 시작했다. 그러나 설랑은 감히 그녀를 물 생각은 하지 못하고, 놀라서 꼬리를 만 채 몸을 작은 공처럼 웅크렸다.

비연은 설랑의 등을 살핀 후 다시 꼬리를 잡고 밖으로 잡아당겼다. 그러나 설랑은 계속 몸을 웅크린 채 힘을 풀지 않았다.

비연이 불쾌한 듯 말했다.

"힘을 빼. 제대로 살펴보지 않으면 내가 어떻게 약을 주니!"

그러나 사람 말을 이해하지 못하는 설랑은 죽을힘을 다해 몸을 웅크릴 뿐이었다. 비연이 힘주어 잡아당길수록 설랑은 뒷발로 제 짧은 꼬리를 단단히 감싸고 죽어라 버텼다.

"멍청한 녀석아! 네가 신수만 아니었어도 구해 주지 않았을 거야!"

비연이 두 눈을 가늘게 뜨고 설랑의 목을 잡은 다음, 옆에서 타오르고 있는 약초 위에 내려놓았다. 설랑은 비연이 자신을 태워 죽이려는 줄 오해하고, 화를 내느라 온몸을 쭉 펼쳤고, 작은 꼬리도 수직으로 떨어졌다.

이 순간 비연이 재빨리 설랑의 꼬리를 잡았다. 설랑이 발버둥 치려 했지만 이미 늦은 다음이었다. 그는 앞발로 눈을 가린 채 어떻게든 변신하려 노력했지만 아무리 해도 늑대의 모습으로 돌아갈 수 없었다.

비연이 설랑을 살펴본 다음 바로 약을 꺼내 발진 위에 가볍게 발라 주었다. 긴장이 극에 달해 있던 설랑은 바로 앞발을 내려놓았다. 의외였던 것이다. 이 여자가…… 그에게 약을 발라 주고 있었다!

그렇게 가렵지는 않았지만 약을 바르니 서늘한 것이 무척 편한 느낌이 들었다. 설랑은 비연에게 적의가 없음을 확신하자 점차 몸에서 힘을 풀기 시작했다. 더는 무섭지 않았다.

비연은 설랑이 온순해지자 그를 탁자 위에 내려놓고 계속 약을 발라 주었다.

얼마 지나지 않아 설랑은 온몸이 편안해져 그 느낌을 만끽하고 있었다. 비연이 머리에 약을 바르자 설랑이 몸을 돌리더니 엉덩이를 치켜세워 비연에게 보여 주었다. 엉덩이 위의 발진이 가장 가려웠는데, 그로서는 도저히 긁을 방법이 없는 곳이었다.

비연은 참지 못하고 피식 웃어 버렸다. 그러나 곧 감동한 표정으로 중얼거렸다.

"꼬맹아, 우리가 빨리 치료할 방법을 찾아야 할 텐데…… 아니면 너도 죽은 목숨이란 말이다. 네가 천 년을……."

여기까지 이야기한 비연은 갑자기 말을 멈췄다. 무엇 때문일까, 이유 모를 익숙한 느낌이 들었다. 설마 어린 시절 비슷한 동물을 키웠던 걸까?

"우……."

설랑이 낮게 울며 재촉하자 비연이 겨우 정신을 차렸다. 그녀는 웃음을 참지 못하다가, 이 빙려서가 늑대의 울음소리를 낸다는 걸 발견했다. 뜻밖에도 위화감이라고는 전혀 없고 오히려 무척 귀여웠다.

비연이 설랑에게 약을 다 바르자 고운원이 우리를 하나 찾아왔다. 설랑은 잠시 망설였지만 도망치지 않고 오히려 스스로 우리 안으로 들어갔다. 설랑은 생각했다. 잠시 며칠 갇혀 있어도 괜찮지 뭐! 일단 좀 즐기다가 다시 돌아가면 되는 거야!

어쨌든 그가 몸을 회복하고 나면 이 작은 우리로는 그를 가둬 둘 수 없을 터였다.

설랑의 일을 처리했지만 비연과 고운원은 쉴 수가 없었다. 바쁘게 일하는 외에도 매일 약욕을 하고 벌레를 박멸해야 했다.

만약 빙슬에게 물렸다면 보통 사흘 안에 병세가 나타난다. 며칠 동안 관찰했지만 다행히도 그들 중 아무도 발병하지 않았다. 진묵도 돌아와, 그와 군구신도 아무 일 없다고 말했다. 계속 두근거리던 비연의 심장이 겨우 안정되었다.

장로회의 협력하에 격리 구역 몇 곳이 완성되었다. 환자들은 그곳에 모여 함께 치료를 받았다. 다른 부족 사람들은 매일 약욕을 하며 구충에 힘썼다.

보름이 지나자 설족 사이에 퍼진 흑사병은 어느 정도 통제되기 시작했다. 새로 발견되는 환자의 수도 줄고 있었다.

그동안 비연과 고운원은 독소를 배출하는 약제 다섯 종류를 만들어 내고, 침술로 독을 배출하는 것을 도왔지만, 환자들의 병세를 안정시킬 수는 없었다. 그들이 약을 시험한 빙려서 다섯 마리는 모두 죽었다. 다섯 환자 중에서는 두 사람만이 남아 겨우 숨만 쉬고 있을 뿐이었다.

그와 동시에 격리 구역에서는 거의 매일 환자가 죽었다는 소식이 들려왔다. 보명고성의 환자들도 모두 죽었고, 남아서 버티고 있는 것은 바로 그 진아라는 소녀뿐이었다. 물론 진아의 상황도 그렇게 낙관적이지는 않았다.

감염병이 확산되지 않아도 환자의 수가 아주 많았다. 죽음은 여전히 가까운 곳에 있었고 모든 이들의 마음은 무거운 상태였다. 북강 전체가 검은 구름에 덮여 있는 것처럼 빛이라고는 보이지 않았다.

비연은 감히 격리 구역에 갈 수도 없었다. 격리 구역 밖에서 환자의 가족들이 울고 있는 처참하고 슬픈 모습을 볼 엄두가 나지 않았기 때문이다.

며칠 후, 비연은 상 장군의 서신을 받았다. 진아가 더 이상 버틸 수 없을 것 같고, 울면서 그녀를 한 번 더 보고 싶다고 했다는 이야기가 적혀 있었다.

"진아……."

비연은 그 소녀에게 했던 약속을 잊지 않고 있었다. 그녀는 사람에게 약제를 들려 돌아가게 하면서 말했다.

"그 아이에게 말해 줘. 며칠이 지나면 내가 간다고. 반드시, 반드시 나를 기다리라고!"

만약 거짓말이 굳세게 버티는 신념이 될 수 있다면…… 비연은 거짓말쟁이가 되더라도 좋았다.

그녀는 밤낮으로 약제 연구에 몰두했고, 반복해서 약을 시험해 보았다. 설랑에게 약을 발라 주는 시간만이 유일하게 마음을 편히 먹을 수 있는 시간이었다.

어느 날, 비연이 바삐 일하다가 설랑에게 약을 발라 주는 것을 잊고 돌아가 잠이 들었다. 다음 날 깨어난 그녀가 이 일을 떠올리고 바로 설랑에게 달려가 보니, 설랑의 몸에 있던 검은 발진이 전부 사라져 있었다!

그녀의 약이 효과가 있다 해도 근본을 치료하는 약은 아니었다. 그저 가려움증을 멈춰 주는 약이니 발진이 사라질 리는 없었다. 사람이건 쥐건, 모두 하루라도 약을 바르지 않으면 가려워 견디기 어려워하고 있었다.

비연이 바로 고운원을 불러왔다. 고운원도 경이로운 표정을 지었다.

"이…… 이건, 호전된 겁니까?"

비연이 몹시 기뻐하며 다른 환자들을 살펴보았다. 그녀가 설랑에게 준 약을 다른 환자들도 모두 쓰고 있었기 때문이다. 그러나 조사 결과는 그녀를 실망시켰다. 환자들의 몸에는 여전히 검은 발진이 남아 있었다.

고운원이 턱을 쓰다듬으며 중얼거렸다.

"괴이하도다, 괴이해!"

비연은 설랑을 다시 한번 살펴보았다. 검은 발진이 없어졌을 뿐, 완전히 회복된 것 같지는 않았다. 설랑은 여전히 힘이 없었고 눈에는 핏발이 가득했다.

비연이 고민하며 물었다.

"약의 분량 문제일까요?"

고운원이 고개를 끄덕였다. 사람이 필요로 하는 약의 양은 당연히 쥐가 필요로 하는 양보다 많기 마련이다.

비연은 약의 양을 늘려 환자들과 설랑에게 사흘 동안 복용시켰다. 환자들의 병세는 호전되지 않고 오히려 악화되었지만, 설랑은 정신이 맑아지고 있었다.

고운원이 물었다.

"어떤 약의 조제량이 부족한 것은 아닐는지요?"

비연은 미간을 찌푸리며 약방문을 살펴볼 뿐 대답하지 않았다. 그녀는 약방문의 약재를 인체에 사용할 수 있는 극한을 아주 잘 알고 있었다. 극에 달하면 반대로 작용하는 법이다. 더 많이 사용하면 환자들을 해치게 될 수도 있었다.

비연은 설랑이 그녀의 약 외에 또 무엇을 먹었을지 고민했다. 한참 생각하던 그녀는 대오 각성했다!

그녀가 고운원을 바라보며 외쳤다.

"푸른 산호예요!"

푸른 산호?

고운원이 알 수 없다는 표정을 지었다.

"그게 무슨 약입니까?"

비연이 밖으로 달려 나가며 설명했다.

"예전에 지하 궁전에서 설랑이 뭔가를 먹고 있는 걸 봤어요. 푸른 산호와 아주 닮은 것이었죠. 그때 전하께서 설랑이 어째서 채소를 먹는지 궁금해하셨는데……. 그 물건이 바로 이 충역을 치료하는 약일 가능성이 놓아요!"

생각할수록 가능성이 큰 것 같았다. 설랑은 천 년을 넘게 살았으니, 이 병을 세 번은 겪었을 것이다. 혹시 예전에도 충역에 감염되면 그 푸른 산호를 먹고 회복했던 것은 아닐까?

비연은 문가로 달려갔다가 다시 다급하게 돌아왔다. 그리고 설랑이 든 우리를 제 소매 속에 감췄다. 그녀는 시간을 그르치지 않고 진묵, 고운원과 함께 지하 궁전의 입구로 향했다.

그리고 바로 이 순간, 군구신은 환해빙원 북쪽에서 은폐되어 있는 얼음집을 한 채 발견했다…….

스승의 명을 받아 사람을 구하다

군구신은 일곱 명의 시위와 함께 다니던 중이었다. 그는 시위 여섯 명으로 하여금 얼음집 주변을 포위하게 한 다음, 시위 한 명에게 얼음집 문을 걷어차게 했다.

얼음집 안은 텅 비어 아무도 없었으나 화로 속 숯은 아직 따뜻했다. 분명했다. 이곳에서 도망친 사람은 멀리 가지 못했을 것이다!

군구신은 바로 추격하지 않고 주위를 살펴본 다음 말했다.

"북쪽으로, 추격!"

그들이 떠난 지 얼마 되지 않아 부근에 숨어 있던 승 회장이 누군가의 부축을 받으며 나왔다. 승 회장을 부축하고 있는 사람은 바로 백리명천이었다.

승 회장은 중상에서 아직 치유되지 않은 상태였다. 그는 여전히 복면을 쓰고 있어 다른 이들은 그의 안색조차 살필 수 없었다. 그러나 백리명천은 대범하게, 그 사특한 매력이 흘러넘치는 얼굴을 드러내고 있었다.

군구신 일행이 멀어진 것을 보고서야 백리명천은 승 회장을 부축해 얼음집 안으로 들어가려 했다. 승 회장은 그의 부축을 거절하고 직접 들어갔다. 그러나 그들은 문을 닫지 않고 문 뒤에 숨었다.

승 회장의 시위는 북쪽으로 도망가다 바다에 몸을 던져 자살할 테니 시간을 오래 끌 수는 없을 터였다. 군구신은 그를 찾지 못하면 분명 곧 돌아올 것이다. 그들이 남쪽으로 도망친다면, 발견당할 가능성이 여기 숨어 있는 것보다 높았다.

잠시 안전해진 틈을 타서 승 회장이 물었다.

"삼황자, 우리는 평소 알지 못하는 사이였거늘……. 이곳에 오신 것은 무슨 뜻인지?"

백리명천이 갑자기 찾아왔을 때 승 회장은 몹시 의아했다. 운한각이 오랫동안 그의 소식을 듣지 못했으니 조급해하며 사람을 파견할 거라는 사실이야 짐작하고 있었지만, 백리명천이라니! 백리명천은 운한각 사람도 아닌데…….

승 회장은 상황을 이해할 수 없어 이리 물으며 탐색하고자 했다.

백리명천은 운한각의 존재조차도 알지 못했고, 자신이 구하는 사람이 현공상회 승 회장이라는 사실은 더더욱 몰랐다.

백리명천이 말했다.

"스승의 명을 받아 구하러 왔을 뿐, 별 뜻 없습니다만!"

사라진 지 1년이 되어 가는 사부가 갑자기 백리명천에게 서신을 보내, 환해빙원 북쪽의 얼음집에 가서 흑의 남자를 구할 것을 요구했다. 서신에는 얼음집의 상세한 위치가 적혀 있었지만, 매우 은밀한 곳이었기 때문에 백리명천도 이곳을 찾는 데 무려 사흘이나 걸렸다!

사부는 서신에서 위치를 알려 주며, 그 사람을 북강에서 안

전하게 구출해 달라고만 말했을 뿐 다른 이야기는 하지 않았다.

사부가 이렇게 돌연히, 두서도 없이 명령하는 것에 백리명천은 이미 익숙했다. 만진국은 아직 내란 중이었기에 그는 시간이 많지는 않았다. 그러나 그는 시간을 내어 비연, 그 얄미운 계집애를 한번 보러 갈 생각을 하고 있던 참이었다.

천염국 북강에 흑사병이 퍼지고, 정왕비 고비연이 직접 구제에 나선 일은 현공대륙 사람이라면 누구나 아는 이야기였다. 그는 군구신이 진양성에서 어린 황제를 보좌하고 있으리라 여겼기에, 이곳에서 군구신을 직접 보게 된 것은 정말 뜻밖이었다.

백리명천이 '스승의 명을 받았다'라고 이야기했을 때 승 회장은 마음속에 짚이는 바가 있었다. 백리명천의 고古 사부는 바로 운한각의 요인 중 하나였다. 고씨 성을 가진 그 녀석이 아마 지금 몸을 빼기 어려운 모양이었다. 그게 아니라면 이렇게 민감한 일을 백리명천에게 맡기지 않았을 테니까.

승 회장이 물었다.

"지금 바깥은 상황이 어떠하오?"

그는 환해빙원에 숨은 후 바깥소식을 알 수 없었다. 그러나 그는 대황숙이 중상을 입었으니 다른 사람을 보내 자신을 잡으려 할 거라 예측하고 있었다. 하지만 군구신이 온 것은 정말 예상 밖의 일이었다. 군구신과 군씨 가문 두 노인의 관계는……아마 그들의 짐작보다 훨씬 복잡한 모양이었다.

백리명천이 몹시 놀란 듯하더니 소리 내어 웃기 시작했다.

"아니, 대체 얼마나 숨어 계셨던 겁니까? 북강이 흑사병으로

난리가 난 지 거의 두 달이 되어 가는데, 설마 모르시는 것은
아닐 테고."

승 회장이 기이하다는 표정을 지었다.

"흑사병?"

백리명천이 그제야 상황을 설명해 주었고, 승 회장은 몹시
놀랐다.

"어째서 갑자기 흑사병이 발병한 것인지……. 아직 백 년은
더 있어야 할 텐데."

백리명천이 대답했다.

"그야 저도 모르는 일이지요. 어쨌든 우리는 환해빙원을 탈
출해야 안전할 수 있습니다. 하하, 본 황자는 수로를 이용할 겁
니다."

승 회장은 백리 일족의 상황을 이미 알고 있었지만 일부러 이
해할 수 없다는 듯 되물었다.

"수로?"

백리명천은 승 회장의 귀에 대고 속삭였다.

"우리 사부께서 목숨을 구하고자 하시는 분이니, 분명 규율
이란 것이 무엇인지 아시는 분이겠지요. 외부에 발설한다면 본
황자가 손을 쓸 필요도 없을 겁니다. 본 황자의 사부께서도 결
코 당신을 그대로 놓아주지 않으실 테니까!"

승 회장의 눈가에 의아한 빛이 스쳐 갔다. 그는 백리명천이
고 사부를 이렇게 믿으리라고는 생각지 못했던 것이다.

승 회장은 고개를 끄덕이며 더 이상 아무 말도 하지 않았다.

백리명천이 잠시 침묵하다가 헤헤 웃으며 물었다.

"그런데 어쩌다 군구신에게 쫓기는 몸이 되셨나요?"

그는 사부가 설명한 것 이외의 일을 꼬치꼬치 캐묻는 걸 싫어한다는 것을 아주 잘 알고 있었다. 그러나 이번 상대는 그가 원한을 품고 있는 군구신이었다. 호기심을 도저히 제어할 수 없었다.

승 회장이 대답했다.

"사적인 은원 관계입니다."

"옛 원한인가요? 하하! 저는 정왕이 비연을 쫓아 북강에 왔나 했는데, 당신을 잡으러 온 모양이군요."

백리명천의 말에 승 회장이 다시 놀랐다.

"정왕비도 왔다고요?"

백리명천이 가볍게 코웃음을 쳤다.

"그 계집애, 하늘 높은 줄도 모르고 무슨 흑사병을 치료하네 마네 하고 있지요. 목숨 아까운 줄도 모르고! 하하, 군구신이 정말 미련이 없을 만도 하지!"

승 회장이 미간을 찌푸리더니 괴이한 눈빛으로 백리명천을 바라보았다. 하지만 백리명천은 계속 중얼거리느라 그의 시선에는 신경 쓰지 않았다.

승 회장이 물었다.

"아쉬운 모양이군요?"

백리명천은 그제야 정신을 차리고, 팔짱을 낀 채 벽에 기대어 큰 소리로 웃기 시작했다.

"아쉽냐고요? 본 황자는 그 계집에게 받아 내야 할 빚이 있을 뿐입니다!"

승 회장이 다시 물으려는데 백리명천이 선수를 쳤다.

"군구신과의 은원을 이야기해서 본 황자를 기쁘게 해 주시는 것은 어떨는지? 어쩌면 본 황자가 당신과 손을 잡고 그를 잡을 수 있을지도 모르는 일이니."

승 회장이 물었다.

"정왕도 당신에게 빚을 진 모양이군요?"

백리명천이 대답하려다 바로 멈췄다. 승 회장도 경계하기 시작했다. 근처에서 발걸음 소리가 들렸다. 군구신이 돌아온 것이다!

백리명천이 즉시 승 회장에게 다가왔다. 두 사람은 문 뒤에 숨어 조용히 긴장하고 있었다. 백리명천의 무공은 군구신보다 한 수 아래였고, 독은 운에 달린 문제였다. 승 회장을 지키며 싸운다면 그에게는 승산이 전혀 없었다!

군구신 일행은 돌아온 후 얼음집 밖에 멈춰 섰다. 시위 하나가 문을 열려고 했을 때 군구신이 날카로운 시선을 던져 막았다. 그 즉시 모든 시위가 그 자리에 멈춰 선 채 아무 말도 하지 않았다.

군구신은 얼음집에 기대선 채 생각에 잠겼다. 차갑고 냉랭한 얼굴에 날카로운 빛이 스쳐 갔다.

백리명천과 승 회장은 계속 기다렸으나 발걸음 소리도 말소리도 들리지 않았다. 그들은 불안했으나 여전히 담담한 표정을 유지하고 있었다. 승 회장은 손목에 숨겨 둔 암기를 점검했고, 백리명천은 독약을 준비했다.

마침내, 그들은 발걸음 소리를 들을 수 있었다. 발걸음 소리는 여기저기, 사방팔방으로 흩어지고 있었다. 의심할 바 없이 군구신은 이 얼음집을 포위하는 중이었다!

승 회장이 백리명천에게 문을 닫게 해야겠다고 생각했다. 그러나 그가 말하기 전에 백리명천이 슬며시 움직이는가 싶더니 빠른 속도로 문을 닫았다!

문 밖에서는 시위들이 이미 얼음집을 포위하기 시작한 상태였다. 군구신은 이미 몸을 돌려 얼음집의 눈처럼 새하얀 문을 노려보았다.

만약 그라면 이 얼음집에 숨는 것을 선택했을 것이다. 북쪽으로 도망가는 것 외에 어느 방향으로 가건 쉽게 발견될 테니까. 그에 비하면 얼음집에 숨는 것이 오히려 우세를 점할 수 있고 방어도 쉬워질 수밖에 없었다. 그리고 이 얼음집은 분명 다른 얼음집과 다를 것이다.

군구신은 시위들에게 지킬 것을 명하고 자신은 뒤로 물러서서 몸을 숨길 곳을 찾아 앉았다. 방어는 쉽고 공격은 어렵다 하나 그들을 놓아줄 생각은 없었다. 그저 기다리기만 하면 된다.

군구신은 얼음집 안의 양식이며 물이 얼마나 되는지 지켜볼 작정이었다…….

조상 대대로의 규칙

군구신의 생각이 맞았다. 이 얼음집은 다른 얼음집과 달랐다. 문을 닫은 다음에도 승 회장은 여전히 벽의 작은 구멍을 통해 문밖의 상황을 살펴볼 수 있었다.

승 회장이 관찰을 끝낸 다음 소매를 올려, 손목에 묶어 둔 암기 발사기를 드러냈다. 백리명천이 다가오더니 무척 놀란 듯 물었다.

"이건 뭐에 쓰는 거죠?"

승 회장이 반 치 길이의 가느다란 침 세 개를 발사기에 끼우며 대답했다.

"칠살소골침."

백리명천이 이해하지 못하는 것을 보고 승 회장이 다시 설명해 주었다.

"이 침을 일곱 걸음 안에서 맞으면 침이 뼛속으로 들어가고, 그 뼈는 부서지고 말지요!"

백리명천의 두 눈동자에 즉시 날카로운 빛이 스쳐 갔다.

"세상에 그런 대단한 암기가 있을 줄이야! 대형, 어디서 그런 것을 구하셨습니까?"

천하 사람이라면 누구나 백리명천이 기이한 물건을 수집하는 것을 알고 있었다. 어떤 물건이건, 아니 그것이 사람이라 하더라도, 백리명천은 한번 마음에 들면 어떤 수단을 써서라도 손에 넣곤 했다.

승 회장은 그가 치근덕거릴까 걱정되어 바로 그의 고 사부에게서 받은 것이라고 거짓말을 했다. 사실 이 암기는 승 회장의 외질녀인 당정 가문의 것이었다.

백리명천은 사부가 준 물건이라는 말을 듣고 무척 즐거운 표정을 지었다. 그는 더 이상 묻지 않고 재빨리 작은 구멍을 통해 밖을 내다보았다. 얼음집 밖에 시위가 대여섯 흩어져 서 있는 것이 보일 뿐 군구신은 그림자조차 보이지 않았다.

그가 승 회장에게 물었다.

"침이 몇 개나 있습니까?"

이 칠살소골침은 승 회장 최후의 무기였다. 부득이한 경우가 아니라면 절대로 사용하지 않았을 것이다. 왜냐하면 그는 이 침을 단 세 개밖에 갖고 있지 않았기 때문이다.

승 회장이 말했다.

"세 개뿐입니다. 얼음집에 구멍도 세 개뿐이고. 시위들을 쏘아 죽인들 헛수고고, 구멍의 존재만 눈치채이고 말겠지요. 군구신이 가까이 오기를 기다리는 수밖에 없습니다. 물론 군구신도 우리들을 경계하고 있겠지만."

백리명천이 차갑게 코웃음을 쳤다.

"아니죠. 그는 우리를 경계할 뿐 아니라, 일부러 시위들을 남겨 우리들을 시험하는 중입니다! 본 황자에게 여우라고 욕하더니만 자신은 여우보다 더 교활하군!"

승 회장은 아무 말도 하지 않고 술병을 하나 가져와 침상에 기대앉았다. 백리명천은 그가 복면을 벗고 술을 마시리라 생각했으나 승 회장은 술병을 곁에 두고 덮개만 열었을 뿐이었다. 부상을 입은 그는 술을 마시지 않고 냄새만 맡았다.

군구신은 현재 그가 유일하게 술을 겨룰 수 있는 호적수였다. 그는 군구신을 무척 기껍게 여기고 있었지만 운한각에 방해되는 자라면 결코 친우가 될 수 없었다.

군구신이 이곳을 찾아낼 수 있었던 건 봉황력에 대한 일을 하기 때문일 것이다. 아마도 대황숙이 보냈을 것이다! 천염국의 대황숙과 군구신, 그리고 천무제는 대체 어떤 관계일까? 이 점을 명확하게 알기 전에는 운한각은 경거망동할 수 없었다.

백리명천은 승 회장이 말수가 적다는 것을 알아채고 자신도 말을 많이 하지 않았다. 그는 허리를 편 후 직접 외부의 동정을 살폈다.

그는 얼음집에 양식이 얼마나 있는지 묻지 않았고 승 회장도 언급하지 않았다. 명백했다. 두 사람 모두 이곳에 오래 숨어 있을 생각이 없었다. 조만간 밖으로 나가게 될 것이니, 관건은 언제 어떻게 손을 쓰느냐 하는 것이었다!

한참 후, 승 회장이 입을 열었다.

"삼전하, 수로로 갈 수 있다면 북쪽이 바로 바다입니다."

"백리 가문 조상 대대로의 규칙에 따라 바다로는 가지 않습니다."

백리명천의 말에 승 회장의 눈가에는 복잡한 빛이 스쳐 갔다.

"무엇 때문에?"

"그야 모르지요. 그저 선조께서 저주하시기를, 바다로 나가면 좋게 죽지 못할 거라 하셨을 뿐이니까."

승 회장이 다시 물었다.

"인어족 전체가 그렇습니까?"

"우리 옥인어 일족에게만 그런 규칙이 있습니다만."

승 회장은 아직도 궁금한 것이 있는 듯했으나 더 이상 묻지 않았다.

이렇게 승 회장과 백리명천은 얼음집 안에 숨어 있었고 군구신은 문밖에서 지키고 있었다. 그리고 비연은 여전히 길을 가는 중이었다.

비연은 원래 호란설지의 입구를 통해 몽족의 지하 궁전으로 내려갈 생각이었다. 그러나 그녀는 그 입구에 기관이 많았던 것을 고려하여 환해빙원으로 가기로 결정했다. 그녀는 설랑과 소통이 불가능해 그저 자신의 기억에 의존해 길을 찾을 수밖에 없었다. 빙원 입구를 통해 지하 궁전으로 내려가 큰길을 쭉 따라가면 그 푸른 산호를 찾을 수 있을 것이다.

진묵이 앞에서 길을 열었고, 비연과 고운원이 뒤를 따랐다. 세 사람은 밤새도록 길을 달려 다음 날 새벽 백랑곡에 도착했다. 그리고 바로 지하 궁전 입구로 달려갔다.

설랑은 비연의 소매 속에 숨어 때때로 머리를 내밀어 훔쳐보았다. 그는 비연이 무엇을 하려는지 몰라 그저 추이만 관찰할 뿐이었다.

한낮이 되어 갈 때쯤, 비연 일행은 지하 궁전의 입구를 발견했다. 설랑이 바로 소매에서 튀어나오더니 고개를 돌려 비연을 바라보았다. 비연이 입을 열려 하자 설랑이 갑자기 몸을 돌려 동굴 안으로 미끄러지듯 들어가 보이지 않게 되었다.

비연도 설랑이 길을 알려 줄 거라 기대하지는 않았다. 그녀가 앞에서 길을 안내하려 하는데 진묵이 앞으로 나섰다.

"주인님, 내가 앞에서 간다."

비연이 웃으며 말했다.

"너는 길을 모르잖아."

진묵은 고집을 부렸다.

"주인님이 말해 주는 대로 가면 된다."

비연도 진묵과 다투지 않았다. 가끔 진묵이 고운원보다 더 융통성 없고 고지식해 보였다.

물론 진묵이 고지식한 것은 어릴 때부터 장파의 고묘에서 자라서 이해하지 못하는 것이 너무 많기 때문이었다. 그에 비하면 고운원은 많은 것을 이해하고 있었다.

비연 일행이 동굴로 들어선 지 얼마 되지 않아 백의 여자 두 사람이 멀지 않은 곳의 거대한 바위 뒤에서 걸어 나왔다. 바로 계강란과 요 이모였다.

그녀들의 은신처인 동굴도 이곳에서 멀지 않은 곳에 있었다. 동굴 안에 준비되어 있던 마른 양식도 한계가 있어 그들은 이틀 동안 하루에 한 끼만 먹은 상태였다. 그들은 감히 백랑곡으로 난입할 엄두를 내지 못하고, 구원을 기다리면서 먹을 만한 것을 찾고 있었다.

그들은 원래 북쪽으로 가서 물새라도 잡을 생각이었는데, 뜻밖에도 비연 일행을 보게 된 것이었다.

요 이모가 말했다.

"저 세 사람은 설족 출신은 아닌 것 같구나. 흑의 남자도 무공이 낮지 않았어. 아마 너랑 막상막하일 거다. 저기 흰 옷 입은 남자와 여자는 아무리 봐도 무공을 할 줄 아는 이들은 아닌 듯한데, 대체 어디서 온 걸까?"

"설족 출신이 아니라면 어떻게 빙원에 들어온 걸까요? 설마 방어선이 해제된 걸까요?"

계강란의 말에 요 이모가 반박했다.

"그렇게 쉬울 리 없지! 천염국 대황숙의 성격을 생각하면…… 우리를 산 채로 잡지 못한다면 시체라도 보려 할 텐데."

계강란이 생각에 잠겼다가 말했다.

"요 이모, 우리 가서 살펴봐요! 저들이 누구건, 들어온 이상 나갈 방법도 있을 거예요!"

요 이모도 바로 그 생각을 하고 있었다. 두 사람은 주변에 사람이 없는 것을 확인한 후 바로 동굴로 들어가 몰래 비연 일행을 따라가기 시작했다.

비연은 기억에 의지해 지하 궁전 깊은 곳으로 들어갔다. 길은 아주 순조로웠다. 그러나 그녀가 기억하는 곳에 도착했지만, 그날 그녀와 군구신이 보았던 구덩이는 보이지 않았다.

비연이 그간 오던 길을 돌아보고, 다시 앞쪽으로 걸어가 보았다. 분명 길을 잘못 온 것이 아니었다. 그러나 눈앞에 보이는 것은 굳게 봉쇄된 석벽뿐이었다. 그녀는 고운원과 진묵을 보며 조급하게 설명했다.

"이상해요. 분명 여기인데. 여기는 이렇게 벽이 아니라 하늘이 보이는 구덩이였어요! 빙벽이 아주 높아서, 거기에 푸른빛의 괴이한 풀이 자라고……. 그 풀에 더듬이도 달린 것이 꼭 산호 같았거든요!"

진묵은 여전히 무표정했고, 고운원도 턱을 만지작거리며 한참 생각하다가 말했다.

"몽족이 결계를 치는 것에 능했다고 들은 적 있습니다. 이곳이 몽족의 유적이라면 결계가 숨어 있을 가능성도 높습니다. 그날 왕비마마와 전하께서 실수로 결계 안에 들어가셨던 것은 아닐까요?"

구석에 숨어 있던 요 이모와 계강란은 이 말을 듣고 경악했다. 이 말은 너무도 많은 정보를 드러내고 있었다…….

뜻밖에도 정말 결계라니

몽족의 유적, 결계? 그리고 전하와 왕비마마?

고운원의 한마디로 요 이모와 계강란은 이 지하 궁전이 어디인지 알아차릴 수 있었고, 비연의 신분도 알 수 있었다.

요 이모가 속삭였다.

"저들이 들어올 수 있었던 것도 이상한 일이 아니야. 저 여자는 천염국의 황족이었어."

계강란도 소곤거렸다.

"요 이모, 그 흑의 남자가 정왕 군구신인 것은 아니겠죠? 소문을 들어 보면 아주 박정한 사내라던데."

"아닐 것 같구나. 정왕의 무공이 아마 너보다 훨씬 높을 거야. 그자와는 비교할 게 못 돼."

계강란이 다시 말하려는데 요 이모가 그녀의 입을 막고 조용히 하라고 손짓했다. 비연 일행이 설랑에 대해 이야기하기 시작했기 때문이다.

비연은 석벽을 두드리며 기관을 찾고 있었다.

"만약 결계라면 그렇게 쉽게 들어가고 쉽게 나올 수 있었을 리가요? 내가 보기에는 무슨 기관이 있을 거예요. 우리가 들어왔을 때 설랑이 마침 기관을 열었던 거겠죠."

고운원도 함께 기관을 찾기 시작했다. 그러나 진묵은 그대로 멈춰 선 채 주변을 경계하고 있었다. 비연이 기관을 잘못 건드려 암기라도 쏟아지지 않을까 대비하는 듯했다.

한참을 찾았으나 비연과 고운원은 아무것도 찾지 못했다. 비연이 길을 잘못 찾은 건 아닐까 의심하기 시작했을 때였다. 그녀가 아무 생각 없이 고개를 돌려 보니 빙려서 한 마리가 앞쪽 벽에 선 채 그들을 바라보고 있었다.

설랑을 오래 돌보아 주었기 때문에 비연은 그 시선만 보고도 바로 설랑이라는 걸 알아챌 수 있었다. 그녀는 다급했다. 감염 구역에서는 매일 누군가가 죽어 나간다. 약을 찾아낸다면 몇 목숨이라도 더 구할 수 있다. 그 목숨들 뒤에는 그들을 사랑하는 가족들이 있다!

비연이 소리쳤다.

"꼬맹아, 이리 와!"

설랑은 예전처럼 비연을 무서워하지는 않게 되었지만 그녀가 큰 소리로 부르자 겁에 질렸다. 그는 그 자리에 선 채 움직이지 않았다.

설랑은 한참 동안 관찰한 끝에 비연 일행이 뭔가를 찾으러 왔다는 사실을 깨달았다. 몽족의 지하 궁전에는 귀한 보배들이 아주 많았다. 그가 지키고 있는 것도 바로 그 보배들이었다. 그는 절대로, 어떤 이도 그 보배들을 훔쳐 가게 하지 않을 것이다!

설랑이 움직이지 않는 것을 보고 비연이 다가갔다. 그러자 설랑이 멀찍이 도망쳤다. 비연은 다급한 마음에 쪼그리고 앉아 다정하게 말했다.

"꼬맹아, 이리 와, 긁어 줄게!"

그녀는 매일 설랑에게 약을 바르고 긁어 주기도 했다. 털을 빗겨 줄 때면 설랑은 아주 온순해지곤 했다. 심지어 스스로 그녀의 손에 비비적거리는 경우도 있었다.

비연은 다정한 목소리로 말하며 손을 내밀어 긁어 주는 동작을 해 보였다. 이 모습을 본 설랑이 멈칫하더니 곧 빠르게 비연의 손을 향해 달려왔다. 어찌나 빠른지 하마터면 비연의 손에 그대로 부닥칠 뻔했다.

설랑은 비연이 긁어 주고 털을 정리해 주는 것을 좋아했다. 그러나 어제 비연은 그에게 약을 발라 주지 않았고, 설랑은 지금까지도 그 일을 마음에 두고 있었다.

비연이 움직이지 않자 설랑은 계속 그녀의 손에 대고 비비적거리다가 결국은 그녀의 손을 타고 올라 몸을 웅크렸다. 그녀가 시중을 들어 주기를 기다리는 듯한 모양새였다.

비연은 조급한 상황이었지만 참지 못하고 그만 피식 웃어 버렸다. 물론 그녀는 바로 설랑을 긁어 주지 않고 벽을 바라보며 손짓했다.

"여기 기관이 있지?"

설랑은 사지를 쭉 뻗고 그녀의 손 위에 누운 채 움직이지 않았다.

비연이 몸을 일으킨 다음 벽을 가리키며 설명했다.

"그때 네가 먹은 거, 벽에 가득하던 그거."

설랑은 움직이지 않았다. 비연은 하는 수 없이 설랑을 긁어 주다가 다시 벽을 가리키며 열심히 말했다.

"네가 먹은 약, 흑사병을 치료하고 가려움을 없애 주는 그거!"

설랑은 너무나 편안했다. 그야말로 비연의 손길을 만끽하느라 그녀의 손짓에는 아예 관심을 두지 않았다.

비연은 설랑이 아예 그녀의 말을 듣고 있지 않다는 걸 눈치챘다. 화가 난 그녀는 설랑의 목을 잡고 분노한 목소리로 경고했다.

"본 왕비에게 집중하지 않으면, 본 왕비가 너를 홀랑 구워 버릴 테다!"

설랑은 깜짝 놀랐다. 처음 보았을 때 외에 비연이 화를 내는 것을 보는 건 처음이었다. 그는 즉시 있는 힘을 다해 고개를 끄덕였다.

비연이 답답한 마음에 고운원과 진묵을 바라보며 물었다.

"이건 무슨 뜻일까요? 내 말을 알아듣기나 하는 걸까요?"

진묵은 여전히 침묵했고, 고운원이 진지하게 대답했다.

"제가 알기로는 설랑은 영물입니다. 인간의 말을 이해할 수는 없어도 인간의 뜻을 알 수는 있을 겁니다. 그러나 이 설랑은…… 아무래도 좀 멍청한 모양입니다. 저는 저게 무슨 뜻인지 모르겠습니다."

비연은 어쩔 수 없이 설랑을 놓아주었다.

설랑은 바닥에 내려앉자 뜻밖에도 망설임 없이 벽에 가서 부딪쳤다. 비연이 깜짝 놀라 막으려 했지만 이미 늦은 상황이었다.

그러나 설랑이 벽에 부딪치는 순간 벽 전체가 사라지더니 통로로 변했다. 설랑은 통로에 서서 비연 일행을 흘깃 돌아본 후 빠르게 달리기 시작했다.

그는 협력할 생각이었다. 봉황력을 가진 인간과 적이 될 필요는 없으니까. 게다가 약초가 그리 많으니 여자가 조금 가져간다 해도 별문제가 될 것 같지 않다고 생각했다. 어차피 약초는 또 자라기 마련이니까! 여자는 그를 상당히 오랫동안 돌봐주었고, 이것으로 보답하면 될 것 같았다.

설랑이 사라지자 비연은 당황했다. 그녀가 고운원을 바라보며 물었다.

"이, 이게 결계인가요?"

고운원도 이해할 수 없다는 표정을 지으며 말했다.

"왕비마마, 저도 그저 추측일 뿐입니다. 이, 이게…… 아마 그렇겠지요?"

이 결계가 어떻게 열린 걸까? 또 어떻게 닫힐까? 설랑만이 열고 닫을 수 있는 건 아닐까? 만약 그렇다면 이 결계는 설랑이 깔아 둔 것이란 말인가……. 그럴 리는 없지 않은가!

비연은 결계술에 대해서는 아는 것이 전혀 없었다. 그러나 의문이 든다 해도 깊이 생각할 여유는 없었다. 그녀는 바로 통로로 들어섰고, 고운원과 진묵도 그 뒤를 따랐다.

통로로 들어서 열 걸음 정도 걷자 그날 군구신과 함께 보았던 아름다운 풍경이 눈앞에 펼쳐졌다. 거대한 구덩이, 하늘을 찌를 듯 곧게 뻗어 있는 빙벽, 푸른빛의 기이한 풀……. 마치 푸른 산호처럼 수많은 더듬이가 달린 풀이 높은 빙벽을 빽빽하게 채운 채 바람에 이는 물결처럼 흔들리고 있었다.

두 번째로 보는 풍경이었지만 비연은 여전히 감동했다. 언제나 담담한 진묵조차도 경이로운 표정을 짓고 있었다. 그는 눈도 돌리지 못한 채 바라보며, 평생 처음으로 너무나 강렬한 욕망을 느끼고 있었다. 그리고 싶었다. 이 아름다운 장관을 너무나 그리고 싶었다.

그리고 이 순간, 고운원은 그저 고개를 들어 바라보기만 할 뿐 여전히 평온한 얼굴이었다.

계강란과 요 이모도 안으로 들어왔다. 그들도 이 아름다운 풍경에 압도당하고 말았다. 그러나 요 이모는 곧 정신을 차리고 계강란을 옆으로 잡아끌었다.

비연 일행의 대화에서 요 이모는 북강에 흑사병이 발생했고, 비연 일행이 약을 찾으러 왔다는 사실을 알게 되었다. 지금 저들을 협박하지 않는다면 또 언제 그리할 수 있을까?

계강란과 요 이모가 기회를 엿보는 동안, 비연 일행은 누군가에게 뒤를 밟힌 것도 눈치채지 못하고 있었다.

비연이 기뻐하며 외쳤다.

"고운원, 저것들을 봐요! 진짜 푸른 산호 같지 않아요?"

그녀는 고운원의 답을 기다리지 않고 앞으로 달려가 가볍게 한 뿌리를 캐냈다. 그리고 진지하게 풀의 외형을 살펴보고 냄새를 맡은 후 맛을 보았다. 그러나 구체적인 약성은 알 수 없었다. 아무래도 약왕정의 도움을 빌려야 할 것 같았다.

그러나 그녀가 푸른 산호를 약왕정에 넣으려는 순간, 등 뒤에서 진묵의 목소리가 들려왔다.

"주인님, 조심해!"

긴급, 도망이 상책

진묵의 외침을 듣고 비연이 고개를 돌려 보니 날카로운 검날이 날아오는 것이 보였다!

검을 뽑은 사람은 바로 그녀와 군구신이 일선천에서 만났던 백의 여자, 계강란이었다.

워낙 창졸간의 일이라 비연이 꼼짝도 하지 못하고 있는데 진묵이 검을 뽑아 막았다. 그제야 비연이 정신을 차리고 뒤로 물러났다. 그러나 그와 동시에 요 이모가 곁에서 급습해 왔다! 계강란이 비연을 공격하는 척하면서 실제로는 진묵을 상대했고, 요 이모의 목표는 바로 비연이었다!

비연이 재빨리 옆으로 피했지만 완벽하게 피할 수는 없었다. 검날이 그녀의 옆쪽에서 들어올 때, 고운원이 어느새 등 뒤에서 나타나 그녀를 사납게 끌어당겼다.

"왕비마마, 조심!"

그 순간 요 이모의 검이 허공을 갈랐다. 비연은 고운원의 품에 안기고 말았다. 이 안전한 가슴, 깨끗한 숨결…… 이렇게 익숙한데!

그러나 그 익숙한 느낌은 곧 스쳐 갔다. 그런 것을 깊이 생각할 겨를이 없었다. 고운원이 바로 그녀를 품에서 밀어내며 한 옆으로 잡아끌더니 멀리 도망쳤다. 비연도 그를 따라 도망치며 독에 담근 금침을 꺼내 손에 숨겼다.

요 이모가 계속 쫓아왔고, 비연과 고운원은 있는 힘을 다해 도망치고 있었다. 곁에서는 진묵과 계강란이 격렬하게 싸우고 있었는데, 막상막하로, 서로 단 한 걸음도 물러서지 않았다.

진묵이 시선을 비연과 고운원에게로 향했지만 안타깝게도 그는 계강란을 피해 두 사람을 구하러 갈 수 없었다. 비연과 고운원은 계속 달리고 피하는 수밖에 없었다. 그러다 마침내 요 이모를 피할 수 없는 지경이 되었다.

요 이모의 무공은 비록 그 정상급 고수들 같지는 않았지만 결코 나쁜 실력이 아니었다! 그녀가 부상을 입지 않았다면 어릴 때부터 무공을 익힌 계강란과도 별 차이가 없었을 것이다. 요 이모는 곧 비연과 고운원을 구석으로 밀어 넣었다.

승리를 확신한 요 이모가 눈썹을 치켜세우고, 비연을 바라보며 냉랭하게 말했다.

"정왕비 고비연?"

비연은 상대가 자신을 납치해 환해빙원에서 나가려 한다는 사실을 눈치챌 수 있었다. 비연은 손에 독침을 숨긴 채 소리쳤다.

"너는 누구냐! 본 왕비의 신분을 알고도 감히!"

요 이모가 차갑게 웃더니 비연은 신경 쓰지 않고, 불시에 고운원을 장검으로 겨눴다.

"필요 없는 사람은 죽여야겠지!"

비연이 경악했다. 일촉즉발의 순간, 비연이 무의식적으로 몸을 날려 고운원을 제 뒤로 보냈다. 고운원의 그 밝고 유쾌한 두 눈이 그 순간만은 비할 데 없이 차가워졌다. 그는 곧 손을 쓰려는 듯 주먹을 쥐었다.

바로 이때였다. 설랑이 갑자기 요 이모의 어깨로 뛰어오르더니 그녀의 얼굴로 돌진했다.

"악!"

요 이모가 놀란 나머지 날카로운 비명을 질렀다. 그녀가 가장 무서워하는 것이 바로 쥐였던 것이다! 그녀는 놀라서, 이 빙려서가 사실은 영물 설랑이라는 것도 잊어버렸다. 그녀는 재빨리 물러나 두 손을 휘둘렀다.

"떨어져! 떨어지라고!"

설랑이 뛰어오르더니 그녀의 복면을 잡아 길게 찢었다. 그 순간 요 이모는 아무것도 생각할 수 없었다.

그녀의 비명이 더욱 커졌다. 왜냐하면 설랑이 그녀의 옷깃 틈으로 들어가 그녀의 등을 힘차게 할퀴고 물어뜯었기 때문이다!

"악! 아악……!"

요 이모는 놀란 나머지 거의 무너질 지경이었다. 비연과 고운원에게는 아예 신경을 쓸 수 없는 듯했다. 그녀는 미친 듯이 벽으로 달려가 등을 힘차게 부딪쳤다. 어떻게든 설랑을 옷 밖으로 나오게 할 작정인 듯했다.

설랑은 병이 완전히 낫지 않아 원래의 모습을 회복할 수는 없었지만, 그래도 힘은 꽤 돌아온 상태였다. 그는 요 이모 등 뒤에서 앞으로 돌아가더니 이번에는 배를 힘차게 할퀴어 주었다.

이 나쁜 여자! 몽족의 지하 궁전에 난입해 들어온 것은 그렇다 치더라도, 감히 내가 좋아하는 사람을 괴롭히려 들다니!

설랑은 그녀에게 그가 아는 것을 알게 하고 싶지 않았고, 그녀가 몽족의 영역에서 방자하게 굴도록 내버려 두고 싶지도 않았다!

비연은 설랑이 이렇게 대단할 줄은 생각도 하지 못했던 참이었다. 그녀는 기쁜 와중에도 시간을 허비할 수 없어, 고운원에게 조심하라고 말한 후 독침을 든 채 요 이모에게 달려갔다.

요 이모는 공포에 질린 와중에도 비연이 다가오는 것을 보고 정신을 차렸다. 그녀는 한 손으로 설랑을 힘차게 밀어냄과 동시에 다른 손의 검을 비연을 향해 겨눴다. 비연은 바로 물러났다.

비연이 물러나는 것을 본 요 이모는 쫓아오지 않았다. 그녀는 검을 검집에 넣고 두 손으로 설랑을 잡으려 했다. 그러나 설랑은 아주 민첩하게 그녀의 온몸 위를 돌아다녔다. 때로는 할퀴고 때로는 간지럽히면서, 한마디로 말해 그녀를 미칠 지경으로 몰아넣고 있었다!

비연은 설랑이 얼마나 버텨 줄지 알 수 없었기에 독침을 든 채 초조해하고 있었다. 자신이 무공을 할 줄 몰라 요 이모에게 침을 쏘아 줄 수 없다는 것이 안타까울 뿐이었다.

비연이 다급하게 외쳤다.

"고운원, 어떻게 하면 좋죠? 방법 좀 생각해 봐요!"

고운원은 이미 냉정을 찾았지만 눈은 오히려 초조해 보였다. 아니, 심지어 공포에 질린 듯도 했다.

"왕비마마, 저는…… 저도 방법이 없습니다! 이럴 줄 알았다면 시위들을 데려왔을 것을, 제가⋯⋯."

비연은 그의 쓸데없는 말을 들어 줄 마음이 없었다. 그녀가 바로 결단을 내렸다.

"일단 도망쳐!"

진묵과 계강란은 아무래도 승부를 가리기 어려워 보였다. 설랑이 버텨 내지 못한다 해도 요 이모도 진묵은 어떻게 하지 못하고 그들을 쫓아올 수밖에 없었다. 그러니 진묵은 안전하다.

비연이 지하 궁전에서 나갈 때까지만 설랑이 버텨 준다면⋯⋯ 그러면 구원을 청할 수 있었다! 그녀가 화살 한 대만 쏘면 지원병이 도착할 것이다. 군구신이 곁에 있다면 그보다 더 좋을 수는 없었다!

그러나 도망치려던 비연이 갑자기 발걸음을 멈췄다. 그녀는 벽에 가득한 푸른 산호를 보고 남몰래 약왕정을 가동시켰다. 단숨에, 벽에 가득하던 푸른 산호가 전부 약왕정 속으로 빨려 들어갔다.

벽에 가득하던 푸른 산호가 순식간에 사라지자 모두 경악했고, 요 이모조차 멈추고 말았다. 그리고 계강란이 정신이 팔린 틈을 타서 진묵의 검이 날카롭게 그녀의 어깨를 찔렀다.

계강란이 신음 소리를 내면서도 계속 응전했다. 그러나 방금처럼 호적수를 이루지는 못했다. 점차 그녀는 대응하기 힘들어졌다. 비연 일행이 도망치는 것을 보자 가서 막고 싶었으나 그럴 힘이 없었다.

요 이모도 곧 정신을 차렸다. 그녀는 계속 온몸에서 설랑을 찾으며 비연을 추격하기 시작했다. 그러나 몇 걸음 가지 않아 요 이모는 비연과 고운원이 다시 되돌아 달려오는 것을 보았다. 마치 무엇엔가 쫓겨 오는 것 같았다. 그녀는 깜짝 놀라 한 손에 검을 쥐고 그들을 기다렸다.

그리고 곧 요 이모는 비연과 고운원을 쫓아오는 이가 바로 백발이 성성한 노인임을 알게 되었다. 그녀와 같은 백의에 검은 가면, 바로 축운궁 사람이었다!

구원을 청하는 요 이모의 서신은 가로막혔다. 그러나 축운궁은 그녀와 계강란의 소식을 오래도록 듣지 못하자 자연스럽게 그녀들에게 문제가 생겼다고 판단했고, 상황을 조사할 사람을 파견했다. 이 소 숙부는 바로 축운궁에서 무공으로 첫째 둘째를 다투는 고수였다!

요 이모는 기쁜 나머지 그녀의 몸을 할퀴고 있는 설랑의 존재조차 잠시 잊을 정도였다. 그녀가 소리쳤다.

"소 숙부!"

소 숙부는 요 이모가 앞에서 길을 가로막고 있는 것을 보고 말했다.

"요 이모, 이곳이 대체 무엇을 하는 곳이지? 이 늙은이가 마음을 써서 들어왔기에 망정이지, 아니었으면 너희 모두 큰일 날 뻔한 모양이군!"

"아주 좋은 곳이랍니다. 일단 저 두 사람을 해결하고 난 뒤에 제가 자세히 알려 드리지요!"

요 이모가 이 말을 하자마자 설랑이 갑자기 그녀의 옷깃에서 튀어나오더니 다시 한번 그녀의 얼굴 위로 뛰어올랐다. 그러나 이번에는 한 번 할퀴는 것이 아니라 날카로운 발톱이 모두 드러난 네 발로 가면을 사납게 꿰뚫고 요 이모의 얼굴을 찔렀다.

"악, 내 얼굴!"

요 이모의 날카로운 비명이 통로 전체를 가득 메웠다. 그녀가 두 손으로 설랑을 잡고 떼어 내려 했지만 안타깝게도 설랑은 단단히 달라붙어 떨어지지 않았다. 그녀가 설랑을 잡아당길수록 얼굴이 더욱 아파 왔다.

소 숙부는 창졸간에 벌어진 이 일에 잠시 동안 반응을 하지 못하고 있었다. 그리고 이 모습을 본 비연이 고운원을 끌고 요 이모를 향해 그대로 달려갔다.

조급, 설랑의 분노

비연이 고운원을 끌고 요 이모를 향해 사납게 부딪쳐 갔다.

설랑이 뛰어올랐다. 요 이모는 순식간에 당한 일이라 피하지 못하고 그대로 비연에게 부딪혀, 사람 자체가 날아가 바닥으로 무겁게 떨어졌다. 일어나기도 힘든 상황 같아 보였다.

비연도 거칠게 부딪치느라 온몸이 아팠지만 그보다는 지금 놀라고 있었다. 자신의 힘이 이렇게 셀 줄 몰랐던 것이다.

"쓸모없는 것!"

소 숙부가 요 이모를 욕했다. 무공을 익힌 사람이 무공이라 고는 전혀 모르는 사람과 부딪혔는데 그렇게 당하다니, 정말이 지 폐물 아닌가.

소 숙부는 바로 검을 뽑아 들었다. 비연과 고운원은 잠시도 시간을 낭비할 수 없어 서둘러 앞으로 달리기 시작했다. 그들 이 요 이모의 몸을 밟고 지나갈 때 요 이모는 연이어 두 번 비 명을 질렀는데, 몹시도 처참하게 들렸다.

비연이 요 이모의 몸을 밟으며 그녀의 얼굴을 흘깃 쳐다보 았다. 검은 가면은 이미 찢어진 상태로, 가면 아래 늙은 얼굴을 볼 수 있었다. 온통 주름과 핏자국이 가득했다. 요 이모의 목 소리는 기껏해야 마흔 정도로 들렸는데 얼굴은 어찌 저리 늙어 보일까? 그녀는 대체 몇 살일까?

머릿속에 의혹이 떠올랐으나 깊이 생각할 겨를이 없었다. 그녀는 온몸의 힘을 짜내 죽어라 달렸다.

비연을 쫓아오던 소 숙부가 거의 따라잡았을 때, 갑자기 통로 안에서 구원을 청하는 소리가 들렸다.

"소 숙부! 살려 줘요! 소 숙부, 요 이모!"

계강란의 목소리를 들은 소 숙부가 바로 통로 안으로 들어갔다. 계강란이 두 어깨에 부상을 입은 채 진묵을 상대하고 있었다. 진묵의 검은 초식마다 날카로운 살기가 배어 있었다. 아무리 봐도 계강란이 곧 버텨 내지 못할 것 같았다.

진묵의 검이 계강란의 복부를 찌르려는 순간, 소 숙부가 진묵을 향해 한 줄기 검기를 휘둘렀다. 진묵이 바로 피하며 무표정한 얼굴로 소 숙부를 바라보았다. 그리고 진묵의 검이 방향을 바꾸더니 바로 소 숙부를 공격하기 시작했다.

소 숙부는 축운궁에서 첫째 둘째를 다투는 고수니 결코 만만히 볼 상대가 아니었다! 진묵은 소 숙부의 세 초식을 받아 낸 후 네 번째 초식부터는 살짝 밀리기 시작했다!

진묵은 자신과 소 숙부의 실력 차이를 확실하게 느낌과 동시에, 비연이 도망쳐서 구원을 청할 시간을 벌어야 함을 인식했다. 그는 도망칠 생각이 없었다.

격렬한 싸움 중에 진묵은 한 걸음 한 걸음 밀리기 시작했다. 그러나 잘생긴 그의 얼굴은 여전히 파란이라고는 없이 담담하고 평온했다.

검망이 격렬하게 오가는 중에 진묵이 갑자기 검 끝을 살짝 비끼더니 소 숙부의 검날을 막지 않고 대신 계강란을 찔러 갔다! 죽음의 수였다! 자신의 생명을 건 도박!

그러나 그의 도박이 옳았다! 소 숙부는 바로 검을 거둬 계강란에게로 향하는 진묵의 검을 막으려 했다. 그러나 이게 웬일일까, 진묵의 이 동작 역시 연기에 불과했다!

소 숙부가 정신을 분산하는 동안 진묵이 검을 날카롭게 횡으로 세우더니, 소 숙부의 목울대를 핍박해 갔다. 단 일 검에 그의 목을 꿰뚫을 듯한 기세였다. 소 숙부가 놀라서 바로 뒤로 물러나며 외쳤다.

"비열한 놈!"

강한 자가 약한 자를 괴롭히는 것은 비열하지 않은가? 타인을 기습하는 것은 비열하지 않은가? 빙원에 난입한 것은 비열하지 않은가?

진묵은 여전히 담담한 표정이었고 눈빛도 평온했다. 그는 소 숙부를 제대로 한번 쳐다보지도 않고 계강란을 공격했다. 덕분에 소 숙부는 무시당한, 아니 심지어 경멸당한 느낌을 맛보아야 했다. 분노한 그는 두 손으로 검을 쥐고 벽력같은 기세로 달려들었다.

검망이 파죽지세와 같이 밀려갔다. 마침내 진묵은 피하지 못하고 그대로 그 일 검을 맞이했다. 진묵은 벽에 부딪힌 채 선혈을 토해 냈다!

소 숙부의 날카로운 눈이 무정하고 음험한 빛으로 가득했다. 그는 잠시도 쉬지 않고 다시 한 번 검을 휘둘렀다.

진묵은 검을 지팡이 삼은 채 한 손으로 배를 감쌌다. 지금 이 순간까지도 그의 잘생긴 얼굴에는 여전히 아무 표정도 떠오르지 않았다. 마치 생사조차 그의 마음속에는 어떤 파란을 일으키지 못한다는 듯이.

이 일 검을 맞는 순간에 그는 정말로 죽을 것이다!

소 숙부는 그의 얼굴을 보는 순간 경악했다. 이 순간, 이 젊은이는 대체 무슨 생각을 하고 있는 걸까. 이렇게 젊은 사람이 어째서 자신의 생명조차 저리 담담하게 내던질 수 있는 걸까?

그러나 소 숙부의 검은 멈추지 않았다. 검망이 이미 거대하게 일어나는 중이었다. 소 숙부는 장검을 꽉 잡은 채 격렬한 기세로 그를 베어 갔다.

그때였다. 갑자기 설랑이 소 숙부의 손 위로 뛰어오르더니 사납게 물어뜯었다!

소 숙부는 이 빙려서가 몽족의 설랑이라는 사실을 알지 못했다. 다만 이 빙려서가 평범하지 않다는 것만 눈치챘을 뿐이다. 그는 손을 휘둘러 떨쳐 내려 했지만 어떻게 해도 떨쳐지지 않았다.

덕분에 진묵은 기회를 얻었다. 그는 조금의 망설임도 없이 계강란을 공격했고, 소 숙부는 설랑에게 신경 쓸 겨를 없이 진묵의 공격을 막으려 했다. 두 사람의 검이 다시 부딪쳤고 새로운 싸움이 시작되었다.

설랑은 갑자기 소 숙부의 머리 위로 뛰어오르더니 진묵을 향해 '우우' 울어 대며 바깥쪽을 바라보았다.

설랑은 진묵에게 어서 도망가라고 말하고 있었다! 진묵이 도망쳐 비연을 따라잡기만 한다면 그가 그들에게 길을 알려 줄 수 있었다! 이 지하 궁전에는 수많은 기관이 있으니 설랑은 이 백의를 입은 자들을 막아 낼 방법이 있었다.

그러나 진묵은 설랑을 신경 쓰지 않았다. 소 숙부는 요 이모가 아니니 설랑을 무서워하지 않았다. 두 사람은 서로만을 신경 쓰고 있었다.

소 숙부가 먼저 검을 움직였고, 바로 이 순간 설랑은 다급한 나머지 소 숙부의 머리 위에서 폭주하듯 빙글빙글 돌면서 할퀴기 시작했다. 잠시 동안에 소 숙부의 백발이 봉두난발이 되었다. 설랑은 심지어 머리 위의 관마저 물어 깨트렸다.

산발이 된 소 숙부는 더 이상 참을 수 없어 계강란 앞으로 물러났다. 그는 계강란을 지키며 설랑을 잡으려 했다. 그러나 설랑은 영리하게 그를 상대하지 않고 그의 몸 여기저기로 어지럽게 뛰어다녔다. 그러면서도 진묵을 향해 울음소리를 내거나 도망치라고 손짓하는 것도 잊지 않았다.

진묵이 설랑의 계책을 알 리 만무했다. 그는 비연에게 시간을 벌어 주고 싶었기에 도망칠 생각이 없었다. 그는 소 숙부를 기습할 준비를 하고 기회를 노리고 있었다.

설랑은 다급한 마음에 진묵에게 정신을 팔다가 그만 소 숙부에게 잡히고 말았다. 소 숙부는 그의 오장육부를 으스러뜨리려는 듯 꽉 쥐었다. 설랑이 '우우', 처량하게 울음소리를 내었다. 이 울음소리를 들은 소 숙부가 경악했다.

"몽족 설랑?"

기회가 왔다! 진묵은 망설임 없이 검을 쥐고 소 숙부의 배를 찔러 갔다. 그리고 바로 이때, 설랑이 비명을 지르듯 울더니 순식간에 진정한 모습을 드러냈다. 눈처럼 새하얀 몸에 깊고 푸른 눈, 장엄하고도 고귀하며 그 무엇과 비교할 수 없이 거대한 늑대의 모습을. 설랑은 심지어 소 숙부보다 머리 하나는 더 커 보였다.

모든 이들이 얼이 빠지고 말았다. 계강란이 날카로운 비명을 질렀다.

"꺄악!"

설랑이 갑자기 진묵의 옷을 물더니, 그를 등 뒤로 잡아당긴 후 몸을 돌려 도망치기 시작했다. 그리고 구덩이를 벗어나 바로 비연과 고운원이 도망치던 방향으로 뛰기 시작했다.

소 숙부는 비록 놀랐지만 바로 정신을 차리고 말했다.

"몽족의 설랑이 이렇게 쉽게 도망칠 리 없어! 분명 부상을 입은 거다! 란아, 어서 정신을 차리고 나를 따라오너라! 어서! 절대로 저들이 도망가게 내버려 두어서는 안 된다!"

그는 계강란을 이끌고 구덩이를 나가려 했다. 그때 요 이모가 여전히 벽에 기대어 있는 것을 본 계강란이 소 숙부의 손을 떨쳐 내고 요 이모에게 달려갔다.

"요 이모, 괜찮으세요? 어찌 된 거예요?"

소 숙부가 분노하여 외쳤다.

"폐물은 죽는 것이 당연하지. 발목이나 잡는 것을! 란아, 이리 오너라!"

소 숙부와 요 이모는 축운궁주의 양쪽 팔이나 마찬가지였다. 두 사람은 격렬하게 암투를 벌이며 서로를 죽이지 못해 안달하는 중이었다. 그러니 소 숙부가 요 이모 때문에 시간을 낭비하고 싶을 리 만무했다. 그러나 계강란을 내버려 두고 갈 수는 없었다. 그녀는 축운궁 궁주의 후계자였다.

계강란이 진지하게 말했다.

"소 숙부, 요 이모를 버리고 갈 수는 없어요. 요 이모에게 무슨 일이라도 생기면 궁주께서 우리를 용서하지 않으실 거예요!"

이 말에 요 이모가 고개를 들어 소 숙부를 보더니 냉랭하게 말했다.

"내가 죽기를 바라겠지만, 그렇게 쉽지만은 않을걸!"

그녀의 온몸은 설랑이 할퀸 상처로 가득했고 불에 덴 듯이 아팠다. 그러나 이것은 비연과 고운원에게 부딪힌 그 통증에 비하면 아무것도 아니었다.

요 이모도 대체 어찌 된 일인지 알 수가 없었다. 마치 아주 심한 내상을 입은 것처럼 혈기가 계속 솟구치고 있었다. 그게 아니라면 그녀가 이곳에 그렇게 오래 멈춰 있을 이유가 없었다. 지금은 그래도 꽤 나아진 편이었다. 그녀는 소 숙부를 상대하지 않고 계강란을 잡고 말했다.

"어서 추격하자. 저들을 도망치게 둬서는 안 돼!"

소 숙부가 경멸하는 듯한 표정으로 그녀들보다 앞서서 달렸다. 요 이모도 그를 경멸하면서도 감히 나태하지 못하고 맨 뒤에서 따르기 시작했다. 그녀는 물론 아주 잘 알고 있었다. 지금 그녀들을 보호할 수 있는 사람은 소 숙부뿐이었다.

바로 이때, 설랑이 진묵을 데리고 비연 앞에 도착했다. 설랑은 결국 견디지 못하고 순식간에 빙려서의 모습으로 변했다. 진묵은 바닥에 무겁게 쓰러지고 말았다…….

길 안내, 백새빙천으로

진묵이 바닥에 쓰러졌고, 설랑이 빙려서로 변한 뒤 바닥에서 한 바퀴 구른 후 비연의 발치에서 멈췄다.

"이건……."

비연은 진묵이 부상 입은 걸 보고 재빨리 부축하려 했다. 그러나 진묵이 먼저 일어나더니 말했다.

"주인님, 어서. 저들이 쫓아와! 그 늙은이 무공이 뛰어나. 대황숙에게도 지지 않아!"

이 말에 비연은 경악했다! 대황숙이 부상을 입지 않았다면 군구신도 적수가 되지 못한다. 그런데 진묵이 이렇게 판단하다니……. 그 늙은이의 실력이 얼마나 뛰어난지 충분히 알 수 있었다.

비연은 약왕정에서 기운을 북돋워 주는 단약을 꺼내 진묵에게 먹인 다음 설랑을 안아 들었다. 설랑도 상처를 입은 것 같았지만 지금은 살펴볼 시간이 없었다. 그녀는 설랑에게 단약을 먹이며 앞을 향해 뛰기 시작했다.

이 방향은 출구와 반대였고, 그녀도 앞에 무엇이 있을지 알 수 없었다. 그러나 지금 갈 수 있는 길은 이 길뿐이었다.

진묵이 검을 들고 뒤를 지키며, 중간에서 가는 고운원을 보고 말했다.

"고 의원, 앞에서 길을 열어 주시지요."

사실 고운원이 일부러 중간에 선 것도, 비연도 일부러 앞에서 가고 있는 것이 아니었다. 두 사람은 진묵의 말을 듣자 고개를 돌려 보았다. 진묵 이 녀석, 평소에는 어떤 일에도 관심 없는 듯이 굴더니, 이렇게 긴급한 상황에서 누가 앞이고 누가 뒤고 하는 것을 신경 쓸 줄이야!

고운원이 막 한마디 하려 했을 때였다. 충분히 쉰 설랑이 갑자기 비연 손에서 뛰어내리더니 앞으로 달려가 멈춰 선 후 그들에게 앞발을 흔들어 보였다. 무슨 의미일까?

비연과 고운원은 더 이상 진묵을 신경 쓰지 않았다.

"길을 열겠다고?"

비연은 말을 하자마자 다시 고쳐 물었다.

"길을 안내하겠다고?"

설랑은 이 안의 모든 것에 익숙하니, 앞에서 길을 탐험하며 열어 주는 것뿐 아니라 안내해 줄 수 있다!

설랑이 비연을 향해 고개를 끄덕이더니 몸을 돌려 달리기 시작했다. 비연 일행이 기뻐하며 그 뒤를 따라 달렸다. 그들은 아주 빠르게 달렸으나 얼마 되지 않아 뒤에서 발걸음 소리가 들려왔다.

이 통로는 그대로 쭉 뻗은 길이었다. 진묵이 고개를 돌려 보니 소 숙부 등이 보였다. 그가 소리쳤다.

"주인님, 빨리!"

비연이 처음에 이 동굴에서 설랑을 쫓을 때도 지금과 비슷한 속도로 달렸다. 그녀는 이미 극한에 다다라 있었고, 더 이상 속력을 높일 방법은 없었다. 그저 더 이상 느려지지 않도록 멈추지 않고 달리는 수밖에 없었다.

소 숙부가 비연 일행을 발견했다. 진묵에게 당했다는 생각에 원한을 품고 있던 그가 경공으로 빠르게 쫓자 거리가 점점 더 가까워졌다. 진묵은 도망칠 수 없다는 것을 알고, 도망치느니 차라리 적과 얼굴을 마주하고 검을 겨누기로 마음먹었다.

"주인님, 어서 가!"

그러나 바로 이 순간, 설랑이 갑자기 그들의 발아래로 미끄러져 뒤로 달려가더니 진묵의 꼿꼿한 등을 타고 어깨 위로 기어 올라갔다.

소 숙부는 경계하며 바로 발걸음을 멈췄다. 설랑도 그를 보자 멈추더니, 즉시 진묵의 어깨를 차고 한옆으로 뛰어내려, 온몸으로 벽에 숨겨진 기관에 부딪쳤다.

소 숙부 발아래 석판이 순식간에 아래로 꺼졌다. 그와 동시에 설랑이 바닥으로 착지하면서 고통스러운 듯 울부짖었다. 진신을 드러낼 수 있다면 언제라도 기관을 움직일 수 있건만, 지금은 너무나 어려웠다!

진묵은 소 숙부의 상황을 잘 알 수는 없었지만 어쨌든 시간을 낭비할 수는 없었다. 재빨리 설랑을 안아 들고 달려 곧 비연 일행을 따라잡았다.

설랑이 다시 앞에서 길을 안내하기 시작했다. 그러나 얼마 가지 않아 등 뒤에서 발걸음 소리가 들렸다. 아무래도 소 숙부가 그 기관을 벗어나 추격해 온 모양이었다.

주 통로의 기관은 소 숙부와 같은 고수를 상대하기에는 곤란했다. 그러나 비연 일행을 위험한 곳으로 데려갈 수도 없었다. 설랑은 그들과 소통할 방법이 없으니, 실수로 그들에게 상처를 입힐 가능성도 높았다. 그래서 설랑은 출구를 향해 일직선으로 달릴 수밖에 없었다. 그러다 소 숙부가 가까이 오면 기관을 작동시켜 그의 발을 묶어 두었다. 이렇게 반복하며 달리다 보니 위험한 순간이 끊이지 않았다.

소 숙부는 비록 경계하고 있었으나 등 뒤의 요 이모와 계강란까지 신경 쓰다 보니 몇 번이나 함정에 빠졌고, 결국 비연 일행에게 아무 짓도 할 수 없었다.

비연 일행이 우세를 점하고 있기는 했지만 안타깝게도 그들이 뛰고 있는 곳에서 가장 가까운 출구는, 아주 멀리 있는 백새빙천 쪽 출구였다. 설랑은 그 사실을 알고 있었다. 비연은 비록 정확히는 몰랐지만 경계를 게을리하지 않고 있었다.

비연이 도망치는 동안, 군구신은 이 사실을 전혀 알지 못한 채 얼음집을 지키고 있었다. 하늘이 어두워지고 주변이 칠흑처럼 어두워졌다. 북풍이 불어오면서 눈이 분분히 떨어져 내렸다. 시위들이 횃불에 불을 붙였고, 얼음집에도 등불이 켜졌다.

노란 불빛이 이 스산한 빙원에서 유달리 따뜻하게 보였다. 상황을 모르는 사람이 멀리서 보면, 아마 이 등불은 밤에 돌아오는 이를 위해 남겨 둔 따뜻함이라 오해했을 것이다.

사실상 횃불은 설원에 꽂혀 있었고, 시위들은 전부 활을 겨누고 있었다. 화살이 조준하는 곳은 바로 얼음집의 문이었다. 주변은 바람 소리 외에 온통 고요했고, 분위기는 비할 데 없이 긴장에 가득 차 있었다.

군구신은 문 앞에 있지 않고 얼음집 오른쪽 뒤편의 거대한 바위 위에 앉아 있었다. 검은 옷 위에 검붉은 바람막이를 걸치고, 방한용 모자로 머리를 덮고 있었다. 그는 장검은 곁에 꽂아둔 채, 역시 활을 들고 얼음집의 뒤편을 노리고 있었다. 밤하늘처럼 검은 두 눈동자는 유난히도 차갑고 날카로웠다. 눈보라 속에서 그는 몹시도 외롭고 적막해 보였다.

그는 이미 화살을 쏘아 올려 대황숙 휘하의 고수 서른 명을 소집한 상태였다. 그는 얼음집 안에 몇 명이나 있는지 알지 못했지만, 시간을 오래 끌수록 자신의 승산이 올라간다는 사실을 알고 있었다.

승 회장과 백리명천도 밤이 오기를 기다리고 있었다. 그들은 죽음을 각오하고 도망칠 작정이었다. 승 회장이 구멍을 통해 몇 번이나 살폈지만 군구신을 발견하지 못했다. 그가 말했다.

"보아하니 정왕은 집 뒤편에 있는 모양입니다. 과연 영리한 자입니다."

이 말에 백리명천이 깜짝 놀랐다.

"이 얼음집에 설마 후문도 있습니까?"

얼음집은 대충 지을 수 있는 것이 아니어서 구조가 매우 까다로웠다.

백리명천이 답답해하자 승 회장이 지하실로 내려가는 문을 열었다. 백리명천이 지하실로 내려가 보았다. 그곳에는 양식과 물이 가득했지만, 지금 이것은 중요하지 않았다. 중요한 것은, 이 지하실에 얼음집 뒤로 통하는 출입구가 하나 있다는 것이었다.

백리명천이 자못 흥미가 간다는 듯 박수를 치고는 웃기 시작했다.

"성동격서?"

승 회장이 말했다.

"아닙니다. 제가 앞문으로 갈 테니 뒷문으로 가시지요. 제가 저 시위들을 해치우고 다시 만나 도망치는 걸로 하죠. 군구신을…… 차 한 잔 마실 시간만 지체시켜 주시면 됩니다."

가느다랗고 매혹적인 눈에 교활한 미소가 스쳐 가는가 싶더니 백리명천이 나지막한 목소리로 말했다.

"본 황자에게 묘계가 있습니다!"

"들어 보고 싶군요!"

승 회장의 말에 백리명천이 눈을 가늘게 뜨더니 독약을 한 병 꺼냈다.

"침을 독에 담그도록 하지요. 설사 군구신을 맞히지 못한다 해도, 금침이 상대에게서 다섯 보 거리 내에만 있으면 중독시킬 수 있습니다. 그렇게 군구신과 시간을 끌어 주면 제가 저 시위들을 해치우고 합류하지요. 그때 다시 공격하면 군구신도 방어가 불가능할 겁니다!"

승 회장이 무척 기뻐하며 말했다.

"과연 절묘한 계책입니다!"

두 사람은 의견 일치를 보고 나누어 행동하기 시작했다. 백리명천이 얼음집 정문의 나무 문짝을 걷어차며 달려 나감과 동시에 승 회장도 지하실의 나무문을 떼어 내어, 그것을 방패 삼아 몸을 날렸다.

백리명천이 문밖으로 나가는 순간, 날카로운 화살 여러 대가 동시에 쏟아져 날아왔다. 그리고 뒤쪽에서는 군구신의 화살이 승 회장이 방패 삼은 문을 꿰뚫고, 하마터면 승 회장을 맞힐 뻔했다.

백리명천은 검을 쥔 채 몸을 회전시켜 날아드는 화살을 하나하나 떨어뜨렸다. 그리고 자신에게서 가장 가까이에 있는 시위를 향해 공격해 들어갔다.

승 회장은 문짝을 들어 군구신을 향해 사납게 내던짐과 동시에 첫 번째 금침을 발사했다. 이것의 위력은 군구신의 활보다 몇 배는 강했다. 금침은 문을 꿰뚫고 군구신을 향해 날아갔다. 그리고 군구신 가까이까지 날아갔을 때 갑자기 흰 연기를 내뿜기 시작했다.

독!

의외, 뜻밖에도 너라니

군구신은 비연과 백리명천을 상대하면서 독공에 대해서라면 꽤 경험을 쌓은 편이었다. 그는 숨을 멈췄을 뿐 아니라 과감하게 멀리 떨어졌다.

군구신이 멀어지자 승 회장이 몸을 돌려 달리기 시작했다.

백리명천은 보기에는 게으르고 산만한 사람처럼 보이지만 살육을 시작하면 과감하고도 시원시원하기 그지없었다. 승 회장과 군구신은 겨우 한 초식만을 겨뤘을 뿐인데, 백리명천은 그 시간에 시위 모두를 해결했다.

승 회장이 오는 것을 보고 백리명천은 바로 몸을 날려 승 회장 등 뒤로 착지했다. 그 순간 군구신은 공기에 가득한 독 가루를 피해 얼음집 지붕 위로 날아올랐다.

사악한 매력이 넘치는 백리명천의 얼굴을 보자 언제나 담담하던 군구신도 당황했다. 몹시 놀란 듯했다! 그가 차갑게 외쳤다.

"네가!"

백리명천은 비록 아래쪽에 있어 고개를 들고 봐야 했지만 오히려 위에서 남을 내려다보는 듯한 느낌을 주었다. 그는 매우 경쾌하게 웃으며 도전적으로 말했다.

"군구신, 순순히 엽십삼을 내주면 본 황자가 네 개 같은 목숨을 한 번은 살려 주지!"

의심할 바 없이 그는 군구신을 자극하는 중이었다. 그러나 군구신이 어디 그리 쉽게 속을 인물인가. 그는 백리명천을 보면서 그 뒤의 승 회장에게도 눈길을 보내고 있었다. 좀 더 확실하게 말하자면 승 회장의 팔을 유심히 살피고 있었다.

군구신이 탐색하듯 물었다.

"어쩌다가 삼황자께서 겨우 혁씨 가문 나부랭이와 결맹하는 처지로 전락하셨나! 삼황자는 혁씨, 소씨, 기씨 가문이 본래 한 가문인 것도 모르나?"

혁씨, 기씨, 소씨, 세 가문은 10년 전 함께 빙해를 노린 적이 있었으니 어떤 의미에서는 '본래 한 가문'이라고 할 만했다. 그러나 지금은 꼭 그렇지 않았다!

군구신은 흑의 남자가 승 회장임을 모르고 있었다. 그 밀서는 승 회장이 일부러 쓴 것이며, 혁씨, 기씨, 소씨, 세 가문이 빙해를 노렸다는 비밀도 얼마 전 운한각이 일부러 방출한 것이라는 사실은 더더욱 모르고 있었다.

그러나 백리명천의 출현에 군구신은 의문을 품었다. 그가 일부러 이렇게 말한 것은 백리명천뿐 아니라 승 회장을 탐색하기 위한 것도 컸다.

승 회장의 눈에 희미하게나마 복잡한 빛이 스쳐 갔다.

백리명천은 비록 군구신의 뜻을 알아듣지 못했지만 10년 전 소씨와 기씨 가문과 어깨를 나란히 하던 혁씨 가문이라면 그 역시 알고 있었다. 그러나 그들은 이미 멸족하지 않았던가? 이 흑의 남자가 혁씨 가문 출신인 걸까? 여기에는 어떤 음모가 있지? 혁씨 가문이 사부와 무슨 관계가 있을까? 군구신과는 무슨 은원이 있을까?

잠시 고민해 보았으나 도무지 알 수 없었다. 그러나 그는 꼬리를 잡히고 싶지 않아 큰 소리로 웃으며 반문했다.

"그러면 또 어때서?"

승 회장은 군구신이 의심하고 있다는 사실을 눈치채고 있었다. 또한 군구신이 자신의 암기를 경계하고 있다는 점도 포착했다.

술을 겨뤄 보기는 했지만, 군구신은 그가 예상했던 것보다 훨씬 어려운 인물이었다. 승 회장은 침묵을 선택하기로 하고, 백리명천에게 어서 철수하자고 눈짓했다. 그러나 군구신은 그렇게 쉽게 넘어갈 사람이 아니었다. 그가 검을 휘두르며 계속 물었다.

"백리명천, 봉황력을 찾아와서 아직 구경도 못 한 것 같은데, 왜 그리 다급하게 가려고 하지?"

봉황력?

백리명천은 또 의아해졌다. 그건 무슨 보물일까? 어째서 한 번도 들어 본 적이 없지?

그는 속으로 생각했다. 보아하니 이 흑의 남자가 빙원에 보물을 찾으러 온 것이었군! 사부가 그에게 흑사병에 감염될 위험을 무릅쓰고 사람을 구하라 한 것도 이 보물 때문일 테고. 그렇다면…… 사부의 몫도 있는 거겠지?

백리명천은 원래 사부의 명을 받들어 사람을 구하러 온 참이었지만 지금은 그 마음이 더욱 강해졌다. 사부와 군구신이 동시에 얻으려 하는 보물이라면 분명히 대단한 물건일 것이다! 제대로 알아본 후 그도 한 몫 끼어야 할 것 같았다!

그는 무슨 일이건 사부의 말을 따르는 편이었다. 더욱이 귀한 보물이라면 지금까지 양보한 적이 없었다.

백리명천의 눈에 날카로운 빛이 스쳐 갔다.

승 회장은 씁쓸한 기분을 맛보아야 했다. 그가 백리명천 뒤로 다가가 속삭였다.

"철수하지요. 고의로 시간을 끌고 있는 겁니다!"

백리명천도 마음에 짚이는 바가 있어 뒷걸음질을 쳤다.

군구신이 바로 그들 가까이 다가갔다. 바로 이때, 승 회장이 손을 들어 군구신을 기습했다.

군구신도 미리 경계하고 있었다. 순식간에 뒤로 물러나자 백리명천과 승 회장이 그 틈에 도망치기 시작했다.

군구신은 즉시 쫓기 시작했다. 하지만 가까이 갈 엄두를 내지 못했다. 어두운 곳으로 갈수록 승 회장의 암기를 대비하기가 점점 더 어려워졌기 때문이다. 환해빙원이 이리도 큰데 모험을 할 필요가 없었다. 있는 것은 시간뿐이다. 시간을 끌면 된다. 군구신은 추격을 하면서, 빙원의 시위들을 불러들이기 위해 공중에 화살을 쏘았다.

빙천 하나를 끼고 돈 지 얼마 되지 않아 시위 세 명이 소리를 듣고 달려왔다. 대황숙의 시위들인 이들은 군구신을 보자 의아한 표정을 지었다. 군구신이 바로 영패를 꺼내 보이며 차갑게 명령했다.

"저 흑의 남자를 잡아라."

시위들은 영패를 보자 그 즉시 무조건적으로 복종했다. 그들은 측면에서 승 회장을 포위 공격하기 시작했다.

승 회장과 백리명천은 이 시위들이 모두 고수고, 조금 전에 상대한 시위들보다 응전하기 어렵다는 사실을 알아챘다. 승 회장은 부상을 입었으니 암기로 몸을 지킬 수밖에 없었다. 그러나 두 개밖에 남지 않은 암기로는 군구신을 상대해야 했다. 대체 어떻게 해야 저 세 시위와 대응할 수 있을까?

그들 두 사람 모두 상황이 좋지 않다는 것을 느끼고 있었지만 정말로 다른 방법이 없었다! 백리명천이 검을 뽑아 승 회장을 제 뒤로 숨기고 혼자서 세 사람을 상대하기 시작했다.

군구신은 백리명천의 독을 꺼려, 그들에게서 일정한 거리를 유지하고 있었다. 그는 한 손은 등 뒤에 지고 있는 검에 얹고, 다른 한 손은 활을 잡은 채 승 회장의 손을 조준했다. 그러나 그는 곧 생각을 바꿔 다시 백리명천의 급소를 조준했다.

획!

화살이 날아갔다. 백리명천이 몸을 틀어 피했으나 시위의 검이 즉시 그의 심장 쪽을 찔러 갔다. 백리명천이 시위에게 발길질하는 동시에, 세 시위의 얼굴을 향해 흰 독 가루를 뿌렸다. 세 시위가 순식간에 중독되어 비틀거리다가 백리명천의 검에 목을 꿰뚫리고 말았다!

그러나 그 순간, 군구신의 화살이 백리명천의 급소를 향해 날아갔다. 이번에도 피하기는 했으나 완벽하게 피하지는 못했다. 화살이 백리명천의 팔에 적중해 선혈이 뿜어져 나왔다!

이 모든 일이 일순간에 발생했다. 매 순간이 기회였으며, 매 순간이 생사를 둔 결전이었다. 그 누구라도 기회를 잡아 손을 쓸 수 있었다!

군구신이 화살을 쏘는 순간, 그 순간이 바로 승 회장의 기회였다. 승 회장이 금침을 발사했다.

군구신은 창졸간의 일이라 숨을 멈춘 채 공중으로 몸을 날렸다. 그가 땅에 착지했을 때는 몇 걸음 뒤로 물러나 있었지만 하마터면 비틀거리다 넘어질 뻔했다.

거리를 벌린 셈이니 백리명천과 승 회장은 지체하지 않고 도망치기 시작했다. 백리명천이 남쪽으로 가려 했으나 승 회장이 외쳤다.

"백새빙천으로 갑시다! 그쪽이 동굴이 많아 숨기 좋으니까!"

군구신이 화살을 그리도 쏘아 댔으니 시위들이 잔뜩 몰려올 것이다. 아마 한동안은 이곳을 몰래 빠져나가기 어려울 것이다. 일단 은신처를 찾은 다음 다시 계획을 세워야 했다.

군구신은 곧 백리명천과 승 회장이 백새빙천으로 가려 한다는 사실을 알아차렸다. 그가 좋아하지 않는 곳이었다.

그는 잠시 망설였지만 결국 영술을 쓰지는 않았다. 아직 혁씨 가문과 관련한 일이나 백리명천과 혁씨 가문의 관계를 밝혀내지 못했다. 게다가 무엇보다 중요한 것은, 그는 어린 그를 키워 준 이들이 어느 세력인지 모르고 있었다.

부황과 대황숙도 그의 과거를 알지 못하고, 망혼수는 해독할 방법이 없다. 영술은 그의 과거를 알기 위한 단 하나의 실마리였다. 그는 환해빙원에 오기 전에 망중에게 연락해, 영술과 관련한 정보를 모으는 인원을 늘리라고 명했다.

군구신은 모험을 할 수 없었다. 이번에 저들을 상대해 내지 못한다면 앞으로 상당히 불리한 위치에 처하게 될 것이다.

승 회장, 의심하다

백리명천과 승 회장이 백새빙천까지 달려갔고, 군구신이 그 뒤를 바짝 따르고 있었다.

군구신은 계속 화살을 쏘아 시위들을 소집했다. 하지만 안타깝게도 시위들이 오기 전에 그들이 백새빙천에 도착해 버렸다.

승 회장은 백새빙천에 대해 상당히 잘 아는 편이었다. 그는 동굴 몇 개를 그냥 지나쳐 갔다. 어느 동굴이 막혀 있는지, 어느 동굴이 몸을 숨기기에 적합하지 않고 오히려 그들을 가두게 될 것인지 등에 대해 잘 알고 있었기 때문이다. 이렇게 세 사람은 빙천 중앙의 동굴 사이를 뚫고 추격전을 벌였다.

군구신은 승 회장의 독침을 경계해 일정한 거리 이상은 접근하지 않았다. 그는 오히려 이렇게 소모전을 벌이는 것이 마음에 들었다. 시간이 흐르면 시위들과 궁수들이 올 테니까.

반면에 승 회장과 백리명천은 시종 군구신에게서 벗어나지 못해 조급한 상황이었다. 계속 이렇게 기력을 소모하기만 하면 남은 것은 죽음뿐이었다. 승 회장은 백리명천을 이끌고, 점차 익숙하지 않은 빙천 서쪽으로 도망치기 시작했다.

겹겹이 펼쳐져 있는 백새빙천은 그 안에 수많은 위험을 품고 있었다. 그러나 그는 도박을 할지언정 군구신의 손에 넘어가 현공상회를 폭로하고 싶지 않았다.

서쪽으로 갈수록 크고 작은 동굴들이 점점 더 많아졌다. 군구신은 여전히 일정한 거리를 유지하며 따르고 있었다.

얼마 지나지 않아 백리명천과 승 회장은 삼각지대에 갇히고 말았다. 그들 뒤에는 어두운 동굴 하나만이 있을 뿐이었다. 이 동굴이 막혀 있을지, 아니면 빙천으로 통할지는 아무도 모르는 일이었다. 승 회장과 백리명천이 서로를 바라보았다. 그들은 다른 선택이 없어 바로 동굴 안으로 들어갔다.

군구신도 마음의 대비를 하고 따라 들어갔다. 다른 동굴과는 달리 이곳은 칠흑처럼 어둡고 깊었다. 군구신은 장검을 쥔 채 한 걸음 한 걸음 조심스럽게 들어갔다. 그러나 한참을 가도 백리명천과 승 회장은 보이지 않았고, 동굴의 끝도 보이지 않았다.

갑자기 백리명천이 어둠 속에서 떠오르더니 기습해 왔다. 군구신은 바로 막아 냈으나 백리명천이 독 가루를 한 줌 뿌렸다. 군구신이 그것을 신속하게 피할 때였다. 적막 속에서 공기를 가르는 날카로운 소리가 들렸다. 승 회장의 암기였다!

군구신은 즉시 걸음을 멈추고 금침이 날아오는 방향을 판별해 냈다. 이미 피하기에는 늦었다! 그는 망설임 없이 영술을 사용해 순식간에 멀리 이동했다.

그러나 피했다 기뻐하는 것도 잠시, 이어 거대한 꿍음이 들려왔다. 동굴 안 얼음벽이 거대한 조각조각으로 무너지고 있었다! 그 금침이 벽을 관통한 것이다! 참으로 무서운 힘이었다!

얼음벽이 무너지며 동굴 전체가 적막에 잠겼다. 고요한 어둠 속, 서로의 존재만을 알 뿐 위치는 알 수 없었던 그들은 숨소리조차 죽인 채 상대가 먼저 움직이기만을 기다렸다.

군구신은 벽에 기댄 채 미동도 하지 않았다. 그 흑의 남자는 이곳으로 오는 내내 금침을 사용하지 않았다. 그렇게 오래 아낀 것으로 보아 방금 쏜 금침을 분명 최후의 하나였을 듯싶었다. 흑의 남자는 부상을 입고 아직 치유하지 못한 상태니, 금침이 없다면 상대하기 어렵지 않았다. 이제 백리명천만 잡으면 되는 상태였다.

승 회장이 원래의 자리에 멈춰 선 채 미동도 하지 않았다. 그는 경악하는 동시에 의심하고 있었다. 그는 방금 군구신의 위치를 정확하게 파악했다고 생각했다. 분명 자신에게서 멀지 않은 곳에 있었던 것이다. 그 정도 거리에서 금침을 발사한 이상 명중했어야 했다. 군구신에게 대체 어떤 능력이 있기에 그걸 피한 걸까? 설마 그의 속도가 금침보다 빠른 걸까? 이 세상에 그 정도 거리에서 칠살소골침을 피할 수 있는 것은…… 영술뿐이다! 설마…….

이 추측은 승 회장을 이상할 정도로 놀라게 했다. 그는 홀연히, 예전에 백새빙천에서 보았던 그 가면 남자를 떠올렸다!

그 가면 남자는 중상을 입고 동굴 안으로 떨어졌으니 추락사했을 가능성이 극히 높았다. 게다가 그 동굴은 이미 봉쇄되어 버렸다!

비연은 얼마 전에야 북강에 왔다. 군구신도 아마 그녀와 함께 왔을 것이다. 아니면 대황숙이 좀 더 일찍 그를 불렀던 걸까?

아니다. 대황숙에게 미리 불려 왔다면 대황숙과 함께 나타났어야 옳았다!

짙은 어둠 속에서 승 회장은 방금의 상황을 제대로 볼 수 없었다. 일단 이런 상황에서는 그도 깊은 생각을 할 여력이 없었다. 그가 유일하게 확신하는 것은 바로 군구신에 대한 의심뿐이었다!

승 회장은 지금 자기 자신도 지키기 어려운 상황이었지만, 뜻밖에도 다행이라는 생각이 들었다. 금침이 군구신을 상처 입히지 않아 다행이라고.

설사 운한각이 이미 흑삼림에서 영술의 실마리를 찾았다 해도, 그들은 여전히 다른 실마리를 놓지 못하고 있었다. 영술은 현공대륙에서 기원했으니, 그들이 찾고 있는 그 아이만이 영술을 할 수 있다고는 말할 수 없는 것이다.

백리명천도 그 자리에서 움직이지 않고 있었다. 그 역시 군구신이 금침을 피한 것에 경악했다. 그는 몇 번이고 비연을 돕기 위해 나타났던 가면 쓴 검은 옷의 남자를 떠올렸다. 그리고 이 순간, 그도 승 회장과 마찬가지로 군구신을 탐색하고 싶은 유혹에 시달렸다. 그러나 안타깝게도 그들은 쉽게 소리를 낼 수 없었다.

어두웠다. 너무 어두워, 손을 펼쳐도 다섯 손가락을 볼 수 없을 정도였다.

조용했다. 호흡 소리마저 사라진 것 같은 조용함이었다.

세 사람은 각자의 자리에 선 채 경계하며 기회를 노리고 있었다.

갑자기!

적막 속에서 콰지직 하는 소리가 들렸다. 얼음이 갈라지는 소리였는데, 금침이 명중한 빙벽에서 들려오고 있었다.

이 소리를 들은 세 사람은 얼음벽 위로 무수한 균열이 생겨 나는 모습을 상상할 수 있었다. 그 균열이 벽 전체를 가득 채운 다면…… 이 동굴은 언제라도 무너지고 말 것이다!

이곳은 오래 머물 곳이 아니었다. 어서 도망쳐야 했다! 그러 나 그들 세 사람 중 누구도 움직이지 않았다. 모두가 상대방이 먼저 포기하고 움직이기를 기다리고 있었다. 가장 위험할 때가 결국은 가장 큰 기회가 아니겠는가!

얼음이 깨지는 소리가 점점 더 커졌고, 분위기도 점점 더 긴 장되어 가고 있었다!

그러나 예상 밖의 일은 바로 이 얼음에 균열이 가는 와중에 일어났다. 한 오라기 미약한 빛이 얼음벽의 균열을 통해 동굴 안으로 비쳐 들었던 것이다. 그들은 어두운 곳에 서 있었기에 모두 명확하게 볼 수 있었다. 얼음벽 전체에 균열이 생기고 있 는 것이 아니었다. 그저 얼음벽의 아주 작은 부분이 갈라지다 가 산산조각 나며 부서져 내리고 있었다.

지금은 밤이었다. 이 얼음벽 밖에 어떻게 빛이 있을까? 의심 할 바 없이 이 얼음벽 너머로 다른 동굴이 있는 것이다!

군구신은 즉시 몽족의 지하 궁전을 떠올렸다. 몽족의 지하 궁전에는 무수히 많은 야명주가 있어 통로며 석실 등이 모두 밝았다!

곧, 다시 한 줄기 광선이 균열을 통해 들어왔다. 어두운 동굴도 점차 밝아지기 시작했다. 세 번째 광선이 비치기 시작했을 때 군구신은 백리명천과 승 회장을 볼 수 있었다. 물론 백리명천과 승 회장 역시 군구신을 볼 수 있었다!

군구신은 바로 활을 쏘았다. 백리명천은 아슬아슬하게 피하며 승 회장을 잡아끌더니 불시에 균열을 향해 부딪쳐 갔다.

찰나의 순간, 곧 무너질 것 같던 얼음벽에 거대한 구멍이 생겼다. 그는 승 회장을 그 구멍으로 밀어 넣는 동시에 몸을 돌려 군구신에게 독약 여러 알을 던지고, 자신도 그 구멍으로 들어갔다.

그러나 이게 웬일일까! 얼음벽 너머는 뜻밖에도 깊은 동굴이었고, 백리명천과 승 회장은 빠른 속도로 추락하기 시작했다.

겨우 바닥에 닿자 눈앞에는 끝이 보이지 않은 통로만이 보였다. 승 회장이 놀란 소리로 외쳤다.

"여기는 아마도 몽족의 지하 궁전인 모양입니다! 조심해야 합니다. 이곳에 결계가 펼쳐져 있을 가능성이 높으니까."

"결계?"

백리명천은 지금 그렇게 많은 것을 생각할 여유가 없었다.

"일단 도망치고 다시 이야기합시다!"

두 사람은 재빨리 통로를 따라 앞으로 도망치기 시작했다.

군구신도 그들을 따라 뛰어내려 계속 추격했다. 그는 백리명천의 등을 바라보고 있었는데, 속도가 점점 더 빨라졌다. 방금 어둠 속에서 아무것도 보이지 않았다 해도, 일단 영술을 한 번 쓴 이상 다시 사용하지 못할 이유가 없었다.

백리명천과의 거리가 점점 더 가까워졌다. 군구신이 위치를 바꿔 거의 따라잡았을 때, 백리명천과 승 회장이 갑자기 발걸음을 멈췄다. 그리고 군구신도 순간적으로 경악하여 멈춰 서고 말았다.

건너편에서 비연, 고운원, 진묵이 다급하게 달려오고 있었다. 그리고 그들 등 뒤 멀지 않은 곳에, 검은 가면에 흰 옷을 입은 노인과 백의 여자 둘이 쫓아오고 있었다!

비연 일행도 백리명천을 비롯한 세 사람을 보고 무척 놀란 듯 갑자기 발걸음을 멈췄다! 그리고 비연 일행을 쫓아오던 자들도 역시 발걸음을 멈추었다!

이 통로는 결코 넓지 않았다. 기껏해야 두 사람이 함께 걸을 수 있을 정도였다.

그야말로 외나무다리에서 서로 만난 셈이었다.

사람을 구하다. 마침내 드러난 영술

외나무다리에서 상봉한 셈이니 모두 경악할 수밖에 없었다.

군구신은 비연을 이곳에서 만날 줄은 생각도 하지 못하던 차였고, 백리명천도 진묵과 고운원이 함께 있을 줄 몰랐다. 요 이모와 소 숙부는 만진국의 삼황자 백리명천이 있는 것을 보고 놀랐다. 그리고 승 회장은 비연 일행뿐만 아니라, 그들을 쫓아오던 세 사람 때문에 더욱 경악했다!

승 회장은 그들을 보는 순간 바로 요 이모에게 시선이 꽂혔다. 설랑이 요 이모의 가면에 발톱을 박아 넣어, 중간 부분이 길게 찢어진 상태였다. 그 사이로 주름 가득한 늙은 얼굴이 희미하게 보였던 것이다!

승 회장이 요 이모를 알아본 듯했다. 그는 무의식적으로 군구신을 바라보았다. 바로 이 순간 군구신이 정신을 차리고, 멍하니 있던 백리명천을 불시에 밀어제치고 비연에게로 향했다.

승 회장의 동작도 지극히 빨랐다. 그는 갑자기 빠르게 앞으로 달리더니, 비연의 멱살을 단단히 잡은 후 몸을 돌려 군구신과 마주 보았다. 비연의 코앞까지 다가온 군구신의 손은 그대로 멈출 수밖에 없었다.

이 모든 일이 단 한순간에 발생한 일이었다. 사람들은 아직 움직이지도 못하고 있었으나 군구신은 이미 승 회장과 서로를 노려보고 있었다. 그러나 고요함은 순간일 뿐이었다. 갑자기 모두 움직이기 시작했다.

진묵이 검을 쥔 채 고운원 곁을 스치듯 달려가 승 회장의 등을 노렸다. 그러나 그의 등 뒤에 있던 소 숙부의 동작이 그보다 빨랐다. 소 숙부의 검이 진묵의 목을 겨눴고, 진묵은 더 이상 움직일 수 없었다.

거의 동시에 고운원이 불시에 승 회장을 밀쳤다. 그러나 승 회장은 경계심을 높이고 있었기에 밀려나지 않고 오히려 몸을 오른쪽 벽에 기댈 수 있었다. 그는 비연의 급소를 잡아 발버둥 치던 그녀를 멈추게 했다. 그리고 빠르게 달려온 계강란이 고운원을 잡았다.

그 순간 백리명천이 군구신을 기습했다. 군구신이 그의 독을 피하면서 승 회장 곁으로 다가갔다. 그리고 요 이모는 소 숙부의 등 뒤에 선 채 군구신에게서 시선을 떼지 못하고 있었다.

설랑은 비연의 소매 속에 숨어 있었다. 그는 비연의 상황이 좋지 않다는 것을 알고 있었지만 어찌할 힘이 없었다. 소 숙부에게 부상을 입은 상태로 계속 길을 안내하며, 달리고 기관을 발동시키느라 이미 기진맥진한 상태였다. 설랑은 너무나 자고 싶었지만 억지로 눈을 크게 뜨고 있었다.

모두 다시 조용해졌다. 밝은 지하 통로는 그야말로 소리 없는 세계로 변한 것 같았다.

군구신은 홀로 여러 적을 상대해야 했고, 비연이 인질로 잡혀 있어 무척 소극적일 수밖에 없는 상태였다. 그러나 그는 공포스러울 정도로 살기를 담은 눈으로 승 회장을 차갑게 노려보았다. 그의 목소리는 주변의 공기보다 더욱 차갑게 들렸다.

"그녀에게 상처를 입힌다면, 본 왕은 너희 혁씨 가문 전체를 도륙할 것이다!"

혁씨 가문?

요 이모가 깜짝 놀랐고, 소 숙부의 눈에 의아한 빛이 스쳐 갔다. 그러나 두 사람은 아무 말도 하지 않았다. 이 흑의 남자가 어떻게 혁씨 가문 사람일 수 있지? 그들은 혁씨 가문에 대해 너무나 잘 아는 사람들이었다!

승 회장은 간파당했음을 깨달았으나 계속 침착한 태도를 유지했다. 그는 머뭇거림 없이 군구신에게 차갑게 말했다.

"물러나라. 우리를 놓아준다면 나도 당연히 이 여자에게 상처 입힐 생각은 없다. 하지만 네가 거기서 한 걸음이라도 움직인다면, 그 결과는 스스로 감당해야 할 것이다!"

군구신이 주먹을 꽉 쥐었다. 그는 앞으로 나가지 않았지만 양보할 의사도 없어 보였다.

비연은 목숨이 위험한 상황이었지만 분노로 인해 이마에 푸른 힘줄이 돋아난 군구신을 보니 무섭지 않고 그저 안타깝기만 했다. 그녀는 그가 화를 내기 시작하면 얼마나 무서운지 알고 있었지만, 그가 정말로 분노하면 이런 모습이 된다는 것을 모르고 있었다.

군구신은 물러나지 않았다. 오히려 승 회장의 눈가에 머뭇거리는 빛이 어리더니 뒤로 물러나기 시작했다. 소 숙부와 계강란은 마치 묵계라도 맺은 듯 길을 열어 주어 승 회장이 그들 등 뒤로 물러나게 해 주었다.

군구신이 눈길 한번 돌리지 않고 비연을 바라보았다. 그 검은 눈동자가 몹시도 깊고 차가워, 그 누구도 그의 심사를 꿰뚫어 볼 수 없었다.

갑자기 소 숙부가 사납게 진묵에게 일격을 가했다. 진묵의 몸이 군구신에게로 날아오는가 싶더니, 군구신의 옷에 피를 토한 뒤 정신을 잃었다.

군구신은 진묵을 옆에 눕혀 두었다. 그의 눈빛이 더욱 차가워졌다!

계강란은 고운원은 아예 안중에 넣지 않고 있었다. 그녀는 고운원을 발로 차서 군구신에게로 보냈다.

고운원은 몇 걸음 비틀거리더니, 놀란 얼굴로 재빨리 군구신의 등 뒤에 숨었다. 군구신은 그를 상대하지 않고 계속 소 숙부에게 시선을 던지고 있었다.

소 숙부의 방금 행동은 분명 군구신과 겨루겠다는 신호였다. 과연, 소 숙부가 검을 휘두르며 달려왔다.

"천염의 정왕이라? 군씨의 적장자, 하하! 이 늙은이가 안 그래도 한번 보고 싶었지. 대체 어떤 능력이 있기에 대황숙이 너를 그리 오래 숨겨 두고 길렀는지!"

군구신 역시 차가운 눈으로 검을 휘두르기 시작했다. 그러나 승 회장이 갑자기 외쳤다.

"노인장, 저는 순조롭게 이곳을 떠나고 싶습니다! 정왕과 실력을 겨루고 싶다면 제가 떠난 다음에 하셔도 늦지 않을 것 같습니다만!"

방금의 그 일격을 보고, 승 회장은 이 노인의 무공이 군구신보다 훨씬 높다는 것을 알아차렸다. 일단 군구신이 이 노인의 손에 떨어지게 되면 형세는 완전히 달라질 수밖에 없다! 그때가 되면 그와 백리명천도 노인의 통제를 받게 될 것이다.

백리명천은 시종일관 승 회장의 등 뒤를 지키고 있었다. 그는 자연스럽게 이 안의 이해관계를 이해하고는 냉소를 지었다. 그는 이미 물 냄새를 맡고 있었다. 부근에 수로가 있는 게 분명했다. 그 입구를 찾을 수만 있다면…… 비연을 함께 데려가도 괜찮을 것 같았다.

소 숙부는 승 회장을 상대하지 않고 바로 군구신에게 손을 쓰기 시작했다. 군구신은 소 숙부를 맞아 싸우면서도 계속 비연을 바라보는 것을 잊지 않았다. 그 모습을 보고 백리명천이 속삭였다.

"갑시다. 따라오시죠."

승 회장도 가능한 한 빨리 떠나고 싶은 마음뿐이었다. 그러나 요 이모와 계강란이 그들을 막아섰다.

요 이모가 웃으며 말했다.

"이 대형은…… 우리 인연이 꽤 깊은 모양이야! 지난번에는 협력할 기회가 없었지만 이번에는 마음을 합쳐야겠는걸!"

승 회장은 가까운 거리에서 그녀를 보게 되자 점점 더 그녀의 신분을 확신할 수 있었다. 그가 물었다.

"너희는 대체 누구냐?"

요 이모가 웃었다.

"그러는 너는? 혁씨 가문이라고?"

승 회장은 마음에 짚이는 것이 있어 더 이상 상대하지 않고 그 자리를 떠나려 했다. 그러나 요 이모가 그들을 막으며 승 회장에게 명령했다.

"그 계집을 나에게 넘겨! 그리고 너희 두 사람도 가서 군구신을 죽이는 것을 도와라!"

승 회장이 입을 열기도 전에 백리명천이 큰 소리로 웃기 시작했다. 그리고 요 이모에게 조금씩 다가가며, 낮게 깔린 목소리로 한 단어 한 단어 또렷하게 말했다.

"노부인께서 욕심이 너무 많으시군!"

말을 마친 그가 손을 쓰려 했을 때였다. 소 숙부와 목숨을 걸고 싸우던 군구신의 그림자가 환상처럼 번쩍이더니, 찰나의 순간 소 숙부를 피해 그들 앞으로 다가왔다!

군구신은 일격에 승 회장을 사납게 밀치더니 다른 한 손으로 비연을 제 품 안으로 끌어당겼다.

소 숙부는 원래의 자리에 못 박힌 듯 서서 아직도 정신을 차리지 못하고 있었다. 그리고 백리명천도 전부 아연실색했다. 갑자기 요 이모가 외쳤다.

"영술!"

백리명천도 경악한 가운데 마침내 확신하게 되었다. 암중에서 비연을 돕던 그 가면의 남자가 바로 군구신이었다는 것을!

그리고 이 순간, 가장 경악한 사람은 바로 승 회장이었다. 놀라움, 기쁨, 흥분, 근심, 의혹……. 그는 만감이 교차하는 눈빛으로 군구신을 바라보았다. 그는 마침내 냉정을 지키지 못하고 중얼거렸다.

"정말로 영술이구나!"

그는 그날 얼음 구덩이에서 영술을 쓰던 남자가 바로 군구신이라는 걸 확신할 수 있었다. 심지어 이제 군구신의 신분조차 의심하고 있었다!

군구신이 정말로 영술을 할 줄 알다니! 대체 어디서 배운 걸까? 그가 정말로 군씨 가문의 적장자는 맞는 걸까? 설마 그가…… 운한각이 그리도 오래 찾던 아이, 고남신인 건 아닐까?

그러나 그가 고남신이라면 무엇 때문에 군씨 황족에게 귀순하여 오래도록 운한각으로 돌아오지 않은 걸까? 어째서 그들을 알아보지 못하는 걸까?

승 회장이 흥분하고 있노라니 백리명천이 그를 잡아끌었다. 두 사람은 일단 몸을 돌려 달리기 시작했다.

그리고 군구신의 검은 요 이모의 목을 겨누고 있었다…….

고운원의 비밀

군구신이 영술로 순식간에 판세를 바꾸어 놓았다.

사실 그는 처음부터 영술을 사용할 생각이었다. 다만 비연의
생명을 걸고 모험을 할 엄두를 내지 못했을 뿐이었다. 소 숙부
가 싸우고 있을 때가 가장 좋은 기회였고, 그의 판단은 틀리지
않았다. 이 소 숙부의 무공은 극히 높았다!

백리명천과 이 세 명의 흰 옷을 입은 이들 중에서 선택해야
한다면 군구신은 당연히 후자를 선택할 수밖에 없었다. 어쨌든
그는 혁씨 가문에 대해서는 이미 어느 정도 알고 있었지만, 축
운궁에 대해서는 아는 바가 전혀 없었기 때문이다.

그는 검을 든 손으로 요 이모를 위협하면서도 비연에게 다정
하게 물었다.

"괜찮아?"

비연이 그의 잘생긴 얼굴을 바라보았다. 저도 모르게 마음속
에서 숭배의 감정이 솟아올랐다. 예전에 그가 망할 얼음이라는
사실을 알지 못했을 때 느꼈던 것과 같은 숭배의 감정.

물론 그녀의 감정은 그때와는 완전히 달라져 있었다. 지금
그녀의 눈에는 애정이 섞여 있었다. 숭배의 감정보다 훨씬 더
커다란 애정이.

비연이 속삭였다.

"당신이 있잖아. 괜찮을 수밖에."

군구신은 이 대답에 매우 만족했다. 그는 계강란과 소 숙부를 경계하며 비연을 더욱 강하게 끌어안았다.

요 이모는 갑자기 나타난 변고에 멍해진 상태로, 미동도 하지 못하고 있었다. 계강란이 한 발 앞으로 나오려 했으나 군구신의 차가운 눈길을 받고 결국은 발걸음을 멈추고 말았다.

소 숙부가 멀리서 군구신을 바라보았다. 그는 지금도 남몰래 감격하고 있었다. 방금 군구신의 속도가 너무 빨랐기에 그는 아예 군구신이 어떻게 그의 검에서 도망쳤는지도 제대로 보지 못했다. 그는 한 걸음 한 걸음 다가가며 물었다.

"애야, 누가 너에게 영술을 가르쳤느냐?"

군구신은 영술을 드러낸 이상 이 노인과 몇 마디 더 하는 것이 두렵지 않았다. 그는 일부러 경멸하듯 말했다.

"영술을 알아보다니, 하하! 정말이지 본 왕의 예상을 뛰어넘는군!"

군구신은 그들을 시험하고 있었다. 그러나 소 숙부도 군구신을 탐색하고 싶은 마음이었다.

"영술은 실전된 지 오래되었지. 대체 어디서 배웠느냐?"

이 말을 들은 군구신은 더 물어본들 아무 의미 없다는 것을 깨닫고, 소 숙부에게로 다가가며 냉랭하게 경고했다.

"한 걸음만 더 다가오면 본 왕은 이 여자를 죽일 것이다!"

그는 경고의 말을 내뱉는 동시에 칼날을 요 이모의 목에 붙였다. 그의 검날은 비할 데 없이 예리해, 살짝 닿기만 했을 뿐인데도 요 이모의 목에 한 줄기 혈흔이 남았다. 요 이모가 경악하여 소리쳤다.

"소가 놈아, 어서 멈추지 않고 무엇 하느냐!"

계강란도 깜짝 놀라 소 숙부에게로 달려갔다.

"소 숙부, 저자는 진심이에요! 요 이모가 죽겠어요!"

그러나 이게 웬일일까. 소 숙부가 갑자기 계강란을 옆으로 밀어내고는 군구신 품 안의 비연을 향해 검을 휘둘렀다. 요 이모의 생사 따위는 관심 없다는 태도였다!

군구신도 무척 놀라지 않을 수 없었다. 창졸지간의 일이라 다른 방법이 없었다. 그가 요 이모를 걷어차자 요 이모는 비명을 지르며 소 숙부의 검을 향해 쓰러졌다.

그 모습을 본 계강란이 날카롭게 비명을 질렀다. 마치 위험에 처한 사람이 요 이모가 아니라 자기 자신인 것 같은 모습이었다.

소 숙부는 예전부터 요 이모를 제거할 기회를 노리던 참이었으나, 계강란의 비명을 듣고 검 끝을 비껴가게 하여 요 이모를 피했다. 그는 계강란이 궁주에게 고할까 봐 두려웠던 것이다.

소 숙부가 요 이모를 피할 때, 군구신이 검을 쥐고 기습해 왔다. 그 속도가 어찌나 빠른지 소 숙부는 도저히 방어할 시간이 없었다. 소 숙부는 피하는 대신 검을 휘둘러 막을 수밖에 없었고, 군구신의 검 끝이 소 숙부의 검날 위를 찔렀다.

소 숙부는 결코 만만한 사람이 아니었다. 그리고 군구신은 비연을 보호하기 위해 정신을 팔고 있었다.

소 숙부가 사납게 검을 흔드는 순간 군구신의 검이 밀려났다. 소 숙부는 여세를 몰아 계속 검을 휘두르며 공격했고, 군구신이 몸을 돌리며 막아 냈다.

이렇게 소 숙부는 계속 근거리에서 군구신을 압박하며 공격했다. 군구신의 영술도 지금은 큰 쓸모가 없어 그저 짧은 거리를 도망칠 수 있을 뿐이었다. 게다가 이 정도 거리에서는 소 숙부도 언제든지 비연에게 상처 입힐 기회를 얻을 수 있었다. 군구신은 비연을 보호하는 데 더욱더 신경을 써야 했다.

군구신은 미리부터 이 점을 인지하고 있었다. 그는 계속 소 숙부에게서 벗어날 기회를 노리고 있었지만 안타깝게도 조금 전처럼 쉽지 않았다. 그는 비연에게 신경을 써야 했기에 계속 마음대로 굴 수 없었다. 결국 그는 차라리 물러나지 않고 끝까지 소 숙부와 결투를 벌이기로 했다.

두 사람이 격렬하게 싸우는 동안 비연은 몇 번이나 독을 쓰려다가 멈췄다. 군구신이 그녀를 너무 잘 지키고 있었기 때문이다. 덕분에 소 숙부가 그녀를 상처 입힐 기회가 없었던 것만큼이나 그녀도 소 숙부에게 독을 쓸 기회가 없었다.

그녀는 자신이 무공을 못한다는 것이 너무나 답답해 죽을 지경이었다. 독을 쓰는 것조차 이렇게 어렵다니. 비연은 속으로 맹세했다. 이 재난에서 벗어나면 반드시 군구신에게 무공을 배워야지!

비연은 군구신의 정신이 흐트러질까 두려워 말조차 걸 수 없었고, 그저 인내심을 발휘하며 손을 쓸 기회를 엿보고 있었다.

군구신과 소 숙부의 검이 점점 더 빨라지며 싸움이 더욱 격렬해졌다. 군구신의 무공은 소 숙부보다 아래인 데다 비연도 지켜야 했다. 영술을 쓸 수 없었다면 그의 상대도 되지 않았을 것이다.

군구신은 점차 힘이 다해 가는 것을 느꼈다. 가장 명석한 방법은 비연을 데리고 지하 궁전을 나가, 궁수대의 보좌를 받으며 소 숙부를 상대하는 것일 게다. 그는 가까스로 물러날 기회를 잡았으나, 요 이모와 계강란이 동시에 검을 잡고 그의 등 뒤를 기습해 왔다. 비연이 그 모습을 보고 놀라서 외쳤다.

"뒤를 조심해!"

군구신의 주의가 흐트러진 순간, 소 숙부의 검이 군구신의 방어를 뚫고 비연을 덮쳐 왔다! 동시에 요 이모와 계강란의 검도 가까워졌다.

앞과 뒤에서 살기가 덮쳐 오는데 목표는 모두 비연이었다!

군구신이 비연을 지키는 모습을 보면 그 누구라도 그녀가 그의 마음속에서 어떤 위치를 차지하고 있는지 모를 수 없었다. 그녀를 공격하는 것이 군구신 본인을 공격하는 것보다 훨씬 더 큰 영향을 미칠 수 있었다.

진퇴양난이었다. 도망칠 길이 없었다!

일촉즉발의 순간, 군구신이 망설임 없이 비연을 안은 채 몸을 돌려 소 숙부의 눈앞에 제 등을 훤히 드러내 보이면서 검을 휘둘렀다. 군구신의 검은 사납게 계강란과 요 이모를 갈라놓았지만, 그와 동시에 소 숙부의 검이 그의 등을 파고들었다. 바로 그의 등에 있는 부상 위로 정확하게!

한 달여 전, 역시 백새빙천이었다. 바로 이와 같은 상황이었고, 이와 같이 강한 적수를 맞이했을 때였다. 군구신은 품 안의 사람이 조금이라도 다치는 것을 용인하지 않겠노라며, 모든 것을 돌아보지 않고 제 등으로 검을 막았다!

다른 것은, 그때는 비연이 봉황력으로 인해 정신을 잃고 있어 아무것도 몰랐다는 것이다. 지금 비연은 정신이 멀쩡했고, 그의 몸이 사납게 떨리는 것을 분명하게 느낄 수 있었다.

그녀가 비명을 질렀다.

"군구신!"

소 숙부가 사납게 검을 뽑아냈다. 군구신의 등에서 선혈이 사방으로 튀었다. 소 숙부는 사나운 표정으로 다시 한번 찌르려 했지만 군구신이 이를 악문 채 영술로 도망치기 시작했다. 그러나 그의 속도는 예전보다 확연히 느렸다.

소 숙부가 바로 추격하기 시작했다. 쓰러져 있던 요 이모와 계강란도 일어나 검을 주워 들었다. 그녀들도 빠른 걸음으로 소 숙부를 따라가기 시작했다!

밖에 시위가 그리 많으니, 군구신을 죽이고 비연을 납치하는 것만이 그들에게 남은 유일한 살길이었다.

군구신은 출구에서 점점 더 먼 곳으로 도망치고 있었지만 다른 선택이 없었다. 비연은 약왕정에서 재빨리 지혈용의 단약을 꺼내 그에게 먹였다. 그녀는 소 숙부와 계강란이 자신을 군구신의 약점으로 여긴다는 사실을 깨닫고는 화도 나고 다급하기도 해서 외쳤다.

"군구신, 이렇게 나를 지키려 하지 말고 일단 나를 놓아줘! 나에게 저 여자들을 상대할 방법이 있단 말이야. 당신은 일단 저 늙은이에게만 집중해, 응?"

군구신은 계속 달리며 대답했다.

"좋지 않은 생각이야."

비연이 화를 내며 말했다.

"나, 독침을 갖고 있단 말이야!"

군구신이 말했다.

"독침을 내게 줘."

비연은 그의 고집을 꺾을 수 없어 독침을 그에게 건넸다. 순간 설랑을 떠올린 그녀는 소매 속을 더듬어 보았다. 그러나 설랑은 깊이 잠들어 있었다. 그녀가 아무리 문질러도 영 깨어날 것 같지 않았다.

군구신의 부상은 결코 가볍지 않았고, 속도는 점점 더 느려졌다. 그러나 그는 여전히 버티고 있었고…… 소 숙부는 점점 더 가까이 다가오고 있었다. 그리고 이때, 진묵은 여전히 정신을 잃고 있었고 고운원은 모든 이들에게 철저하게 잊힌 상태로 진묵 곁에 앉아 있었다. 그는 분명 발길질 한 번을 당했을 뿐이건만 왜인지 모르게 아주 약해져 있었다.

그는 비연 등의 뒷모습이 멀어져 가는 것을 바라보았다. 뜻밖에도 그의 몸이 점차 흐려지더니 마침내 투명해져 심지어 보이지 않게 되었다.

그는 무공을 할 줄 몰랐으나 방금 비연이 요 이모에게 부딪칠 때 그는 분명 무공을 사용했다. 그렇지 않다면 비연이 어디서 힘이 생겨, 무공을 익힌 사람을 날려 부상을 입게 할 수 있었겠는가?

이쪽에서는 고운원이 사라졌고, 저쪽에서는 군구신이 마침내 발걸음을 멈췄다.

군구신이 몸을 돌려 소 숙부와 마주 보았다. 비연은 약왕정이 갑자기 흔들리는 것도 눈치채지 못한 채 온 신경을 소 숙부에게 집중하고 있었다…….

평생

군구신은 비연을 데리고 좁은 통로로 도망쳤다.

잠시 망설이던 그가 비연을 놓았다. 긴 통로를 소 숙부는 계속 놓치지 않고 쫓아왔다. 군구신은 더 달린들 결국 기력을 낭비할 뿐이라는 사실을 깨달았다. 그가 기진맥진하는 순간 소 숙부가 쫓아오면 그와 비연은 속수무책으로 잡힐 수밖에 없을 것이다. 그러느니 차라리 전력을 다해 싸워 보는 편이 나았다.

그가 비연에게 진지하게 말했다.

"걱정하지 마. 이길 수는 없겠지만, 지지도 않을 거야."

말을 마친 그가 검을 횡으로 들어 길을 막았다. 깊은 눈동자가 더더욱 차갑게 빛나기 시작했다.

통로의 넓이는 바로 그의 검 정도였다. 그들이 그렇게 오래 도망쳤는데 백리명천과 흑의 남자가 나타나지 않은 것으로 보아 그들은 다시 돌아오지 않을 게 분명했다. 그의 등 뒤에 있는 비연은 그가 쓰러지지 않는 한 안전했다.

이 모습을 본 소 숙부도 발걸음을 멈췄다. 매처럼 날카로운 눈에 희미하게나마 감탄의 빛이 어렸다. 그러나 그는 곧 무시하듯 웃으며 말했다.

"네가 이 늙은이를 막을 수 있을 것 같으냐?"

군구신은 대답하지 않고 순식간에 검을 휘둘렀다. 어찌나 빠른지 소 숙부도 제대로 자세를 취하지 못할 정도였다.

소 숙부는 여전히 피하지 않고 아슬아슬하게 군구신의 검을 막아 냈다. 두 사람은 다시 한 번 격렬한 싸움에 빠져들었다!

군구신은 비연을 안고 있지 않았지만 부상을 입은 상태였다. 그의 검은 방금보다 훨씬 빠르고 날카로웠다. 그는 아무것도 유보하지 않고 전심전력을 다했다. 더는 물러날 길이 없었기 때문이다.

그의 검이 소 숙부의 배 쪽으로 향했다. 소 숙부가 검을 들어 막았다.

군구신은 검 끝을 돌려 소 숙부의 상반신을 훑었다. 소 숙부가 피했다.

장검이 횡으로 들어오자 그 역시 피했다.

두 사람은 한 초식씩 주고받고, 공격과 방어를 거듭하면서 지극히도 격렬하게 싸우고 있었다. 소 숙부는 힘에서 우세했으나 군구신의 속도가 그보다 빨랐다.

소 숙부가 우세를 점하고 몇 번이나 군구신을 압박했으나 군구신이 강하게 반격했다. 두 사람은 시종일관 팽팽하게 대립했다.

소 숙부의 마음이 점점 더 서늘해졌다. 자신을 상대로 이렇게 오래 버티는 젊은이를 평생 본 적이 없었다. 그는 마음을 모질게 먹었다. 이제 그는 비연을 납치할 생각보다는 군구신을 죽일 생각에 몰두하고 있었다! 그는 확신할 수 있었다. 오늘 군구신을 죽이지 않으면 언젠가 군구신은 그들 축운궁의 가장 큰 재앙이 될 것이다!

그가 검 끝을 돌리자 갑자기 검망이 크게 일어나더니 벽력같은 기세로 군구신을 덮쳐 갔다.

이런 힘을 마주했을 때 군구신이 취할 수 있는 가장 좋은 방법은 피하는 것이었다. 그로서는 막아 낼 수 없는 힘이었으니까.

소 숙부는 군구신을 핍박해 길을 열게 할 생각이었다. 허투루 낭비할 시간이 없으니, 일단 비연을 납치해야만 빠른 속도로 군구신을 해결할 수 있을 것이다!

검망이 무지개처럼 피어났다. 산을 무너뜨리고 바다를 뒤엎을 힘이 군구신을 덮치고 있었다. 그러나 군구신은 두 손으로 검을 잡은 채 그대로 그 힘을 받아 냈다.

소 숙부의 검기가 그의 검을 공격하고, 다시 그의 몸을 공격했다. 그 순간 그는 그대로 선혈을 토해 냈다. 비연이 경악했다.

"군구신, 비켜!"

그녀는 차라리 저들을 도망치게 놓아주어도 좋았다. 자신이 저들에게 잡혀가도, 아니 저들에게 죽는다고 해도 좋았다. 하지만 군구신이 이렇게 목숨을 거는 장면을 눈을 뜬 채 보고만 있고 싶지는 않았다.

군구신의 외로운 뒷모습을 바라보며 그녀는 답답할 뿐 아니라 미워 죽을 지경이었다. 자신의 무능함이, 자신이 무공을 할 줄 모른다는 사실이, 자신이 그와 어깨를 나란히 하고 싸울 수 없다는 사실이 너무나 미웠다!

군구신은 비연에게 대답하지 않았다. 중상을 입은 상태에서도 그는 전혀 낭패한 몰골을 보이지 않고, 그대로 우뚝 서서 움직이지 않았다. 하늘을 짊어진 듯 땅 위에 홀로 선 듯, 그는 소 숙부를 차갑게 노려보았다. 그의 눈을 가득 채운 것은 경멸이었다. 그는 소 숙부의 비열함을 경멸하고 있었다!

소 숙부는 군구신이 그 검을 막아 내리라 생각지 못했기에 매우 놀랐다.

어떤 의미에서 보자면 소 숙부는 이긴 셈이었다. 군구신의 상처가 저리 심하니 이제 자신과 균형을 이루지 못할 것이다. 그러나 군구신의 저 경멸을 담은 차가운 시선을 보고 있자니 갑자기 자신이 그보다 한 수 아래라는 생각이 들었다. 영광 따위는 없는 승리였다.

소 숙부는 인정하고 싶지 않았다. 그는 지금의 기분을 모른 척하며 냉소했다.

"군구신, 일개 여인에 불과한 것을, 어찌 목숨을 걸고 싸울 가치가 있겠나. 이 늙은이가 너를 너무 높이 본 모양이야. 하하, 너는 대업을 이루기에는 틀린 그릇이군!"

"여자로 위협하려 한다 해도, 너는 본 왕을 이기지 못한다. 그 나이 되기까지 이런 저질스러운 수단을 꽤 써 본 모양이군?"

소 숙부는 안 그래도 수치심을 느끼던 차에 이 말을 듣자 수치가 분노로 변했다. 그는 다시 검을 휘두르며 외쳤다.

"망할 놈, 어디 한번 보자! 네가 언제까지 여자나 지키고 있을지!"

군구신이 두 눈을 가늘게 뜨고 한 글자 한 글자 힘주어 대답했다.

"평생!"

분노한 소 숙부가 두 손으로 검을 쥐고 다시 한번 벽력같은 기세로 몰아쳐 갔다. 이번에는 검기가 아니라 검날이 군구신의 장검을 사납게 내리찍었다! 이 힘은 방금보다도 더욱 대단했다!

쨍……!

지하 궁전 전체에 거대한 소리가 울렸다. 군구신의 입가에서는 대량의 피가 흘러내렸다. 그가 대체 얼마만 한 힘을 받아 냈는지는 하늘만이 알 것이다. 그의 검날에는 균열이 뚜렷하게 생겨나 있었다.

순식간에 군구신의 장검이 부러져 버렸다. 바로 이때였다. 계강란과 요 이모가 마침내 쫓아왔다. 두 사람은 이 광경을 보고 몹시 놀랐다.

군구신도 그녀들을 보았다. 그는 부러진 검을 불시에 소 숙부에게 던짐과 동시에 독침을 여러 발 쏘았다!

소 숙부는 창졸간의 일이라 재빨리 검을 피했다. 독침은 그대로 날아가 막 쫓아온 요 이모와 계강란에게 명중했다.

군구신의 독침이 목표로 삼은 것은 요 이모 등이었다. 소 숙부에게 그가 원한 것은 그저 단 한 번의 기회였다!

소 숙부는 몸을 돌리더니 멈춰 섰다. 군구신이 순식간에 그의 앞으로 위치를 옮기더니 비수를 뽑아 그의 급소를 찔렀다.

군구신은 사실 힘이 빠진 상태였다. 그야말로 목숨을 담보로 움직이는 것이나 마찬가지였다! 그러나 안타깝게도 간발의 차이로 그는 깊이 찌르지 못했다. 비수를 쥔 손에 힘을 가하기도 전에 소 숙부에 의해 사납게 밀쳐지고 말았다! 군구신은 무겁게 벽에 부딪힌 다음 바닥에 쓰러졌다.

"군구신!"

비연의 안색이 창백해졌다. 그녀가 그의 곁으로 달려가 부축해 일으키기도 전에, 군구신이 먼저 그녀를 제 몸 뒤로 감췄다. 그는 비연의 손에서 독침을 받아 들고, 그녀를 등진 채 다정하게 말했다.

"연아, 내가 말했지. 나는 지지 않는다고. 내 말을 들어야지?"

비연은 도무지 알 수 없었다. 군구신은 대체 다정한 걸까, 아니면 횡포한 걸까? 그녀의 눈시울이 붉어지기 시작했다. 들을 거야. 당신 말을 들을 거라고.

비연은 평생 그의 말을 듣고 싶었다!

군구신은 입가의 피를 닦아 내며 꿋꿋하게 버티고 있었다. 소 숙부도 급소에 상처를 입어 제대로 서 있기도 힘들어 보였다. 그는 한 손으로 피가 흐르는 상처를 누르면서, 다른 한 손으로 장검을 잡고 한 걸음 한 걸음 다가왔다.

소 숙부가 다가옴에 따라 군구신은 독침을 더 꽉 쥐었다. 단 한순간에 승부가 결정될 것이다.

그러나 소 숙부가 군구신에게 다가왔을 때, 오른쪽에서 한바탕 발걸음 소리가 들려왔다. 소리를 들어 보니 적지 않은 이들이 온 듯했다! 시위들이다!

소 숙부는 크게 놀라며 빠른 걸음으로 다가오더니, 검을 잡고 정면에서 찔러 왔다. 군구신 역시 침을 날렸다.

소 숙부가 침을 피하다 보니, 검날이 살짝 비틀리며 벽에 꽂혔다. 군구신의 손에는 여전히 독침이 있었다.

그러나 소 숙부가 무슨 기관을 건드린 것인지, 찰나의 순간 지반이 갈라지며 깊은 동굴이 나타났다. 소 숙부는 다급하게 뒤로 물러났지만, 군구신은 그 동굴 안으로 떨어지고 말았다!

"군구신!"

비연은 바로 몸을 굽혀 그를 잡으려 했지만 그의 손은 그녀의 손을 스쳐 갔을 뿐이었다. 황망한 가운데 그녀의 손에 잡힌 것은 그가 항상 손목에 걸고 있던 그 기남침향 염주였다.

앞쪽 발소리는 점점 더 가까워졌다.

소 숙부는 이 통로에 기관이 무수히 많다는 것을 이미 경험한 상태였다. 이 동굴 안에서 어떤 암기가 쏟아져 나올지 알 수 없었다. 그는 더 이상 앞으로 나오지 못하고, 무력하게 쓰러져 있던 계강란을 부축해 한옆으로 피했다.

비연과 군구신도 이 동굴이 얼마나 깊은지 알 수 없었다. 또 아래에 어떤 매복이 있을지도 알 수 없었다. 군구신은 이미 힘이 다한 상태였고, 비연의 상반신은 이미 동굴 안으로 기울어져 있었다.

비연이 한 손으로 염주를 잡고, 다른 한 손으로 있는 힘을 다해 염주를 잡아당겼지만 군구신에게는 닿지 않았다…….

고백

  기남침향 염주는 아주 길었다. 군구신과 비연 사이의 거리도 아주 멀었다. 게다가 겨우 염주 한 줄이 군구신의 무게를 지탱할 수 있을 리 만무했다.

  비연이 염주를 잡는 동시에 힘차게 손을 뻗었지만 얼마 지나지 않아 끊어지고 말았다. 염주의 절반은 비연의 손에 남아 있었고, 나머지 절반은 군구신의 손에 감긴 채였다. 염주 알이 하나하나 아래로 떨어지고…… 군구신도 아래로 추락했다.

  "안 돼! 군구신!"

  비연이 비명을 질렀다. 군구신이 그녀를 바라보며 담담하게 미소 지었다. 무슨 말을 하고 싶은 걸까. 그러나 그의 모습은 곧 어둠 속에 삼켜지고 말았다.

  "안 돼! 안 돼! 군구신…… 군구신!"

  눈물이 터져 나왔다. 그녀는 울면서 비명 지르듯 외쳤다.

  "군구신, 좋아한단 말이야! 내가 너를, 너를 아주 좋아한다고! 아주! 군구신……."

  비연은 자신이 무슨 말을 하고 있는지도 알지 못했다. 자신의 말을 의식한 뒤에도 더욱 크게 외쳤다.

  "군구신, 좋아한다고! 들려? 내가 너를 좋아한다고! 군구신, 제발……."

비연은 마침내 속마음을 털어놓고 말았다. 그녀는 이제 용감할 수 없었다. 무서웠다. 지금 말하지 않으면 다시는 말할 기회가 없을까 봐!

군구신, 들려? 연아는 사실 너를 좋아해. 아주아주 좋아한단 말이야! 네가 상상하는 것보다 훨씬 더 좋아한다고! 군구신, 반드시 살아남아야 해!

거짓 없는 울음소리가 동굴 안에 메아리쳤다. 그녀는 눈물 가득한 얼굴로 재빨리 몸을 일으켜 통로 다른 편을 향해 외쳤다.

"여봐라! 여기다! 어서 전하를 구하라, 어서! 여봐라!"

시위들이 가까이에 있다가 비연의 고함을 듣고 빠르게 달려왔다! 그리고 눈앞의 광경을 보고 모두 그대로 굳어 버리고 말았다. 대체 무슨 일이 벌어진 건지 알 수 없었던 것이다.

"어서, 전하께서 중상을 입고 떨어지셨다! 어서 전하를 구해, 어서!"

비연이 이렇게 말하자 시위들은 망설임 없이 하나하나 깊은 동굴로 뛰어들었다.

비연이 시위 하나를 막아서고 다급하게 외쳤다.

"나도 데려가!"

시위는 감히 그럴 수 없었다.

"왕비마마, 제가 아래의 지형을 살핀 후에 다시 모셔가겠습니다!"

비연은 다급한 나머지 분노를 터뜨렸다.

"본 왕비가 명령한다. 어서 나를 데려가라!"

시위는 감히 더 이상 권하지 못하고 명령대로 할 수밖에 없었다.

이 동굴은 무척 깊어서 한참을 내려가도 바닥에 닿지 않았다. 비연은 점점 더 긴장하다가 심지어 공포에 질렸다. 그녀는 울음소리를 내지는 않았지만 눈물이 계속 흐르는 것을 참을 수 없었다. 이 아래에 어떤 기관도 없다 하더라도, 단순히 이 높이만으로도 군구신의 목숨을 앗아가기에 충분했다! 그는 부상을 입어 기진한 상태였지 않은가!

지난번에도 설랑이 아니었다면 그들은 이미 죽은 목숨이었을 것이다. 지금 설랑은 그녀의 소매 속에서 혼수상태에 빠져 있었다.

한참 후, 비연 일행은 마침내 바닥에 착지할 수 있었다. 비연은 그 자리에서 움직이지 않고 반만 남은 염주를 단단히 잡고 있었다. 염주의 구슬은 이미 다 떨어져 나가고, 남은 것은 손에 쥐고 있던 몇 알뿐이었다.

그녀의 심장이 어찌나 빠르게 뛰는지 호흡마저 어렵게 느껴질 정도였다. 그녀는 군구신을 부르고 싶었지만 도무지 입이 떨어지지 않았다.

시위들이 군구신을 부르며 횃불을 밝혔다. 주변이 환해지며 점차 또렷하게 보이기 시작했다. 비연은 긴장하여 온몸을 떨고 있었다.

그러나!

동굴 아래는 뜻밖에도 완벽하게 봉쇄된 밀실이었고, 텅 비어 있었다. 군구신의 그림자조차 보이지 않고 그저 염주 몇 알만 굴러다니고 있을 뿐이었다.

이건…….

시위가 서둘러 물었다.

"왕비마마, 전하께서 여기로 떨어지신 것이 맞습니까?"

"물론이다!"

비연이 경악하여 소리쳤다.

"군구신!"

그러나 돌아오는 것은 자신의 메아리뿐이었다.

어째서 이렇게 된 걸까? 설마 석실 안에 다른 밀실이라도 있는 걸까?

비연은 서둘러 사방의 벽을 조사하기 시작했다. 그 모습을 보고 시위들도 함께 조사했다. 바닥을 포함해 모든 벽돌 하나하나 자세히 조사했지만 아무것도 보이지 않았다. 사람이 어찌 공중에서 사라질 수 있단 말인가? 대체 어떻게 된 일이지? 결계일까?

비연은 갑자기 설랑을 떠올렸다. 재빨리 소매에서 그를 꺼내 계속 긁었다. 그녀는 설랑의 코를 문지르기도 하고 귀를 비틀기도 하며 외쳤다.

"일어나! 어서!"

설랑은 자신이 언제부터 잠들었는지도 모르는 상황이었다. 그러니 방금 무슨 일이 벌어졌는지는 더더욱 알지 못했다. 몽롱하게 눈을 떠 보니, 비연의 눈이 울다 못해 붉게 부어 있는 것이 보였다. 설랑은 깜짝 놀라 몸을 일으켜 주변을 살펴보았다. 대체 누가 비연을 괴롭힌 것인지 알아보려는 듯한 자세였다. 그러나 보이는 것은 시위들뿐이니 그는 더욱 의아할 수밖에 없었다.

비연은 설랑에게 물어보고 싶었지만 대체 어떻게 표현해야 할지 알 수 없었다. 그녀는 한 손으로 설랑을 받쳐 들고, 다른 한 손으로 손짓하며 설명했다.

"전하께서 저 위에서 떨어지셨는데 보이지 않아. 여기 결계라도 있는 거야?"

설랑의 머리가 비연의 손가락을 따라 움직였다. 이해하는 것 같기도 하고 아닌 것 같기도 했다. 비연은 다급한 나머지 시위들에게 명령했다.

"어서, 그 장면을 보여 줘! 어서!"

시위들은 비연의 손에 들린 빙려서가 몽족의 설랑인지 알지 못하는 상태였다. 그들은 비연이 무엇 때문에 빙려서와 대화를 나누는지 궁금해하던 참이었는데, 그녀의 명령을 듣자 더더욱 당황스러웠다. 시위들은 서로의 얼굴을 보며, 혹시 비연이 바보인 것은 아닐까 의심하기 시작했다.

그러나 그들은 어쨌든 시간을 낭비하지 않고, 바로 벽을 차고 날아오른 후 다시 아래로 내려와 비연 앞에 착지했다. 하지만 '사라졌다'는 것을 어떻게 표현해야 할지 알 수 없어 그저 몸을 일으켜 물러서는 수밖에 없었다.

비연이 설랑에게 간곡하게 말했다.

"사라졌어. 사람이 떨어지다가 없어졌다고! 알겠어?"

설랑은 이해했다! 그는 바로 비연에게 고개를 끄덕였다.

비연이 다시 물었다.

"결계인 거야? 군구신이 결계 안으로 떨어진 걸까? 결계는 어떻게 작동하는 거지? 네가 결계를 작동시킬 수 있어?"

설랑이 얼마나 알아들었는지는 알 수 없으나 그는 고개를 끄덕이다가 흔들다가 했다. 비연은 이해할 수 없다는 표정을 지었고, 설랑도 조급했다.

설랑은 비연의 손에서 뛰어내려 바닥 위에 서더니, 다시 비연에게 고개를 끄덕인 다음 고개를 저었다. 마음이 다급했던 비연은 설랑의 이런 반응을 보니 더욱 조급해지고 말았다.

"그게 대체 무슨 뜻이야?"

비연의 분노에 설랑이 놀란 듯 벽으로 달려가 찰싹 달라붙었다. 무서운 모양이었다. 비연은 온몸이 다 뒤틀리는 기분이었다. 너무나 조급한데, 대체 어떻게 해야 할지 알 수 없었다.

비연도 벽으로 다가갔다. 바닥에 떨어진 염주 알이 보였다. 그녀는 그만 굳은 채 다시 눈시울을 붉히기 시작했다.

그녀는 마음속으로 스스로에게 물어보았다. 군구신은 괜찮겠지? 여기 떨어지는 것보다는 결계로 떨어지는 게…… 아마 살아날 기회가 더 많을 거야. 그렇지? 무소식이 희소식이라잖아. 사람이 안 보인다는 건 아직 살아 있다는 거라고!

비연은 계속 자신을 위로했다. 바로 이때 시위 하나가 다가와 보고했다.

"왕비마마, 백의 여자 한 명을 체포했습니다. 노인인데, 정신을 잃고 있습니다. 제가 이미 다른 사람들을 계속 추격하라는 명을 내려놓았습니다."

비연은 그제야 정신을 차리고, 이제 모든 것을 그녀가 결정해야 한다는 것을 깨달았다! 그녀는 다시 한번 손 안의 염주를 꽉 잡았다. 그녀의 눈에 원한 어린 차가운 빛이 스쳐 갔다. 군구신은 그녀를 위해, 그리고 저들을 잡기 위해 그렇게 큰 대가를 치렀다. 어찌 되었건 그녀는 군구신의 피가 무의미하게 흐르게 하지 않을 것이다!

비연은 눈을 붉힌 채 냉정을 되찾기 위해 노력했다. 그녀는 도착한 궁수들과 시위들로 하여금 백새빙천을 포위하게 한 후, 다른 사람들은 지하 궁전을 수색할 것을 명했다. 그리고 시위로 하여금 요 이모를 호란설지로 데려가 비밀리에 감금해 두도록 했다. 또한 누군가가 왕비를 모살하려 했다는 명목으로 장로회에 요청하여, 인원을 늘려 두 출구를 포위하고 흉수를 체포하게 하라고 명령했다.

그녀가 모든 것을 안배했을 때, 시위들이 여전히 혼수상태인 진묵을 데려왔다. 비연은 그제야 한 사람을 떠올리고 다급하게 물었다.

"고운원은?"

자비를 이해한다는 것, 용감하게 잔인해지는 것

고운원은?

시위가 보고했다.

"왕비마마, 주변을 두루 살펴보았습니다만 고 의원은 보이지 않았습니다. 고 의원이 설마…… 납치된 것일까요?"

비연에게 가장 먼저 떠오른 생각도 그것이었다. 그녀는 불안해하면서도 여전히 냉정을 유지하며 말했다.

"그들이 고운원을 납치했다면 반드시 스스로 찾아오겠지. 백랑곡 궁수대에 매복을 늘리고, 명확하게 이야기하도록. 절대로 고 의원에게 상처를 입혀서는 안 된다고!"

시위가 일깨워 주었다.

"왕비마마, 우리에게도 인질이 있습니다."

"우리에게 있는 자는 저들이 버리고 간 사람이지."

비연은 요 이모가 축운궁에서 어떤 지위에 있는지 알지 못했다. 그러나 그 늙은이는 분명 요 이모의 목숨을 아무것도 아닌 걸로 여기고 있었다. 그게 아니라면 군구신이 이미 요 이모를 납치했을 테고, 상황이 이렇게 되지는 않았을 것이다! 군구신이 납치한 것이 계강란이었다면 아마 상황이 완전히 달라졌을 것이다.

상황을 알지 못하는 시위는 더 이상 이야기하지 못했다.

그리고 고운원의 이름을 듣자 비연은 저도 모르게 다른 중요한 일을 떠올렸다. 바로 흑사병이었다.

　그들이 이곳에 온 목적은 약을 찾기 위해서였다. 설족들이, 그리고 보명고성 안에서 수많은 이들이 그들의 약을 기다리고 있었다! 그들이 떠난 지 만 하루가 지났다. 격리 구역에서는 또 몇 사람이나 세상을 떠났을까?

　고운원은 보이지 않았지만 약왕정 안은 푸른 산호로 가득했다. 이 푸른 산호는 흑사병을 치료하는 약일 가능성이 극히 높았다. 그러니 그녀는…… 이곳을 빨리 떠나 돌아가야만 했다!

　하지만…….

　비연은 등을 벽에 세게 부딪쳤다. 지금까지도 그녀는 손 안의 염주를 꽉 쥐고 있었지만, 이 순간 더더욱 꽉 쥐었다. 마치 그렇게 하고 있기만 하면 군구신이 멀리 떠나지 않고 언제라도 돌아올 것처럼.

　비연은 텅 빈 석실을 바라보다가 시선을 바닥의 염주 알로 떨어뜨렸다. 그녀는 한참 침묵하다가 마침내 쪼그리고 앉아 염주 알을 한 알 한 알 주워 염주 끈에 꿰었다.

　그녀의 눈가는 여전히 붉고 시큰거렸다. 울고 싶었다. 아주 짧은 시간 못 보았을 뿐인데도 군구신이 그리웠다. 너무나, 너무나 그리웠다. 하지만 그녀는 울음소리를 내지 않았다.

　비연은 마지막 염주 알까지 주운 다음 의연하게 몸을 일으켰다. 그녀는 울음기 가득 섞인 목소리로, 그러나 이상할 정도로 단호하게 외쳤다.

"전하께서는 곧 돌아오실 터이니, 너희는 이곳에 남아 기다리도록 해라. 결코 이곳을 떠나서는 아니 된다!"

그녀도 이곳을 떠나고 싶지 않았다. 군구신을 찾지 못했고, 상황이 어찌 된 것인지도 모르는데…… 그녀가 어떻게 이곳을 떠날 수 있을까?

하지만 그녀는 가야만 했다! 그 많은 환자를, 그 환자들의 가족들을 버릴 수 없었다!

모두의 마음에는 인생에서 결코 잃을 수 없는 사람이 있기 마련이다. 모든 이는 타인의 인생에서 결코 잃을 수 없는 사람인 것이다. 이미 잃어서는 안 될 수많은 이들을 잃었다. 지금 이 순간에도 누군가를 잃을지도 모른다는 공포를 견디는 사람들이 있다.

그래, 그녀는 그것을 이해하기 때문에 자비로울 것이다! 용감할 것이다! 그리고 그렇기에 그녀는 잔인할 것이다. 자기 자신에게 잔인할 것이다…….

비연은 염주 절반을 손목에 감은 다음 의연한 목소리로 시위에게 말했다.

"돌아가자."

설랑은 비연이 떠나려는 것을 보고 재빨리 그녀에게로 뛰어올라 소매 속으로 숨었다.

비연이 설족의 땅으로 돌아왔을 때는 다음 날 오후였다. 장로회는 매우 협조적으로, 직접 군대를 파견하여 두 출구를 지킴과 동시에 환해빙원에서 수색 작업을 벌였다.

장로회는 군구신이 빙원에 있다는 사실을 알지 못했고, 비연은 한마디도 하지 않았다. 그녀는 장로들을 만나, 빙원에서 그녀와 고운원이 자객을 만났다고 이야기했다.

그녀의 눈은 더 이상 붉어 보이지 않았다. 전체적으로 예전보다 조용하고 가라앉아 있는 것처럼 보이는 것 외에 비연은 전혀 달라진 것 같지 않았다.

그녀는 암중에 몽족과 결계술에 대해 잘 아는 이를 찾도록 했다. 그리고 모든 근심과 공포를 전부 마음속에 억눌러 둔 채 약재 속에 파묻혔다.

그녀의 추측이 옳았다. 설랑이 먹었던 푸른 산호는 확실히 흑사병을 치료하는 해독약이었다. 그녀는 약왕정을 통해 약성을 분석하고 달이는 방법을 세 가지로 확정했다.

환자들에게 사흘 동안 복용시킨 결과 병세가 호전되는 이들이 생겼다. 그녀는 사람들을 시켜 푸른 산호를 나눠 줌과 동시에 보명고성에도 보내, 병세가 급한 자들부터 먼저 복용하게 했다.

속에 불이라도 타오르듯 초조했다. 마음이 텅 빈 것 같기도 했다. 그러나 비연은 떠나지 않았다. 그녀는 자신에게 냉정해야 한다고 타일렀다. 약사로서 약을 씀에 있어서는, 특히나 신약을 쓸 때면 언제나 신중하게 모든 것을 책임져야 했다. 그녀는 예전처럼 직접, 약을 시험하는 환자들을 세밀한 곳까지 두루 보살폈다.

다시 사흘이 지났다. 환자들의 몸에 있던 발진이 사라졌다.

다시 사흘을 기다리니 다른 증상도 모두 사라졌다. 회복된 것이다.

다시 사흘이 지나자 환자들의 상황이 완전히 안정되어 더 이상 병세가 발발할 것 같지 않았고 후유증도 나타나지 않았다. 마침내 그녀는 푸른 산호가 충역을 치료하는 약임을 확신할 수 있었다. 비연은 약왕정 안의 약재를 전부 꺼내 낙 태의에게 나눠 주고, 약재를 달이는 법이나 복용법을 지도하는 일 등을 전부 맡겼다.

낙 태의가 명을 받아 떠나자, 계속 꼿꼿하게 서 있던 그녀가 갑자기 뒤로 한 걸음 휘청거렸다. 도저히 제대로 서 있을 수 없을 것 같아 그녀는 비틀거리며 의자에 앉았다.

비연은 눈을 감고 무의식중에 염주를 꽉 쥐었다. 입술을 깨문 그녀의 얼굴은…… 분명히 강하게 인내하고 있었다. 억지로 버티고 있었다!

열이틀이 지났다. 군구신과 관련한 소식은 오지 않았다. 그러니 그녀가 어찌 조급해하지 않을 수 있겠는가? 이 열이틀 동안 그녀가 얼마나 속을 끓이며 기다렸는지, 하늘은 알고 있을까?

그녀는 갑자기 고개를 높이 들었다. 여전히 감고 있는 눈에서 눈물이 흐르지 않도록. 그렇게 한참 앉아 있다가 겨우 눈을 뜨니 진묵이 보였다.

진묵은 그녀에게 물 한 잔을 내밀었다.

"주인님, 나는 괜찮아."

비연은 물을 받아 꿀꺽꿀꺽 마시고는 의연하게 몸을 일으켰다. 진묵이 그제야 다시 말했다.

"주인님, 맞혀 봐. 누가 왔게?"

비연은 깜짝 놀라 맹렬히 문밖으로 달려 나갔다. 그녀는……
군구신이 온 거라 생각했다. 그러나 문밖에 서 있는 사람은 고
운원이었다.

고운원은 여전히 백의 서생 차림을 하고, 심지어 등에 커다
란 상자도 지고 있었다. 안색이 창백한 것 외에 그는 평소와 전
혀 달라 보이지 않았다.

비연은 무척 놀랐다. 조금 실망하기는 했지만 그래도 기쁜
마음이 더 컸다. 그녀가 입을 열었다.

"어, 어떻게 돌아온 거예요?"

고운원이 재빨리 읍하며 단정한 자세로 설명했다.

"왕비마마, 그날 저는 다른 분들이 격렬하게 싸우는 것을 보
면서도 도움이 될 수 없어 무척 부끄러웠습니다. 전하께 귀찮
은 일을 더해 드리지 않기 위해, 모두가 보지 않는 틈을 타서
총총히 옆으로 빠져나가 몸을 숨겼지요. 다행히도 그 악독한
자들이 저는 안중에도 없었는지, 제가 순조롭게 도망치도록 놔
두더군요. 아니었다면 정말로 귀찮은 일을 더해 드리게 되어
저는 더욱더 부끄러웠을 것입니다……."

그날의 상황이 워낙 혼란스러웠기 때문에 비연은 고운원에
게 신경 쓰지 못했고, 당시의 상황도 잘 기억나지 않았다. 비연
은 미간을 찌푸린 채 그의 이야기를 듣고 있었다.

"지하 궁전을 빠져나온 후 남쪽으로 달렸습니다. 그런데 누

가 알았겠습니까, 제가 길을 잃을 줄을……. 시위를 만나지 못했다면 아마 빙원에서 진즉에 굶어 죽었을 것입니다."

고운원이 설명을 끝낸 후 진지한 자세로 덧붙였다.

"왕비마마, 진 시위에게 들으니, 전하께서 결계에 들어가셔서 아직도 돌아오지 못하고 계시다고요. 제가 결계에 대해서는 조금 알고 있습니다. 과연 도움이 될지는 모르겠지만……. 이번에 저는 왕비마마, 그리고 전하와 생사를 함께하는 벗이 되었다고 생각합니다. 그러니 제가 왕비마마와 함께 한번 다녀올까 합니다만."

비연은 오랫동안 결계에 대해 아는 이를 찾고 있었지만 수확이 없던 상태였다. 고운원의 이 말을 듣는 순간 그녀는 감격하여, 입을 가린 채 연신 고개를 끄덕였다.

그가 너무너무 그리워

비연이 최대한 빠른 속도로 백새빙천의 동굴로 돌아가 고운 원에게 그날의 상황을 상세하게 설명해 주었다.

고운원이 이야기를 들으며 주위를 둘러보다가 고개를 저었 다. 비연은 안 그래도 조급하던 마음에 그 모습을 보자 더욱더 급해져 고운원을 노려보았다. 그러자 고운원이 놀란 듯 진묵의 등 뒤로 숨었다.

비연의 마음속에는 울화가 쌓여 있었다. 자기 자신에 대한 분노 때문이었으나, 그 속에는 초조함과 공포도 숨어 있었다. 그녀가 벽에 기대며 탁한 숨을 토해 내고, 고운원에게 평온하 게 말했다.

"말해 봐요. 솔직하게."

고운원이 가볍게 한숨을 쉬더니 설명하기 시작했다.

몽족의 결계사는 결계술에 능숙했다. 모든 결계는 폐쇄된 하 나의 공간이라 생각하면 되는데, 결계의 종류는 매우 다양했다.

각기 다른 종류의 결계는 들어가고 나오는 방식이 모두 달랐 다. 예를 들자면, 그들이 푸른 산호를 채취한 그 결계는 설랑만 이 열 수 있는 결계였다. 설랑이 결계를 열어야 그들이 들어갈 수 있고, 설랑이 떠난 후 일정 시간이 지나면 결계가 자연스럽 게 닫히게 되어 있었다.

들어가고 나오는 방식을 모르는 상황에서 결계를 열고자 한다면 결계사가 필요했다. 품이 높은 결계사는 품이 낮은 결계사가 펼친 결계를 열 수 있지만 반대의 경우는 불가능했다.

어떤 결계는 시간의 제한이 있어 시간이 지나면 자동적으로 사라지기도 하고, 또 어떤 결계는 시간의 제한 없이 영원히 존재하기도 한다.

결계사가 결계 안에 있는데, 결계에 갇힌 사람이 그를 죽이면 결계는 자연스럽게 사라지게 되어 있었다. 그러나 '죽음의 결계'가 되는 경우도 있었다. 결계사가 죽으면 영원히 열리지 않는 결계인데, 그럴 경우 결계 안에 갇힌 사람은 그 안에서 늙어 죽는 수밖에 없었다.

여기까지 들은 비연이 더 이상 참지 못하고 물었다.

"당신의 뜻은…… 전하를 구할 수 없다는 건가요?"

몽족의 지하 궁전에 설치된 결계들은 모두 상고 시대부터 내려온 것이었다. 몽족은 천 년도 더 전에 사라져 버렸는데…… 대체 어디 가서 결계사를 찾는단 말인가? 이 세상에서 결계사는 이미 예전에 사라져 버린 것 아닌가? 군구신이 잘못 들어간 결계 안에 결계사가 있을 리도 없고…… 대체 어디 가서 결계사를 찾아야 할까?

고운원이 재빨리 위로해 주었다.

"왕비마마, 조급해 마십시오. 전하께서 들어가셨다는 것은, 언젠가 나올 수도 있다는 이야기입니다. 전하께서 들어가시게 된 것도 분명 그럴 만한 연유가 있을 것입니다!"

비연이 진지하게 물었다.

"얼마나 기다리면 나올까요?"

고운원이 우물쭈물하기 시작했다.

"그건…… 그건 저도 말하기 어렵군요."

비연은 바보가 아니었고, 그의 말뜻을 바로 알아들었다. 그러나 그녀는 고집스럽게 물었다.

"말하기 어려워도 말해야 해요!"

고운원이 다시 탄식했다.

"왕비마마, 전하께서 결계를 여는 법을 발견하신다면 가장 좋습니다. 만약 발견하지 못하신다면…… 전하의 운을 봐야겠지요. 두 달이나…… 1, 2년이 걸릴 수도 있고……. 심지어 영원할 수도……."

이 말에 비연이 침묵했다. 고운원이 연이어 탄식했다.

"왕비마마, 부끄럽습니다. 제가 도울 수 있는 것은 이 정도뿐입니다."

진묵이 조용히 비연을 지켜보았다. 여전히 무표정한 얼굴이었지만 그는 곧 그녀 곁으로 걸어와 나란히 섰다.

비연이 고개를 숙이고 한참 있다가 겨우 말했다.

"고 의원, 고마워요."

고운원이 재빨리 두 손 모아 읍했다.

"왕비마마, 그건…… 제가 부끄럽습니다."

비연은 더 이상 말하지 않고 곁에 있는 시위들에게 말했다.

"고 의원을 모셔다 드려라. 너희 모두 동굴에서 나가도록."

"왕비마마, 건강 조심하십시오. 저는 이만 가 보겠습니다."

고운원이 몸을 돌리던 찰나, 그의 눈에 결국은 애석한 감정이 드러나고야 말았다. 그러나 그는 비연을 다시 돌아보지 않고 그 자리를 떠났다.

고운원과 시위들이 모두 떠난 후, 석실은 더욱더 조용해졌다. 비연은 벽에 기댄 채 조용히 주저앉았다. 진묵도 소리 없이 그 옆에 앉았다.

그로부터 사흘 내내 비연은 한마디도 하지 않고, 물 한 방울마시지 않았다. 마치 영혼이 떠나 버린 것 같았다. 그리고 진묵도 계속 조용히 그녀 곁에 머물러 있었다.

마침내 나흘째 되는 날, 진묵이 물을 한 병 가져와 그녀에게 건넸다. 비연은 그제야 그의 존재를 인식한 듯 중얼거렸다.

"진묵, 너도 가도록 해."

진묵은 아무 말도 하지 않았고, 그 자리를 떠나지도 않았다. 비연이 명령했다.

"가라니까!"

진묵이 여전히 침묵을 지키며 미동조차 하지 않았다. 비연이 고개를 돌리더니 결국은 노한 소리로 외쳤다.

"꺼져!"

진묵은 여전히 떠나지 않았다. 언제나 무표정하던 얼굴에 진지한 빛이 감돌고 있었다.

"왕비마마, 마마가 전하를 해친 거야."

비연이 그대로 굳어 버렸다. 진묵이 다시 말했다.

"전하가 마마를 구하려 했던 게 아니면, 그 정도 사람들은 거 뜬히 상대할 수 있었어."

비연은 할 말을 잃었다. 진묵이 다시 말했다.

"왕비마마, 지금 기쁜 거지?"

비연이 눈을 휘둥그렇게 떴다. 겨우 정신을 차린 그녀는 바로 노한 목소리로 외쳤다.

"진묵, 그게 무슨 뜻이지? 내가 기뻐? 내가 어떻게 기쁠 수 있어? 나, 나는…… 차라리 평생 그를 만나지 않았더라면 좋았을걸! 내가 차라리 그 사람들 손에 죽었다면…… 그를 연루시키지 않았더라면! 내가 기쁘냐고……. 하하하, 기뻐? 나, 나…….."

비연은 분노로 말의 갈피도 잡지 못하다가, 억눌렀던 기분이 전부 다 폭발하고 말았다. 아주 오랫동안 참아 왔던 눈물이 결국은 흐르기 시작했다.

"나, 내가…… 얼마나 그리운데! 진묵, 이렇게 오래 지났는데…… 나는 그마저 잃어버려야 하는 거야?"

눈물이 비 오듯 쏟아졌다. 진묵이 마침내 탄식했다. 그는 말없이 몸을 돌려 자리를 떠났다. 그는 일부러 비연을 자극한 참이었다. 어찌 되었건 한바탕 울고 나면 좀 더 견디기 편해질 테니까.

비연이 울고 있을 때 군구신은 막 혼수상태에서 깨어났다. 그의 손은 기남침향 염주를 단단히 잡고 있었다. 다만 염주 알이 모두 떨어져 나가 남은 것은 몇 알 되지 않았다.

"연아……."

그가 중얼거리며 천천히 눈을 떴다. 그는 자신이 대나무로 지은 집 안에 있다는 것을 발견했다. 그는 바로 정신을 차리고 재빨리 일어나 앉았다. 자신의 부상도 이미 누군가가 치료한 다음이었다.

그의 기억은 그가 동굴 속으로 떨어질 때 연아가 입구에서 울면서 그의 이름을 부르던 것에서 멈춰 있었다. 연아가 울면서 좋아한다고 했는데…… 그 후에 무슨 일이 벌어졌던 걸까? 그로서는 알 수 없었다.

이 방은 완전히 낯설었다. 누군가가 그를 구해 준 걸까, 아니면…….

그는 경계하며 재빨리 침상 아래로 내려와 문을 열었다. 뜻밖에도 문밖으로는 대나무의 바다가 그윽하게 펼쳐져 있었다. 더욱 경계하며 문밖으로 나갔다. 그러나 세 걸음도 가기도 전에 등 뒤에서 인기척을 느꼈다. 재빨리 몸을 돌려 보니 지붕 위에 붉은 옷을 입은 여자가 앉아 있었다.

나이는 스물대여섯 정도에 마르지도 뚱뚱하지도 않은 몸이었다. 계란형의 얼굴에 눈, 코, 입이 몹시 또렷한 것이 무척이나 미인이었다. 가장 눈길을 끄는 것은 바로 그녀의 입술이었다. 붉은 치마와 같은 빛깔의 연지를 발라서 그런지 무어라 표현하기 힘들게 유혹적이었다.

그녀는 지붕에서 군구신을 바라보며 즐거운 듯 미소 지었다. 그러나 군구신은 냉랭한 표정으로 물다.

"당신은 누구신지? 여기가 어디인가요?"

그녀가 큰 소리로 웃기 시작했다.

"이 녀석, 네가 감히 이 마나님의 영역에 난입해 들어오지 않았느냐. 이 마나님이야말로 묻고 싶다. 너는 누구냐?"

그녀는 어리지 않았지만 늙은 것도 아니었다. 그런데 '녀석'에 '마나님'이라니. 이상하면서도, 또 묘하게 그녀의 나른한 태도며 즐거운 표정과 별 위화감이 없어 보였다. 그래도 군구신의 귀에는 몹시 거슬리게 들렸다. 군구신이 이상한 점을 눈치채고 냉랭하게 물었다.

"혹시 몽족이신지?"

경악, 몽족의 진상

군구신이 몽족을 언급한 것은 자신이 결계 안에 들어왔음을 깨달았기 때문이었다.

여자가 큰 소리로 웃었다.

"이 녀석, 꽤 영리한걸? 얼굴도 잘생겼고, 보아하니 무공도 상당히 뛰어난 듯한데 이렇게 영리하기까지 하다니. 너를 좋아하는 아가씨들이 꽤 많겠지? 이 마나님이 너를 여기 남겨 두면…… 아까운 일이겠지?"

이 말은 농담같이 들렸지만 실제로는 희롱에 지나지 않았다. 군구신의 얼굴이 점점 더 차가워졌다.

"몽족은 천 년 전에 멸족했습니다만. 혹시 몽족의 후예신지?"

군구신은 이 여자가 몽족인지 확신할 수 없어 그저 탐색해 볼 생각뿐이었다. 그녀가 몽족의 후예라면 어찌 그렇게 많은 사람이 몽족 유적에 들어오는 것을 보고만 있었겠는가? 그리고 그 영수 설랑이 어째서 그녀 곁에 없는 걸까? 여기에는 분명 다른 무언가가 숨어 있다!

군구신은 이 여자가 결계에 갇힌 사람이라고 믿고 싶었다. 그러나 여자는 경악한 표정을 지었다.

"뭐라고?"

그녀가 사납게 몸을 일으키다가 미끄러지는 바람에 지붕에서 굴러떨어졌다.

군구신은 여색을 좋아하는 사람이 아니었다. 바로 뒤로 물러서며, 여자가 제 발치에 떨어지는 것을 보기만 했다. 그런 다음 다시 세 보 뒤로 물러났다. 그가 보기에 여자는 무예를 익힌 사람이었다. 이렇게 떨어지는 것은 그저 장난을 치는 것에 불과할 터였다. 그가 차가운 눈으로 그녀를 바라보았다.

그러나 여자는 결코 꾸며 낸 행동을 하는 것이 아니었다. 천천히 일어나더니 그 자리에 앉았다. 그야말로 영혼이 달아난 것 같은 표정에, 그 예쁘장한 눈동자도 텅 비어 있었다. 그리고 잠시 후, 갑자기 둑이라도 터진 것처럼 눈물을 흘리기 시작했다.

군구신은 그런 그녀를 바라보기만 할 뿐 가까이 다가가거나 말을 걸지는 않았다. 여자는 울고 또 울다가 갑자기 큰 소리로 웃기 시작했다. 그녀가 큰 소리로 웃을수록 눈물이 더욱 세차게 흘러내렸다. 그윽한 대숲 사이로 메아리치는 웃음소리가 유달리 처량하게 들렸다!

군구신의 눈가에 의혹이 스쳐 갔다.

"당신은……."

여자가 갑자기 그를 바라보더니 쉰 듯한 목소리로 날카롭게 물었다.

"천 년 전? 몽족의 후예? 그게 대체 무슨 의미지? 무슨 의미냐고!"

군구신이 반문했다.

"일단 저에게 먼저 말씀해 주는 것이 좋겠습니다만. 당신이 대체 누구인지."

여자가 갑자기 몸을 날렸다. 군구신이 바로 뒤로 물러났지
만, 이게 웬일일까. 그의 상처가 너무 심해 몇 번 만에 여자에
게 목덜미를 잡히고 말았다. 눈물로 얼룩진 화장, 사나운 표
정…… 여자는 잔인하고도 음험해 보였다. 그녀가 경고했다.

"순순히 이 마나님의 질문에 답해라! 아니면 너를 죽여 버릴
테니까!"

군구신이 그리 쉽게 위협당할 사람일까? 그는 아무 말 없이
불시에 여자를 사납게 걷어찼다. 그리고 그것만으로도 힘을 너
무 소모한 나머지 선혈을 토해 냈다. 그는 아주 약해진 상태였
지만 기세만은 조금도 줄어들지 않았다. 그가 냉랭하게 말했다.

"보아하니 당신도 갇힌 상황인가 본데, 나가고 싶거든 일단
예의를 갖춰 말해라. 나에게 손을 쓰게 하지 말고!"

"하하하!"

여자가 다시 웃었다. 마치 미친 듯이, 영원히 멈추지 않을 것
처럼.

군구신은 여자가 미쳤다고 생각하고 대숲 밖에 무엇이 있나
살펴보러 가려고 했다. 그러나 그 순간, 여자가 중얼거리듯 말
하기 시작했다.

"원래…… 그랬구나. 여기는 영생결계였던 거야! 하하, 몽동,
사기꾼! 나쁜 놈! 감히 이 마나님을 천 년이나 속이다니! 천 년
을 기다렸는데……."

여자는 중얼거리다가 결국은 무너져 내린 듯 큰 소리로 통곡

하기 시작했다.

군구신은 경악했다. 그는 비록 '영생결계'라는 것이 어떤 건지는 몰랐지만 이 여자의 말에서, 상황이 그가 추측한 것보다 훨씬 심각하다는 것을 눈치챘던 것이다!

그는 그 자리에 선 채 차가운 눈으로 그녀를 지켜보았다. 여자는 한참 동안 울더니 마침내 입을 열었다. 그녀의 목소리는 더 이상 날카롭지 않았다. 대신 깊은 절망이 배어 있는 것 같았다.

"얘야, 마나님에게 말해 주렴. 몽족은 어떻게 멸족되었지?"

군구신은 이제 알 것만 같았다. 그는 결국 경악한 표정을 지으며 말했다.

"당신은……."

여자는 그를 보며 쓴웃음을 지었다.

"이 녀석, 몽족의 영생결계도 들어 본 적이 없단 말이냐?"

군구신이 고개를 저었다.

여자가 중얼거렸다.

"영생결계는 몽족의 결계술 중 최정상급의 결계지. 결계 안에 들어오면 영원히 늙지 않아. 천 년 전 백새빙천의 얼음이며 눈이 하룻밤 사이에 갑자기 녹아 버렸다. 몽족은 밤을 새워 도망쳤지. 내 남자는…… 족장이었어. 그가 나를 결계에 들여보내며 말했지. 부족 사람들을 구하고 나면…… 얼음이 녹는 이유를 알게 되면 나를 찾으러 오겠다고. 생각지도 못했네…… 그가 펼친 것이 영생결계였다니. 그가 나를 속였어. 계속 오지 않았거든……."

군구신은 경악했다. 몽족의 결계술이 이렇게 무서울 줄이야. 그리고 더욱 놀란 것은, 몽족이 멸족한 이유가 바로 얼음과 눈이 녹았기 때문이라는 것이었다! 백새빙천의 얼음과 눈은 예전부터 늘 있어 왔는데, 어떻게 하룻밤 만에 녹아 버렸던 걸까? 여기에 무슨 음모라도 있는 걸까?

그가 재빨리 물었다.

"그렇다면 여기에 갇힐 때는 여기가 영생결계라는 걸 몰랐던 겁니까?"

여자가 쓴웃음을 지으며 고개를 끄덕였다.

"몽족에는 영생결계를 만들 수 있는 결계사가 있었던 적이 없어. 그런데 그가 알고 있었다니……. 내가 알았다면 그가 속이게 내버려 두지 않았을 텐데! 겨우 한 달이 지났다고 생각했는데…… 이미 천 년이 지났다니!"

여자가 말을 하다가 갑자기 빠른 걸음으로 군구신에게 달려와 다급하게 말했다.

"얘야, 나는 이미 네 질문에 답했다. 어서 말해 다오. 몽족은 천 년 전 그 재난 때문에 멸족당한 거니? 족장인 몽동은, 그는…… 그는……."

여자가 말을 잇지 못하고 입을 가린 채 도저히 억제할 수 없다는 듯 울먹거리기 시작했다. 분명 20대 중반의 나이건만 우는 모습은 꼭 세 살 먹은 아이 같았다.

군구신은 어찌 된 일인지 대충 짐작할 수 있었다.

"몽족이 무엇 때문에 멸족되었는지는 지금 아는 사람이 없습니다. 하지만 시간으로 추정해 보면…… 분명 그쪽이 이야기한 재난 중에 멸족하게 된 것 같군요. 이미 천 년이 흘렀고, 당신의 남자가 당신을 찾아오지 않은 것은 분명…… 천 년 전에 무슨 일이 생겼던 거겠지요. 부디 슬픔을 억누르시기를."

여자가 비틀거리며 바닥에 주저앉았다. 그 무엇과도 비할 데 없이 절망한 모양이었다.

군구신이 한참을 기다렸지만 그녀는 아무 말도 하지 않았다. 그가 겨우 말했다.

"저는 부상을 입고 깊은 동굴로 떨어졌는데, 어쩌다 보니 여기로 오게 된 것 같습니다. 선배께서 제가 여기서 어떻게 나갈 수 있는지 알려 주실 수 있겠습니까?"

"떠난다고?"

여자가 눈을 들더니 중얼거렸다.

"무엇 때문에?"

군구신이 한참 침묵하다가 그녀 앞에 앉은 다음 담담하게 말했다.

"제 여자가 저를 기다리고 있습니다."

여자는 그제야 정신이 든 듯 홀연히 한 손을 군구신의 어깨에 얹고 쓴웃음을 지었다.

"얘야, 이 마나님은 너를 도울 방법이 없구나. 내가 이곳을 떠날 방법을 알았다면 어째서 순순히 기다리고 있었겠니? 여기가 영생결계라면, 더더욱 모르겠구나!"

마침내 군구신은 조급해지고 말았다.

"제가 들어왔다는 것은 이 결계가 열려 있다는 의미입니다!"

여자가 아무 대답 없이 천천히 몸을 일으키더니 낙담한 모습으로 몸을 돌렸다. 군구신이 그녀를 따라가며 물었다.

"천 년을 갇혀 있었는데, 나가고 싶지 않은 겁니까?"

여자는 고개를 돌리지 않았지만 그래도 대답은 해 주었다.

"천 년이라. 이 마나님은 이곳을 나가는 순간 분명 시신조차 남지 않을 거다. 혼도 어디론가 사라져 버리겠지. 그런데 나가서 무엇 할까? 그가 나에게 이렇게 살라고 한 것이니…… 이렇게 기다리라 한 것이니…… 계속 이렇게 살면서 기다릴 거야. 최소한 매일 그를 그리워하고, 보고 싶어 하고……. 또 그를 원망할 수 있으니까!"

군구신이 문가까지 쫓아갔을 때 여자가 사납게 문을 닫았다.

"얘야, 나가고 싶으면 알아서 방법을 찾으렴. 이 마나님을 힘들게 하지 말고!"

아내의 이름으로

군구신은 천 년 전 백새빙천의 재난이 궁금하기도 하고, 이 여자의 신분이 궁금하기도 했다. 그러나 그는 문 앞에서 오래 머무르지 않고 몸을 돌려 죽림 밖을 향해 걷기 시작했다. 지금 이곳을 떠나는 것보다 중요한 일은 없었다.

그가 그렇게 사라졌으니 비연이 아마 조급해하며 울고 있겠지? 어쨌든 그가 들어온 이상 이 영생결계는 결코 죽음의 결계는 아닐 것이다. 출구만 찾아내면 된다.

한참을 걸었으나 대숲을 벗어날 수 없었다. 그때 저 멀리 활짝 핀 개나리들이 보였다! 군구신은 깜짝 놀라 발걸음을 멈췄으나 곧 정신을 차렸다. 저것은 분명 환상일 것이다.

결계 안에는 환상이 많은 법, 환상은 마음에서 생겨난다. 일단 환상에 빠지면 영원히 깨어나지 못할 가능성이 매우 높아진다. 그러나 일단 깨어나면 환상에서 벗어날 수 있을 뿐 아니라 결계에서도 벗어날 가능성이 생긴다.

군구신은 이 결계가 환상을 통해 파해될 수 있는지는 알지 못했다. 그러나 이것은 분명 기회였고, 포기할 수 없었다.

그는 맑은 정신을 유지하기 위해 노력하며 한 걸음 한 걸음 다가갔다. 그리고 그가 접근함에 따라 꽃밭에서 누군가가 나타났다. 바로 부황이었다.

군구신은 여전히 정신이 맑은 상태로 계속 앞으로 걸어 나갔다. 곧 두 번째 사람이 나타났다. 대황숙이었다.

세 번째로 택을 보았을 때도 그는 여전히 냉정을 유지할 수 있었다. 그러나 비연의 그림자가 나타났을 때…… 그는 더 이상 담담할 수 없었다. 비연은 얼굴 가득 눈물을 흘리며 그를 바라보고 있었다.

"연아……."

분명 가짜인 것을 알면서도 저도 모르게 중얼거렸다. 비연이 몸을 돌리더니 꽃 덤불 깊은 곳으로 달려가기 시작했다. 군구신도 망설임 없이 빠르게 쫓아가기 시작했다. 자신이 진실과 허상의 경계선에 빠져들고 있다는 것을 의식하지 못한 채…….

이렇게 그는 점점 더 멀어져 가 마침내 대숲 밖으로 사라지고 말았다. 그리고 결계 밖에서는 다시 며칠이 지났다.

비연은 눈물조차 말라 버렸다. 멍하니 앉아 있는 그녀의 두 눈은 텅 비어 있고, 입술조차 하얗게 질려 있었다. 휑뎅그렁한 석실 안에는 설랑만이 몸을 웅크린 채 그녀와 함께하고 있었다.

진묵이 날아 내려왔다. 그가 비연 앞으로 걸어갔지만 그녀는 미동도 하지 않았다. 그는 비연에게 서신을 내밀었다.

"주인님, 설족이랑 보명고성의 격리 구역이 모두 해제되었어. 흑사병은 지나갔어. 이건 상 장군이 보낸 거야."

기뻐해야 할 비연이 아무 반응도 보이지 않았다. 진묵이 다시 권했다.

"상 장군에게 급한 일이 있을지도 모르잖아."

비연은 여전히 넋을 잃고 있었다. 진묵이 서신을 뜯어 읽더니 말했다.

"주인님, 상 장군이 두 가지를 이야기했어. 하나는, 보명고성 성문을 열어도 되는지 알려 달래. 또 하나는, 그 진진이라는 아이가 완쾌되어서 계속 주인님을 기다리고 있대. 꼭 주인님을 데리고 집에 갈 거라고. 온 마을 사람들이 주인님에게 고맙다고 말하게 할 거라면서."

이 말을 들은 비연이 마침내 눈을 들어 진묵을 바라보았다. 그녀는 미간을 찌푸리며 뭔가 생각하는 듯하더니, 홀연히 웃으며 말했다.

"나를 데려가고 싶어 한다고?"

진묵은 살짝 놀라면서도 고개를 끄덕였다.

"응."

비연은 서신을 받아 들고 읽다가 웃다가 했다. 웃고 또 웃던 그녀의 창백한 작은 얼굴이 점차 엄숙해지더니 심지어 냉랭해졌다. 그녀는 몸을 일으키려 했지만, 허약해진 나머지 비틀거리며 다시 주저앉았다. 진묵이 부축하려 했지만 그녀는 스스로 벽을 짚고 천천히 일어났다.

그녀의 영혼이 돌아왔다! 그러나 사람이 바뀌어 버린 것 같았다. 비연이 차가운 목소리로 물었다.

"혁씨 가문과 축운궁 쪽은 정보가 들어온 게 있어?"

평온하던 진묵의 눈동자에 복잡한 빛이 스쳐 갔다. 그가 솔직하게 대답했다.

"백리명천은 수로로 도망친 것 같고, 축운궁은 아직 빙원에 숨어 있을 가능성이 높아. 출구 두 곳은 지금도 아무런 동정이 없고."

"상 장군에게 말해 줘. 사람들을 추가해서 성문을 지키라고. 그리고 그 애에게도 말해 줘. 그 애랑 같이 갈 수 없다고. 나는……."

비연의 목소리가 속삭이듯 작아졌다.

"나도 내 집으로 돌아가야 하니까."

진묵이 제대로 듣지 못하고 다시 물으려 했으나 비연이 다시 말했다.

"사람들을 시켜 여기를 정리하도록 해. 여기서 살 거니까. 그리고 마차를 준비해 줘. 호란설지에 다녀와야겠어."

진묵은 비연과 함께 석실을 떠났다.

지하 궁전 밖으로 나와 햇빛을 보자, 비연은 마치 다른 세상에 온 것 같은 느낌을 받았다.

어찌 되었건 그녀는 기다려야만 했다. 아주 긴 세월을 기다리게 되더라도. 그러나 그녀는 그렇게 의기소침해서 아무 일도 하지 않고 그저 기다리기만 할 수도 없었다. 그녀에게는 해야 할 일이 아주 많았고, 군구신이 하던 일은 더욱더 많았다.

사적인 일과 공적인 일, 가문의 일과 나라의 일. 그가 없다면 그 모든 일은 그녀가 책임져야 했다. 그녀는 그를 대신하여 모든 일을 제대로 처리할 것이다! 그녀는 그의 협력자였고, 그의 왕비였으며, 그의 아내였다!

군구신, 나를 평생 지켜 주겠다고 했지! 나는…… 아내의 이름으로 당신을 기다리겠어!

비연이 설족으로 돌아와 다섯 장로를 찾았다. 다섯 장로가 설족 각 촌락의 대표들을 이끌고 빠르게 달려왔다.

오장로가 뜻밖에도 무릎을 꿇고 외쳤다.

"왕비마마, 설족을 도와 이 재난을 헤쳐 나가게 해 주셨으니, 마마의 은정을 설족은 영원히 기억할 것입니다!"

그 모습을 보고 다른 장로들도 잇달아 무릎을 꿇고 백성들과 함께 감사했다. 비록 장로회 다섯 사람은 언제나 한마음은 아니었지만 그 순간만큼은 진심이었다. 비연이 없었다면 설족이 이렇게 단결할 수도 없었을 테고, 이 재난을 피할 수도 없었을 것이다.

비연은 오랫동안 괴로운 나날을 보냈지만 이들을 보자 결국은 미소를 지었다. 진정한 미소였다.

"황상과 정왕 전하의 마음은 설족과 연결되어 있다. 본 왕비는 황상의 명을 받들어 온 것에 불과하니, 설족이 은혜를 기억하고 싶다면 황상과 정왕 전하의 은혜를 기억하면 된다!"

이 말을 들은 대장로가 바로 장로회를 대표해 외쳤다.

"설족은 영원히 군씨 황족에게 충성을 다할 것이며, 결코 두 마음을 먹지 않을 것입니다!"

비연이 원한 것도 바로 이 말이었다! 최근 몇 년 동안 대황숙이 백 족장을 지지해, 설족 사람들이 군씨 황족에 대해 자못 원망하는 일이 생겼다. 특히 다섯 장로가 바로 그 배후의 세력이었다. 지금 백 족장이 죽었고, 대황숙은 장로회에 의해 비밀리에 연금되어 있다. 그녀가 군씨 황족을 위해 얻어 낸 것은 단지 민중의 마음만이 아니라 다섯 장로의 마음이기도 했다.

다섯 장로의 마음과 민중의 마음은 결코 완전히 같지 않았다. 민중은 감사할 뿐이었지만 다섯 장로에게는 사심이 많았다.

지금의 형세에서는 다섯 장로 중 그 누구라도 족장의 자리를 노려 볼 만했다. 그러니 그들은 반드시 민의에 순응하여 군씨 황족에게 진심으로 충성을 표현해야 했다. 게다가 그들은 백 족장처럼 군씨 왕족의 지지를 얻고 싶어 했다!

비연이 탄식하며 말했다.

"미뤄 두었던 백 가지 일을 다시 해야 하고, 물자도 부족한데, 곧 엄동설한이 닥쳐올 테니 설족의 재난은 아직 지나가지 않은 셈이다. 본 왕비가 황상께 말씀드려 가능한 한 빨리 구휼 물자를 내리시게 하겠다. 장로회는 한마음으로 협력하여, 부족 사람들과 함께 이 난관을 이겨 나가도록 하라."

백성들은 구휼 물자에 대한 이야기를 듣자 더욱 감격했다. 다섯 장로도 영리한 이들인지라 비연의 뜻을 알아차렸다. 그녀가 그들에게 협력하라고 한 것은 일단 그들을 심사하겠다는 의미였으며, 그렇게 빨리 새로운 족장을 선출하고 싶지 않다는 뜻이었다.

대장로가 '명을 받들겠습니다!'라고 말하자 다른 네 장로도 바로 그 뒤를 따랐다.

사람들이 돌아간 후 비연은 겨우 자신의 방으로 돌아올 수 있었다. 방 안 침상을 보자 그녀는 군구신과 함께 침상에 누워 있었던 그 밤이 떠올랐다.

그 밤 그는 그녀의 손을 잡아 주었다…….

연이은 놀라움

비연은 텅 빈 침상에서 눈길을 돌리지 못했다. 마치 그때처럼 군구신이 아직도 저 침상에 누워 그녀를 바라보며, 어쩔 수 없다는 듯 웃고 있는 것 같았다.

그러나 그녀는 그리움을 마음속 깊이 억눌렀다. 그리고 자신의 모든 독침을 꺼낸 후, 진묵에게 군구신이 예전에 사용하던 작은 활을 찾아오게 했다.

그녀는 모든 화살마다 독침을 숨겨 두었다. 화살을 쏘기만 하면 독침도 함께 발사되도록. 이 독침들 중 어떤 것은 사람 몸에 들어가야만 효과가 있는 것도 있고, 어떤 것은 발사하는 것만으로도 공중에 독약을 뿌려 사람들을 중독시키는 것도 있었다.

그녀는 활을 약왕정과 함께 허리에 매달고, 화살은 몸에 휴대했다. 당분간은 무공을 배울 여유가 없었고, 순식간에 고수가 될 수도 없었다. 그녀가 할 수 있는 것은 최대한 자신을 지키는 것뿐이었다.

화살을 준비한 후에도 비연은 쉬지 않았다. 그녀가 설족으로 돌아온 것은 두 가지 중요한 일을 하기 위해서였다. 그중 첫 번째가 바로 몽족의 결계술에 대해 알아보는 것이었다. 진묵이 사람들을 시켜 장로들에게 말을 빙빙 돌려 가며 물어보았으나, 장로들도 아는 것이 많지 않았다.

비연은 대황숙이 얼마나 알고 있을지 알지 못했지만, 어쨌든 어떤 기회도 놓치고 싶지 않았다. 그래서 문을 나서 대황숙을 만나러 갔다.

모두의 병이 나았지만 대황숙만은 목숨만 겨우 부지하고 있었다. 비연이 자신의 허락 없이는 대황숙에게 푸른 산호를 주어서는 안 된다고 명령해 두었던 것이다.

비연이 문 안으로 들어서자 대황숙이 허약한 모습으로 침상에 누워 있는 것이 보였다. 비쩍 마른 몸에 봉두난발……. 대황숙이라고 알아보기 힘들 정도의 모습이었다.

그녀는 가까이 가지 않고 곁에 앉아 물었다.

"황숙, 최근 안녕하셨어요?"

대황숙이 누운 채 미동도 없이 코웃음을 쳤다.

"망할 계집, 또 무슨 연극을 하러 왔느냐?"

보아하니 그는 비연에 대해 알아챈 모양이었다. 물론 비연은 놀라지 않았다. 푸른 산호가 대황숙의 손에 들어가는 것을 막기 위해, 대황숙 곁에 있던 심복 시위들을 바꿔 버린 지 이미 오래였다. 그것을 알고도 대황숙이 의심하지 않을 리 없었다.

비연은 예전처럼 활발한 척하지 않고, 물처럼 평온한 목소리로 물었다.

"몽족의 결계술에 대해서는 얼마나 알고 계시죠?"

대황숙이 대답하지 않고 도리어 질문을 했다.

"결계술은 왜 알고 싶어 하지? 왜, 누가 몽족 결계에 빠지기라도 했느냐?"

비연의 목소리가 얼음처럼 차가워졌다.

"당신이 알 필요 없는 문제지."

대황숙이 바로 다시 물었다.

"군구신은? 그 녀석에게 본존을 보러 오라고 해!"

비연은 대황숙의 분노를 상대하지 않고 계속 말했다.

"결계술에 대해 아는 것을 말해 준다면…… 혹시 내 심정이 좋아져서 황숙의 병을 치료해 줄지도 모르지. 아니면……."

대황숙이 갑자기 그녀의 말을 끊었다.

"하하! 보아하니 군구신, 그 불효자 녀석이 결계에 갇힌 모양이군! 당연한 일이야, 당연한 일이지!"

비연은 이상할 정도로 평온했다. 그녀는 그가 웃도록 내버려 둔 채 계속 말했다.

"아니면 당신은 병사하지 못할 거야. 오마분시를 당하고, 당신의 시체로 백우옹의 제사를 지내게 되겠지."

대황숙이 분노하기 시작했다.

"썩을 계집, 감히!"

비연이 냉랭하게 말했다.

"차 한 잔 마실 시간을 주지. 잘 생각해 보도록 해. 당신이 얼마나 알고 있는지."

대황숙은 생각할 것도 없다는 듯 외쳤다.

"본존은 꽤 많이 알고 있지. 본존에게 약을 준다면 바로 알려 주겠다!"

비연은 속으로 기뻐하면서도 여전히 냉정을 유지하며 차갑게 웃었다.

"그래? 그럼 본 왕비가 즐거워질 때까지 말해 보시지. 그럼 본 왕비가 고려해 볼 수도 있겠지."

"먼저 약을 가져와 보여 줘!"

대황숙의 말에 비연이 미간을 찌푸렸다. 뭔가 이상했다. 푸른 산호는 희귀한 것이라 대황숙이 보아도 알아볼 수 없는 게 정상이었다. 대황숙이 저리 말하는 것은 아무래도 그녀를 자기 근처로 끌어들이기 위한 것 같았다.

비연은 바로 몸을 일으켜 나가려 했다. 순간 문밖에서 격투를 벌이는 소리가 들려왔다! 비연과 진묵 모두 깜짝 놀랐다.

진묵이 순식간에 비연의 앞을 지켰다. 대황숙이 갑자기 침상에서 날아오르더니, 검을 쥐고 그들을 습격해 왔다!

이때에야 비연은 똑똑히 볼 수 있었다. 대황숙의 얼굴에는 검은 발진이 보이지 않았다. 그의 병이 나았다! 누가 약을 주었을까? 바깥에는 또 누구일까?

비연이 푸른 산호를 설족으로 가져왔을 때는, 이미 장로회에 명해 대황숙의 모든 심복을 연금한 다음이었다. 이 얼음집 밖에는 장로회의 수하들만 있을 텐데…… 대체 어떻게 된 일일까?

대황숙의 병은 나은 듯했으나 내상은 아직 회복되지 않은 듯했다. 그는 진묵을 손쓸 틈 없이 몰아붙인 후 비연을 납치할 계획이었지만 진묵이 하나하나 모두 막아 냈다.

진묵이 상승세를 타고 있을 때, 누군가가 문을 발로 찼다. 안으로 들어온 이를 본 비연과 진묵이 함께 차가운 숨을 들이마셨다. 축운궁의 소 숙부!

모든 출구에 방어선을 세워 놨는데 대체 그는 어떻게 나올 수 있었던 걸까? 게다가 대황숙과 결탁했다니! 몽족 지하 궁전에 그들이 모르는 출구가 더 있는 걸까? 아니면 축운궁이 설족 중에 세작을 심어 둔 걸까…….

아무래도 후자의 가능성이 전자의 가능성보다 높아 보였다. 소 숙부가 대황숙을 찾아낸 것도 결국은 세작이 다리를 놓아주어서였을 테고, 대황숙의 약도 아마 세작이 가져다주었을 것이다.

이 세작은 정말 깊이 숨어 있었다고 하지 않을 수 없었다. 바로 이런 시기에야 비로소 쓰기 위해!

비연은 순식간에 어찌 된 일인지 알아차렸다. 그 세작의 도움을 받아 소 숙부는 도망쳐 설족의 땅까지는 왔겠지만 보명고성으로 들어갈 수는 없었을 것이다. 그래서 그는 대황숙을 찾았을 것이다.

그와 대황숙은 비연의 계책을 역이용하기로 하고 이곳에서 그녀를 기다린 것이다. 그녀를 납치해 보명고성을 떠나기 위해! 제기랄!

소 숙부는 비록 부상을 입었지만 대황숙처럼 심하지는 않았다. 그가 끼어든 이상 진묵의 패배는 이미 예정되어 있었다. 진묵이 한 걸음 한 걸음 뒷걸음질을 쳤고, 비연도 그에 맞춰 뒤로 물러났다. 비연은 손을 등 뒤로 숨긴 채 화살을 꼭 쥐었다.

소 숙부의 공격은 매우 맹렬해, 진묵이 결국 버텨 내지 못하고 어깨를 찔리고 말았다. 비연은 바로 그 틈을 타서, 아무도 생각지 못했을 화살을 날렸다!

화살이 날아가는 순간 금침도 함께 발사되었다. 금침은 심지어 화살보다 빠르게 날아갔다.

대황숙과 소 숙부는 창졸간의 일이었지만 바로 피했다. 두 사람은 금침이 검은 기운을 발산하는 것을 보고 독이 있음을 알아채고는 즉시 멀리 물러났다. 진묵은 그 기회를 놓치지 않고 바로 비연을 데리고 얼음집 대문 밖으로 달려 나갔다.

문밖 시위들 중 죽거나 부상당한 자가 참혹할 정도로 많았다. 계강란이 시위 여럿을 동시에 상대하고 있었다! 비연이 그날 썼던 독은 치명적인 독이 아니었다. 계강란은 무사히 회복한 것처럼 보였다.

비연과 진묵이 나오는 걸 보고 계강란이 시위 둘을 물리치고, 바로 검을 쥔 채 공격해 왔다. 진묵이 응전하려 하자 비연이 그를 말리며 계강란을 향해 화살 한 대를 날렸다.

"여기는 너무 외진 곳이라 구원병이 그렇게 빨리 오지 못할 거야. 내가 상대할 테니 어서 도망가자. 싸움에 연연하지 말고!"

진묵은 그녀의 뜻을 깨닫고 바로 도망치기 시작했다. 그러나 소 숙부와 대황숙이 동시에 나와 그들 앞을 막아섰고, 계강란은 그들의 뒤를 막았다. 계강란 하나만 해도 진묵은 막상막하일 것이다. 하물며 소 숙부와 대황숙까지 있으면?

비연은 진묵과 등을 맞댄 채 활을 들어 계강란을 조준했다. 그리고 진묵은 검을 쥔 채 소 숙부에게 정면으로 달려갔다. 대황숙은 손을 쓰지 않고 곁에서 방관하고 있었다.

　모두 소리 없이 검을 뽑고 활을 당겼다! 그러나 바로 그 순간, 익숙한 웃음소리가 들려왔다.

　"하하하! 재미있네, 정말 재미있어."

　모두 소리가 들리는 곳을 바라보았다. 보랏빛 옷을 입은 남자가 가볍게 부채를 부치고 있었다. 남자는 나른하고도 편안해 보이는 자태로 얼음집 뒤에서 느릿느릿 걸어 나왔다. 입가에 미소를 머금고 있는 모습이 마치 옥으로 깎아 놓은 여우처럼 사악할 정도로 매력적이었다.

　백리명천!

백리명천의 경고

백리명천은 혼자가 아니라 시위 둘과 함께였다.

비연은 그가 이미 도망쳤다고 생각하고 있었다. 소 숙부 일행은 백리명천과 그 흑의 남자가 아직 환해빙원에 갇혀 있으리라 여기고 있었다. 그런데 이곳에서 그를 보다니! 백리명천의 나른하고도 매력적인 자태를 본 그들 모두 상당히 놀라고 있었다.

비연은 이해할 수 없었다. 저 녀석이 대체 왜 돌아온 거지?

소 숙부는 백리명천의 시위 역시 세작이라 생각하고 곧 큰 소리로 웃기 시작했다.

"하하, 삼황자가 끼어든다면 더 재미있어지겠지!"

"그런가?"

백리명천이 한 걸음 한 걸음 소 숙부 앞으로 다가오더니 웃으며 말했다.

"여러 사람들이 여자 하나를 괴롭히는 게 정말 재미있단 말이지?"

소 숙부와 대황숙이 바로 경계 태세를 취했다.

대황숙이 노한 소리로 외쳤다.

"그게 무슨 뜻이냐!"

백리명천은 여전히 웃고 있었다. 겉보기에는 말이 꽤 통할 것 같아 보였지만 실제로는 그 속을 짐작하기 어려운 느낌을 풍기고 있었다.

"호란설지를 떠나고 싶은 것 아닌가? 본 황자가 데려가 줄 테니, 이 계집을 본 황자에게 넘기도록 해!"

대황숙이 냉랭하게 말했다.

"교활한 술수를 부리고 있군! 이 계집만 있다면 우리가 나가지 못할 이유가 있나?"

소 숙부도 더는 우호적이지 않았다.

"백리명천, 우리를 따라 나가고 싶다면 허튼 말은 그만하고 옆에서 기다려라!"

비연은 아무리 고민해도 백리명천이 이곳에 온 이유를 알 수 없었다. 다만 그녀는 현재 자신에게 남은 유일한 방법이 가능한 시간을 오래 끄는 것이라는 사실을 알고 있었다.

그녀가 막 입을 열려고 했을 때, 이게 웬일일까. 백리명천이 부채를 휘두르더니 대황숙을 향해 독침을 발사했다. 대황숙은 예상외의 일인 데다 몸에 부상도 있으니 그 공격을 막아 낼 방법이 없었다.

백리명천의 독침이 얼마나 악독한지는 하늘만이 알 것이다. 대황숙은 독침에 맞은 후 바로 온몸에서 힘이 빠져, 제대로 서 있지도 못하고 비틀거렸다. 대황숙이 다급한 나머지 소 숙부에게 외쳤다.

"일단 저 녀석을 죽여!"

계강란 한 사람만으로 비연과 진묵을 상대하게 해도 버틸 만할 것이다. 소 숙부 혼자서 백리명천을 상대한다면 꽤 여유가 있었다. 그러나 소 숙부는 대황숙의 말에 신경 쓰지 않았다.

비연의 추측이 옳았다. 그는 세작의 엄호를 받아 몽족의 지하 궁전에서 탈출했고, 다시 세작을 통해 대황숙과 결탁했다. 그에게 있어 대황숙의 가치가 낮은 것은 아니었지만 그 가치는 비연이라는 인질을 유인할 수 있다는 점에서 기인한 것이었다. 지금 눈앞에 인질이 있는 이상, 그는 다리를 건너면 그 다리를 부수는 마음으로 대황숙이라는 이 성가신 인물에게서 벗어나려 할 가능성이 높았다!

소 숙부가 백리명천을 향해 검을 휘두르며 냉랭하게 말했다.

"죽거나, 이 늙은이와 함께 가거나 둘 중 하나다! 내가 너를 죽이고자 하면 차 한 잔 마실 시간이면 충분하다. 제대로 생각하거라!"

백리명천이 미소를 머금은 채 가볍게 부채를 흔들어 접었다. 소 숙부는 즉시 경계했으나, 백리명천의 이 동작은 시위들에게 명령하는 것이었을 뿐이다.

시위 두 사람이 앞으로 나오더니 대황숙을 제압해 끌고 가려 했다. 마침내 소 숙부도 뭔가 이상하다는 것을 눈치챘다.

"너…… 그를 어디로 데려가려는 게냐!"

비연도 마침내 백리명천의 뜻을 알아차렸다. 저 녀석, 사람을 납치하러 온 것이 분명했다! 납치할 대상은 그녀만이 아니라 대황숙과 소 숙부 일행도 포함된 모양이었다. 백리명천은 분명 오래도록 잠복해 기다리고 있었을 것이다!

대황숙이 끌려간 후, 주변에 시위들이 여럿 더 나타나 소 숙부와 계강란을 포위했다. 비연은 한눈에 이 시위들이 설족 출신이 아님을 알아보았다. 아마 백리명천이 새로 데려온 시위들일 것이다.

소 숙부도 그 사실을 알아채고 놀란 비명을 질렀다.

"백리명천, 너……."

백리명천은 그날 몽족 지하 궁전에서 지하 수로를 찾아, 승 회장을 데리고 환해빙원을 탈출해 보명고성으로 데려다주었다.

그들이 도망칠 때 군구신은 요 이모를 협박하며 상승세를 타고 있었다. 그들은 소 숙부가 요 이모의 생사에는 관심이 없는 걸 알지 못했다. 그래서 군구신이 쉽게 그들을 제압할 수 있으리라 생각했다.

승 회장은 안전한 지역으로 피신한 후 그에게 호란설지에 잠입해 정보를 모아 달라고 부탁했다. 소 숙부 일행이 어디에 갇혀 있는지 알고 싶다는 이야기였다.

백리명천은 그럴 만한 시간이 없었기 때문에 바로 거절했다. 그러나 그는 수하 몇 명을 이끌고 몰래 호란설지에 잠입했다. 이 기회를 틈타 비연을 납치할 생각이었던 것이다. 이곳은 진양성과는 달리 지하 수로가 많으니 납치하기에는 아주 편리한 환경이었던 것이다.

그러나 호란설지에 도착한 그는 생각과는 달리 비연은 물론 군구신도 찾을 수 없었다. 환해빙원에 정왕비를 노린 자객이 있어, 설족이 병력을 동원해 포위하고 수색 작업 중이라는 이야기만 들릴 뿐이었다.

백리명천은 홀로, 도망쳐 나왔던 길을 통해 다시 백새빙천의 몽족 지하 동굴로 잠입했다. 지하 궁전 안팎으로 시위들이 가득했다. 이런 상황이라면 그가 비연을 만난다 해도 납치해 가기는 쉽지 않을 것 같았다.

　백리명천은 자신이 무엇을 바라는지도 모르면서 뜻밖에도 모험을 강행해 지하 궁전으로 들어갔다. 그는 몸을 숨겨 가며 며칠을 찾았지만 비연을 발견할 수 없었다. 그가 포기하고 떠나려 했을 때, 비연과 진묵이 다투는 소리가 들렸다. 그리고 얼마 지나지 않아 비연이 처량하게 울기 시작했다.

　연아가, 울고 있었다.

　그는 계속 비연은 절대 울지 않을 거라고 생각했다. 아무리 처참하게 괴롭힘을 당하더라도, 궁지에 몰리는 일이 있더라도 그녀는 절대로 울지 않을 거라고, 바로 반격할 거라고.

　그는 그녀와 진묵이 무엇 때문에 싸우는지는 제대로 듣지 못했지만 군구신의 이름만은 알아들을 수 있었다. 비연은 군구신 때문에 울고 있었다.

　백리명천은 어린 시절부터 여자가 우는 것을 싫어했다. 그러나 그는 조용히 근처에 몸을 감춘 채 계속 비연의 울음소리를 듣고 있었다. 그가 비연과 함께하고 있는 것인지조차 그녀는 알 수 없었다.

　비연이 백새빙천을 떠날 때 그도 함께 떠났다. 그는 빙천을 나온 즉시 설족의 중앙대영에 잠입했고, 단숨에 이곳으로 온 참이었다.

백리명천은 시종 사특하게 매력적인 미소를 머금고 있었다. 그는 부채로 소 숙부의 장검을 막아 내며, 마치 깊이 생각한 결과인 듯 말했다.

"본 황자는 오늘 연아를 데려갈 작정인데, 만약 데려갈 수 없다면 먼저 너희를 데려간다 해도 괜찮겠지."

그는 그제야 비연을 바라보며 웃는 얼굴로 경고했다.

"연아, 본 황자가 너에게 빚을 받아 내기 전에는 목숨을 아끼는 것이 좋을 게다. 본 황자는 결코 외상을 허락하지 않을 테니까!"

말을 마친 백리명천이 바로 손을 쓰기 시작했다. 이와 동시에 시위들이 계강란을 포위했다.

소 숙부는 백리명천을 과소평가했다. 차 한 잔 마실 시간으로는 백리명천을 어떻게 할 수 없었던 것이다. 계강란 역시 시위 여럿에게 포위 공격을 당하느라 진묵을 상대할 수 없었다. 형세는 바로 역전되었고, 비연과 진묵에게 도망칠 기회가 생겼다!

비연이 미간을 찌푸린 채 백리명천을 바라보자 진묵이 다급하게 속삭였다.

"주인님, 가자! 백리명천은 오래 버틸 수 없어!"

비연도 당연히 알고 있었다. 그러나 비연이 외쳤다.

"진묵, 가서 그를 도와줘! 내가 계강란을 끌어 볼 테니까!"

진묵은 그녀의 뜻을 이해하지 못했다. 그러자 비연의 눈에 희미하게 차가운 빛이 어렸다.

"시위들이 곧 올 테니까 시간을 최대한 끌어야 해. 저 중 하나라도 도망치게 해서는 안 돼!"

비연과 진묵이 이렇게 도망친다면 백리명천은 소 숙부를 이기려 하지 않고 수로로 도망칠 것이다. 그러면 소 숙부와 계강란은 호란설지에 숨어, 다시 세작과 호응하여 또 일을 벌이려 할 것이다. 게다가 대황숙은 이미 백리명천의 손에 떨어진 셈이다. 백리명천의 성격을 생각하면, 장래 대황숙의 힘을 빌려 군구신과 택에게 귀찮은 일을 만들어 낼 것이다!

진묵은 비연의 뜻을 이해하고 다시 나지막하게 외쳤다.

"주인님, 조심해!"

말을 마친 그가 백리명천을 돕기 시작했다. 비연은 한옆으로 물러나 활을 들어, 포위당한 계강란을 조준했다.

그들이 얼마나 버틸 수 있을까?

하나 얻었다

비연 일행이 시간을 얼마나 끄느냐는 백리명천과 진묵이 얼마나 버티느냐에 달려 있었다.

비연이 화살을 쏘아 계강란의 주의력을 분산시켜 백리명천의 시위들에게 협조하는 한편, 백리명천과 진묵의 상황도 신경 써서 살펴보았다.

백리명천은 비연이 도망치지 않는 것을 보고 바로 그녀의 뜻을 알아차렸다. 그는 소 숙부의 검을 막아 내며 싱긋 웃었다.

"연아, 아직도 안 가고 뭐 하는 거지? 누가 너에게 은혜를 원수로 갚으라 했어? 하하, 그러면 하나도 안 귀엽다고."

은혜를 원수로 갚아?

비연은 이해할 수 없었다. 이 녀석, 대체 얼마나 뻔뻔하기에 '은혜'라는 단어를 입에 올리는 거지? 이 녀석 자신도 방금 직접 말하지 않았던가. 그는 그녀를 데려가기 위해 왔고, 데려갈 수 없다면 소 숙부 일행을 데려가겠다고. 그러니까 납치하러 왔다는 이야기가 아닌가!

그가 소 숙부와 싸우기 시작한 것은 얼핏 보면 그녀에게 도망갈 기회를 준 것 같았지만 실제로는 소 숙부에게 압박을 가해 소 숙부가 자신과 가게 만드는 것에 불과했다. 소 숙부가 가장 걱정하는 것은 시간을 끌어 설족 궁수대가 도착하는 것일 테니까.

　소 숙부는 그가 인어족의 후예라는 사실을 모른다. 일단 그를 따라가다 물에 들어가면 그의 주머니 속 물건이 되는 것이나 마찬가지다! 비연은 지금 끌려간 대황숙도 물속에 있을 거라고 확신할 수 있었다!

　비연은 백리명천에게 대답하지 않고 한번 노려본 후, 다시 몸을 돌려 계강란에게 화살을 한 대 날렸다.

　계강란은 비연의 화살과 독침을 피하다가 시위의 검을 피하지 못하고 말았다. 그녀의 옷소매가 길게 찢어졌다. 계강란이 화가 난 나머지 소리쳤다.

　"백리명천, 상황 파악 좀 하지! 우리는 한배를 탄 거라고! 이 배가 뒤집히면 너도 도망칠 수 없어!"

　소 숙부도 화가 났다. 그는 왼쪽으로 진묵의 검을 막아 낸 다음 다시 오른쪽으로 검을 휘둘러 백리명천의 독침을 막으며 외쳤다.

　"백리명천, 계속 이대로 가면 설족 궁수대가 온단 말이다! 제대로 생각해 봐! 정왕비를 데려가야 우리 모두 살 수 있단 말이다!"

　백리명천이 대답했다.

　"본 황자가 마지막으로 말해 주지. 그녀를 괴롭히지 마. 본 황자에게는 너희들을 데리고 나가 줄 방법이 있으니까. 싫다면 본 황자는 이렇게 시간을 끌어도 상관없다!"

　소 숙부가 차가운 목소리로 말했다.

"하하, 너는 이 늙은이를 바보로 아느냐? 호란설지를 떠나는 길은 단 하나뿐인데, 보명고성의 감시는 삼엄하다. 정왕비가 없으면 근본적으로 나갈 수 없다고!"

백리명천이 냉소했다.

"본 황자를 믿지 못하겠다면 우리가 한배에 탄 것이 아니겠지!"

소 숙부와 계강란 모두 다급한 상황이었다. 계강란이 갑자기 분노하여 물었다.

"백리명천! 정왕비는 분명 너를 잡고 싶어 하는데, 너는 이 렇게 정왕비를 지켜 주려 하다니. 대체 얼마나 좋아하기에 그러는 거지?"

그 누구도 백리명천에게 이렇게 큰 소리로, 진지하게 이 문제를 물어 온 적이 없었다. 백리명천 자신을 포함해서.

찰나의 순간, 백리명천은 멍하니 굳어 버렸다. 소 숙부가 그 기회를 놓치지 않고 불시에 검을 들어 쏜살같이 달려들었다. 백리명천이 정신을 차렸을 때는 이미 막기에 늦어 버렸다. 그는 옆으로 몸을 날리다 바닥에 쓰러지고 말았다.

진묵도 마음이 좋지 않아 검을 휘두르며 저지하려 했다. 그러나 소 숙부는 쉽게 그의 검을 밀어내고 다급하게 비연을 습격해 왔다.

비연도 깜짝 놀라며 계속 화살을 쏘았다. 그러나 이런 간단한 활로는, 기습이 아닌 이상 소 숙부와 같은 고수를 상대할 수는 없었다.

소 숙부는 손도 쓰지 않고, 몸을 몇 번 움직이는 것만으로도 비연의 화살과 독침을 피하며 그녀에게 다가왔다. 그는 한 손으로 검은 쥔 채 다른 한 손을 비연에게로 뻗었다!

비연이 몸을 돌려 도망치기 시작했다. 백리명천과 진묵도 다른 방향에서 추격해 왔다. 그러나 안타깝게도 때가 늦었다.

비연이 막 소 숙부에게 잡히려는 순간, 갑자기 거대한 흰 그림자가 눈 더미에서 날아오르더니 소 숙부를 덮쳤다! 모든 이들이 당황하여 굳어 버렸다. 이 거대한 흰 그림자는 바로 설랑이었다!

소 숙부가 재빨리 반응하여 몸을 피했다. 그러나 완전히 피하지는 못해 설랑에게 등을 뜯기고 말았다. 그의 등 전체가 피로 흥건해졌다. 그는 고통으로 비명을 지르며 창백한 얼굴로 뒷걸음질을 쳤다.

설랑이 소 숙부의 살점을 토해 냈다. 어두운 푸른빛 눈동자가 차갑게 그를 노려보고 있었다. 거대한 몸을 앞으로 굽히니 송곳니 사이로 울음소리가 들려왔다. 마치 경고하듯, 아니면 다시 달려들기 위해 준비하듯.

소 숙부가 기습당한 것이 아니었다면 설랑과 힘을 겨뤄 볼 만했을 것이다. 그러나 이 순간 등의 고통은 참을 수 없을 정도였고, 피도 멈추지 않고 흐르고 있었다. 그러니 그가 어찌 설랑의 공격을 다시 받아 낼 수 있겠는가? 소 숙부는 두려움에 마침내 타협하고 말았다.

"백리명천, 가자! 이 늙은이가 너와 함께 가마!"

백리명천도 설랑을 본 적이 없었기에 순간적으로 멍해진 상태였다. 그러나 그는 곧 정신을 차리고, 결단을 내려 소 숙부를 끌고 도망치기 시작했다.

그 모습을 본 그의 시위들이 바로 계강란에게서 물러났다. 그리고 설랑을 포위한 채 시간을 끌기 시작했다.

계강란이 당황하여 함께 도망치려 했지만 진묵이 바로 가로막았다. 두 사람은 목숨을 걸고 싸우기 시작했다.

설랑은 쉽게 시위들을 처리했다. 비연은 설랑이 이렇게 중요한 시기에 나타나 줄 몰랐기에 무척 기뻐하며 다가갔다. 그러나 그녀가 설랑 등에 올라타 백리명천을 추격하려 했을 때였다. 설랑이 갑자기 바닥에 쓰러지더니 숨을 헐떡거렸다.

설랑이 지하 궁전에서 깨어나 보니 비연이 보이지 않았다. 그는 비연의 냄새를 쫓아 호란설지까지 추격해 왔다.

큰 병에서 막 나은 다음이었고, 제대로 회복되지 않은 상태였다. 몸을 숨기고 오랫동안 힘을 모은 끝에 겨우 변신했던 것이다. 그러나 한번 움직인 것만으로도 힘이 다 빠져 버리고 말았다. 설랑은 비연을 보며 나지막하게 울더니 다시 작은 빙려서로 변해 버렸다.

비연은 재빨리 그를 손에 받아 안았다. 유감스러웠지만 다행이기도 했다. 방금 설랑이 아니었다면 그 결과는 상상하기 힘들 정도였을 것이다.

그녀는 자신의 힘을 과신하고 백리명천과 소 숙부를 쫓을 정도로 우둔하지는 않았다. 비연은 설랑을 소매 안에 감추고, 바로 활을 들어 계강란을 조준했다.

바로 이때, 멀지 않은 곳에서 인마 한 무리가 나타났다. 바로 설족 궁수대였다. 비연이 손을 흔들며 소리쳤다.

"저쪽으로 쫓아가라! 바닥에 핏자국이 있을 거야! 물이 있는 곳 위주로 찾아라, 어서!"

궁수대는 서너 명만 남기고 바로 그녀가 가리킨 방향으로 쫓아갔다. 남은 궁수들은 활을 든 채 계강란을 포위했다. 계강란은 이제 어떻게 해도 도망칠 수 없는 신세가 되었다. 그녀가 저항을 포기하자 진묵이 검을 그녀의 목에 대고 말했다.

"검을 내놔."

계강란은 검을 사납게 바닥에 내팽개쳤다. 분노하기도 했지만 달갑지 않은 마음이 더 컸다. 진묵은 그녀를 직접 처리하지 않고 궁수에게 넘겼다. 그리고 바로 비연에게로 다가가 다시 침묵했다.

비연이 겨우 안도의 한숨을 내쉬며 중얼거렸다.

"쫓아갈 수 있으면 좋을 텐데."

진묵이 평온하고도 객관적으로 말했다.

"주인님, 가능성은 크지 않아. 주인님은 먼저 돌아가 쉬어."

비연이 탁한 숨을 토해 내며 겨우 계강란 쪽으로 시선을 돌렸다.

"저 여자의 가면을 벗겨라!"

궁수가 손을 쓰려 하자 계강란이 차갑게 코웃음 쳤다.

"그럴 필요 없다!"

그녀가 직접 가면을 벗어, 그 무엇과도 비교할 수 없을 만큼 아름다운 얼굴을 드러냈다! 계강란의 얼굴은 그녀가 입고 있는 흰 옷과 무척 잘 어울려, 맑고 고상하기가 세상에 둘도 없을 정도였다!

궁수들은 홀린 듯 그녀를 바라보았다. 비연 역시 몹시 놀랐다. 계강란이 이렇게 절세의 미인일 줄이야! 그러나 비연은 곧 정신을 차리고 냉소했다.

"정말 미인이군. 듣기에 미인은 자신의 외모를 몹시 아낀다던데, 정말 그럴까?"

계강란이 분노하여 외쳤다.

"무엇을 하려는 거냐!"

초상, 뜻밖에도 그

비연이 무엇을 하려 하냐고?

이들은 10년 전 빙해의 이변과 관계가 있을 가능성이 높았다. 또한 군구신에게 중상을 입히고 결계에 빠뜨려 생사도 점치기 어렵게 만든 이들이었다. 그런데 무엇을 하려 하냐고? 비연에게는 사람을 죽일 마음마저 있었다!

그녀는 계강란에게 대답하지 않고, 눈을 차갑게 반짝이며 명령했다.

"압송하라!"

계강란은 황망했지만 여전히 무시하듯 코웃음을 쳤다.

"고비연, 대체 무엇 때문에 그렇게 위세 부리는 거지? 누가 너를 구해 주지 않았다면, 하하, 본인이 대체 뭐라고 생각해?"

비연은 상대하지 않았다.

계강란이 다시 물었다.

"고비연, 그날 일선천에서 만난 사람이 바로 너와 정왕이지?"

요 이모는 그녀에게 백새빙천의 그 남자가 영술을 썼을 거라고 말해 주었다. 그리고 그날 몽족의 지하 궁전에서 군구신의 영술을 본 후 그녀도 짐작 가는 바가 있었다.

비연은 여전히 상대하지 않고 썰매에 앉았다. 그러자 계강란이 큰 소리로 냉소하기 시작했다.

"개 같은 남녀!"

마침내 화가 난 비연이 계강란 앞으로 되돌아왔다.

계강란이 비연을 자극하기 위해 말했다.

"능력이 있으면 본 소저와 일대일로 겨뤄 보는 건 어때? 너는 계속 그 활을 써도 좋아. 본 소저는 검을 쓰지 않고 너에게 열 초식을 양보해 주지! 어때?"

비연이 차가운 얼굴로 대답 없이, 그녀의 따귀를 사납게 내려쳤다.

찰싹!

전혀 예측하지 못한 일이라 계강란은 그대로 멍해지고 말았다.

비연이 다시 손을 들어 그녀의 다른 쪽 따귀를 때렸다. 계강란이 정신을 차리고 손을 쓰려 했으나 진묵이 바로 그녀의 두 손을 잡아 등 뒤로 묶어 버렸다. 계강란이 발버둥도 치지 못하고 분노하여 외쳤다.

"감히 나를 때려!"

찰싹!

비연이 다시 그녀의 따귀를 때렸다. 계강란의 두 뺨이 붉어졌지만, 맞아서 부어오른 것인지 아니면 수치로 붉어진 것인지는 알 수 없었다. 그녀가 노기충천해서 외쳤다.

"세력만 믿고 남을 괴롭히면서! 그게 무슨 능력이야! 용기가 있으면 본 소저를 놓아줘 보라고!"

찰싹!

비연이 유난히도 사납게 다시 한 대 때렸다. 계강란이 울부짖었다.

"천박한 년! 개같이 붙어먹는!"

찰싹!

비연이 계속 때렸다. 말없이, 반박하지 않고, 욕설을 되돌리지도 않고 무표정한 얼굴로. 누군가와 다투고 싶은 마음마저 없어졌을 때 가장 직접적으로 손을 쓰게 되는 법이었다.

바로 이렇게 계강란이 욕을 하면 비연은 한마디 말도 없이 따귀를 때렸다. 결국 계강란의 두 뺨은 붉게 부어올라 피까지 흐르기 시작했다. 놀란 그녀가 순순히 입을 다물었다.

비연은 시종 차가운 얼굴로 계강란을 제대로 보지도 않고 몸을 돌렸다. 계강란은 그녀의 왜소하고 꼿꼿한 뒷모습을 보며 저도 모르게 공포심을 느꼈다. 비록 인정하고 싶지는 않았지만…… 무서웠다. 비연, 저 계집이 그동안 보았던 어떤 무공의 고수보다 무서워 보이는 것은 무엇 때문일까?

그녀는 비연이 자신을 어떻게 대할지 알지 못했다. 그녀의 유일한 희망은 한시라도 빨리 요 이모를 만나는 거였다. 최소한 요 이모와 함께하면 앞으로의 일을 의논할 수 있으니까. 아니라면…… 그녀는 자신이 어떻게 해야 할지 알 수 없었다.

곧 계강란은 자신이 너무 순진했음을 알게 되었다. 비연은 그녀를 압송해 간 후 요 이모와 분리해 가둘 것을 지시했다. 그것도 같은 감옥에 가두지 말고 지역 자체를 분리하라고.

계강란이 끌려갈 때, 오장로가 소식을 듣고 달려와 물었다.

"왕비마마, 자객을 잡았습니까? 어떤 사람입니까?"

"하나 잡았을 뿐이고, 아직 무리들이 있다. 대황숙도 그들에게 납치당했다."

비연의 대답에 오장로가 경악했다.

"그렇다면……."

"이미 쫓고 있으니 일단 기다리기로 하지."

비연도 가능성이 크지 않다는 것을 알고 있었다. 그러나 궁수대가 나쁜 소식을 들고 돌아왔을 때 그녀는 여전히 실망했다.

궁수대는 핏자국을 따라 호숫가까지 추격했다. 호수 중앙에는 커다란 구멍이 있었고, 핏자국은 그 구멍 안으로 사라져 있었다. 궁수대의 대장은 호숫가를 포위하게 했다. 그와 오장로는 모두 자객이 호수에서 오래 버티지 못할 거라고 생각했다. 금세 뛰어나오거나 아니면 질식해 죽거나 할 거라고.

그러나 비연은 알고 있었다. 백리명천은 도망쳤다.

그녀는 오장로에게 진실 중 일부분을 설명했다. 오장로도 곧 설족 중에 세작이 있다는 사실을 알게 되었다! 그것도 병사들 중에 있을 가능성이 높았다. 그게 아니라면 소 숙부와 계강란이 모든 시위들을 피해 환해빙원을 탈출할 수 있었을 리 만무했다.

비연은 잠시 생각하다가 진지하게 말했다.

"오장로, 대황숙이 백우웅을 사냥한 일과 납치당한 일은 당분간 숨겨야겠다. 암암리에 세작을 조사해 주게. 본 왕비는 그대를 믿는다."

이 '믿는다'라는 말에 오장로는 바로 비연이 그를 지지하고자 한다는 것을 알아챘다. 그는 공손히 명을 받들고 나갔다.

오장로가 떠난 다음 비연은 곧바로 제 방으로 돌아와 정역비에게 직접 서신을 썼다. 대황숙이 백리명천의 손에 떨어진 것과 군구신이 결계에 들어간 일을 모두 적은 다음, 천염 중부에 주둔 중인 대황숙의 천웅군을 단단히 감시하라고 일렀다!

그녀는 백리명천이 소 숙부를 데려가 무엇을 할 생각인지는 알지 못했다. 그러나 그가 대황숙을 데려간 이상, 경계하지 않을 수 없었다!

만진국 내의 정세는 여전히 혼란스러웠다. 그녀는 백리명천이 다시 한번 천염국을 향해 전쟁을 일으키는 것을 막아야 했다. 군구신은 없고 택은 아직 너무 어렸다. 천염국의 일은 그녀가 맡아야만 했다!

급하게 서신을 보낸 후에야 비연은 겨우 한숨을 내쉬며 자리에 앉았다. 그러나 그녀는 여전히 쉴 수 없는 처지였다.

그녀가 진지하게 물었다.

"진묵, 소 숙부와 그…… 혁씨 가문의 흑의 남자. 그릴 수 있겠어?"

진묵은 이미 초상을 그려 둔 상태였다. 그는 곁에 있는 궤짝에서 전신 초상화를 한 장 꺼내 비연 앞에 펼쳐 놓았다.

초상의 얼굴을 본 순간, 비연은 차가운 숨을 들이마시며 눈을 휘둥그렇게 떴다. 그녀는 한참 동안 초상을 바라본 후에야 겨우 중얼거렸다.

"승 회장, 상관 부인의 남편……. 현공상회의 주인!"

진묵은 승 회장을 본 적 없었기에, 비연의 말을 듣고 나서야 겨우 알 수 있었다. 그는 평온한 표정으로 다시 말했다.

"눈 한쪽이 이상해. 아마 실명했을 거야."

비연이 고개를 끄덕였다.

"맞아, 외안이었어."

비연이 몸을 일으켜 방 안을 서성거리기 시작했다. 황망하기도 하고 불안하기도 했던 것이다. 그녀와 군구신은 승 회장이 빙해 남안에서 왔다고 추측했었다. 그러나 승 회장이 혁씨 가문과 관계가 있다면…… 그들의 추측이 틀렸던 걸까? 아니면 승 회장이 현공대륙에 온 후 혁씨 가문에게 충성을 다하기로 한 걸까?

승 회장은 랑종 한가보의 소 부인과 관계가 깊다. 그것은 사적인 관계일까? 아니면 한가보도 혁씨 가문과 관계가 있는 걸까?

대황숙은 당시 혁씨 가문의 가주가 빙해의 남안에서 온 젊은 여자와 사통했다고 말했다. 그 젊은 여자도 승 회장과, 또 한가보와 관계가 있을까?

기씨, 소씨, 혁씨, 세 가문은 분명 그해 빙해 이변의 장본인일 것이다. 그렇다면 승 회장과 한가보는? 그들도 그 일에 참여했을까?

비연은 생각을 거듭한 끝에 다른 문제에 봉착했다. 승 회장이 혁씨 가문 출신으로 봉황력을 얻기 위해 왔다면…… 백리명천은 무엇 때문에 만진국 내부의 어지러운 사정도 버려둔 채 그를 구하기 위해 위험을 무릅쓰고 천 리 길을 온 걸까?

혁씨 가문이 당시의 맹우였던 기씨와 소씨, 두 가문을 포기하고 백리명천과 결탁한 걸까? 아니면 여기에 또 다른 뭔가가 숨겨져 있는 걸까?

의문점이 쌓여 갔다. 비연은 세력 하나하나를 생각하고 관계를 세세하게 분석하다가, 갑자기 또 한 가지 중요한 일을 떠올렸다.

그녀가 갑자기 몸을 멈추더니, 재빨리 몸을 돌려 진묵의 두 손을 잡고 비할 데 없이 기쁜 목소리로 외쳤다.

"진묵, 나 생각해 냈어! 생각해 냈다고!"

언제나 담담하던 진묵이 눈썹을 치켜세웠다. 그가 물으려 했을 때 비연이 다급하게 말했다.

"진묵, 랑종 한가보…… 그들의 표식이 설랑이야! 그들이 몽족의 후예일지도 몰라! 결계술을 알 가능성이 있다고!"

도박을 해 보자

비연에게는 중요한 일이 수없이 많이 있었지만 결계술에 대해 조사하는 것이 그 무엇보다도 중요했다. 빙해와 관련된 모든 것도 잠시 멈출 생각이었다.

대황숙 쪽에서 결계술에 관련한 정보를 알아내지 못한 이상, 현재 그들에게 고용된 정상급 밀정 세 사람에게 그 일을 조사시킬 생각이었다. 그리고 지금 랑종 한가보와 몽족의 관계를 떠올린 비연은 자연스럽게 한가보도 조사할 마음을 먹었다!

군구신은 예전에 거액의 돈을 내고 전형, 전매에게 그녀의 신분을 조사하게 했다. 비록 비연 자신이 이미 군구신에게 솔직하게 이야기했지만, 군구신은 전형, 전매로부터 그 임무를 거둬들이지 않았다. 사실 비연도 자신이 누구인지 명확하게 모르기 때문이었다.

그리고 터무니없는 가격을 부르며 금원보만을 고집하던 전다다는 현공대륙에서 빙해 남안과 관련이 있는 모든 세력을 조사하는 임무를 맡고 있었다.

하지만 전형, 전매와 전다다 모두 지금까지 쓸 만한 정보를 보내오지 않고 있었다.

비연은 잠시 망설이다가 망중에게 서신을 썼다. 전형, 전매와 전다다를 만나 한가보의 내력을 조사하도록 하라고 명령했다.

한가보는 빙해 남안 출신이고, 비연 역시 빙해 남안에서 왔다. 이 임무는 전형, 전매와 전다다의 임무 범위에서 벗어나지 않으니 그들은 무조건적으로 복종해야 했다!

비연은 당연히 다른 한 사람도 잊지 않고 있었다. 바로 한가보의 삼소저 한우아!

한우아의 12만 금 차용증이 여전히 비연의 손에 있었다. 그녀는 한우아에게 공기봉리의 내력을 알아내도록 석 달의 시간을 주었지만, 반년이 지나가는데도 한우아는 여전히 진전이 전혀 없었다.

한우아는 한가보로 돌아간 후 소 부인에게 중한 징벌을 받아 지금까지 연금 상태였다. 한우아는 세 번이나 서신을 보내 기한을 연장해 줄 것을 요청했다. 그러나 비연은 북강에 있느라 추궁할 겨를이 없어 그대로 시간만 끌고 있었다.

공기봉리 한 뿌리조차 찾아내지 못하는 한우아가 한가보의 내력을 어찌 알아내겠는가. 비연은 이렇게 긴급하고 중요한 일을 한우아에게 맡길 생각은 없었다. 자신이 직접 소 부인을 만나야 한다! 그러나 북강을 떠나고 싶지도 않았다. 그러니 방법을 생각해 소 부인을 끌어들여야 했다!

한우아의 차용증이 유일한 기회였다. 그러나 이 기회를 어떻게 이용할지는 아주 신중하게 고려해야 했다. 소 부인은 변덕스럽고 악랄하며 잔인한 성격이라 했다. 또한 제멋대로에 몹시 단호하다는 이야기도 있었다. 그러니 이 차용증을 제대로 이용하지 못한다면 분명 일을 망치게 될 것이다.

비연은 한참 동안 앉아 있다가 진묵을 바라보며 물었다.

"진묵, 이 일, 어떻게 해야 할까?"

진묵이 담담한 표정으로, 언제나처럼 급소를 찔렀다.

"주인님, 전하가 결계에 갇힌 것은 비밀로. 게다가 이 일은 우리가 부탁해야 하는 입장."

비연은 어쩔 수 없이 씁쓸하게 웃고 말았다. 올해가 저물어 가고 있었다. 새해가 오면 천무제는 아마 버티지 못할 것이다. 그런데 대황숙이 백리명천의 손에 떨어졌으니, 군구신이 결계에 갇힌 일까지 퍼져 나가면 천염국이 어떤 상황에 처할지는 명약관화였다. 그때가 되면 천염국 안팎으로 수많은 이들이 호시탐탐 기회를 노릴 것이다!

소 부인의 그 성격은……. 그녀에게 도움을 받고, 또 비밀을 지켜 달라고 하기 위해서는 두 가지 방법이 있었다. 첫째는 깊은 우정을 나누는 것이고 둘째는 그녀를 위협하는 것이다. 첫 번째 상황은 불가능해 보였고, 뒤의 것은…… 너무 어려워 보였다.

비연은 한우아의 차용증을 꺼내 들여다보며 깊은 생각에 빠졌다.

진묵이 한참 있다가 겨우 입을 열었다.

"주인님, 지금 우리도 그저 추측만 할 뿐이야. 일단 밀정의 정보를 기다려 봐. 지피지기면 백전백승이랬어."

비연이 반문했다.

"얼마나 기다려야 할까?"

정보를 얻는 일은 밀정조차도 정확하게 말하기 어려웠다. 실마리가 있으면 며칠 만에 풀릴 일도, 오래도록 실마리를 얻지 못하면 1년을 쏟아도 아무 진전이 없는 경우도 빈번했다! 당초 전형, 전매가 봉황허영에 대해 조사하는 것도 수년의 시간이 걸렸다. 밀정의 정보는 그저 보조적인 도움이 될 수 있을 뿐, 밀정에게 전부 의지할 수는 없었다!

진묵이 다시 일깨워 주었다.

"승 회장이 봉황력을 찾으려고 왔었다면, 소 부인도 북강에서 일어난 일을 알고 있을 거야. 그들은 어두운 곳에 있고 우리는 밝은 곳에 있어. 주인님, 무모하게 행동하면 아주 위험해."

비연은 진묵의 의견에 수긍했다. 그러나 그녀는 대답하지 않았다. 비연은 눈을 감은 채 다시 신중하게 고민하기 시작했다. 여러 가지를 저울질한 결과 그녀는 역시 도박을 해 보기로 결정했다.

비연이 말했다.

"다음 달 말에 설족의 동포冬捕대회가 있지……. 그게 기회가 돼 줄 거야. 진묵, 장로들을 모두 소집해 줘. 내가 상의할 일이 있다고!"

설족은 매년 겨울마다 낚시대회를 열어, 모두 함께 얼어붙은 호수 아래의 물고기를 잡았다. 지금까지 군씨 황족도 매년 사람을 보내 참여하게 했고, 설족의 장로회도 사방으로 귀빈들을 초대했다. 그러나 올해는 여느 해와 같지 않았다.

최근 두 달 동안 흑사병이 있었고, 환해빙원은 더 오래 봉쇄되어 있었다. 설족 백성들은 이미 두세 달 동안이나 낚시도 사냥도 하지 못했다. 집집마다 겨울을 보낼 식량이 부족하지 않은 곳이 없었고, 사냥감을 들고 진양성에 가서 다른 물자와 바꿔 오는 것도 엄두를 내지 못하는 상황이었다.

장로회는 동포대회를 아주 중요하게 여기고 있었지만, 흑사병이 막 지나간 데다 족장의 자리도 공석이니 귀빈을 초대할 계획을 세울 수가 없었다. 그러나 비연은 설족이 순조롭게 재난을 넘긴 것을 경축하기 위해 동포대회를 성대하게 열고, 귀빈들을 초청해 참가하게 할 생각이었다.

비연이 다섯 장로에게 자신의 계획을 이야기했을 때, 직접적으로 반대하는 사람은 아무도 없었으나 다들 근심스러운 표정이었다.

오장로가 가장 먼저 입을 열더니 직설적으로 말했다.

"왕비마마, 동포대회를 열기 위해 비용을 지출하느니 부족 사람들에게 양식을 조금이라도 더 보태 주는 것이 사람들을 더욱더 기쁘게 할 것 같습니다!"

대장로도 말했다.

"왕비마마, 지금 족장의 자리가 공석이니 대회를 주최할 사람도 없습니다. 아무래도 합당하지 않을 것 같습니다."

이장로도 말했다.

"왕비마마, 흑사병이 막 지나갔습니다. 외부에서는 상황을 잘 알지 못하는데, 누가 감히 오려 하겠습니까? 만약 초청했는데 아무도 오지 않으면…… 너무 체면이…….."

모두 잇달아 의견을 내는 와중에 비연이 한마디로 그들의 근심을 잠재웠다.

　"황상께서 설족을 살피러 오고 싶어 하신다. 비록 족장의 자리가 공석이라 하나 동포대회를 황상께서 주재하시면 될 일이다. 경비 쪽 문제라면, 황상께서 지금 설족의 상황을 알고 계시니 안심해도 좋다."

　이 말을 들은 모두, 심지어 조용히 있던 진묵까지 경악했고, 다섯 장로는 감히 이의를 제기하지 못했다.

　그들이 떠난 후 진묵이 결국 참지 못하고 입을 열었다.

　"주인님, 이건 대체 무슨 뜻이야?"

　"승 회장과 상관 부인, 소 부인도 초대할 거야. 다른 사람은 감히 오지 못하더라도, 승 회장과 부인은 분명 오겠지."

　진묵이 바로 비연의 뜻을 알아차렸다.

　"주인님의 목표는 상관 부인이야?"

　비연의 입가에 어쩔 수 없다는 듯한 미소가 떠올랐다. 그녀는 확신에 차서 대답했다.

　"응!"

　승 회장은 자신의 신분이 드러났다는 걸 모를 것이다. 비연은 그 점을 역이용할 작정이었다.

　두고 볼 것이다. 상관 부인이 그녀와 나누고자 하는 우정이 얼마나 진실한 것인지, 또 거짓이 얼마나 섞여 있는지! 그리고 더욱 보고 싶은 것은, 남경에 대한 소문 중 진실과 거짓이 얼마나 되느냐 하는 것이었다. 승 회장 마음속에서 상관 부인과 소 부인 중 누가 더 중요할까?

그리고 택을 초청해 오는 일은…… 그녀는 따로 안배하고 또 대비해야만 했다.

밤이 이미 깊었다. 비연의 안색은 피로에 젖어 있었다. 그녀는 환해빙원에서 돌아온 후 지금까지 그저 물만 몇 잔 마셨을 뿐이었다.

비연은 모든 일을 설명한 후 진묵에게 자신을 계강란에게 데려가 달라고 했다. 그러자 진묵이 미동도 없이 담담하게 말했다.

"주인님, 주인님은 쉬어야 해……."

계약, 몽족의 혈통

쉬어야 한다고?

진묵이 말하지 않았다면 비연은 밤이 깊었다는 것도 의식하지 못했을 것이다. 그러나 그녀는 쉬고 싶은 생각이 없었다.

"마차를 준비해 줘. 일단 계강란을 심문해야겠어."

진묵은 여전히 미동도 하지 않았다.

"주인님, 밖에 눈이 와. 내일 다시 가."

비연이 거절하려 했지만 진묵이 다시 말했다.

"이렇게 늦었잖아. 전하가 계셨으면 주인님을 이렇게 피곤하게 하지 않았을 거야. 전하께서 목숨을 걸고 주인님을 구했어. 전하는 주인님이 자신을 아끼기를 바랄 거야. 전하께서 돌아오셨을 때, 주인님도 할 말이 있어야지."

비연은 갑자기 할 말을 잊고 멍하니 그 자리에 멈춰 섰다.

진묵이 소리 없이 문을 닫고 나가더니 검을 안고 문밖에서 지키기 시작했다. 얼마 지나지 않아 고운원이 다가와 나지막하게 물었다.

"진 시위, 왕비마마는 주무십니까?"

진묵이 앞을 바라보며 대답했다.

"응."

고운원이 진묵 곁에 서더니, 벽에 기대고는 다시 물었다.

"진 시위, 왕비마마께서는 좀 나아지셨습니까?"

진묵은 한 마디 한 마디가 금이라도 되는 것처럼 아끼며, 이 번에도 '응.'이라고만 답했다.

고운원이 탄식했다.

"하…… 전하께서 행방불명이시니, 왕비마마께서 어찌 편하실 수 있겠습니까? 마마께서는 계속 북강에 머물 작정이시랍니까?"

진묵은 그제야 그를 바라보며 물었다.

"고 의원도 북강에 오래 있을 거야?"

고운원이 손을 저었다.

"아니, 아닙니다. 저는 보명고성의 봉쇄가 풀리기만을 기다 리는 중입니다. 진 시위, 보명고성이 언제 풀리는지 알고 계십 니까?"

진묵이 말했다.

"내일."

고운원이 서둘러 물었다.

"그 자객은 잡았습니까?"

진묵이 그를 흘깃 보더니, 아무 대답 없이 갑자기 공중으로 뛰어올라 지붕 위에 착지했다. 몹시도 귀찮아하는 듯한 모습이 었다.

고운원이 고개를 들더니 순진한 얼굴로 물었다.

"진 시위, 왜 그러십니까?"

진묵은 상대하지 않았다. 고운원이 상관없다는 듯 단정하게 두 손 모아 읍한 후 다시 말했다.

"진 시위, 제가 만약 잘못한 것이 있다면 직언해 주시기 바랍니다."

진묵은 들리지 않는다는 듯 고개를 들어 달만 바라보았다. 마침내 고운원이 화난 얼굴로 몸을 돌려 가며 중얼거렸다.

"무례하다! 무례해!"

고운원이 멀어진 다음에야 진묵은 고개를 돌려 그의 뒷모습을 바라보았다. 한참을 바라본 후, 등 뒤에 지고 있던 초상을 꺼내 달빛 아래 펼치려다가 잠시 망설이고는 결국 그만둬 버렸다.

그는 곧 지붕에서 내려와 다시 검을 안고 비연의 방문 앞에 섰다. 담담한 얼굴로 아무 말도 하지 않으니 그의 모습은 꼭 달빛 아래 완전무결하게 조각해 놓은 석상처럼 보였다.

방 안, 비연은 여전히 그 자리에 서서 텅 빈 침상을 바라보고 있었다.

언제나 곁에 있던 사람이 갑자기 사라진 셈이니, 시간이 흐를수록 그를 잃은 느낌이 강해졌다. 점점 더 황망하고 점점 더 어찌해야 좋을지 알 수 없었다. 한가로이 있으면 이 세상이 온통 텅 비어 버리고 자신 혼자만이 남은 것 같은 기분이 들었다. 해야 할 일이 많다는 걸 알면서도, 또 어떻게 해야 한다는 걸 알면서도…… 이 순간 그녀의 머릿속은 텅 비어 버린 것 같았다.

갑자기 설랑이 그녀의 소매 속에서 뛰어나왔다. 그는 비연을 바라보더니 침상 위로 뛰어올랐다. 그리고 몸을 세우더니 비연에게 손짓했다.

비연이 신경 쓰지 않자 이를 드러내며 춤을 추었다. 그래도 비연이 그대로 서 있기만 하자 소리 내어 울기 시작했다. 비연은 그제야 깊이 빠져 있던 생각에서 깨어났다. 그녀는 설랑에게 다가가 작은 머리를 살며시 쓰다듬어 주었다.

"오늘 네 덕분에 살았어. 푸른 산호를 찾을 수 있었던 것도 네 덕분이지."

설랑은 꽤 오래 비연의 '시중'을 받지 못한 상태라 그 느낌을 몹시 그리워하고 있었다. 고개를 돌리더니 제 턱을 비연의 손가락에 비비며 가련하게 울었다. 마치 몹시 억울하다는 듯이.

설랑의 귀여운 모습을 보자 가라앉아 있던 비연의 심정도 어느 정도 명랑해졌다. 그녀는 침상에 앉아 설랑을 안고 열심히 긁어 주기 시작했다. 긁고 또 긁고, 곳곳을 두드려 주기도 했다.

설랑은 그녀의 손 위에서 사지를 하늘로 향하고 누운 채, 편안한 나머지 저도 모르게 긴 울음소리를 냈다.

"우……."

비연이 저도 모르게 피식 웃으며 말했다.

"꼬맹아, 진짜 내가 무섭지 않은 거야? 계속 몰래 나를 쫓아다니는 거, 설마 긁어 주는 게 좋아서는 아니겠지?"

설랑은 비연이 무슨 말을 하는지 이해하지 못했다. 하지만 그렇게 오랫동안 굳어 있던 얼굴에 마침내 미소가 떠오른 것을 보고, 그녀가 무슨 좋은 말이라도 하나 보다 생각하고 열심히 고개를 끄덕였다.

비연이 웃으며 말했다.

"정말 사람 말을 알아듣는 거야? 그럼 이제부터 나랑 같이 다니자. 내가 매일 너를 긁어 주고, 또 목욕도 시켜 주고…… 맛있는 것도 줄게! 너는 나를 지켜 주고…… 또…… 나랑 같이 있어 줘. 어때?"

설랑은 여전히 이해하지 못하면서 즐거운 듯 고개를 끄덕였다.

비연은 잠시 생각하다가 손가락을 하나 들었다.

"너는 신수라니까, 우리 그럼…… 피로 계약을 맺을까?"

설랑은 그녀가 손을 바꿔 자신을 긁어 주려는 줄 알고 계속 고개를 끄덕였다.

비연이 즉시 비수를 들어 제 손가락 끝을 찔렀다. 그 모습을 본 설랑이 마침내 그녀의 뜻을 알아채고는 깜짝 놀라 땅 위로 떨어졌다. 그는 몽족의 신수니 몽족하고만 계약할 수 있었다. 외부인과의 계약은…… 결코 해서는 안 될 일이었다!

비연이 미간을 찌푸렸다.

"후회하는 것은 아니겠지?"

설랑이 몸을 돌려 도망쳤다. 그러나 멀리 도망치기도 전에 갑자기 멈춰 서고 말았다. 그러고는 무슨 냄새라도 맡듯 코를 킁킁거리더니 곧 몸을 돌려 비연을 바라보았다.

비연이 상처를 싸매며 차가운 눈으로 설랑을 바라보았다.

"싫으면 그만둬! 나한테는 약왕정도 있으니까. 흥, 너 없어도 된다고!"

설랑이 갑자기 나는 듯이 달려와 비연의 팔을 타고 손까지 기어 올라갔다. 그러더니 그녀 손의 상처 냄새를 맡았다. 마치 그 상처를 핥기라도 할 기세였다.

설랑은 경악했다! 이 여자가…… 뜻밖에도 몽족의 혈통일 줄이야!

천 년 전, 그는 몽족이 사라지는 일을 직접 겪었다. 몽족만이 아니었다. 그들 설랑 일족 역시 그 재난에서 도망칠 수 없었다. 그가 유일한 생존자였다.

이 여자는 대체 누구인 걸까? 몽족의 지하 궁전에 대해서는 전혀 알지 못하는 것 같았는데…… 어떻게 몽족의 혈통을 이은 거지?

비연은 설랑이 이상하다는 것을 눈치챘지만 이해할 수는 없었다. 그녀는 설랑이 자신의 손가락을 물려는 것은 아닌가 싶어 그를 바닥에 내려놓았다. 그러나 설랑은 다시 침상 위로 뛰어오르더니, 온몸을 세운 채 고개를 들고 비연을 향해 나지막하게 울기 시작했다.

비연이 의심스럽게 물었다.

"계약을 하고 싶은 거야?"

설랑이 힘차게 고개를 끄덕였다.

비연이 진지하게 말했다.

"제대로 생각해야 해. 일단 계약을 하면 돌이킬 수 없으니까!"

설랑은 여전히 고개를 끄덕였다. 그는 이 여자가 누구인지 상관없었다. 그녀가 몽족의 후예인 이상, 그는 이 여자를 따르게 되어 있었다!

비연은 설랑의 작은 머리를 쓰다듬은 후 핏방울을 그의 머리 위에 떨어뜨렸다. 핏방울이 순식간에 사라졌다. 비연은 별다른 느낌을 받지 못했지만 설랑은 순식간에 원래의 모습으로 변하더니 그녀의 발아래 몸을 굽혀 복종을 표시했다.

비연은 몸을 굽혀 예전과 같은 방식으로 설랑의 턱을 살며시 만져 주었다. 설랑은 여전히 온순하게 가만히 있었다. 빙려서의 모습일 때와 같은 귀여움은 없었지만 그 장중한 모습 때문인지 비연에게 안전하다는 느낌을 주었다.

비연이 가볍게 그의 머리를 끌어안고 말했다.

"너를 일단 대설이라 부를까 해. 망할 얼음이 돌아오면 그에게 부탁해서 더 좋은 이름을 지어 주라고 할게."

그날 밤, 비연은 설랑을 안은 채 잠이 들었다. 설랑 위에 눕는 것이 침상에 눕는 것보다 훨씬 편안했다. 그녀는 꿈속에서, 고씨 저택 요화각에 개나리가 가득 피어 있는 것을 보았다…….

군구신의 탐색

개나리가 가득 핀 정원은 비연의 꿈속 풍경일 뿐 아니라 군구신이 빠져 있는 환상경이기도 했다.

꿈은 비어 있고, 환상은 거짓이다.

비연이 꿈에 빠져 있는 동안 군구신의 정신은 다시 맑아져 있었다. 그러자 주변 모든 것이 원래의 모습으로 돌아갔다.

눈앞에 펼쳐진 끝도 없는 대숲을 보며 군구신은 미간을 찌푸렸다. 희로애락을 여간해서는 드러내지 않는 그의 눈에 초조한 빛이 서려 있었다.

영생결계에서는 아주 잠시라 해도 밖에서는 여러 날이 지났을 것이다. 비연은 지금 어디 있을까? 무엇을 하고 있을까? 축운궁과 혁씨 가문 사람은 잡았을까? 대황숙은 여전히 통제 가능할까? 진양성에서 계속 보고가 오고 있을 텐데, 비연이 어떻게 처리하고 있을까?

그녀 홀로 내버려 둘 수 없었다!

군구신은 감히 시간을 허투루 낭비하지 못하고 계속 대숲 깊은 곳으로 들어갔다. 얼마 가지 않아 그 붉은 옷의 여자가 대나무에 기대서 있는 것이 보였다.

대나무의 바다 속, 저리도 피처럼 선명하게 붉은빛은 오히려 외로워 보였다. 그 요염한 얼굴도 적막 속에서는 지극히 아름다운 동시에 애잔한 느낌을 풍겼다. 군구신은 확신할 수 없었다. 이 여자는 환상일까, 아니면 진실일까?

본체만체 그 앞을 지나갔다. 그러자 그녀가 그의 앞으로 달려왔다. 여자는 바로 몸을 돌리더니 말했다.

"얘야, 이 마나님과 이야기 좀 하자."

군구신이 대답하지 않고 계속 걸어가자, 여자가 바로 앞을 가로막았다.

"이 녀석, 마나님이 너와 이야기 좀 하겠다는데!"

군구신이 바로 여자를 밀쳤다. 여자는 순간적으로 뒤로 물러나더니 가라앉은 안색으로 말했다.

"시비를 가릴 줄 모르는 녀석! 마나님이 당장이라도 너를 죽일 수 있다는 걸 모르느냐!"

군구신은 그제야 여자가 환상이 아님을 확신했다. 그러나 여전히 냉랭하게 말했다.

"시험해 봐도 무방합니다만."

여자는 그를 훑어보더니 결국은 흥이 깨진 듯 말했다.

"됐다, 됐어. 너를 죽이면…… 또 한참을 기다려야 사람을 만날 수 있을 텐데."

이 말을 들은 군구신이 바로 실마리를 잡고, 즉시 외쳤다.

"결계를 어떻게 여는지 알고 있군!"

여자의 눈은 붉어져 있었지만 입매는 교활하게 웃고 있었다.

"이 마나님과 이야기 좀 하자니까. 이 마나님 기분이 좋아지면 혹시 너에게 알려 줄지도 모르잖아?"

군구신은 여자의 말이 진실인지 거짓인지 가려낼 수 없었다. 그러나 그도 그녀와 이야기를 나누고 싶었다. 설사 그녀가 그를 속이고 있다 해도, 최소한 결계술에 대한 것만은 그녀가 그보다 많이 알고 있을 테니까. 또한 쓸모 있는 정보를 캐낼 수도 있을 테니, 그 혼자서 바쁘게 찾아다니는 것보다는 훨씬 나을 것이다.

군구신이 냉랭하게 물었다.

"무슨 이야기를 하고 싶은 겁니까?"

여자가 대답했다.

"몽족에 대해 아는 것을 전부 말해 줘."

군구신은 지하 깊이 매장되어 있는 몽족의 지하 궁전을 포함, 모든 것을 사실대로 이야기했다. 물론 설랑의 존재도 빠트리지 않았다.

군구신이 곧 대화의 주도권을 잡고 물었다.

"백새빙천이 왜 하룻밤 만에 녹아 버린 겁니까? 천 년 전의 재난은 천재가 아니라…… 인간이 만든 재앙이었지요?"

여자의 얼굴에서 방금까지의 교활한 미소가 사라졌다. 그녀의 요염한 얼굴은 이미 암담한 기색으로 가득했다. 그녀는 대나무에 기대 천천히 주저앉은 후에야 군구신에게 대답했다.

"얘야, 3대 신력에 대해 들어 본 적 있니?"

군구신은 바로 비연이 얻은 봉황력을 떠올렸으면서도 일부러 아무것도 모르는 척했다.

"들어 본 적 없습니다만."

여자는 고개를 숙이더니 천천히 설명하기 시작했다.

현공대륙은 무술을 숭상해 왔다. 무술을 익히는 자는 천지의 현기를 진기로 변화시키는데, 그 진기가 힘이 되고, 힘이 곧 무가 된다! 그래서 진기의 품이 높을수록 얻을 수 있는 힘도 커지는 것이다. 그러나 예로부터 진기로 변하지 않는 강력한 힘이 세 가지 존재했는데, 바로 봉황력, 서정력, 건명력이었다.

기를 수련하는 자가 최고 등급까지 수련해 최정상급의 힘을 얻는다 하더라도 이 세 힘과는 겨우 수평을 이룰 수 있을 뿐이었다. 그렇기 때문에 천 년 전, 계속 이 힘을 찾아다니는 사람들이 존재했다. 바로 그 힘을 굴복시켜 자신들이 사용하기 위해서.

군구신은 여기까지 들은 후 경악하면서도 답답해졌다. 그 강력한 힘이 무엇 때문에 비연에게 귀순한 걸까? 그러나 그는 침착한 표정으로 계속 이야기를 들었다.

여자는 사실 이야기를 나누고 싶다기보다는 알고 싶은 일이 있어, 기회를 찾기 위해 얘기를 시작했을 뿐이었다. 그녀는 너무 괴로워서…… 괴로워서 미칠 지경이었다.

그녀는 눈을 들어 군구신을 보며 말했다.

"몽동에게서 들었어. 봉황력과 건명력이 남쪽에 나타났고, 그곳에서 전쟁이 벌어졌다고. 그리고 서정력은……."

여자가 말을 멈췄다.

군구신이 물었다.

"서정력이 몽족을 멸망시킨 겁니까?"

여자의 눈에 눈물이 차올랐다. 그녀가 고개를 끄덕이며 울기 시작했다.

"확신할 수는 없어. 하지만 십중팔구 그렇겠지. 그때 서정력이 백새빙천에 나타났고, 고수 여러 명이 쫓아왔어. 몽동은 그들을 막으려다가…… 그 뒤의 일은 나도 잘 몰라. 몽동은 계속 나에게 돌아오지 않았으니까…… 아마도 막지 못하고……."

여기까지 말한 여자는 갑자기 분노하며, 군구신을 붙잡고 외쳤다.

"서정력에 대해 들어 보았겠지? 서정력이 대체 누구의 손에 있는 거야? 누구든 서정력을 지닌 자는, 우리 몽족의 원수야!"

군구신은 바로 여자의 손을 밀치며 답했다.

"들어 본 적 없습니다. 제 생각엔, 아마 그때 아무도 손에 넣지 못했을 겁니다. 어쩌면 아직 빙원에 잠들어 있을지도 모르지요."

여자가 멍한 표정을 지었다.

군구신이 다시 물었다.

"봉황력과 건명력은 누구의 손에 떨어졌습니까?"

"나도 몰라."

여자는 서정력에만 관심이 있는 듯 조용히 중얼거리기 시작했다.

"만약 아직 빙원에 잠들어 있다면…… 분명 재난을 불러올 거야."

하지만 군구신은 봉황력에만 관심이 있었다.

"10년 전, 남경의 빙해에 봉황허영이 나타났습니다. 얼어붙은 표면이 모두 부서지고 녹아내렸죠. 그 후로 빙해 전체가 독에 감염되었고, 현기도 사라졌습니다. 현공대륙에서 무공을 익히던 자들의 진기도 전부 사라졌지요."

여자가 겨우 정신을 차린 듯 놀란 목소리로 외쳤다.

"그런 일이 있었다고? 나는 내 진기가 사라진 것이 결계의 제약 때문인 줄 알았는데……. 세상에, 그런 것이었다니!"

군구신이 다시 물었다.

"빙해에는 끝이 있습니까?"

여자가 대답했다.

"빙해의 남안에는 운공대륙이 있지. 동서 양쪽으로는 끝이 있는지 없는지 몰라. 어쩌면…… 인어족이라면 알지도 모르겠어."

군구신이 계속 물었다.

"인어족은 몽족과 마찬가지로 천 년 전에 멸족되었습니다. 원인은 불명이고요. 설마 모르고 계셨습니까?"

여자는 몹시 놀란 듯했지만, 곧 큰 소리로 웃기 시작했다.

"분명 우리 몽족과 마찬가지로 재난을 만난 거겠지. 그게 아니면 어디 그렇게 쉽게 멸족되었겠어? 그 3대 신력은 억지로 구하려 해서는 안 되는 거야. 구하는 자는 멸망하기 마련이거든!"

군구신의 눈가에 희미하게 복잡한 빛이 스쳐 갔다. 천 년 전, 수많은 상고 가문들이 소리 없이 사라진 것은 아마도 그 세 힘과 관련이 있을 것이다.

여자의 기분이 매우 불안정한 것을 보고 군구신이 서둘러 다시 물었다.

"선배님, 혹시 영술에 대해 들어 보신 적 있습니까?"

여자는 그를 흘깃 보더니, 갑자기 대답 없이 몸을 일으켜 걷기 시작했다. 군구신이 그녀를 쫓아가며 말했다.

"영술도 과거 현공대륙에서 명성을 떨쳤습니다만 지금은 실전되었습니다."

여자는 말없이 몸을 날려 대나무집 위로 올라갔다. 군구신도 바로 쫓아가며 탐색하듯 물었다.

"선배님, 진양성의 고씨 가문에 대해 들어 보신 적 있습니까? 고운원을 아시는지요?"

여자가 갑자기 멈춰 서더니 물었다.

"고운원을 알고 있다니, 너는 대체 누구냐?"

군구신은 대답하지 않고 말했다.

"보아하니 고씨 가문의 조상 중에 고운원이 확실히 있고, 선배님께서 아시는 분인 듯하군요. 선배님께서 이야기를 해 주셨으면 합니다만……."

여자의 눈빛이 날카롭게 변했다.

"애야, 네가 결국 이 마나님을 시험해 보려 하는구나! 네가 누구인지 먼저 말해 봐라. 아니면 이 마나님에게는 네가 살아도 죽느니만 못하게 여기도록 만들어 줄 방법이 아주 많으니까!"

뜻밖에도 고씨의 후예라니

여자의 위협에도 군구신은 뒤로 물러서지 않았다.

여자가 진기를 지니고 있다면 그는 여자의 적수가 될 수 없었다. 그러나 여자가 진기를 잃은 이상 승부는 확신할 수 없는 문제였다.

물론 군구신은 여자와 적이 되어 귀찮은 일을 늘리고, 귀중한 시간을 낭비할 생각은 추호도 없었다.

그가 냉랭하게 말했다.

"선배님, 후배가 이곳에서 나가지 못하면 이 세상에 몽족이 멸족한 이유를 아는 사람은 아무도 없게 됩니다."

이 말에 여자의 눈빛이 더욱더 날카로워졌다. 군구신이 계속 말했다.

"후배가 나가지 못하면 누가 몽족을 위해 복수하겠습니까? 게다가 누가 선배님의 부군 되시는 분 시신을 찾아 안장해 드리겠습니까?"

여자의 눈에서 놀랄 만한 원한이 쏟아졌다. 그녀는 슬픔에 젖어 있느라 이러한 것들을 아예 생각하지 못하고 있었다.

몽족이 멸족될 정도로 그렇게 큰 재난이었는데, 어째서 천 년 후의 사람들은 아무도 알지 못하는 걸까? 천 년이라는 시간이 비록 길긴 하지만 백새빙천이 원래의 모습을 회복하기에는 부족한 시간이다. 분명 그때, 그녀도 알지 못하는 수많은 일이 있었던 것이다.

서정력을 빼앗으려던 그들은…… 아마도 모두 그 재난을 피했을 것이다. 그들은 대체 누구일까? 그들의 후손은 또 어디에 있고?

몽족설역에서는 사람이 죽으면 화장을 한다. 신분이 높은 자만이 얼음 속에 묻히는 빙장의 자격이 있다. 빙원에 장사 지내면 시신이 썩지 않기 때문이다.

당시 몽족 사람들의 시신은 전부 빙원 어딘가에 묻혀 있는 게 아닐까? 몽동은? 몽동의 시신은 어디 있지?

눈물이 눈동자 속의 분노마저 적시고 있었다. 그러나 여자는 여전히 이성적이었고, 경계를 풀지 않았다. 그녀가 한 단어 한 단어 똑똑하게 말했다.

"너는 대체 누구냐? 몽족 지하 궁전에는 왜 왔던 거지?"

군구신은 여자의 뜻을 알아차렸다. 그녀는 그가 원수의 후예가 아닌지 걱정하고 있는 것이다.

그는 결코 신분을 숨길 생각이 없었다.

"저는 군씨의 후예입니다. 제 모친은 설족 출신이십니다. 봉황력이 백새빙천에 출현하여, 그에 이끌린 여러 세력이 쟁투 중입니다. 저도 봉황력 때문에 이곳에 왔습니다."

이 말을 들은 여자가 크게 노하여 외쳤다.

"오호라, 너희가 다시 백새빙천을 무너뜨릴 작정이구나? 신력은 경외해야 마땅하거늘, 너희들은 망령되이 신력을 굴복시키려 하는 자들이지. 모두 좋은 결말을 맞지 못할 것이다! 이 마나님이 지금 당장 너를 도륙하겠다!"

여자가 맨손으로 습격해 왔다. 군구신도 검을 쓰지 않고 손으로 막아 냈다. 상처가 터져도 그는 전혀 신경 쓰지 않고 냉랭하게 말했다.

"사람의 마음을 제외하면, 이 세상에 굴복시킬 수 없는 물건은 없는 법입니다! 사람들이 모두 쟁투를 벌이니 후배도 얻고 싶어진 것뿐이지요. 하지만 이 힘을 얻을 수 있는가가 가장 중요한 것이 아닙니다. 중요한 것은, 힘을 얻은 후 그 힘을 이용해 적을 막아 낼 것인지, 아니면 타인을 수탈할 것인지겠지요."

여자가 평온해졌고, 군구신도 그녀에게서 손을 뗐다.

"10년 전, 여러 세력이 봉황력을 두고 다투었습니다. 봉황력으로 빙해의 빙핵을 불러내어 영생의 힘을 얻기 위해서였죠. 그 후 빙해에 이변이 일어나 해면이 독에 감염되었고, 그 누구도 그 힘을 얻지 못했습니다. 지금도 여전히 적지 않은 이들이 빙해를 얻기 위해 싸움을 벌이고 있습니다. 천 년 전, 그들이 싸웠던 것은 서정력 때문입니까, 아니면 백새빙천에 숨어 있는 힘 때문입니까? 그들이 목적을 달성하지 못했다면 백새빙천은 다시 한번 그런 재난을 당하지 않을까요?"

여자가 경악한 표정을 지었다. 마침내 중요한 점을 깨닫게 된 모양이었다!

군구신이 계속 말했다.

"현공대륙에는 3대 비경이 있습니다. 빙해, 몽족설역, 흑삼림이죠. 저는 이 세 곳에 놀라운 힘이 숨겨져 있다고 추측합니다. 봉황력이 빙해를 무너뜨렸고, 서정력이 백새빙천을 무너뜨렸듯이…… 건명력이 흑삼림을 무너뜨릴 수도 있겠지요!"

여자가 멍한 표정을 지었다. 그녀는 그렇게 많은 것에는 관심이 없었다. 그녀가 바라는 것은 몽족의 원수, 몽동을 죽인 원수뿐이었다! 그런데 그들의 후예가 세력을 회복하여 다시 쳐들어올 수도 있다고?

그녀가 흥분하여 군구신에게 외쳤다.

"얘야, 좀 도와주려무나! 그들을 찾아서 원수를 갚아 다오!"

군구신은 속으로 안도의 한숨을 내쉬며 물었다.

"일단 고운원이 누구인지 말씀해 주시겠습니까?"

여자가 즉시 대답했다.

"고운원은 진양성 고씨 가문의 적자였지. 현공대륙에서 명성이 드높은 약사였는데, 몽동과 나의 좋은 친구였단다. 그때…… 그가 약방문을 하나 공개했다가 고씨 가문에서 축출당하고 족보에서도 제명당했지. 그 이후로 그는 실종되었고, 아무도 그를 찾지 못했단다."

군구신은 자못 의외였다. 그가 좀 더 캐물으려 했을 때 여자가 다시 말했다.

"영술은 고운원이 만든 거야. 그가 영술을 조카 몇 명에게 전수했는데…… 천 년이나 흘렀으니 영술이 어떻게 되었는지는 나도 모르겠구나."

군구신이 경악했다. 그의 영술은 분명 그를 키운 사람이 가르친 것일 게다. 그렇다면…… 그를 키운 사람은 고씨의 후예임이 분명했다!

비연이 은거 의원을 찾기 위해 고씨 가문의 족보를 모조리 뒤졌고, 고씨 일족의 방계가 남경에 있다는 것을 알아냈다. 고씨의 그 방계가 후에 빙해 남안의 운공대륙으로 가면서 족보에 더 이상 기재되지 않게 된 것은 아닐까?

그가 그때 정말로 빙해 남안으로 보내진 거라면…… 그를 키운 사람이 운공대륙 고씨의 후예일 수도 있었다!

운공대륙 고씨는 당시 빙해의 이변과 어떤 관련이 있을까? 그들은 언제 그를 현공대륙으로 돌려보냈을까? 그가 무엇을 하기를 바라서? 그들은 다른 사람들도 현공대륙에 남겨 두었을까?

군구신의 머릿속에 홀연히 고운원의 얼굴이 떠올랐다. 군구신이 물었다.

"선배님, 약왕정에 대해 들어 보신 적 있습니까?"

여자가 고개를 저었다.

"들어 본 적 없다."

군구신은 자조하듯 미소 지었다. 이 여자는 천 년 전 결계에 봉인되었으니 알고 있는 일에 한계가 있을 수밖에 없다. 그 점을 생각하면 그가 너무 많은 것을 묻고 있는 모양이었다.

몽족이 멸족한 후 천 년에 걸쳐 현공대륙에서는 너무도 많은 일이 벌어졌다. 예를 들자면 하늘에서 신화가 내려오고, 신농곡이 세워지고 등등.

군구신이 뒤로 한 걸음 물러난 다음, 공손하게 손을 모아 읍하며 말했다.

"후배 군구신이 감히 선배님의 대명을 묻습니다."

여자가 그를 보더니 어쩔 수 없다는 듯 웃기 시작했다.

"몽하. 몽동과 같은 몽씨에, 그가 겨울인 동이니 나는 여름인 하였지. 나는 아이의 이름까지도 다 생각해 두었는데…… 몽동 하라고 부르려고 했었어. 하하……."

그녀가 갑자기 몸을 돌려 대숲 동쪽으로 달려가기 시작했다.

"얘야, 따라오너라!"

군구신은 그녀를 따라 대숲을 빠져나갔다. 눈앞에 강이 하나 보였다. 몽하가 강가의 핏자국을 가리키며 진지하게 말했다.

"여기서 너를 구했다. 강을 건너가면 아마 아주 위험한 환상 경이 펼쳐질 거야. 기억하렴. 일단 저곳에 발을 내디뎠다가 다 시 돌아오게 되면, 너도 나와 같이 평생 누군가가 구해 주러 오 기를 기다려야 한다. 두 번째 기회란 없어. 네가 난입해 들어왔 으니 나갈 수도 있겠지. 어서 가려무나!"

군구신은 무척 기뻤다. 아무리 위험하다 해도 돌아갈 방법이 없는 것에 비하면 행운이었다.

그는 진지하게 몽하에게 읍했다. 그리고 강 건너편이 그저 흰 안개에 휩싸여 있는 것을 보고도 망설이는 빛 없이 외나무 다리를 건넜다.

군구신의 그림자가 안개 속으로 사라질 무렵, 몽하가 큰 소 리로 외쳤다.

"얘야, 마나님은 너를 믿는다! 오늘 나와 한 이야기를 꼭 기억해야 해!"

군구신이 그녀를 돌아보며 대답하려다가 결국은 아무 말도 하지 않고 재빨리 앞을 향해 걸었다. 그의 그림자가 마침내 자욱한 안개 속으로 완전히 사라지고 말았다.

바깥 세계에서는 이미 사흘이 지난 다음이었다. 비연은 한번 잠들자 장장 사흘 밤낮을 깨어나지 않았다. 그녀도 정확한 이유는 모르고, 그저 설랑과 계약하여 너무 피곤한 건 아닌가 추측할 뿐이었다.

그녀는 잠에서 깨어난 후 바로 계강란을 심문하기 위해 감옥으로 향했다…….

그 얼굴을 마음에 들어 한 건가?

설족에게는 비밀 감옥이 아주 많았는데, 모두 합쳐서 설옥이라 불렀다.

요 이모와 계강란은 각기 다른 곳에 갇혀 있었다. 첫째는 두 사람이 내통하는 것을 막기 위함이었고, 둘째는 두 사람이 모두 구조되는 위험을 분산시키기 위해서였다. 설족에 잠입해 있는 세작을 아직 밝혀내지 못했으니까.

요 이모는 동옥에, 계강란은 서옥에 투옥되어 있었다.

원한에 휩싸여 있는 비연은 지금 그 누구보다도 사납고 단호한 상태였다. 그녀는 옥졸들에게 심문할 필요 없이 고문을 가해도 좋다고 말했었다. 사흘 동안, 계강란은 이미 기진맥진하여 생기를 잃어 가고 있었다. 물론 옥졸이 심문하지 않기도 했지만, 계강란도 용서를 빌지 않았다. 제법 강단이 있는 모양이었다.

음산한 감옥 안, 계강란의 두 손이 형틀에 묶여 있었다. 그녀는 비연이 온 것을 알고도 그저 눈을 들어 한번 쳐다보았을 뿐 곧 다시 고개를 숙였다. 마치 이미 죽은 사람인 듯 생기라고는 전혀 없어 보였다.

옥졸이 사흘 동안의 상황을 간단히 보고했다. 비연은 고개를 끄덕인 후 시위들을 물러가게 했다. 진묵만이 직접 문을 닫고 검을 안은 뒤 문에 기대어 기다리기 시작했다.

설랑은 여전히 빙려서의 형태로 비연의 소매에서 뛰어내리더니 진묵의 어깨 위로 올라가 앉았다. 진묵은 항상 설랑을 무시하면서도 설랑이 제게 접근하도록 내버려 두었다. 그 결과 설랑은 언제나 진묵의 어깨 위에 앉았고, 진묵은 어떤 반응도 보이지 않았다.

사흘 밤낮을 잔 비연은 정신이 맑아져 있었다. 그러나 더 이상 예전처럼 교활하게 웃지 않았다. 지분도 바르지 않은 미간은 차갑고 엄숙했고, 그녀에게서 풍겨 나오는 날카로운 기질은 마치 타고난 것 같았다.

비연이 계강란의 턱을 잡아 고개를 들게 했다. 계강란이 사납게 노려보다가 곧 눈을 감았다. 그녀는 이미 준비를 끝냈다. 어찌 되었건 축운궁을 팔 생각은 없었다. 그리고 그녀가 입을 열지 않는 한 비연은 그녀의 생명을 취하지는 못할 거라는 사실을 그녀는 아주 잘 알고 있었다! 그녀가 버티기만 하면 궁주가 반드시 구하러 올 것이다.

비연이 매우 평온한 어조로 물었다.

"축운궁? 네 이름이 계강란이라며? 축운궁은 무엇 하는 곳이지? 궁주는 대체 누구고?"

계강란은 대답하지 않았다. 그녀는 비연이 축운궁을 안다는 사실에도 놀라지 않았다. 소 숙부가 오래도록 그녀에게서 소식이 없는 것을 의아하게 여겨 찾으러 온 거라 했으니, 비연 측에서 그 밀서를 가로챈 것이 분명했다.

비연이 다시 물었다.

"무엇 때문에 봉황력을 찾고 있는 거지?"

계강란은 여전히 대답하지 않았다. 비연은 천천히 비수를 하나 꺼냈다. 그리고 한마디 말도 없이 계강란의 뺨에 비수를 그었다.

"악!"

계강란이 놀란 나머지 바로 날카롭게 비명을 질렀다. 아파서가 아니라 무서워서였다! 미인으로 태어난 이상 십중팔구 미모를 목숨보다 아낄 수밖에 없고, 계강란은 그중 한 사람이었다. 그녀는 마침내 그날 비연이 했던 말의 의미를 알아차렸다! 비연은 그 전부터 그녀의 얼굴을 주목하고 있었던 것이다!

비수가 한번 스쳐 가는 것만으로도 그녀는 더 이상 담담할 수 없어 노한 소리로 외쳤다.

"비연, 멈춰! 그만하라고! 아니면 우리 축운궁 궁주께서 절대로 너를 용서하시지 않을 거야!"

비연은 정말 쓸데없는 소리를 할 마음의 여유가 없었다. 그녀는 대답 없이 사납게 비수를 그었고, 계강란의 얼굴에서는 선혈이 배어 나오기 시작했다. 계강란이 놀라서 온몸을 떨기 시작했다.

"안 돼……."

비연이 말없이 계속, 세 번째로 그었다. 계강란이 마침내 무너졌다.

"말할게! 말한다니까!"

비연이 손을 멈추었다. 계강란이 바로 요구했다.

"약, 약을 발라 줘, 어서! 내 얼굴만 보전해 준다면 네가 알고 싶어 하는 것 전부 말해 줄 테니까! 너에게 충성을 바칠 테니까!"

비연은 계강란이 심문하기 쉬울 거라 생각하기는 했지만 이렇게까지 쉬울 줄은 몰랐다. 그녀가 결국 참지 못하고 물었다.

"계강란, 축운궁 궁주는 대체 네 무엇을 마음에 들어 한 거지? 그저 이 얼굴뿐인가?"

이렇게 쉽게 주인을 팔아먹다니. 출신과 저 몸뚱이가 아니라면 대체 무엇으로 주인의 마음에 들게 되었을까?

계강란은 여전히 죽어라고 약을 요구하고 있었고, 비연은 다시 비수를 그었다. 그녀는 이런 작자들이라면 아주 잘 알고 있었다. 그래서 협상의 여지를 전혀 주지 않을 작정이었다!

계강란은 입을 다물고 비연을 멍하니 노려보았다. 그녀는 그제야 비연이 예전과 완전히 달라졌다는 것을 알았다. 그들이 일선천에서 처음 만났을 때와는 완전히 달라진 것 같았다.

일선천에서의 그 밤에 비연은 흠뻑 사랑받아 법도 하늘도 없다는 듯 제멋대로 구는 여자였을 뿐이다. 그러나 지금 이 순간의 비연은 높은 곳에서 자신을 내려다보는, 얼음처럼 차갑고 잔인한 여왕 같았다. 계강란은 공포에 질려 더 이상 조건을 이야기할 수 없었다.

"축운궁은 흑삼림 서쪽 천호 부근에 있어. 나는 어릴 때 궁주의 제자가 되었지. 나는 명을 받은 대로 행동했을 뿐이야. 궁주께서는 봉황력을 얻어 빙해를 무너뜨릴 생각이셔."

비연은 마음에 짚이는 것이 있어 또다시 차갑게 물었다.

"요 이모와 그 늙은이는 축운궁에서 어떤 위치의 사람들이지?"

계강란이 솔직하게 대답했다.

"요 이모와 소 숙부는 모두 10년 전에 축운궁에 들어온 사람들이야. 능 호법이 찾아온 사람들인데, 궁주께서 그들을 중히 기용하셨지."

비연이 물었다.

"능 호법이 누구지?"

계강란이 다급하게 대답했다.

"궁주께서 가장 아끼시는 인물이야. 축운궁의 일 대부분을 능 호법이 관장하고 있어. 능 호법이 요 이모와 나에게, 몽족설역에 잠복한 채 봉황력을 기다리라고 명령했어."

비연은 상당히 만족스러웠다.

"축운궁이 설족에 심어 놓은 세작이 얼마나 되지? 누구인지 말해 봐!"

계강란이 머뭇거리자 비연이 냉소하며 말했다.

"잘 생각해 보고 이야기하는 게 좋을 거야. 나는 너와 요 이모 중 더 많이 말하는 사람을 믿을 작정이니까!"

계강란은 비연이 요 이모를 심문할 수 있다는 사실을 지금까지 깨닫지 못하고 있었다. 얼굴의 상처는 여전히 너무나 아팠다. 그녀는 더 이상 머뭇거리지 않고 자신이 아는 세작을 전부 다 이야기했다. 물론 마지막에 한마디 덧붙이는 것도 잊지 않았다.

"세작은 능 호법이 매수한 거야. 나, 난…… 내가 아는 것이 전부라고는 할 수 없어. 내가 아는 건 모두 다 말했다고!"

비연은 즉시 진묵에게 명단을 적어 오장로에게 보내라고 명한 후 심문을 계속했다.

"축운궁은 지어진 지 얼마나 되었지? 궁주의 이름은 어떻게 되고? 능 호법의 이름은? 축운궁에는 어떤 사람들이 있지? 다른 가문에도 세작을 심어 두었나? 다른 가문들과 결탁한 적은?"

계강란은 순순히 대답했다.

축운궁에는 모두 쉰 명의 제자가 있는데, 바로 마흔아홉 명의 남자 제자와 그녀, 단 한 명의 여자 제자였다. 그녀는 제대로 기억하지 못할 때부터 축운궁 궁주의 제자가 되었다. 그때는 축운궁의 제자들 수가 아직 매우 적을 때였다.

궁주는 최근 수년에 걸쳐 계속 제자를 받아들였고, 궁주의 제자들은 항상 외부로 파견 나가거나 무슨 일인가를 하게 되었다. 하지만 그녀는 그들이 무슨 일을 하는지는 알지 못했고, 다만 빙해와 빙해 남안에 관련이 있는 뭔가를 한다는 사실만 알고 있었다. 궁주는 그녀에게 질문을 허락하지 않았다.

계강란은 이번에 처음으로 축운궁을 떠나 요 이모와 함께 임무를 수행하게 되었던 참이었다. 축운궁이 지어진 지 얼마나 되었는지, 어떤 가문과 왕래하는지는 그녀도 알지 못했다. 심지어 궁주와 능 호법의 이름도 알지 못했다.

비연이 미간을 찌푸리자 계강란은 그녀가 믿지 않을까 두려운지 서둘러 말했다.

"고비연, 내가 속이는 게 아니야! 나만이 아니라 모든 제자가, 심지어 소 숙부와 요 이모조차 궁주와 능 호법의 이름을 모른다고! 고비연, 내가 이렇게 많은 이야기를 했으니, 내가 여기를 떠난다 해도 궁주는 분명 나를 놓아주지 않을 거야. 믿어 줘. 그, 그리고 내 얼굴을 치료해 줘……. 내가 할 수 있는 일은 다 할 테니까! 너희가 원하는 것도 빙해, 맞지? 빙해의 비밀, 나도 알고 있어!"

미인임이 틀림없다

　계강란이 비연에게 조건을 이야기한 결과 얼굴에 상처를 하나 더 얻었다. 계강란은 마침내 자신이 아는 비밀을 모두 털어놓았다. 그러나 비연은 실망할 수밖에 없었다. 계강란이 아는 비밀은 그녀가 아는 것과 별 차이가 없었기 때문이다. 기껏해야 추측에 불과하던 것이 사실로 드러난 정도였다.

　10년 전 빙해의 이변은 빙해 남안의 세력과 기씨, 소씨, 혁씨, 세 가문의 가주들이 봉황력을 두고 다투다가 벌어진 일임이 분명했다. 빙해 남안에 어떤 세력이 있는지, 빙해가 어떻게 독에 감염되었는지는 계강란도 아는 바가 없었다.

　비연은 비록 실망했지만 놀라지는 않았다. 계강란은 타협하기 쉬운 인물이었다. 비연이 축운궁 궁주였다 해도 계강란에게 너무 많은 것을 알려 주지 않았을 것이다.

　그러나 계강란이 유일한 여자 제자인 점, 그리고 그렇게 오랫동안 외부에서 임무를 맡지 않고 축운궁 안에 고이 모셔지고 있었다는 점을 보면 축운궁 궁주가 계강란을 얼마나 아끼는지 알 수 있었다. 대체 계강란에게 무슨 장점이 있어 축운궁 궁주의 마음에 든 걸까? 계강란의 신분이 특별하기라도 한 걸까? 아니면 무슨 다른 쓸모가 있었던 걸까?

　비연은 이런 의혹을 마음에 감추고 겉으로 드러내지는 않았다.

"너는 어떻게 이런 비밀들을 알고 있지?"

계강란은 뜻밖에도 다시 머뭇거렸다. 그녀의 왼쪽 얼굴에는 아무 상처도 없었지만, 오른쪽 얼굴은 상처로 엉망진창이었다. 그녀는 억지로 눈물을 참고 있었는데, 용감하기 때문이 아니라 눈물이 상처로 들어갈까 봐 두려웠기 때문이었다.

비연은 바로 비수를 계강란의 완벽한 왼쪽 얼굴에 들이댔다. 그러자 비연이 말을 하기도 전에 계강란이 날카롭게 비명을 질렀다.

"안 돼! 제발, 안 돼!"

이번에는 비연도 손을 쓰지 않았다. 그녀가 자비로움과 위엄을 동시에 내보이며 말했다.

"솔직하게 대답하면 오른쪽 얼굴을 치료해 주지. 만약 한마디라도 거짓을 말한다면 네 얼굴 가죽을 전부 벗겨 버릴 테다!"

"아……."

계강란이 경악으로 비명을 질렀다. 모골이 송연해 왔다.

"말할게!"

비연이 무표정한 얼굴로 그녀를 바라보았다. 어둠 속 비연은 놀라울 정도로 무정하고 잔인해 보였다. 곁에서 보고 있던 진묵의 평온한 눈에 희미하게나마 복잡한 감정이 어리고 있었다.

계강란이 실토했다.

"요 이모야! 모두 요 이모가 몰래 알려 준 거야! 궁주와 능 호법은 나에게 아무것도 알려 주지 않아. 내가 아는 것은 전부 요 이모가 몰래 알려 준 거라고!"

비연은 무척 만족스러웠다. 자신의 추측이 틀리지 않았던 것이다. 축운궁 궁주에게 계강란은 다른 쓸모가 있었을 뿐이고, 요 이모는 계강란보다 절대적으로 많은 것을 알고 있다. 요 이모를 심문하기 전에 그녀를 어떻게 요리할지 잘 궁리해 봐야 할 것 같았다.

비연은 비수를 깨끗하게 닦았다. 그녀는 옥졸을 불러 약을 한 병 건네며 말했다.

"아침저녁으로 두 번, 약을 바른 후 반 시진 후에 떼어 내도록. 깨끗하게 씻어 주는 것을 잊지 말고. 저 얼굴을 제대로 시중들어 주도록 해. 본 왕비가 약속한 것이니까. 본 왕비의 말은 신용이 있어야지."

공포에 질려 있던 계강란은 이 말에 겨우 안도의 한숨을 내쉬다가 하마터면 눈물을 흘릴 뻔했다.

비연이 감옥을 나오자 옥졸이 쫓아 나오며 물었다.

"왕비마마, 우리가 저런 사람에게 굳이 신용을 지킬 이유가 있겠습니까?"

비연이 홀연히 웃으며 말했다.

"타인이 가장 소중히 여기는 것을 빼앗으면 안 돼. 아니면…… 상대가 무적이 되어 버릴 테니까."

계강란의 얼굴이 정말로 망가진다면 다음에 비연이 어떤 방식으로 그녀의 입을 열게 할 수 있을까?

옥졸은 이해할 수 없다는 듯 머리를 긁적였다. 진묵은 이해한 듯, 평소 잘 웃지 않던 그가 입매를 살짝 들어 올리고 있었다. 그러나 그 누구도 진묵이 웃고 있는 것을 보지 못했다.

비연이 감옥 밖을 지키던 심복을 불러 나지막하게 명령했다.

"그녀를 제대로 살피고, 이레에 한 번씩 감옥과 옥졸을 바꾸도록 해라. 저 여자가 소 숙부와 요 이모보다 중요한 존재니까!"

계강란의 심문을 끝낸 비연은 시간을 허투루 쓰지 않고 바로 요 이모가 있는 동옥으로 향했다. 가는 길 내내 비연은 담담해 보였지만 감옥 앞에 도착하자 결국 긴장하기 시작했다. 계강란에게서 들은 '빙해 남안의 세력'이라는 말 때문에.

빙해 남안에서 가장 먼 이 북강에서 그 말을 듣게 되다니. 사무치게 그리운 고향에 무슨 일이라도 있는 것은 아닌지 두려워졌던 것이다!

비연은 설옥 대문 앞에 한참을 서 있다가 심호흡을 한 후에야 들어갔다. 그녀는 요 이모가 어떤 사람인지 알지 못했다. 다만 백새빙천에서 두 번 마주쳤을 때의 상황으로 보면, 그녀가 죽음을 두려워하는 소인배인 데다 교활하다는 것은 알 수 있었다. 어쨌든 요 이모를 상대하려면 계강란을 상대할 때보다 더 신중하게 굴어야 했다.

요 이모는 잡힌 후로 계속 갇혀 있었다. 비연은 아무 명령도 내리지 않았고, 그 누구도 감히 함부로 굴지 못했다. 그녀도 계강란처럼 두 손이 형틀에 묶인 채, 두 다리에는 쇠사슬을 달고 있었다.

그녀는 고개를 숙인 채 머리를 풀어 헤치고 있었다. 얼굴의 가면에도 핏자국이 가득해, 어두운 감옥 안 먼 곳에서 보면 마치 원한에 잠긴 귀신처럼 보였다.

옥졸이 감옥 문을 열었다. 비연은 문 안으로 들어가지 않고 말했다.

"죽을 한 그릇 가져오너라. 아주 따뜻한 걸로."

옥졸이 머뭇거리다가 보고했다.

"왕비마마, 이 여자는 하루 세 끼 다 챙겨 먹고 있습니다. 방금 점심도 먹은 상태입니다."

비연이 냉소했다.

"본 왕비가 생각하는 것보다 훨씬 더 목숨을 아끼는구나! 가져오너라. 본 왕비가 다시 죽 한 그릇을 더 내릴 테니."

요 이모는 당연히 비연의 목소리를 들을 수 있었다. 그녀는 살며시 눈을 떠 비연을 흘깃 보고는 다시 눈을 감고 수련을 시작했다.

비연이 다가가서 요 이모의 두 손과 목을 살펴보더니 담담하게 말했다.

"나이는 마흔이 안 되어 보이는데, 어째서 얼굴은 칠팔순 노인같이 되었을까."

비연이 갑자기 요 이모의 얼굴을 가리고 있던, 이미 찢어진 가면을 벗겼다. 요 이모의 얼굴은 마치 바람에 말린 귤처럼 주름이 가득했지만, 움푹 들어간 두 눈만은 핏발이 가득했을 뿐 조금도 혼탁해 보이지 않았다. 이 순간 그녀는 경멸을 가득 담은 눈으로 비연을 노려보고 있었다.

오호라, 감히 경멸한단 말이지? 역시 꽤 배짱이 좋아!

비연의 입가에 조소가 어렸다.

"정말 추하구나! 분명 독에 당하기 전에도 추녀였겠지! 본 왕비가 너라면, 밖에 나와 남을 놀라게 하지 않을 거다!"

이 말은 요 이모의 분노에 불을 붙이는 데 성공했다! 그녀가 분노하여 외쳤다.

"망할 계집, 가서 거울이나 보지 그래. 가서 네 얼굴이 어떻게 생겼는지 보고 오란 말이다!"

비연이 큰 소리로 웃기 시작했다.

"여봐라, 거울을 가져오너라! 저기 벽에 있는 등불도 전부 켜 주고!"

이 말에 요 이모가 공포에 질린 표정을 지었다.

사방의 벽 등이 전부 켜지자 감옥 안이 대낮처럼 환해져 모든 것이 또렷하게 보였다. 옥졸이 커다란 거울을 가져왔다. 비연이 웃으며 그것을 요 이모의 얼굴 앞에 갖다 댔다. 요 이모는 바로 눈을 감고는 공포에 질린 비명을 질렀다.

"저리 치워, 치우란 말이야! 싫어! 보지 않을 거야!"

비연은 이 여자의 약점을 잡았다고 생각했다. 이 여자는 아마도 아주아주 오랫동안 거울에 자신을 비춰 보지 않았던 게 분명했다.

그녀는 순진한 표정으로 웃으며 말했다.

"너에게 독을 쓴 사람은 분명 미인이었겠지? 본 왕비가 정말 한번 보고 싶을 정도야. 어때, 너에게 독을 쓴 사람이 누구인지 말해 주는 건? 그럼 본 왕비가 거울을 치워 줄 수도 있어."

비연은 오는 길 내내 요 이모를 어떻게 심문할지 생각해 두었다. 직접적인 공격보다는 일단 옆에서 치고 들어갈 수밖에 없을 것 같았다. 요 이모 얼굴의 독은 적어도 10년 이상은 된 것 같았다.

계강란은 그녀와 소 숙부가 10년 전에 축운궁에 들어왔다고 했다. 요 이모는 축운궁에 들어가기 전 어느 세력에 속해 있었을까? 그녀가 축운궁에 들어간 후 빙해의 비밀을 알게 된 걸까, 아니면 빙해의 비밀을 알고 축운궁에 들어간 걸까?

흑삼림은 본래 신비한 곳이고, 흑삼림에 숨어 있는 축운궁은 더욱 신비할 것이다. 그리고 그 궁주는…… 쉽게 외부인을 받아들이지 않았을 것이다.

그녀는 직접 겪었다

요 이모는 두 눈을 감고 있었지만, 비연이 '미인'이라고 말하자 흥분한 나머지 맹렬하게 눈을 떴다. 덕분에 불시에 거울 속 자신을 보게 되었다.

"악!"

그녀가 비명을 질렀다. 마치 무슨 괴물을 만나 혼이 날아가기라도 한 것처럼. 비연은 요 이모가 이렇게 흥분하리라고는 생각지 못했다. 요 이모에게 독을 쓴 사람과 요 이모는 분명 깊은 원한 관계였을 것이다. 10년이 넘은 일인데도 한마디 듣는 것만으로도 이렇게 흥분하는 걸 보면 말이다.

비연이 생각하고 있노라니, 요 이모는 경악에서 벗어나 천천히 정신을 차렸다. 그녀는 마침내 거울 속 자신을 보며 머리를 흔들었다. 눈물이 끊임없이 흘러내렸다.

"아니야, 이건 내가 아니야……. 나는 추녀가 아니야, 내 얼굴은…… 내 얼굴은……."

요 이모가 얼마나 오랫동안 자신의 얼굴을 보지 않았는지는 하늘만이 알 것이다.

비연은 그녀에게 두어 마디 물었지만 요 이모는 계속 대답하지 않았다. 마치 자신만의 세계에 빠져 버린 것 같았다. 비연도 추궁하지 않았다.

이때, 옥졸이 김이 모락모락 올라오는 쌀죽을 가져왔다. 비연은 직접 죽 그릇을 받아 탁자 위에 놓은 후 죽 안에 약을 섞기 시작했다. 점차 맛있는 냄새가 피어올랐다.

비연은 이런 방식으로 바퀴벌레를 한 무리 끌어들여 백초국의 십삼황자 우문엽을 괴롭힌 적이 있었다. 그녀는 비슷한 방식을 사용하여 요 이모를 핍박할 생각이었다. 하지만 안타깝게도 북강에는 바퀴벌레와 같은 해충이 없었다. 그녀는 한발 물러나 다른 방법을 찾아야 했다.

비연이 죽에 약을 다 섞은 다음 옥졸에게 가져가 요 이모의 몸에 바르게 했다. 요 이모가 겨우 정신을 차렸다. 주름 가득한 얼굴에 핏자국이 얼룩덜룩하고, 거기다 두 눈마저 붉어진 채 눈물을 흘리고 있으니 이상할 정도로 공포스러웠다. 그녀는 분노한 눈으로 비연을 바라보며 물었다.

"망할 계집, 무슨 생각을 하는 게야?"

비연의 웃는 얼굴이 무해해 보였다. 실제로는 무정하기 짝이 없었지만.

"알고 싶어서 그래. 너에게 독을 쓴 미인이 누구였는지."

"아주 천박한 계집이었어!"

요 이모가 발끈하여 외쳤다.

"이미 내 손에 죽은 지 오래라고!"

"역시 여자였구나?"

비연은 요 이모의 말을 경솔하게 믿지 않고 다시 물었다.

"이름이 뭐였어? 어디 출신 여자였는데? 네 얼굴의 그 독, 본 왕비도 해독 불가능한 거야. 그 여자, 분명 독의 고수였겠는데?"

요 이모는 그 여자에 대해 이야기하기 싫은 듯 냉랭하게 외쳤다.

"너랑은 상관없어!"

비연도 쓸데없는 말은 하지 않고 곁으로 물러서서 손톱을 다듬기 시작했다. 그녀가 말을 하지 않아도 옥졸이 앞으로 나가 요 이모의 몸에 죽을 펴 바르기 시작했다.

"망할 계집, 대체 뭘 하려는 거야? 죽이든 살리든 마음대로 해! 명쾌하게 좀 하라고!"

요 이모가 발버둥을 치며 욕설을 내뱉었다. 그녀는 계강란도 체포되어 모든 것을 자백했다는 사실을 알지 못했다.

"망할 계집, 말해 두겠는데, 나를 죽이지 않으면 후회할 날이 올 거다!"

도무지 알 수 없었다. 비연이 왜 그렇게 오랜만에 와서 죽운 궁이나 봉황력에 대해서는 묻지 않고 자신에게 독을 쓴 사람에게만 관심을 보이는지.

비연은 인내심을 발휘해 가며 상황을 지켜보았다. 그러다 옥졸이 요 이모의 얼굴에 죽을 바르려 하자 바로 말렸다.

"얼굴에는 바르지 마. 얼굴은 이미 충분히 추하니까. 더 추해지면 내가 쳐다볼 수 없게 된다고."

"너!"

요 이모의 수치가 분노로 변했다.

"대체 뭘 하려는 게냐?"

비연은 아무 말도 하지 않고 옥졸이 죽을 다 바르기를 기다렸다. 그리고 밖으로 나가더니 빙려서가 든 우리를 직접 가져와 요 이모 앞의 의자 위에 내려놓았다. 그러고는 발 하나를 그 의자 위에 올려놓은 채 팔짱을 끼고 말했다.

"같은 실수는 하지 않는 게 좋을 거야. 본 왕비가 마지막으로 묻겠다. 너에게 독을 쓴 사람이 누구지?"

요 이모의 눈이 못 박히기라도 한 듯 우리를 보고 있었다. 그 속에는 빙려서가 서른네 마리나 들어 있었다. 모두 빽빽하게 뭉친 채 새까만 눈을 반짝이며 요 이모를 노려보고 있었다.

요 이모는 마침내 비연이 무엇 때문에 제 몸에 죽을 발랐는지 알게 되었다. 비연은 빙려서로 하여금 그녀의 몸을 물어뜯게 할 작정인 것이다!

지난번 몽족 지하 궁전에서 빙려서 한 마리만으로도 그녀는 충분히 괴로웠다. 그런데 눈앞에 서른네 마리가 있었다! 모골이 송연해진 요 이모는 천천히 눈을 들어 비연을 바라보았다. 이 망할 계집이 이렇게나 악독하다니!

비연은 시간을 낭비할 생각이 없었다. 그녀는 더 이상 말하지 않고 빙려서를 풀어 주려 했다. 그 모습을 본 요 이모가 즉시 외쳤다.

"나에게 독을 쓴 사람은 빙해 남안 사람이야! 내가 말해도 너는 모른다고!"

빙해 남안의 사람! 이 말을 듣는 순간 비연이 흥분하기 시작했다. 그러나 그녀는 남몰래 두 주먹을 꼭 쥐고 참았다. 그녀는 흥분한 것을 겉으로 드러내지 않았을 뿐 아니라 여전히 순진하고 무해한 듯 웃고 있었다.

비연이 말했다.

"빙해 남안? 설마, 너도 빙해 남안 출신인가?"

요 이모는 확실히 빙해 남안 출신이었고, 10년 전 빙해의 이변을 직접 경험한 사람이었다. 축운궁 궁주가 구해 주지 않았더라면 그녀는 빙해에서 도망치지 못했을 것이다.

그녀는 비연의 신분에 대해서는 알지 못했지만 그 전에 군구신의 영술을 보았고, 또 승 회장의 암기를 보았기 때문에 미리 마음의 대비를 하고 있었다.

20년 전, 그녀는 운공대륙에서 길거리의 쥐와 같이 공공의 적이 되어 갈 곳이 없어지고 말았다. 그녀는 가진 재물을 모두 털어 빙해의 남북안을 왕래하는 인신 매매상에게 빙해를 건너게 해 달라고 부탁했다. 그러나 이게 웬일이었을까. 빙해 북안에 도착한 인신 매매상은 그녀를 묶더니 최하층 노비로 팔아넘겼다.

그녀를 사 간 사람은 혁씨 가문의 집사였는데, 그는 모종의 이익을 위해 그녀의 얼굴에 개의치 않았다. 그는 그녀가 젊다는 것을 알면서도 칠팔순 먹은 늙은 어멈 노릇을 하게 하며 그녀를 혁씨 가문에 남겨 두었다.

그러나 우연한 기회에 그녀는 혁씨 가문의 가주가 봉황력을 찾아, 빙해를 무너뜨려 빙해 중심의 신비한 힘을 꺼낼 계획임을 알게 되었다.

봉황력을 가진 사람, 바로 그녀의 절세 미모를 망치고 그녀의 인생을 망쳐 놓은 여자였다. 운공대륙을 통일한 대진국의 황후 한운석!

그녀는 봉황력의 실마리를 조건으로 가주와 협력 관계가 되었다. 가주가 바라는 것은 빙핵 속 신비한 힘이었고, 그녀가 바란 것은 대진국의 멸망이었다!

운공대륙은 지세가 빙해보다 낮아, 일단 빙해가 녹으면 빙해의 물이 둑을 무너뜨릴 것이다. 그렇게 되면 운공대륙 북부가 모두 수몰될 터였다.

그들은 수년의 시간을 들여 남몰래 준비하는 한편, 기씨 가문의 가주와 소씨 가문의 가주를 동료로 끌어들였다.

10년 전, 그들은 한운석과 랑종 한가의 전인인 한향을 이용하여 빙해에서 결전을 벌일 기회를 얻었다. 그들은 빙해에 잠복해 있다가 습격을 해, 중과부적이 된 한운석이 어쩔 수 없이 봉황력을 꺼내게 만들었다.

매복해 있다가 기습했건만, 그리고 많은 수로 적은 수를 상대했건만 그들에게 그 전투는 여전히 매우 힘들었다. 어쨌든 그들은 빙핵을 불러냈고 빙해는 이미 녹기 시작한 참이었다. 그러나 의외의 일이 발생했다. 하늘에 봉황허영이 떠오르더니 빙해의 중심에서 거대한 용오름이 일어났고, 모든 이들이 그에 말려들었다.

그녀도 하마터면 말려들 뻔했지만 축운궁 궁주 덕에 빙해에서 도망칠 수 있었다. 그리고 용오름이 사라진 지 얼마 되지 않아 빙해는 원래의 모습을 회복했다. 또 얼마 지나지 않아 빙해의 해면 전체가 극독에 감염되었다.

그녀도 어째서 그렇게 되었는지는 알지 못했다. 빙핵의 힘일까, 아니면 인위적인 일일까? 더욱 알 수 없는 것은 용오름에 말려든 사람들의 생사였다.

최근 수년 동안 그녀는 계속 축운궁 궁주를 따르며 빙해에 관련한 모든 것을 조사했다. 또한 빙핵에 숨어 있는 힘이 과연 전설에서 이야기하는 것처럼 영생의 힘인지, 아니면 또 다른 비밀이 있는지도 조사했다. 그러다 북강에 봉황허영이 나타났다는 이야기를 듣고 쫓아온 참이었다.

요 이모는 비연을 바라보며 망설임 없이 고개를 끄덕였다.

"그래! 나는 운공대륙에서 태어나 운공대륙에서 자랐지. 그 천박한 계집에게 몰려 어쩔 수 없이 고향을 떠나 타향에서 힘들게 살고 있을 뿐! 그 천박한 계집이 내 인생을 망쳐 놓았어!"

모후의 이름

　요 이모의 말에 비연은 더할 나위 없이 흥분했다.

　그녀가 그리도 오랫동안 찾던 동향 사람이었다. 당장이라도 요 이모의 옷깃을 잡고 '대진'이라는 나라가 어떤 나라인지, 고 남신이라는 이름을 들어 본 적이 있는지 묻고 싶었다. 그러나 그녀는 억지로 모든 갈망을 억눌렀다. 이렇게 중요한 때에 충동적으로 굴어서는 안 된다. 더군다나 요 이모 앞에서는 더욱 그랬다.

　요 이모가 빙해의 남쪽에서 왔기 때문에 축운궁 궁주가 중히 기용했음이 틀림없었다. 분명 10년 전 빙해의 이변과 뗄 수 없는 관계가 있을 것이다.

　요 이모의 눈에 원한이 서린 것을 보고 비연이 더욱더 자극적으로 말했다.

　"보아하니, 그 여자가 꽤 대단했던 모양이야! 원래 승리하면 왕이 되고, 패하면 도적이 되는 법이잖아? 지면 진 것이고, 그 사람만 못했으면 못했던 거지, 아직도 인정하지 않고!"

　이 말이 바로 요 이모의 가장 예민한 부분을 건드렸음이 틀림없었다. 그녀가 분노하여 외쳤다.

　"아니야! 내가 이겼어, 예전에 이겼다고. 나는……."

　이겼다고? 이 안에는 분명 곡절이 있을 터였다. 비연이 조금 긴장했다. 그러나 요 이모가 갑자기 말을 멈추었다. 그녀는 비연을 흘깃 보더니 바로 시선을 피했다. 자신이 충동적이었음을 깨달은 모양이었다.

더 이상 말할 수 없었다! 더군다나 자신의 신분을 폭로할 수는 없었다!

최근 수년 동안 그녀는 축운궁 궁주가 빙해의 비밀을 찾는 것에 협조함과 동시에 계속 대진국 사람들을 경계하고 있었다.

빙해가 독에 감염되어 아무도 건널 수 없다 하지만 대진국 황후 한운석에게는 몽족의 설랑과 매우 비슷한 독수가 한 마리 있었다. 그 독수에게는 어떤 독도 듣지 않았다.

그때 용오름에 말려 올라간 사람들의 생사는 확신할 수 없었다. 그러나 그때 그 독수가 빙해의 전투에 참전하지 않았다는 사실은 명백했다. 그 독수가 있는 한 대진국 사람들은 언젠가 빙해를 건너 원수를 갚으러 올 것이다!

10년이 지났다. 현공대륙에서는 대진국과 관련한 어떤 정보도 구할 수 없었다. 한운석의 친정인 한가보 랑종 역시 주인이 바뀌었다. 이 일에 관심을 두는 사람은 아무도 없는 듯했다.

그러나 아무런 동정이 없을수록 그녀는 더욱 신중해야만 했다. 축운궁의 궁주도 계속 빙해를 주시하는 한편 대진국과 관련한 모든 것에 주목하고 있었다. 궁주는 그 독수를 얻고 싶어 했고, 그보다도 더 봉황력을 얻고 싶어 했다.

봉황력은 상고 시대부터 내려오는 신력인데, 뜻밖에도 한운석이 제어하게 되었다. 축운궁 궁주는 그 안의 비밀에 매우 흥미를 느끼고 있었다!

그들에게는 봉황력이 갑자기 북강에 나타난 것 자체가 사실 의외였다. 그리고 그날, 이미 실전된 것으로 알려진 영술과 그 흑의 남자의 암기를 본 후 요 이모는 불안해졌다. 왜냐하면 대진 황제의 수하 중 영술에 정통한 고수가 하나 있었고, 또한 전문적으로 암기를 제조하는 당씨 가문도 있었기 때문이다.

요 이모는 십중팔구 확신하고 있었다. 그 흑의 남자의 암기는 운공대륙 당씨 가문이 만든 것이다! 그리고 그 흑의 남자가 혁씨 가문이라 자칭했을 때 그녀는 완벽하게 확신했다.

혁씨 가문의 현재 상황에 대해 그녀만큼 잘 아는 사람은 없었다. 그녀 앞에서는 그 누구도 혁씨 가문을 사칭할 수 없었다!

군구신과 그 흑의 남자가 적대적이지 않았다면 그녀는 대진국 사람들이 군씨 황족과 결탁한 것은 아닌가 의심했을 것이다. 군구신이 영술을 어떻게 익혔는지는 알 수 없었지만, 최소한 그녀는 군구신과 대진 황족 사이에 어떤 교집합도 없음을 확신할 수 있었다.

요 이모가 생각에 잠긴 채 다시 한번 비연의 손에 있는 빙려서 우리를 바라보았다. 무섭긴 했지만 그녀는 곧 마음을 단단히 먹었다.

20년 전이라면 그녀도 오늘의 계강란과 같았을 것이다. 쉽게 겁을 먹고 쉽게 타협하고……. 그러나 이 20년 동안 겪은 피와 눈물이 그녀에게 충분히 가르쳐 주었다!

그녀는 알고 있었다. 그녀가 끝까지 침묵하는 한 비연은 결코 그녀의 목숨을 빼앗지 못하고, 그녀를 살아도 죽느니만 못하게 만들 방법을 연구할 것이다. 그녀는 절대로 진상을 드러내지 않아야 했다. 동시에 절대로 저 빙려서에게 당하고 싶지도 않았다. 그럼 결론은 하나, 고비연 저 젊은 계집을 자신의 편으로 끌어들이면 되는 것이다!

그녀는 반평생을 살면서 온갖 풍랑을 다 겪었다. 그런 그녀가 저런 풋내기 하나 다루지 못할 리 없다.

요 이모가 비연의 눈을 지긋이 바라보며 큰 소리로 외쳤다.

"그 천한 계집은, 바로 대진국의 황후 한운석이었지!"

이 말을 들은 비연의 심장이 하마터면 그대로 멈출 뻔했다. 한운석! 꿈속에서 들어 본 적 없는 이름이었다. 하지만…… 대진국 황후라면 그녀의 모후였다! 그녀의 모후에게 '한운석'이라는 이름이 있었던 것이다. 독을 썼던 그 미인이 바로 그녀의 모후였던 것이다!

모후…….

눈물이 흐를 것만 같았다. 그러나 요 이모의 날카로운 눈빛을 바라보며 비연도 여전히 침착한 표정을 유지했다. 그녀는 눈물을 흘리는 대신 계속 미소 짓고 있었다. 그 모습이 또한 너무나 아름답고 사랑스러웠다.

비연이 그 모든 일이 자기와 무관하다는 듯 말했다.

"운공대륙의 나라 하나와 원한을 맺었는데 그녀를 이겼다고? 그렇다면 너의 신분도 평범하지는 않겠군?"

요 이모가 냉랭하게 말했다.

"나는 축운궁 출신이다. 궁주가 가장 마음에 들어 하는 제자지. 미성년 시절부터 운공대륙에서 명성을 떨쳤다!"

비연이 일부러 대오 각성한 듯 말했다.

"축운궁이 원래 빙해 남안에서 온 것이었군!"

계강란은 요 이모가 10년 전에야 축운궁에 들어왔다고 했다. 그런데 요 이모가 저 나이로 뜻밖에도 축운궁 궁주의 제자를 사칭할 줄이야! 요 이모의 말을 얼마나 믿을 수 있는 걸까? 요 이모는 대체 무엇을 꾸미고 있는 걸까?

비연이 다시 한마디 덧붙였다.

"과연. 본 왕비가 아무리 조사해도 나오지 않았던 것도 이상한 일이 아니었어!"

"너도 봉황력이 예로부터 우리 축운궁 소유였다는 것을 모르는 모양이군? 10년 전에 운공대륙을 통일한 대진 황족과 한운석의 친정인 한가보, 암기에 정통한 운공의 당씨 가문, 그리고 현공대륙의 소씨, 기씨, 혁씨, 세 가문이 빙해에서 우리 축운궁의 어린 주인을 죽이고 봉황력을 두고 다툼을 벌였지."

요 이모가 여전히 비연의 눈을 보고 있었기 때문에 비연은 일부러 놀란 척했다.

"하하, 생각도 못 했네. 정말이지! 10년 전 빙해의 이변이 너희와 관련 있었다니 말이야. 그다음에는? 봉황력이 누구의 손에 떨어졌지? 무엇 때문에 북강에 나타난 거지?"

비연이 이렇게 반응하는 것을 보고 요 이모는 더욱 자신감을 얻은 모양이었다. 그녀가 말했다.

"대진국의 황제와 황후가 우리 축운궁의 어린 주인을 죽인 후, 한가보의 종주와 당씨 가문 사람들이 바로 봉황력 때문에 대진 황족에게 창을 들이댔지. 그들이 소씨, 기씨, 혁씨 가문과 손을 잡고 대진국의 황제와 황후를 죽였어. 그러자 봉황력이 제어를 잃고 빙해의 이변을 일으켰지. 궁주께서 제때 도착하지 않으셨다면 내 목숨도 그때 이미……."

비연이 요 이모의 말을 끊었다.

"잠깐, 대진국의 황제와 황후가…… 모두 죽었다고?"

요 이모가 큰 소리로 웃기 시작했다.

"그래, 그들은 전부 죽었다! 일가족 네 명이 모두 빙해에서 목숨을 잃었다고! 그리고 그들은 그래야 마땅해! 한운석은 내가 가진 모든 것을 빼앗아 갔으니까! 한운석은 이제 누가 시신도 수습해 줄 수 없는 처지로 전락했지! 그러니까 내가 이긴 거라고!"

"그래, 네가 이겼네!"

비연이 망설이지 않고 대답했다. 그녀는 아무 일도 없다는 듯 옥졸에게 모든 벽의 등을 끄고 거울도 가져가라고 지시했다. 그 행동이 너무나 자연스러웠기에 요 이모는 의심을 품지 않았다.

벽의 등이 꺼지자 방 안이 유달리 어두워졌다. 그리고 그 어둠 속에서 아무도 모르게 비연의 눈이 붉어지고 있었다.

그녀가 막 입을 열려고 했을 때, 진묵이 말없이 물을 한 잔 건넸다. 그는 물을 직접 그녀의 입가에 대 마시게 해 주었는데 그 동작이 너무나 자연스러웠다. 마치 평소에도 항상 이렇게 시중드는 것처럼.

그 누구도 비연의 이상한 점을 눈치채지 못했으나 진묵은 알아보았다. 그 누구도 비연이 계속 주먹을 꽉 쥐고 있는 것을 알아채지 못했지만 진묵만은 주시하고 있었던 것이다.

비연은 거절하지 않고 물을 몇 모금 마신 후에 원래와 같은 목소리로, 심지어 맑은 웃음소리마저 내며 물었다.

"다른 사람들은? 빙해의 이변 때 모두 죽은 건가?"

부황의 이름

다른 사람들?

다른 사람들의 행방이나 생사에 대해서는 요 이모도 알지 못했다.

"내가 구조당하고 얼마 되지 않아 빙해의 해면이 모두 극독에 감염되었으니……. 그들이 봉황력의 작용으로 죽지 않았다해도, 아마 예전에 독으로 죽었겠지."

비연은 그렇기도 하겠다는 듯 고개를 끄덕이며 계속 물었다.

"그런데 대진국 황후의 친정이 랑종 한씨 가문이라며? 본 왕비가 알기로는 랑종의 종주인 한진에게는 양녀 한향과 제자 소옥교만이 있는데? 한운석이 랑종의 후예라면, 랑종이 무엇 때문에 배반한 거지?"

요 이모가 재빨리 말했다.

"한씨 가문을 주목하고 있었다면 한진과 한향이 이미 10년동안이나 얼굴을 드러내지 않고 있다는 것도 알겠지? 하하, 한운석은 한진의 사생아에 불과해. 양녀인 한향보다 못한 존재였지! 현공대륙 전체가 한향이 랑종의 계승자라는 것은 알아도한운석은 이름조차 듣지 못했잖아? 일편단심으로 제 부군만 챙기는 사생아와 종주의 뜻을 계승하려는 양녀, 네가 한진이라면누구를 택하겠어?"

비연이 웃기 시작했다.

"일편단심으로 부군을 챙긴다고? 보아하니 한운석은 대진국 황제와 관계가 아주 좋았던 모양이군. 그 대진국 황제의 이름은……."

요 이모가 갑자기 침묵했다. 비연은 추궁하지 않고 잔잔한 미소를 머금은 채 기다렸다. 그러나 소매 속에 감춰진 손에는 점점 더 힘이 들어가고 있었다.

비연이 아무리 기다려도 요 이모는 입을 열지 않았다. 요 이모의 눈에 희미하게나마 슬픔과 원한이 뒤섞인 것이 보였다.

비연이 다시 물으려 했을 때, 요 이모가 입을 열더니 한 글자 한 글자 명확하게 말했다.

"용비야."

용비야. 이것이 부황의 이름이구나!

비연의 머릿속에 꿈속의 그 장면이 다시 한번 떠올랐다. 전쟁의 신과 같은 부황이 몸을 돌려 그녀를 보고…… 웃어 주었다.

"한운석, 용비야…… 하하, 굉장히 잘 어울리는 이름들인데."

비연이 큰 소리로 웃기 시작하더니 다시 한번 요 이모의 눈을 바라보았다.

"너는? 어디 네 존성대명 좀 들어 볼까?"

요 이모는 현공대륙에 들어선 순간 새로운 이름만을 써 왔다. 그녀가 말했다.

"목요."

비연이 다시 물었다.

"축운궁 궁주는 지금 어디에 있지?"

그러자 요 이모가 진지하게 말하기 시작했다.

"고비연, 그 암기에 능하던 흑의 남자는 십중팔구 운공대륙의 당씨 가문 사람일 거야. 현공대륙에 대진국 당씨 가문의 잔당이 남아 있는 거지. 분명 한가보와도 결탁하고 있을 거다. 지금 그들은 이미 만진국 삼황자와도 결탁했어. 한가보 소 부인이 현공 상회의 승 회장과 관계가 얕지 않다 들었는데, 그들이 암중에서 현공상회, 상관보와도 연합하고 있을지 모르지.

그렇다면…… 그들의 야심을 생각하면 천염국에도 분명 재앙이 될 거야!"

비연은 바로 그녀가 자신을 끌어들이려 한다는 것을 깨닫고, 일부러 알아듣지 못한 척 물었다.

"네 뜻은……."

요 이모가 서둘러 말했다.

"왕비마마, 축운궁이 왜 축운인지 아십니까?"

"자세히 듣고 싶군!"

그러자 요 이모가 진지하게 말했다.

"축운, 운이 바로 운공입니다! 운공대륙을 쫓아내겠다는 의미지요! 왕비마마께서 저를 여기 가두신 이상 축운궁과 적이 됩니다. 그보다는 축운궁과 동맹을 맺으시지요. 남경의 여러 가문을 멸하고, 봉황력을 찾아 빙해를 무너뜨리고, 운공대륙으로 쳐들어가는 겁니다! 축운궁 궁주는 그저 복수를 원할 뿐이니, 천염국의 군씨는 함께 천하의 주인이 될 수 있습니다. 그만한 좋은 일이 있겠습니까?"

비연이 연신 고개를 끄덕이더니 곧 큰 소리로 웃기 시작했다.

"좋아! 바로 운공대륙으로 쳐들어가다니! 천하의 주인이 된 다니! 아주 좋아! 정말!"

웃고 또 웃던 비연이 갑자기 날카로운 목소리로 명령했다.

"여봐라! 우리의 문을 열어라!"

부득불 말하지 않을 수 없다. 그녀는 너무나 잘 참는다고, 평온을 가장하는 솜씨가 너무나 뛰어나다고. 옥졸들조차 비연이 요 이모와 협력할 생각이라고 여기다가, 그녀가 갑자기 이런 명령을 내리니 모두 멍한 표정을 지으며 한참 동안 아무 반응도 하지 못했다.

요 이모도 눈을 휘둥그렇게 뜨고 있었다.

그러나 진묵이 다가오더니 쥐의 우리를 열었다. 찰나의 순간, 서른네 마리의 빙려서가 미친 듯이 쏟아져 나와 요 이모를 향해 달려갔다.

쥐들은 그녀의 두 다리를 타고 그녀의 몸 여기저기로 기어올랐다.

마침내 요 이모가 정신을 차리더니 지붕이 날아갈 정도로 날카로운 비명을 질렀다.

"악……! 살려 줘……!"

빙려서도 처음에는 요 이모의 몸에 묻은 죽을 핥기 시작했다. 그러나 제한된 양의 죽을 다 핥고 나자 요 이모의 옷이며 피부를 물어뜯기 시작했다.

"살려 줘! 살려 줘! 고비연, 내가 아는 건 전부 말했다! 너……
이랬다저랬다 하다니! 대체 어쩔 작정인 게야!"

요 이모가 미친 듯이 몸을 흔들었지만 빙려서는 한 마리도
떨어지지 않았다.

"고비연, 이게 무슨 뜻이야? 말해, 말하라고!"

서른네 마리의 쥐들이 한 마리당 한 번만 물어도 몸에는 서
른네 개의 상처가 생긴다!

하물며 이 빙려서들은 배가 고파 미칠 지경일 뿐만 아니라,
비연의 약에 영향을 받아 매우 피를 탐하고 있었다. 그런 그들
이 겨우 한 번만 깨물 리 만무했다.

요 이모는 곧 고통으로 인해 발버둥 칠 힘조차 없어졌다. 그
녀는 처참하게 울부짖으며 계속 비연에게 이게 무슨 뜻이냐고
물었다. 그러나 비연은 차가운 눈으로 그녀를 바라보기만 할 뿐
대답하지 않았다.

곧 요 이모의 몸에 상처가 많아졌고, 피도 멈추지 않고 흘러
내렸다. 비연이 무슨 약을 사용했는지는 알 수 없었지만 빙려
서들은 마치 미치기라도 한 것처럼 요 이모를 물어 댔다. 각종
고문에 익숙한 옥졸조차 머리가 쭈뼛해져 감히 쳐다보지 못할
정도였다.

그러나 비연은 눈 한번 돌리지 않고 요 이모를 보고 있었다.
그 새하얀 작은 얼굴에는 이미 웃음기라고는 보이지 않고, 그
저 얼음처럼 차갑고 무정하기만 했다.

"고비연, 뭘 더 알고 싶은 거야? 말할게, 내가 다 말한다고!

고비연, 제발, 제발 용서해 줘! 제발……!"

요 이모가 아무리 궁리한다 해도 자신의 눈앞에 있는 젊은 여자가 바로 대진제국 황제의 딸이라는 사실을, 또한 봉황력을 진정으로 지니고 있는 인물이라는 것을 알 수는 없었다!

그녀는 대체 자신이 무슨 잘못을 저질렀는지 알 수 없었다. 그녀는 애원하고 애원하면서…… 마침내 목소리도 점차 줄어 들었다. 만신창이가 된 몸에서는 피가 멈추지 않고 흐르는 것이, 금방이라도 명이 다할 것 같았다.

마침내 비연이 옥졸들에게 빙려서를 떼어 내게 하며 냉랭하게 말했다.

"별 의미 없어. 그냥 솔직한 말을 좀 듣고 싶었을 뿐이야."

요 이모는 이미 기진맥진하여 고개를 숙이고 있었다. 심지어 의식도 몽롱한 상태였다. 그러나 비연의 이 말을 듣자 재빨리 눈을 들었다. 비할 데 없이 놀란 듯한 모습이었다.

그러나 비연은 그녀를 상대하지 않고 옥졸에게 말했다.

"잘 돌봐 주도록 해. 상처도 치료해 주고. 이레 후, 본 왕비가 다시 심문하러 올 것이다. 그때까지…… 이 빙려서들도 여기에 두되 먹이는 절대로 주지 말도록!"

그녀의 뜻은 명백했다. 요 이모의 상처에 딱지가 앉을 때쯤 다시 이 고문을 감행할 작정인 것이다!

옥졸이 놀라서 그저 고개만 끄덕일 뿐 대답조차 하지 못했다. 물론 가장 놀란 사람은 요 이모였다. 그녀는 비연을 보며 입을 벌렸지만 도무지 말이 나오지 않았다. 비연이 몸을 돌려 나가는 것을 보고서야 겨우 소리쳤다.

"내, 내가 말할게…… 고, 고비연, 내가 말한다니까! 다 솔직하게……."

비연이 냉랭하게 말했다.

"본 왕비가 너에게 이레의 시간을 주지. 그동안 모든 일을 자세하고 명확하게 생각해 두었다가 말하는 게 좋을 거야! 아니면 그 결과는 스스로 감당하게 되겠지!"

말을 마치자마자 그녀는 성큼성큼 걸어 감옥 밖으로 나갔다. 그리고 고개 한번 돌리지 않고 계속 걸어 설옥 대문까지 달려갔다.

그리하여 마침내 설옥 대문을 나온 순간, 발걸음을 멈추고 거친 숨을 토해 냈다.

그녀는 아주 잘 알고 있었다. 지금 그렇게 감옥에서 나오지 않았다면 그녀는 자신을 통제할 수 없었을 것이다……. 직접 요 이모를 죽여 버리고 말았을 것이다!

하늘은 이미 어두웠다. 차가운 하늘 아래 땅은 얼어붙고, 눈보라가 분분히 날리고 있었다. 비연은 별도 달도 보이지 않는 하늘을 바라보았다. 두 주먹을 점점 더 꽉 쥐었다. 마침내 그녀의 눈에서 맑은 눈물이 흘러내렸다.

"부황, 모후……."

신중, 적인지 친우인지

비연이 눈보라 속에 서서 하염없이 눈물을 흘리고 있었다. 그녀는 자신에게조차 들리지 않을 듯한 아주 조그만 소리로, 울먹이는 것이 아니라 중얼거리고 있었다.

진묵이 곧 그녀 뒤로 걸어와 제 바람막이를 벗어 덮어 주고 모자도 씌워 주었다.

비연은 진묵인 것을 알고 고개를 돌리지 않았다. 그녀가 눈물을 닦기 위해 무심결에 손을 들었을 때, 진묵이 그 손을 잡더니 살며시 그녀의 손가락을 펼쳤다. 비연의 길고 보기 좋은 손톱이 온통 핏빛이었다. 손톱이 파고들었던 손바닥이 찢겨 피가 흐르고 있었던 것이다. 방금 감옥 안에서 그녀는 이런 방식으로 냉정을 유지했었다.

모든 사람의 주의력이 요 이모에게 쏠려 있을 때 진묵만이 계속 그녀의 손을 보고 있었다. 그녀의 입가에 물을 가져다 댄 것은 그녀의 손이 아픈 것을 알기 때문이기도 했고, 또 그녀가 울음소리를 낼까 두려웠기 때문이기도 했다.

비연은 원래 고통으로 맑은 정신을 유지할 생각이었다. 그러나 언제부터인가 손의 고통마저 잊어버리고 있었다. 그녀는 제 손에 가득한 핏자국을 보고 멍해지고 말았다.

표정은 여전히 냉담했지만 진묵은 자신의 소매를 찢어 비연의 상처를 감싸 주었다. 몹시도 조심스러운 듯 부드러운 동작이었다. 그러나 상처를 감싸자마자 바로 손을 떼었다.

그는 요 이모가 거짓말한 것은 눈치채고 있었지만 주인이 울거라고는 생각지 못했다. 그리고 주인이 이리도 강력한 살의를 내뿜을 줄도 몰랐다. 하지만 그 사연을 묻지 않고 다만 이렇게만 말했다.

"주인님, 이 사람은 쉽게 죽일 수 없어."

비연이 그제야 정신을 차리고 냉랭하게 말했다.

"그 여자가 아직 내가 누구인지 모르는데 어떻게 쉽게 죽여 버리겠어? 죽인다고? 하, 그녀에겐 꿈같은 이야기지!"

그녀는 요 이모의 말 중에서 무엇이 진실이고 무엇이 거짓인지 알지 못했다. 그러나 그때 그녀의 가문을 망하게 한 사람 중에는 분명 요 이모도 포함돼 있을 거라 생각했다!

봉황력은 분명 그녀의 것이고, 모해를 받은 쪽은 분명 대진 황족일 것이다. 요 이모가 그런 식으로 시비를 뒤섞을 줄이야. 적반하장도 유분수지……

요 이모가 감히 그녀의 모후를 천박한 계집이라 불렀다. 그리고 감히 군씨 황족을 끌어들여 운공대륙을 칠 꿈을 꾸었겠다?

비연은 요 이모에게 살아도 죽느니만 못하다는 것이 무엇인지 제대로 맛보게 해 주는 데서 그치지 않고 모든 원한을 함께 갚을 생각이었다!

진묵은 여전히 아무것도 묻지 않았다.

"주인님, 눈보라가 너무 거세. 일단 돌아가."

비연이 아무 말 없이 진묵을 따라 걷기 시작했다.

돌아오는 내내 비연은 유달리 조용했다. 거처에 돌아왔을 때는 이미 깊은 밤이었다. 진묵이 말했다.

"주인님, 두 손이 다 불편하니까, 시중들 시녀를 찾아올게."

비연이 거절했다.

"작은 상처일 뿐인걸. 필요 없어."

진묵은 더 이상 권하지 않고 빠르게 자신이 할 수 있는 일을 시작했다. 비연에게 세안할 물을 준비해 준다거나, 침상을 정리해 준다거나. 그는 다른 사람의 시중을 들어 본 적 없었지만 장파 고묘에서 자력갱생했기 때문에 일상의 자질구레한 일을 모두 할 줄 알았다.

진묵이 나가려 했을 때 비연이 갑자기 그를 막아섰다.

"앉아 봐. 나랑 이야기 좀 해."

비연은 도저히 잠들 수 있을 것 같지 않았다. 머릿속이 온통 요 이모의 말로 가득 차 있었다. 그러나 그녀의 이성은 쉽게 속단해서는 안 된다고, 함부로 결론을 내려서는 안 된다고 외치고 있었다. 그녀에게는 제삼자의 의견이 필요했다.

그녀가 진지하게 물었다.

"진묵, 네가 보기에…… 요 이모의 말에 진실이 얼마나 될 것 같아?"

진묵이 뜻밖에도 반문했다.

"주인님…… 대진 황족의 후예야?"

비연은 깜짝 놀랐다. 진묵이 그녀의 심복이기는 했지만 이 비밀은 군구신 말고는 아무도 알지 못하는 일이었기 때문이다.

진묵이 평온하게 대답했다.

"주인님이 봉황력을 얻은 것이 최고의 증명이지. 내가 보기에 요 이모는 그때 혁씨 가문을 유혹했다는 운공대륙 출신 여자일 가능성이 높아."

비연은 오히려 대황숙이 언급했던 그 일을 연관시키지 못하고 있었다.

진묵이 다시 말했다.

"승 회장이 혁씨 가문의 후예라 자칭했지. 그런데 요 이모는 혁씨 가문에 대해 언급하지 않고, 암기 하나만 보고도 승 회장이 당씨 가문 사람이라고 단정했어. 그녀는 혁씨 가문에 대해 아주 잘 알고 있는 게 틀림없어."

비연이 고개를 끄덕였다. 납득이 가는 이야기였다!

진묵이 다시 말했다.

"요 이모가 10년 전에야 축운궁에 들어갔다면, 먼저 축운궁에 들어갔다가 명을 받들고 혁씨 가문 가주와 결탁했을 수도 있고, 아니면 그녀의 말대로 빙해에서 축운궁 궁주에게 구조되었을 가능성도 있지. 축운궁 궁주는 빙해의 전투에 참여했을 수도 있고, 방관했을 수도 있겠지."

비연은 머릿속이 뒤죽박죽되어 있던 참이었다. 심정도 무척이나 어지러웠는데, 진묵의 이 말을 들으니 갑자기 많은 것이 정리되었다. 그녀가 고개를 끄덕이며 말했다.

"축운궁, 기씨, 소씨, 혁씨는 분명 나의 적이야!"

진묵이 아주 명쾌하게 말했다.

"한가보와 당씨 가문은 적일까, 친구일까? 주인님, 신중하게 생각해야 해."

비연은 자신을 구해 주었던 백의 사부를 떠올렸다. 백의 사부는 적일까, 아니면 친구일까?

그녀가 한참 침묵하다가 겨우 말했다.

"적인지 친구인지는 동포대회 때 그들이 오면 알게 될 거야."

그녀는 원래 군구신을 구하기 위해 빙해와 관련된 모든 것을 잠시 미뤄 둘 생각이었다. 그러나 지금 두 가지 일이 뜻밖에도 중첩되고 있었다. 군구신이 눈에 익다 했던 그 공기봉리도 운공 대륙에서 온 것이 분명했다.

모든 일이 한곳으로 모이고 있었다. 답안 하나만 모자랄 뿐.

이제 정면으로 싸울 일이 멀지 않았다. 그녀는 승 회장 그들이 지인이기를, 적이 아니기를 간절히 바라고 있었다. 그러나 자신이 신중, 또 신중해야 함도 알고 있었다.

비연이 깊이 숨을 들이마신 다음 진지하게 부탁했다.

"진묵, 소 숙부의 초상을 그려 줄 수 있어?"

진묵이 고개를 저었다. 소 숙부는 얼굴 전체를 가리고 눈만 내놓고 있었으니 대강의 모습만을 그릴 수 있었다.

비연은 승 회장이 지하 궁전에 나타났을 때 그 전처럼 얼굴 전체를 가리는 가면을 쓰지 않고 반만 가리고 있어 다행이었다고 생각했다. 그게 아니었다면 가장 중요한 실마리를 놓쳤을 테니까.

비연이 잠시 고민하다가 말했다.

"그럼 요 이모와 계강란의 초상을 그려 줘. 소 숙부의 가면 쓴 초상도 그려 주고. 그리고 정왕비의 명의로 거액의 현상금을 걸고 방을 붙여 줘!"

축운궁의 세 사람이 모두 체포된다면 궁주는 반드시 구하러 올 것이다. 그 자신이 올지 능 호법이 올지는 모르겠지만.

그 두 사람의 능력은 아마 소 숙부보다 뛰어날 것이다. 하지만 비연 곁에는 그들에게 대적할 수 있을 만한 사람이 아무도 없었다. 그러나 그녀는 바로 그렇게 때문에 일부러 허장성세를 부려 상대방의 판단을 어지럽히기로 한 것이다. 그녀가 세게 나갈수록 상대는 경거망동하지 못할 것이다.

물론 경계를 늦출 수는 없다. 비연은 이미 망중에게 군구신의 사람들을 뽑아 보내 달라고 명령한 다음이었다.

진묵이 떠난 후에 비연은 침상에 누웠다. 그리고 마침내 용기를 내어 오늘 들은 이야기를 고민하기 시작했다. 그녀의 부황과 모후, 그리고 오라버니는…… 정말로 빙해에서 목숨을 잃은 걸까?

결국 감히 더 이상 생각할 수가 없었다. 비연이 자신에게 중얼거렸다.

"모두 죽었다면…… 시신이라도 봐야지!"

빙해는 환해빙원보다 몇 배는 추운 곳이다. 독이 훼손하지 않았다면 시신은 천 년이 지나도 완전무결한 상태로 보존되어 있을 것이다!

그녀는 진상을 알고 싶었고, 봉황력을 다루고 싶었다! 그리고 언젠가는 빙해를 밟고 가서 제 눈으로 살펴볼 것이다!

비연은 밤새도록 잠을 이루지 못했다. 그리고 보명고성에서도 두 사람이 날이 밝아 올 때까지 눈을 뜨고 있었다. 바로 승회장과 백리명천이었다.

백리명천은 대황숙과 소 숙부를 납치해 온 후, 승 회장이 아직 떠나지 않았다는 것을 알게 되었다.

승 회장은 비연과 군구신의 상황을 알게 되자 두 인질을 데려가고 싶어 했다. 그러나 백리명천이 승낙하지 않자 승 회장은 바로 백리명천의 사부까지 들먹였다.

백리명천은 지금까지도 만진국으로 돌아가지 않고 사부의 서신을 기다리고 있었다……

모든 것은 이야기할 필요도 없고

밤이 깊어 갈수록 눈보라가 거세졌다. 잠을 이루지 못하던 이들이 뜬눈으로 밤을 새웠다.

침상에 누워 있는 백리명천 곁에 급하게 도착한 서신이 한 통 놓여 있었다. 사부의 서신보다 수희의 서신이 먼저 도착했던 것이다.

부황의 병이 중해 곧 힘들어질 것 같다고 적혀 있었다. 전투 상황은 극히 좋았다. 며칠 후면 안팎으로 협조하여 황도인 광안성을 공략할 수 있을 것 같다고 했다. 수희는 그에게 어서 돌아와, 제위를 계승할 준비를 해야 한다고 재촉하고 있었다.

백리명천의 얼굴에는 표정이 없었다. 그 가느다란 눈에는 평소의 매력적인 빛이 전혀 보이지 않고 오히려 조금 넋이 나간 것처럼 텅 비어 있었다. 그는 그렇게 날이 밝을 때까지 누워 있었다.

햇빛이 비치자 눈보라도 멈췄다. 백리명천이 겨우 정신을 차리고 침상에서 내려와 서신을 두 통 썼다. 한 통은 수희에게 보내는 것으로, 일단 태자를 보좌하여 제위를 계승하게 하라는 내용이었다. 대신 태자의 병권을 거둬들이고, 공동으로 기씨와 소씨 두 가문에 대응하라는 당부도 잊지 않았다.

다른 한 통은 부황에게 보내는 것이었는데, 단 한 줄만이 적혀 있었다.

　당신은 다시는 나를 모욕하지 못할 것이다. 영원히.

　백리명천은 조정이나 권세에는 전혀 흥미가 없었다. 그가 한
모든 행동은 그저 부황에게 말하기 위해서였다. 자신은 더 이
상 모두에게 모욕을 당하던 그때의 아이가 아니라고.

　그가 채 일곱 살이 되지 않았을 때였다. 그는 인어족의 변이
를 완성했는데, 인어족 중 그 누구보다도 이른 시기여서 사람
들의 관심을 한 몸에 받았다. 그러나 부황의 총희가 일부러 사
건을 만들어, 그로 하여금 당시 회임하고 있던 모후를 밀게 했
다. 모후는 유산과 동시에 사망했고, 두 생명이 그렇게 사라지
게 되었다.

　그가 아무리 변명해도 부황은 믿어 주지 않았다. 부황은 그
저 자신이 직접 본 '사실'만을, 총희의 이간질만을 믿었다. 부황
은 그를 악마라 선언했다. 어린 나이에 마음씨가 너무나 악독
하다며, 도저히 용서할 수 없을 만큼 죄악이 크다고.

　그때 그는 부황보다 더 모후의 배 속에 있는 아이가 태어나
기를 기대하고 있었다. 매일 모후에게 꼭 여동생을 낳아 달라
고 졸랐다. 그러나 부황의 총희는 그가 아직 태어나지 않은 아
이를 질투했노라고, 그가 총애를 잃을까 두려워했노라고 중상
모략을 했다.

　이 사건은 공개되지 않았다. 부황은 표면상으로는 그의 죄를

다스리지 않았지만 마음속으로는 그에게 사형을 언도했다.

모후가 세상을 떠난 후 부황은 그에게 아무 관심도 보이지 않았다. 그는 갖고 있던 모든 것을 빼앗겼다. 당당한 적자가 노비만도 못한 신세가 된 것이다. 우연히 사부를 만나 약술과 독술을 배우지 않았다면 그는 아마 지금까지 살아남지 못했을 것이다.

열 살이 되던 해에 빙해의 이변이 있었다. 부황은 전 부족의 힘을 모아 군대를 정비하고, 각 가문과 연합하여 현공대륙 동부의 비옥한 땅을 차지했다.

사방에서 전투가 벌어져 혼란한 와중에 그는 약방문 하나로 군대에 만연해 있던 곽란병[2]을 가라앉혔고, 마침내 부황이 그를 떠올리게 만들었다. 그때 이후 그는 부황과 거래할 패를 갖게 되었다.

그는 약을 제조할 수 있었고 독을 제조할 수도 있었다. 즉 사람을 구할 수도, 죽일 수도 있었다. 형제들이 해낼 수 없는 임무를 그는 하나하나 물 샐 틈 없이 완벽하게 해냈다!

만진국이 건국된 이후 부황은 그에게 누차에 걸쳐 상을 내렸다. 그는 돈을 물 쓰듯 하고 풍류를 즐겼으며 양심 따위는 없다는 듯 행동했다. 모르는 이가 보기에는 그 모든 것이 부황의 총애를 받는다는 증거였다. 그러나 사실은 그가 각종 대가를 치르고 본래 자신에게 속해야 했던 모든 것, 즉 지위와 재물, 그

---

2   콜레라.

리고 권세까지 하나하나 되돌려 받은 것에 지나지 않았다.

최근 만진국 황족은 각종 음모나 악행이 드러나면 전부 그에게 뒤집어씌울 생각만 했다. 신농곡의 약재를 훔쳐 군구신을 모해하려 했다거나, 정씨와 기씨 가문을 이간질했다거나 하는 일과 같이. 그 모든 일이 사실은 부황의 명을 받아 행한 것에 지나지 않았는데도 말이다.

그런 일이 일단 드러나면 그의 개인 행위로 치부되었고, 만진국은 전혀 망설이지 않고 그에게 죄를 뒤집어씌웠다. 심지어 소씨와 기씨 두 가문이 결탁하여 만든, 그가 천염국 태자를 죽이려 했다는 누명까지도 부황은 진실이라고 믿었다. 그리고 외부 세력이 현상금을 걸고 그를 찾자, 부황은 정말로 그를 그들에게 건네주려 했다!

이번에 병사들을 일으킨 것은 만진국의 황위를 얻기 위해서가 아니라 부황과 이 빚을 청산하기 위해서였다!

서신 두 통을 보낸 후 백리명천은 다시 침상에 누웠다. 그러나 그가 막 눈을 감았을 때 문 두드리는 소리가 들렸다. 찾아온 사람은 바로 승 회장이었다.

백리명천은 아무것도 듣지 못한 듯 이불을 머리까지 덮어썼다.

승 회장이 말했다.

"삼전하, 상의할 일이 있습니다."

백리명천이 몸을 일으켰다. 그러나 문을 열지 않고 창문으로 도망쳤다. 하지만 안타깝게도 승 회장이 예상했다는 듯 쫓아와 그를 막아섰다.

승 회장은 검은 장포를 걸치고, 얼굴 전체를 가려 주는 가면을 쓰고 있었다. 그는 지금까지도 백리명천에게 자신의 진짜 신분을 드러내지 않고 있었다. 그 이유는 다름이 아니라, 백리명천이 고씨 영감의 제자긴 하지만 운한각 사람은 아니었기 때문이다.

고씨 영감은 운한각을 세우기 전에 백리명천을 제자로 받아들였으니 그 사제 관계는 순수하게 사적인 것이었고, 운한각의 임무와는 무관했다.

얼마 전까지 백리명천은 만진국의 황자에 불과했다. 그러나 지금은 만진국을 장악하게 된 상태였다. 승 회장은 고씨 영감이 생각을 바꿔 백리명천을 운한각에 가입하게 할지 확신할 수 없었다. 물론 백리명천이 달가운 마음으로 누군가의 신하가 되려 할지도 확신할 수 없었다. 이 모든 것은 고씨 영감이 서신을 보내온 다음에야 결론을 내릴 수 있을 것이다.

지금 그가 가장 관심을 두고 있는 것은 바로 백리명천에게 있는 두 인질, 특히 천염국의 대황숙이었다!

그날 군구신의 영술을 직접 본 승 회장은 지금까지도 전전긍긍하고 있었다! 그는 군구신의 신상에 대해 다시 고민하지 않을 수 없었다. 현공대륙에서는 영술이 실전된 지 이미 수백 년이었고, 흑삼림에서만 한 번 나타났다고 했다. 그러나 운공대륙에서는 영술이 대진국 태부인 고북월의 가문 대대로 전해 내려오는 비술이었다.

운한각이 찾고자 하는 남자아이의 이름은 고남신, 대진국 공주의 시위이자 소꿉친구인 동시에 약혼자였던 아이였다. 고남신은 고북월의 양자로, 영술의 계승자였다.

빙해의 이변이 있은 후, 고남신은 현공대륙으로 건너와 대진국 공주의 행방을 찾고 있었다. 그러나 1년이 채 되지 않아 그는 실종되고 말았다.

운한각은 고남신을 여러 해 동안 찾았고, 가장 직접적인 증거는 바로 영술이었다! 흑삼림에서 영술이 나타난 후 운한각은 심혈을 기울여 그자를 추적하고 있었다.

승 회장과 상관 부인은 과거 인신 매매상의 비밀 명단을 얻은 적이 있었고, 그 명단에 군구신의 이름도 있었다. 그러나 그들은 납치당한 군씨의 적장자가 고남신과 관계가 있을 거라고는 생각하지 않았었다!

비록 군씨의 적장자가 납치되어 운공대륙에 팔렸다 해도…… 고남신은 대진국 태부인 고북월이 운공대륙에서 양자로 받아들였지만……. 그러나 같은 해 납치당한 아이가 그렇게 많고, 양자로 들어간 아이도 굉장히 많았다.

게다가 고남신이 현공대륙에서 실종된 그해에는 군씨 황족 쪽에서 아무런 동정도 포착되지 않았다. 군구신은 열일곱 살이 되던 해에야 진양성에 도착해 파문을 일으켰다.

군씨 가문이 적장자를 찾았다면 그렇게 오랫동안 아무 소식이 없었을 리도 없고, 무엇보다 그렇게 오래도록 군구신을 태자로 세우지 않을 리도 없었다!

승 회장과 상관 부인은 계속, 지금의 군구신은 군씨 가문의 적장자가 아니라 군구신의 이름을 사칭하는 허수아비라 생각했다. 그러나 군구신이 영술을 쓴 이상 그의 모든 추측이 뒤집어진 것이나 마찬가지였다!

승 회장은 이 소식을 운한각에 보냈다. 그는 지금 절박하게 천염국의 대황숙을 심문하고 싶었다!

천염국 황족은 군구신이 어린 시절부터 대황숙에게서 무술을 배웠다고 대외적으로 선포해 왔다. 승 회장은 대황숙에게 물어보고 싶었다. 군구신이 영술을 어떻게 배운 것인지.

승 회장은 급한 마음에도, 겉으로는 냉정을 유지하며 백리명천에게 말했다.

"사부의 체면을 생각해서 저에게 두 시간만 주시지요. 군씨 그 황숙과 단둘이서만 이야기를 하도록."

백리명천이 그를 흘깃 보더니 냉소했다.

"사부의 서신이 없으면, 그 무엇도 이야기를 할 필요가 없습니다!"

사부로 인정할 것인지

백리명천의 완강한 태도에 승 회장은 매우 불쾌했다. 부상을 입은 것만 아니라면, 또 주변에 사람들만 없었으면…… 백리명천을 어떻게든 처리하고 직접 사람을 빼내 왔을 것이다. 이렇게 쓸데없는 말을 늘어놓을 필요 없이.

승 회장은 인내심을 발휘해 다시 말했다.

"제가 사람을 납치할까 봐 두려우시다면, 밖에서 지키고 계셔도 좋습니다."

백리명천이 눈썹을 치켜세우더니 전혀 아랑곳하지 않는 태도로 말했다.

"본 황자가 당신을 구한 것은 스승의 명을 받은 것에 불과합니다. 이 인질은 본 황자에게 필요한 인물들입니다. 우리 사이에는 어떤 연고도 없는데, 본 황자가 무엇 때문에 당신에게 인질을 만나게 해 주어야 합니까? 본 황자는 피곤하니, 가서 해야할 일이나 하시지요."

말을 마친 그가 창을 넘어 방으로 들어가려다가, 뭔가 이상하다는 것을 깨닫고 바로 대문 쪽으로 걸어갔다.

승 회장의 불쾌함이야 말할 필요도 없었다. 차갑게 가라앉은 눈으로 백리명천을 따라가, 그가 문을 닫는 것을 막았다. 그러고는 단도직입적으로 물었다.

"조건을 이야기해 보시지요."

백리명천은 인질을 두고 승 회장과 조건을 이야기할 생각이 조금도 없었다. 그는 그저 '군구신의 적이면 모두 맹우가 될 수 있다'는 생각에서 대황숙과 소 숙부를 데려왔을 뿐이다.

승 회장이, 사부가 이 일로 그에게 서신을 보낼 거라고 말하지 않았다면 그는 이미 두 인질을 만진국으로 맞아들여 즐거운 마음으로 대화를 나누었을 것이다.

그러나 승 회장의 이 말을 들으니 그도 갑자기 생각이 바뀌었다. 승 회장의 신분과, 승 회장과 군구신 간의 은원에 상당히 흥미가 생겼던 것이다.

그가 고개를 돌리고 싱긋 웃었다. 요사스럽게 매혹적인 모습이 꼭 옥으로 조각한 여우 같은 느낌이었다.

그가 말했다.

"본 황자에게 말해 주시지요. 당신이 혁씨 가문의 누구인지. 당신네 혁씨 가문이 최근 수년 동안 무엇 때문에 종적을 감췄는지. 그리고 백새빙천에 무엇 때문에 잠복하고 있었는지. 군구신과는 어떤 관계인지."

승 회장이 주먹을 쥔 채 한참 동안 아무 말도 하지 않았다.

승 회장은 물론 운한각의 비밀을 쉽게 드러낼 수 없었다. 게다가 그는 백리명천과 군구신, 비연 사이에 어떤 은원 관계가 있는지 알지 못했지만 천염국과 만진국이 얼마 전 끝낸 전쟁을 보면 백리명천과 군씨가 함께하기는 어려워 보였다.

군구신이 정말로 그들이 찾던 사람이라면…… 언젠가 백리명천이 진상을 알게 되면 과연 그 고씨 영감을 사부로 인정할지 승 회장은 걱정되기 시작했다. 인어족은 결코 쉽게 상대할 수 없는 족속들이다.

승 회장은 보명고성에 돌아온 다음에야 운한각이 흑삼림에서 움직이고 있다는 사실을 알게 되었다. 운한각의 주인과 고씨 영감도 흑삼림으로 갔다는 것이다. 때문에 그는 현재 고씨 영감과 직접 연락할 방도가 없어 운한각을 통해야만 했다. 승 회장은 고씨 영감의 연락이 끊기지 않기만을 바랄 뿐이었다. 그게 아니라면, 백리명천의 이 태도를 보건대 절대적으로 번거롭게 굴 것이다!

백리명천은 흥미진진하게 기다리고 있었으나 승 회장은 한마디 말도 없이 몸을 돌렸다. 그러나 그가 그 자리를 떠나기도 전에 백리명천이 큰 소리로 웃기 시작했다.

"맞아, 본 황자가 한 가지 일을 잊고 있었는데!"

승 회장이 바로 고개를 돌려 물었다.

"무슨 일입니까?"

백리명천이 다가오더니 무해한 표정으로 웃으며 말했다.

"비연 옆에 있던 그 무표정한 놈, 신경 써서 본 적 있습니까?"

무표정한 놈?

승 회장은 잠시 고민하다가 비연 곁에 있던 냉담한 시위를 떠올렸다. 그는 이해할 수 없다는 듯 물었다.

"신경 써서 보면 또 무엇이……?"

백리명천이 싱긋 웃으며 말했다.

"그 녀석의 눈이 대단합니다. 아마 당신 얼굴의 절반만 봐도 얼굴 전체를 그려 낼 수 있을 겁니다. 본 황자의 기억이 틀리지 않았다면, 그날 당신은 얼굴에 복면을 했을 뿐 가면을 쓰지는 않았지요. 하하! 본 황자가 보기에, 다음번에 그들을 만날 때는 가면을 쓸 필요가 없을 겁니다. 차라리 지금 본 황자에게 본 얼굴을 보여 주는 것이 나을지도요. 그렇다면 본 황자가……."

승 회장이 매우 당황하여 백리명천의 말을 끊었다.

"정말입니까?"

백리명천이 말했다.

"그 녀석은 장파의 후계자입니다. 어찌 된 일인지 모르지만 비연, 그 망할 계집의 시위 노릇을 좋아라고 하고 있더군요. 본 황자는 그가 복면을 쓴 사람의 진짜 얼굴을 그려 내는 장면을 직접 보았습니다. 거짓말이 아닙니다!"

승 회장이 마침내 경악했다. 비연과 군구신이 그를 보았으니 현공상회가 폭로된 셈 아닌가! 현공상회가 폭로되었다면 한가보도 분명 의심을 살 것이다!

군구신이 정말로 그들이 찾던 사람이라면, 군구신이 자신을 보고도 알은척하지 않은 것이니 이 안에는 분명 무슨 곡절이 있을 것이다. 진상을 알기 전에는 그저 탐색할 수만 있을 뿐 가볍게 정체를 드러낼 수는 없었다.

승 회장이 더 이상 백리명천을 상대하지 않고 빠른 걸음으로 그 자리를 떠났다. 그가 방에 도착했을 때 하인이 와서 보고했다.

"성에 황명으로 방이 붙었습니다. 거액의 현상금을 걸고 축운궁의 목요, 계강란, 소 숙부를 찾고 있습니다. 앞의 두 사람은 초상이 있고, 소 숙부는 가면을 쓴 얼굴만이 있을 뿐입니다. 정왕비를 암살하려 했다는 죄명입니다.”

“축운궁? 목요?”

승 회장은 이 이름이 가명이라는 것을 바로 알아차렸다. 그는 지하 궁전에서 이미 요 이모를 알아보았던 것이다!

요 이모는 빙해의 이변을 만들어 낸 사람이었다. 운한각이 이미 그녀를 경계하며 찾고 있었는데, 그녀가 축운궁에 의탁하고 있었다니⋯⋯. 또한 축운궁은 대체 어떤 내력이 있는 걸까?

승 회장은 깊이 고민하다가 직접 밀서를 한 통 쓴 다음 급전으로 현공상회에 보냈다. 그리고 그는 다시 백리명천을 찾아갔다. 이번에는 문을 두드리는 것이 아니라 방문을 아예 발로 차서 열어 버렸다.

그날 군구신이 요 이모를 위협하고 있었기 때문에 그는 백리명천과 도망쳐 보명고성으로 돌아왔다. 그는 바로 백리명천에게 호란설지에서 정보를 모아 달라고 부탁했으나 거절당했다. 그러나 백리명천이 며칠 사라지더니 뜻밖에도 대황숙과 소 숙부를 데리고 돌아왔다.

승 회장이 아무리 물어도 백리명천은 그를 상대하지 않았다. 승 회장은 요 이모 일당이 모두 군구신의 손에 떨어졌고, 백리명천이 군구신의 손에서 그들을 납치해 온 거라 생각했다. 그러나 지금 붙었다는 방 이야기를 들어 보면 상황이 그렇게 단순한 것 같지 않았다. 그날 군구신과 비연이 몽족의 지하 궁전에서 무슨 일을 당한 게 분명했다!

백리명천이 멍한 표정으로 침상에 누워 있다가, 승 회장이 방문을 발로 차고 들어오는 것을 보고 바로 일어나 앉았다. 그리고 미간을 찌푸리며 차가운 목소리로 물었다.

"대체 이게 무슨 행동이신지?"

승 회장의 목소리는 백리명천보다 더 차가웠다.

"군구신이 무엇 때문에 방을 붙여 사람을 찾고 있는 거지? 어떻게 그리도 빨리 두 사람을 인질로 잡을 수 있었느냐!"

백리명천의 눈가에 일말의 복잡한 빛이 스쳐 갔다. 그러나 그는 곧 대수롭지 않다는 듯 웃으며 외쳤다.

"당신과는 상관없는 일이지!"

그는 방금까지도 잠을 이루지 못하고, 군구신이 몽족의 결계에 갇힌 일을 천하에 공포할지를 고민 중이었다. 설족의 땅에서 돌아온 후, 백리명천은 계속 이 문제를 생각하고 있었다.

천염국의 택 태자가 제위에 오른 것은 그 늙은 황제에게 분명 무슨 일인가 생겼다는 의미였다. 지금 대황숙이 그의 손에 있고, 군구신은 결계에 갇혔다.

백리명천은 사실 대황숙을 구실로 삼을 이유도, 소 숙부 뒤의 세력과 연맹을 맺을 필요도 없었다. 그저 천하에 대고 군구신이 조난당했다고 선포하기만 하면 천염국에는 내란이 생길 것이다.

그가 망설이는 이유는 오로지 비연 때문이었다. 그가 승 회장에게 군구신이 재난을 당한 사실을 숨긴 것 역시, 단순히 승 회장에게 그 사실을 알리고 싶지 않아서가 아니라 승 회장이 비연을 힘들게 할까 봐 걱정스러웠기 때문이었다.

최근 며칠 내내, 그는 때때로 비연의 울음소리를 떠올렸다. 아주 힘들어 죽을 지경이었다. 비록 그들이 아직 빚을 청산하지 못했다 하나…… 재난당한 틈을 타서 여자를 괴롭힌다는 것은 백리명천, 자신이 할 만한 행동이 아니었다!

승 회장은 걱정스러운 마음에 조급함이 더해져 있다가 백리명천의 도전적인 태도를 보자 분노가 치솟고 말았다. 그는 백리명천에게 암기를 조준하며 차갑게 말했다.

"믿건 안 믿건, 네 사부를 대신해 오늘 교훈을 남겨 주어야겠구나!"

그러자 백리명천이 두려워하는 빛 없이 대답했다.

"보아하니, 고씨 영감이 너희 혁씨 가문과 교분이 꽤 두터운 모양이지? 한패인가?"

폭풍우 전날 밤

혁씨 가문? 한패냐고?

승 회장이 냉랭하게 말했다.

"네 사부는 확실히 나와 한패지! 하지만 우리는 결코 혁씨 가문의 후예가 아니다! 얘야, 제대로 생각해 보도록 해라. 네가 우리 큰일을 망쳐 놓는다면, 그 결과는 스스로 감당해야 할 테니까!"

백리명천의 눈가에 일말의 복잡한 빛이 스쳐 갔다.

"내 사부께서 군구신과는…… 어떤 은원 관계가 있는 거지?"

승 회장이 말했다.

"네가 그렇게 많이 알 필요는 없다! 그저 나에게 말해 주기만 하면 된다. 저들을 어떻게 데려온 건지?"

백리명천이 입을 열기도 전에 승 회장의 하인 하나가 총총히 달려 들어왔다.

"주인님, 밖에…… 밖에…….."

하인이 방 안의 형세를 보더니 바로 입을 다물었다. 승 회장이 얼음처럼 차가운 눈길을 던지자 하인이 바로 다가와 귀에 대고 속삭였다.

"주인님, 누가 퍼뜨린 소문인지는 모르나 밖에 갑자기 정왕 전하가 환해빙원 몽족의 결계에 갇혔다는 소문이 퍼지고 있습니다.”

이 말을 들은 승 회장이 분노한 눈초리로 백리명천을 바라보며 암기를 날렸다! 그는 보명고성으로 돌아온 후 적지 않은 암기를 보충했다. 비록 칠살소골침만 한 위력은 없다 하나 결코 약한 암기가 아니었다!

백리명천은 다행히도 계속 대비하고 있었기에 적시에 피할 수 있었다. 그가 승 회장에게 무엇 때문에 그렇게 화를 내는지 물어보려고 했을 때, 승 회장이 날카로운 소리로 외쳤다.

“군구신이 몽족 결계에 갇혔던 거군! 네가 일부러 이 소문을 낸 거겠지?”

이 말에 백리명천이 경악했다. 요 이모와 계강란은 비연의 손에 떨어졌고, 대황숙과 소 숙부는 그의 손에 있었다. 그러니 이 소식을 퍼뜨린 사람은 축운궁이 설족에 심어 놓은 세작일 수밖에 없었다.

이런 비밀까지 아는 이상 그 세작을 찾아내기가 분명 쉽지 않을 것이다. 설족이 세작을 찾고 있기는 했지만 빠져나갈 구석이 있었던 것이다!

백리명천도 이해할 수 없어 그저 웃기만 했다.

“좋아, 이제야 알게 되신 모양이군. 군구신이 결계에 갇혔다는 것을. 그쪽에게도 나에게도 유리한 소식이니 함께 기뻐해야 하는 것 아닌가?”

승 회장은 단 한 걸음도 양보할 마음이 없었다.

“너는 아직 내 질문에 대답하지 않았다!”

백리명천이 귀찮다는 듯 어깨를 으쓱하며 답했다.

"본 황자도 그날 무슨 일이 벌어졌는지 모른다고. 군구신이 결계에 갇혔고, 요 이모가 잡혔다는 것만 알 뿐이야. 소 숙부와 계강란이 군씨네 대황숙과 결탁해 비연을 포위해서 공격하고 있었고, 본 황자는 그 틈을 타서 두 사람을 데려왔을 뿐이지."

백리명천이 생각을 거듭하다가 다시 싱긋 웃으며, 일부러 탐색하듯 말했다.

"이렇게 보면 우리도 한패인 것 같은데? 사부를 기다릴 것 없이 그쪽이 본 황자에게 정체를 드러내면 본 황자도 그쪽에 합류하도록 하지. 그다음에 다시 축운궁과 손을 잡고 군씨를 무너뜨리는 것은 어때?"

승 회장이 한참 동안 백리명천을 노려보며 대답하지 않다가 겨우 이 말만을 남겼다.

"얘야, 네 사부가 오면 아마 너를 잔뜩 혼내 주려 할 게다!"

말을 마친 승 회장이 성큼성큼 그 자리를 떠났다. 백리명천은 무시하듯 코웃음을 쳤다. 그러나 승 회장의 뒷모습이 사라지자 바로 시위들을 불러들여 단칼에 명령을 내렸다.

"인질을 데리고 철수하도록!"

시위가 이해할 수 없다는 듯 물었다.

"삼전하, 이렇게 좋은 시기인데 어찌하여 연맹을 맺지 않으시는지요?"

백리명천이 고개를 돌려 시위를 바라보았다. 그의 얼굴에는 마치 사랑에 빠진 듯한 미소가 떠올라 있었다. 그러나 시위는 오히려 그런 모습에 놀라 더는 한마디도 하지 못하고 바로 명을 수행하러 떠났다.

백리명천도 아주 잘 알고 있었다. 그에게 가장 현명한 방법은 바로 사부의 서신을 기다려 진상을 명백하게 파악한 다음에 그들과 손을 잡는 것이다. 그러나 그는 또한 잘 알고 있었다. 사부가 오면 백리명천 자신은 그 어떤 일이라도 주도권을 쥘 수가 없을 것이다. 그리고 사부의 악랄한 성격을 고려하면, 그는 분명 비연을 죽이려고 할 것이다.

군씨에 대한 빚을 갚기 위해서라면 그는 다른 이들과 손을 잡아도 상관없었다. 그러나 비연에 대한 것이라면…… 그 누구도 손을 대지 못하게 할 작정이었다!

백리명천은 북강을 떠나는 척하며 몸을 숨길 작정이었다. 일단 사부의 서신을 받지 못할 곳으로 몸을 피해야 했다. 또한 소숙부 그 늙은이도 제대로 심문해서 그들 간의 은원을 확실하게 알아내야 했다. 그리고 그 김에 설족의 세작이 대체 누구인지도 밝혀낼 작정이었다!

승 회장이 어찌 백리명천이 이렇게 복잡한 생각을 하고 있는 줄 알겠는가. 이 순간 그의 머릿속을 가득 채운 것은 단 한 사람, 바로 한가보의 소 부인이었다!

그는 원래 원병을 청해 와 어떻게든 군구신을 탐색해 봐야 하지 않을까 고민하던 참이었다. 어쨌든 북강은 군씨의 영역이고, 그들은 신분이 드러났다. 군구신이 고남신이 아니라면, 혹은 그가 고남신이라도 그들을 믿지 않거나 그들을 알아보지 못한다면 상황이 엉망이 될 수 있었다.

그러나 지금 군구신이 몽족의 결계에 갇혔다는 이야기를 듣자 승 회장은 오히려 안도의 한숨을 내쉬었다! 랑종 한씨가 바로 몽족의 후예 아닌가. 소 부인은 비록 몽족의 혈통을 잇지는 않았지만 종주인 한진에게서 10년 동안 비밀리에 결계술을 배웠다. 그리고 현재 유일하게 결계술을 이해하는 사람이었다.

빙해의 일전에서 한진은 자신을 희생하여 결계술로 혁씨, 소씨 가문의 가주를 죽음의 결계에 가두었다. 소 부인은 종주와 감정이 매우 깊었기 때문에, 이 사실을 알게 된 후 하룻밤 사이에 머리가 온통 하얗게 세어 버렸다.

그녀는 그 후로 언젠가는 죽음의 결계를 파해할 방법을 찾을 거라는 희망을 품고 미친 것처럼 결계술을 연구했다. 언젠가 사부를 다시 한번 보기 위해.

군구신이 결계에 갇혔다면 북강은 지금 비연 홀로 버티고 있는 셈이다. 그가 소 부인과 함께 백새빙천에 잠입해, 허실을 탐색하고 기회를 엿보아도 될 일이었다.

이때, 비연 역시 군구신이 결계에 갇힌 소식이 외부로 흘러나갔다는 소식을 들었다. 그러나 그녀는 놀라지 않았다. 대황 숙이 백리명천에게 끌려간 날 이후로 그녀는 이 일을 대비해 왔기 때문이었다.

그녀는 이 일이 북강의 판세에 끼칠 영향은 걱정하지 않고 있었다. 어쨌든 그녀는 이미 필사적이었던 것이다. 그녀가 지금 걱정하는 것은 천염국의 판세였다.

지금 대부분의 사람들은 군구신이 천무제와 대황숙에게 제압당한 상태고, 비연은 천무제가 군구신 곁에 심어 놓은 바둑알에 불과하다고 여기고 있었다. 그녀는 그들의 생각을 역이용해 대응할 계책을 생각해 둔 상태였다.

동포대회를 열기로 한 것은 현공상회와 한가보를 초대하기 위해서였지만, 택을 정당한 이유로 그녀 곁에 두기 위해서기도 했다!

그녀가 냉랭하게 말했다.

"여봐라, 어서 대황숙이 백리명천에게 납치되었다는 소문을 퍼뜨려라."

이렇게 된 이상 퇴로는 없다. 그녀는 선수를 칠 생각이었다!

대황숙이 백리명천과 결탁했는지는 상관없었다. 소문을 내는 것만으로도 단숨에 대황숙이 백리명천과 결탁한 것을 기정사실로 만들 수 있다! 대황숙은 나라를 배반한 자가 될 것이다! 그렇게 되면 그녀는 태상황의 명을 받든다는 이유로, 또한 군씨 가문 적장자의 부인으로서 대황숙을 수배하고, 어린 황제를 보좌하여 천염국을 안정시킬 수 있을 것이다!

정역비도 비연의 소식을 받고, 내란을 방지하고 외적을 막아 내기 위해 바쁘게 여론을 포석해 두고 있었다. 그녀는 겉보기에는 무뢰한으로 보이는 정역비가 철혈의 군인이 되는 순간, 분명 판세를 안정시킬 수 있으리라 믿고 있었다.

비연이 진묵을 찾아 진지하게 물었다.

"동포대회와 관련한 일은 어떻게 되어 가고 있지?"

진묵이 솔직하게 대답했다.

"이미 준비가 끝나 가고 있어. 장로회가 오늘 정식으로 선포할 예정이야. 초청장도 며칠 전에 전부 보냈어. 사흘이면 현공상회와 한가보에 닿겠지."

비연이 고개를 끄덕이며 잠시 생각에 잠겼다. 곧 그녀의 입매에 사나운 미소가 떠올랐다.

"진묵, 직접 해 줘야 할 일이 있어. 북강에 봉황허영이 나타났다는 소문을 내 줘. 그리고 며칠 후에…… 사람들이 환해빙원에 모이면 봉황허영이 다시 나타날 거야!"

폭풍우를 피할 수 없다면 폭풍우가 사납게 올수록 좋았다. 이 소식은 그녀 자신을 지키기 위한 것이기도 했지만 뱀을 놀라게 하여 동굴 밖으로 끌어내기 위한 것이기도 했다.

비연은 정말로 알고 싶었다. 이 대륙에 또 얼마나 많은 사람이 봉황력을 노리고 있는지!

두 가지를 준비하다

비연은 싸우기로 했지만 무모하게 덤벼들 생각은 아니었다. 그녀는 주도면밀하게 준비하고 있었다.

진묵이 떠난 후에 비연은 직접 아주 중요한 일을 처리하러 갔다. 바로 오장로를 매수하는 일이었다.

오장로는 강직하고 굳센 사람으로 '매수'라는 단어가 도무지 어울리지 않았다. 그러나 비연은 이 일을 성공적으로 해냈다. 그녀가 가진 패가 바로 설족 족장의 지위였기 때문이다.

오장로는 백성들을 이롭게 하겠다는 열정으로 가득 차 있었다. 그동안 그 열정을 너무 오래 억압받아 온 그에게는 이번 기회가 정말 중요했다.

그는 꼭 족장이 되고 싶은 것은 아니었지만 다른 네 장로가 어떤 사람들인지 너무도 잘 알고 있었다. 그 네 장로 중 누구라도 설족의 족장이 되면 백 족장이 밟은 길을 그대로 따를 가능성이 농후했다. 그중에서도 대장로는 특히 더 그랬다! 그는 한참 고민한 끝에 결국 비연의 제안을 승낙했다.

봉황허영과 관련한 소문은 이미 퍼져 나간 상태였다. 비연은 더 이상 숨기지 않고, 각 세력이 봉황력을 얻기 위해 백새빙천에 잠입한 이야기를 사실대로 오장로에게 말해 주었다. 물론 그녀가 봉황력을 얻었다는 이야기는 결코 하지 않았다.

오장로는 놀랍기도 하고 화가 나기도 했다. 그는 심지어 비연이 그 일을 숨긴 것에도 불만을 품었다. 그러나 비연을 어찌할 수는 없으니 타협을 볼 수밖에 없었다.

비연이 오장로에게 부탁한 것은 아주 간단한 일이었다. 바로 암중에서 방어선을 구축해 달라는 것이었다. 비록 그녀가 이미 상 장군에게서 꽤 많은 수의 병사들을 빌리고, 또 망중에게 명해 군구신의 수하들을 전부 북강으로 파견 보내라고 하긴 했지만, 여전히 호란설지와 환해빙원에 익숙한 설족 궁수들이 필요했다.

오장로가 진지하게 말했다.

"왕비마마, 이 모든 것을 제가 안배해 드릴 수 있습니다. 그러나 이 일이 설족의 동포대회에 영향을 끼치거나 무고한 백성들이 다치는 일이 있어서는 안 됩니다!"

비연 역시 진지했다.

"그야 당연하지. 기억해 두도록. 이 일은 암중에서 진행해야 하고, 결코 다른 이들에게 알려서는 안 되는 일이라는 것을. 그리고 세작에 대한 일도 결코 허술하게 굴지 말고 조사를 계속해야 한다!"

오장로가 떠났을 때는 날이 이미 어두워진 다음이었다. 그러나 비연은 쉬지 않고 등잔을 하나 더 밝혔다. 그리고 화살과 금침을 꺼내 하나하나 독약에 담금질하기 시작했다.

고요한 방 안, 설랑이 엎드린 채 그녀를 지키고 있었다.

등불 아래 비연의 하얗고 마른 얼굴은 너무나도 평화롭고 진지해 보였다. 사정을 모르는 사람이 본다면 그녀가 안온한 나날을 보내는 중이라고 생각했을 것이다. 마치 성혼한 지 얼마 되지 않은 젊은 부인이 등불 아래에서 바느질을 하며, 귀가가 늦어지는 부군을 기다리는 것과 같은 그런 안온함.

동포대회와 봉황력과 관련한 소식은 곧 북강은 물론이고 현 공대륙 곳곳으로 뻗어 나갔다. 승 회장은 백리명천이 말없이 도망친 것 때문에 화가 나 있다가 이 소식을 듣고 노기를 어느 정도 가라앉혔다.

그는 봉황허영과 관련한 소문이 진짜인지 거짓인지는 판단할 수 없었다. 그러나 봉황력과 관련한 소식이 봉쇄되지 않은 것에, 비연의 의도가 섞여 있음은 확신할 수 있었다.

더군다나 비연은 그와 백리명천이 함께 있다는 것을 알고 있다. 그러니 그들이 스스로의 신분이 드러났다는 사실을 알 거라는 걸 추측했을 터였다. 그런데도 그녀가 이렇게 공개적으로 초청하는 것은 의심할 바 없이 일종의 도발이었다.

승 회장은 소 부인을 기다리며 어떻게 백새빙천에 잠입할지 고민에 빠져 있었는데, 지금 보니 동포대회가 좋은 기회였다.

승 회장이 생각에 잠겨 습관적으로 술 항아리 뚜껑을 열었을 때였다. 문밖에서 가벼운 기침 소리가 들렸다.

"콜록, 콜록!"

승 회장이 고개를 돌려 보니 문밖에 남자 옷을 입은 젊은 여자가 서 있는 게 보였다. 빼어나게 아름다운 외모에 영웅적으로 씩씩한 기상. 바로 신농곡에서 이름을 떨치고 있는 경매사이자 승 회장 외질녀인 운공대륙 당씨 가문의 대소저 당정이었다!

승 회장은 냉담하고 잘 웃지 않았기 때문에 당정은 어릴 때부터 그를 무서워했다. 대신 외숙모와는 아주 친하게 지냈다.

외숙모는 외숙부인 승 회장이 술 마시는 것을 좋아하지 않았고, 당정 역시 그녀의 뜻을 그대로 따르고 있었다. 그래서 감히 대놓고 권할 수는 없었지만 외숙부가 술을 마시는 것을 볼 때면 가볍게 기침을 해 일깨워 주곤 했다.

승 회장은 잠시 망설이다가 결국은 술 항아리를 내려놓고 말했다.

"우리 조카님, 정말 빨리 오셨군."

당정이 헤헤 웃으며 성큼성큼 걸어왔다. 그녀는 한 손에는 서신을, 다른 한 손에는 보따리를 들고 있었다.

당정은 보따리를 탁자 위에 올려놓고, 두 손으로 서신을 건네며 말했다.

"외숙, 고 아저씨가 백리명천에게 보내는 서신이에요. 백리명천은요?"

승 회장이 한숨을 쉰 다음 겨우 말했다.

"도망쳤다!"

당정이 경악했다.

"뭐라고요?"

승 회장이 서신을 열어 보니 그곳에는 단 한 줄만이 적혀 있었다.

'인질을 내놓고 만진으로 돌아가라.'

승 회장도 백리명천이 대체 어디에 있는지 알지 못했다. 그러니 이 서신을 만진으로 보내는 수밖에 없었다.

당정이 가볍게 코웃음을 쳤다.

"그 녀석, 일부러 피한 거 아니에요? 나중에 고 아저씨한테 제대로 혼내 주라고 해야겠네!"

승 회장이 말없이 탁자 위 보따리를 펼쳤다. 그 안의 물건은 전부 암기였는데, 종류가 무척 다양했다.

"외숙부, 운공대륙에서 최근에 가져온 것들이에요. 전부 다 가져왔어요."

당정이 그중에서 휴대용 암기를 하나 꺼냈다. 바로 승 회장이 지난번에 썼던 칠살소골침이었다. 그녀가 진지하게 말했다.

"이건 우리 아버지가 반년을 연구한 개량판이에요. 금침 열 개를 쓸 수 있죠. 두 개밖에 없어서 하나만 가져왔어요. 소 부인께 나머지 하나를 드렸고요."

승 회장이 칠살소골침을 손에 장착하며 물었다.

"언제 비연을 보러 갈 생각이냐?"

당정이 웃으며 말했다.

"곧 가야겠죠! 전 신농곡 노집사님 명으로 약재를 가져온 거예요. 바로 설족을 돕기 위해서! 이유가 충분하니 비연에게 의심을 살 일은 없을 거예요!"

당정은 단순히 암기만을 가져온 게 아니라 세작 노릇을 하러 온 참이었다. 그녀의 신분은 지금까지 드러나지 않은 상태여서, 그녀만큼 비연에게 접근하기에 적합한 인물은 없었다.

대진국 태부 고북월은 고남신을 양자로 맞아들였을 때, 그의 발바닥을 살피고는 그 무늬가 매우 특이하다는 것을 발견했다. 고남신은 무공을 익힘에 있어서 귀재라 할 만한 아이였다.

당정이 비연 근처에 있다가 군구신의 발바닥에 무늬가 있는지 알아낼 수 있다면 그 이상 좋을 수는 없을 것이다. 만약 불가능하다 해도 어느 정도 정보를 모을 수도 있을 테고.

승 회장은 군구신이 몽족 결계에 갇혔다는 것을 알게 된 후에 두 가지 방법을 준비했다. 하나는 당정으로 하여금 비연에게 접근하게 하는 것이었고, 또 하나는 자신과 소 부인이 백새빙천에 잠입해 기회를 보아 행동하는 것이었다.

당정은 꽤 흥분해 있었다. 이렇게 오랜만에 겨우 명확한 실마리를 얻어냈으니 그럴 만도 했다.

"외숙, 제가 일단 내일 먼저 가 볼까 해요. 외숙은 소 부인을 기다린 다음, 손을 써야 할 때 저에게 말씀만 하시면 돼요."

그러자 승 회장이 깊이 생각한 다음 진지하게 말했다.

"비연이 우리를 초청한 이상, 우리는 동포대회 그날 손을 쓰게 될 것 같구나. 그때가 되면 너도 네 외숙모와 함께 비연의 주의를 돌려 다오. 가장 좋은 것은, 다른 사람들도 모두 끌어내어 최대한 시간을 벌어 주는 거야."

당정이 고개를 끄덕였다.

"알겠어요!"

그녀가 자리를 떠나려다가 갑자기 발걸음을 멈추더니 물었다.

"외숙부, 군구신과 술을 드셔 보셨잖아요. 외숙이 보기에 그가 정말 고남신이라면…… 설마 기억을 잃은 건 아니겠지요?"

승 회장은 백리명천이 대황숙을 데려간 일이 또 떠오르는 바람에 화가 났다. 그가 말했다.

"일단 그의 신분을 확인한 후에 다른 것은 다시 이야기하자꾸나. 기억하거라. 어떤 상황에서도 드러내지 않아야 하는 것은 드러내지 말아야 한다. 고씨 가문도 우리가 계속 조사해야 할 대상이고!"

그의 엄숙한 표정을 본 당정은 감히 부주의하게 굴 수 없어 진지하게 대답했다.

"예, 기억하겠어요!"

승 회장에게 작별을 고한 당정은 객잔으로 돌아갔다. 그녀는 그날로 신농곡의 수레 행렬을 이끌고 보명고성을 나가 호란설지로 접어들었다…….

쫓아내다, 여기는 위험하니까

저녁 무렵. 당정이 약재를 실은 수레 행렬을 이끌고 설족의 땅에 닿았다.

당정의 갑작스러운 방문에 비연이 무척 기뻐하며 멀리서부터 달려와 맞이했다.

비연은 당정이 자신을 훑어보는 것을 눈치챘다. 그녀가 입을 열기 전에 당정이 선수를 쳤다.

"아니, 이 계집애, 어째서 또 마른 거야? 정왕 전하께서 몽족의 결계에 갇혔다는 소문이 돌던데, 설마 사실은 아니겠지?"

비연이 그녀를 한참 바라보며 아무 말도 하지 않다가 갑자기 끌어안았다. 당정은 계속 캐물을 생각이었지만 비연에게 안기고 나니 침묵할 수밖에 없었다. 지금 비연은 너무나 견디기 어려워 보였다.

가끔은 말 없는 포옹이 말로 하는 위로보다 더 도움이 되는 법이다. 그러나 비연은 당정을 금방 놓아주었다. 그리고 아무 일도 없었던 것처럼 수레 곁으로 가서 약재를 살펴보기 시작했다.

"언니, 안 그래도 감기약이 모자라던 참이었는데 어쩜 이렇게…… 언니는 정말 가뭄의 단비 같은 존재야! 어머, 이건 시호 잖아? 지금 구하기 어려운 약재인데. 노집사께서 언제 이렇게 너그러워지셨담? 설마 언니가 노집사께 조른 건 아니겠지?"

당정이 아무리 둔하다 해도 비연이 군구신에 대해 이야기하고 싶어 하지 않는다는 건 눈치챌 수 있었다. 자신의 임무는 그렇다 치고, 그런 모습의 비연을 보니 마음이 괴로웠다. 당정은 결국 입을 열고 말았다.

"연아, 그러지 마. 괴로우면 말하고, 울고 싶으면 울어! 내가 너에게 계집애라고 말한 후로 계속 아무 일도 없었던 것처럼 굴고 있잖아! 너도 반은 의원이나 다름없는데, 마음에 울화가 쌓인 채 오래 가면 몸이 상한다는 걸 알고 있겠지?"

비연이 마침내 고개를 돌리더니 생긋 웃었다.

"이미 다 울었는걸. 어린애도 아닌데 계속 울기만 할 수는 없잖아! 어서 가자, 언니. 곧 눈이 내릴 거야!"

당정이 속으로 가볍게 탄식한 후 다시 물었다.

"몽족의 결계는 대체 어떤 거니? 정왕 전하는 언제 나올 수 있는 거야?"

그녀는 비연에게 밀정을 소개해 주었지만 감히 결계사를 소개해 주겠다고는 말할 수 없었다! 몽족의 결계술에 대해 들어 본 사람조차 아주 적은 것이 현실이니까.

비연이 대답했다.

"나도 잘 몰라. 이 일은…… 군씨와 설족이 모두 안배해 둔 바가 있으니까, 일단 기다려야지."

당정은 비연이 자신마저도 억지로 대하고 있음을 알아차렸다. 당정은 한순간 구분할 수 없었다. 비연이 그녀에 대해 의심을 품게 된 걸까, 아니면 아직 충분히 신뢰하지 않는 걸까. 그러나 외숙의 말을 떠올린 당정은 이런 의문을 물어볼 엄두조차 내지 못했다.

비연이 당정을 장로회에 소개했다. 장로들은 모두 열정적으로 당정을 환영했고, 또 비연에 대해서도 괄목상대했다. 그들은 신농곡이 이렇게 많은 약재를 보내온 것은 군씨 황족의 체면을 생각해서가 아니라 비연 개인의 체면을 생각했기 때문이라는 걸 알고 있었다.

장로회는 당정을 위해 연회를 베풀겠다고 했지만 당정이 거절했다. 비연이 소박한 요리와 술을 준비해 당정을 홀로 접대했다.

당정은 비연을 취하게 하고 싶었지만 서로의 주량을 생각하고는 결국 그만두었다. 지난번의 경험을 거울삼으니, 그녀 자신도 감히 너무 많이 마실 수 없어 그저 가볍게 홀짝일 뿐이었다.

식사를 마친 두 사람이 이야기를 나누기 시작했다.

"연아, 밖에서는 환해빙원에서 봉황허영을 보았다는 소문이 자자해. 그런데 봉황허영이 대체 뭐니?"

"신비한 상고 시대의 힘이래. 꽤 많은 사람들이 그 힘을 얻으려 하고 있나 봐."

비연이 잠시 머뭇거리더니 겨우 이어 말했다.

"나도 본 적은 없어. 정왕이 몽족의 결계에 갇힌 것도 그런 사람들 때문이야. 언니, 북강은 아주 위험해. 내일 당장 떠나는 게 좋을 것 같아."

비연은 당정과 같이 아무 상관 없는 사람이 너무 많이 알게 되기를 바라지 않았다. 또한 당정이 몽족설역에 오래 머물지 않기를 바랐다. 이 지역은 너무 위험하다. 동포대회가 가까워질수록 점점 더 위험해질 것이다.

당정의 눈매에 복잡한 빛이 스쳐 갔다. 그녀가 일부러 초조한 듯 말했다.

"나는 평생 눈도 얼음도 본 적 없는걸. 가까스로 북강에 왔으니 여기저기 가 보고 싶다고! 겸사겸사 설족의 동포대회도 구경해 볼까 했는데. 너 설마, 나를 쫓아내려는 것은 아니겠지?"

이 말에 비연도 조급해지고 말았다.

"동포라는 건 결국 낚시를 하는 거야. 뭐 대단한 볼거리도 아닌걸. 언니, 빨리 돌아가는 게 좋아! 어차피 앞으로 한동안은 내가 언니를 대접할 수도 없는걸. 언니도 여기 아는 사람도 없고 낯선 곳이니까…… 오래 있은들 재미없을 거야!"

당정이 얼굴을 굳혔다.

"너 설마, 정말로 나를 쫓아내는 거야?"

비연이 정말로 고개를 끄덕여 버렸다.

"언니, 한 번만 내 말을 들어 줘. 북강은 너무 위험해!"

"위험하다…… 그럼 이 언니는 더더욱 갈 수 없지!"

당정이 말을 마친 후 침상에 드러누우며 생떼라도 쓰듯 선언했다.

"난 오늘 여기서 잘래."

"안 돼!"

비연이 갑자기 외치더니 억지로 당장을 끌어 내렸다.

"언니 방을 준비해 뒀어. 바로 옆방이야. 내가 안내할게."

당정은 고씨 가문을 방문한 적 있었고, 비연과 같은 침상에서 잔 적도 있었다! 그녀는 불안한 마음에 일부러 의심스럽다는 듯 물었다.

"얘, 이게 얼마 만에 만난 건데…… 왜 그렇게 언니를 밀쳐 내는 거니? 언니가 혹시 네 기분을 상하게 하기라도 했어?"

비연이 자못 고집스럽게 말했다.

"어쨌든, 이 침상만은 안 돼!"

당정이 무심결에 침상 위에 베개가 두 개 있는 것을 발견했다. 그녀는 그제야 비연이 이미 혼인한 몸이고, 이곳은 비연과 정왕의 침상이라는 것을 인식했다.

그녀가 웃으며 말했다.

"알겠다, 알겠어. 언니가 다 알겠다고! 이 침상에서는 진짜 잘 수가 없겠다. 가자, 너도 언니랑 옆방으로 가는 거야."

비연은 베개 두 개를 바라보며 부끄럽기도 하고 씁쓸하기도 했다. 이 침상에는 원래 베개가 하나뿐이었다. 다른 하나는 그녀가 나중에 가져다 둔 것이었다. 베개를 하나 더 가져온 후에야 그녀는 겨우 제대로 잠들 수 있었다.

비연이 말했다.

"언니, 나는 아직도 할 일이 있어. 아마 한밤중이나 돼야 잘 수 있을 거야. 언니는 멀리 오느라 고생했을 테니 일단 쉬도록 해."

당정이 서둘러 물었다.

"뭐가 그리 급한 일이기에…… 꼭 밤늦게까지 해야 하는 일이야?"

"황상께서 오시니까, 안배해 두어야 할 일이 아주 많아. 언니, 얼음과 눈을 보고 싶으면 내일 진묵에게 말해서 언니에게 구경시켜 주라고 할게. 어때? 언니는 이틀만 있다가 가는 거야."

"정말 너는 나와 시간을 보내지 않을 작정이니?"

당정의 물음에 비연이 어쩔 수 없다는 듯 고개를 끄덕였다. 당정은 속으로 비연보다 훨씬 더 어쩔 줄 몰라 하고 있었다. 이런 상황은 아예 상상조차 하지 못했던 것이다.

당정은 자신이 비연에게 귀찮은 짐을 더해 주고 힘들게 하는 것 같은 느낌을 받았다. 그녀는 화를 내며 자신의 방으로 돌아와 이곳에 남을 이유를 고민하기 시작했다.

비연은 그녀를 신경 써 줄 여유가 없었는데, 이것 또한 그대로 괜찮은 일이었다. 이대로라면 당정도 좀 더 자유로울 수 있다는 이야기니까. 만약 요 이모가 어디에 갇혀 있는지 알아낼 수만 있다면 그보다 더 좋을 수는 없었다!

비연은 당정과 함께하고 싶지 않은 것이 아니었다. 그녀는 오늘 밤 아주 중요한 일을 해야만 했다. 바로 요 이모를 심문하는 일이었다! 이미 이레가 지났던 것이다.

요 이모는 비밀리에 다른 설옥으로 옮겨진 상태였다. 상처에는 딱지가 앉았고, 그녀는 여전히 형틀에 묶여 있었다. 남루한 의복에 산발한 머리, 겨우 목숨만 부지하는 듯한 모습이 꼭 귀신같았다.

비연이 그녀를 죽게 내버려 둘 마음이 없는 것만큼이나 그녀 자신도 죽고 싶지 않았다. 이 이레 동안 그녀는 상처의 고통을 견디며, 겁에 질린 채 자신이 대체 무엇 때문에 들통이 난 것인지 머리를 짜냈다!

그녀의 결론은 계강란이었다. 소 숙부는 굳센 사람이다. 결코 축운궁에 대해서 털어놓지 않았을 것이다. 그러나 계강란은 장담할 수 없었다. 그러니 이 두 사람이 잡혔다 해도 비밀을 털어놓을 사람은 계강란뿐이었다.

고요한 어둠 속에서 자신에게 다가오는 발걸음 소리를 들은 요 이모는 무의식적으로 구석에 놓인 빙려서 우리를 바라보았다. 그녀는 참지 못하고 몸서리를 치기 시작했다……

그럼 내가 이야기하지

고요한 가운데 발걸음 소리가 다가오더니 점차 어둠 속에서 비연의 마른 몸이 떠올랐다. 그녀는 오늘 유난히도 평온해 보였다. 더 이상 절망하고 있는 것 같지 않았다. 대신 그만큼 결연해 보였다.

이레. 요 이모에게 너무나 괴로운 시간이었지만 비연이라고 괴롭지 않았을까? 그러나 이 순간 그녀는 냉정했다. 그동안 요 이모를 심문할 방법을 잘 생각해 두었다.

요 이모의 시선이 빙려서 우리에서 비연의 하얀 얼굴 쪽으로 향했다. 너무 놀라 덜덜 떨고 있었다. 심장도 빨리 뛰다 못해 곧 멈출 것만 같았다.

상처에 딱지가 앉은 지 얼마 되지 않아 건드리는 것만으로도 아직 아픈데…… 다시 한번 물린다면 대체 어떻게 될까…….

그러나 요 이모는 타협할 생각은 없었다. 그녀는 아주 잘 알고 있었다. 일단 타협하여 진상을 드러내면 그녀는 가치를 잃게 된다.

그렇게 되면 남은 것은 죽음뿐이다! 지난번 비연을 끌어들이려 했던 것이 아니라면 그녀는 결코 그렇게 많이 이야기하지 않았을 것이다.

20년 전, 그녀는 빙해 남안에서 갖은 꾀를 내어 북안으로 도망쳤다. 복수를 위해, 대진국이 멸망하는 그날을 보기 위해! 그리고 존엄을 지키며 영예롭게 운공대륙으로 돌아가기 위해! 그녀는 이름을 감추고 그렇게 오래도록 스스로를 죽이며 살아왔다.

축운궁 궁주의 발아래 굴복하고도 그렇게 오래 버텨 왔는데, 어찌 쉽게 죽을 수 있을까? 아무리 무서워도, 아무리 고통스러워도…… 그녀는 이 목숨을 위해 반드시 버텨 낼 것이다!

요 이모가 냉랭한 눈으로 비연을 바라보았다. 비연이 그녀 앞에서 걸음을 멈췄을 때 요 이모는 눈을 감고 고개를 숙였다.

비연이 가볍게 탄식했다.

"보아하니, 상처가 낫자마자 바로 고통을 잊은 모양이군."

요 이모는 대답하지 않았다.

비연이 직접 의자를 하나 끌어와 요 이모 앞에 앉은 후 평온한 목소리로 말했다.

"여봐라, 형을 집행하라."

요 이모가 흠칫 놀라더니 몸을 떨기 시작했다. 옥졸이 그녀의 상처 위에 죽을 바르기 시작하자 요 이모의 몸이 걷잡을 수 없이 떨리기 시작했다.

그때, 비연이 느긋한 목소리로 말했다.

"네가 말하기 싫다면 그것도 좋아. 내가 말하면 되니까."

요 이모는 무척 놀랐지만 여전히 고개를 숙인 채 비연을 상대하지 않으려 했다.

비연이 손 안의 대설을 쓰다듬으며 말했다.

"약 20년 전, 운공대륙에서 온 여자가 하나 있었지. 그 여자는 혁씨 가문의 늙은 가주를 유혹한 후 혁씨 가문이 기씨 가문, 소씨 가문과 결탁해 남쪽으로 향하게 만든 다음 종적을 감췄지. 얼마 지나지 않아 빙해에서는 이변이 일어났고 말이야. 네가 바로 그 여자였겠지? 빙해의 이변이 있던 그날, 너는 축운궁 궁주 덕에 재난에서 도망칠 수 있었어. 축운궁 궁주는 아마도 군씨 가문의 대황숙처럼, 빙해 중심의 그 신비한 힘을 오래도록 노리고 있던 자였겠지. 그러니까 축운궁 궁주에게 있어 너의 가치란……."

비연이 여기까지 말했을 때 요 이모가 고개를 들고 그녀를 바라보았다. 비연도 그녀를 바라보며 냉랭하게 웃고 계속 말했다.

"축운궁 궁주에게 있어 너의 가치란 그저…… 봉황력을 굴복시킬 방법을 찾도록 돕는 것 정도였겠지?"

비연은 이 이레 동안 바쁘게 움직이면서도 이 일에 대한 생각을 단 한순간도 놓지 않았다.

그녀는 봉황력이 북강에 나타났을 때 축운궁 궁주가 직접 오지 않고 왜 요 이모와 계강란을 보냈는지 의문을 품었다. 그들은 봉황력을 얻으러 왔다기보다는 먼저 그 허실을 알아내러 온 것처럼 느껴졌다.

백 족장은 대황숙과 자신도 봉황력을 어떻게 굴복시키는지 알지 못한다고 말한 적이 있었다.

봉황허영을 쫓는 것도 봉황력이 대체 어떤 방식으로 존재하고, 어디에 머무는지 알기 위해서라고. 요 이모와 계강란 역시 비슷한 상황이었을 것이다.

만약 요 이모가 빙해 남안에서 왔다면, 또한 빙해의 이변을 일으킨 사람이라면…… 봉황력이 대진 공주가 가진 힘이라는 걸 알았을 것이다.

빙해에 이변이 있었을 때 비연은 겨우 여덟 살이었다. 그녀가 어떻게 봉황력을 가지게 되었을까? 요 이모가 이에 대해서도 알고 있을까?

비연의 말에 요 이모의 얼굴에 경악이 떠올랐다. 그것을 보고 비연은 자신의 추측이 옳았음을 깨달았다. 그녀가 계속 말했다.

"봉황력은 운공대륙 대진 황족의 것이지, 축운궁의 어린 주인의 것이 아니었을 텐데. 10년 전 빙해의 그 일전에서 그들이 다툰 것도 봉황력 때문만은 아니었겠지. 그들이 바란 것은 봉황력을 사용해 빙해 중심의 빙핵 힘을 얻는 것이었을 테니."

여기까지 들은 요 이모가 더욱 경악하여, 참지 못하고 물었다.

"네, 네가 그걸 어떻게 알고 있는 거지?"

"하하, 내가 아는 것은 아주 많지. 한번 다시 속여 보지 그래?"

비연이 냉소를 멈추지 않았다. 하마터면 자신이 모든 것을 직접 겪었노라고 말할 뻔했다.

그녀는 몸을 일으켜 요 이모 가까이 다가가서는 귀에 대고 속삭였다.

"나는 이미 환해빙원에서 봉황력이 머무는 곳을 찾아냈지. 네가 정말 나에게 협력하고 싶다면 그 힘을 어떻게 굴복시키는지 말해라. 내가 원하는 것은 빙핵의 힘이고, 네가 원하는 것은 빙해를 무너뜨리는 것이겠지. 축운궁 궁주가 너에게 약속한 것을 본 왕비도 약속해 줄 수 있다! 물론, 너는 계속 본 왕비와 실랑이를 하며 시간을 끌 수도 있어. 본 왕비는 이레라는 시간을 몇 번이고 되풀이하면서 너와 놀아 줄 마음이 있거든! 물론 네가 그 이레를 몇 번이나 버텨 낼지는 모르겠지만."

요 이모가 눈을 휘둥그렇게 떴다.

비연이 이렇게 많은 것을 알 줄 몰랐을 뿐 아니라, 그녀를 끌어들이려 할 거라고도 생각지 못했던 것이다!

그녀는 속으로 감탄하며 자신이 비연을 너무 얕보았던 것을 후회했다.

비연은 요 이모에게 많이 생각할 시간을 주지 않았다. 그녀는 곧장 빙려서 우리 쪽으로 걸어갔다.

요 이모가 다급하게 빙려서를 바라본 후 더더욱 공포에 질렸다. 비연이 빙려서 우리에 손을 대자 그녀가 마침내 입을 열었다.

"기다려! 나, 나도 협력할 수 있어! 하지만 먼저 조건을 이야기해야지!"

비연은 눈썹을 치켜올리며 경멸하듯 미소 지었다. 주눅이 든 요 이모가 말을 덧붙였다.

"최소한, 최소한 나에게 네 성의는 보여 줘야지! 아니면 내가 어떻게 널 믿을 수 있겠어?"

"성의?"

비연이 소리 내어 웃기 시작했다.

"제대로 생각을 좀 해 보시지. 본 왕비는 너에게 기회를 주고 있을 뿐 너에게 뭘 간청하는 것이 아니다! 본 왕비의 성의를 바란다면 먼저 본 왕비에게 네가 얼마나 가치 있는 인물인지 증명하는 것이 옳겠지."

두 사람이 한참 동안 서로를 마주 보았다. 요 이모가 마침내 꼬리를 말기 시작했다.

"봉황력은 한운석이 지닌 힘이었는데…… 나도 한운석이 어떻게 봉황력을 얻게 되었는지는 몰라. 내가 운공대륙에 있을 때는 그저 그 힘이 특별하다는 생각만 했을 뿐이었지. 현공대륙에 온 다음에야 그것이 상고 시대부터 내려오던 신력이라는 걸 알게 되었어."

여기까지 들은 비연은 의아한 기분이 들었다. 그녀는 계속 봉황력이 자신의 것이라 생각했기 때문이었다. 그런데 모후의 것이었다니!

비연이 아무 기색도 드러내지 않자 요 이모가 다시 말했다.

"빙해에 이변이 일어난 그날, 한운석이 봉황력을 발휘하자 빙해가 녹기 시작했다.

하지만 봉황허영은 나타나지 않았지. 그들이 몇 번에 걸쳐 전투를 벌인 다음에야 봉황허영과 용오름이 나타났어. 한운석 외에도 그들 중에 봉황력을 지닌 사람이 있었던 게 분명해. 그것도 한운석이 가졌던 힘보다 더 큰 힘을……!"

비연이 재빨리 물었다.

"한 가지 힘을 두 사람이 동시에 얻는 게 가능하다고?"

요 이모가 진지하게 말했다.

"최근 수년에 걸쳐 나와 축운궁 궁주가 추측한 바에 따르면, 이 힘은 상고 시대부터 가문 대대로 전승되었을 가능성이 있어. 자연적이지 않은 방법으로 굴복당한 것이고 말이야.

하지만 가문 대대로 전승되어 온 힘이라면, 사람이 살아 있는 한 힘도 있는 것이고, 사람이 죽으면 힘도 다하는 것이니, 환해빙원에 봉황허영이 나타날 수는 없어. 그러니 이 일은 여전히 수수께끼인 거야."

비연이 속으로 중얼거렸다.

'사람이 살아 있는 한 힘도 있고, 사람이 죽으면 힘도 다한다……'

그녀가 환해빙원에 도착하자 봉황력은 바로 그녀에게로 돌아왔다. 이 힘은 분명 그녀에게 속한 것이었다. 그렇다면 이 힘은 언제 그녀를 떠났던 것일까?

비연은 자신의 등 뒤에 있는 표식을 기억해 냈다. 그녀가 빙해영경에 있을 때에는 등에 아무런 표식도 없었다.

설마 빙해의 전투 때 봉황력이 그녀를 떠났던 걸까? 그때 그녀는 죽었던 걸까?

하지만 만약 그렇다면 봉황력은 그때 사라졌어야 했고, 그녀도 빙해영경에서 그렇게 오래 지낼 수 없었던 거 아닐까? 더군다나 고씨 가문의 아가씨로 다시 태어날 수도 없었을 테고.

순간, 악몽에서 깨어났을 때처럼 머리가 아파 오기 시작했다.

요 이모가 앞에 있는 한 그녀는 더 이상 생각을 이어 나갈 수 없었다.

비연은 자리로 돌아와 앉았다.

그때 진묵이 조용히 그녀에게 물 한 잔을 건넸다…….

내가 누구인지 한번 맞혀 봐

비연은 진묵이 건네준 물을 받아 아주 천천히 마셨다.

그녀는 사실 조금 낭패스러운 기분이었지만 겉보기에는 아주 평온해 보였다. 특히나 요 이모는 도무지 비연의 속을 알 수 없었다.

요 이모는 기회를 잡았다고 생각했지만 여전히 신중하게 굴고 있었다. 어쨌든 비연 때문에 두 번이나 고생했던 것이다. 그녀가 비연을 바라보며 침묵했다.

비연은 물을 마시며 잠시 쉬었고, 훨씬 편해진 상태로 요 이모를 바라볼 수 있었다. 그녀는 더 이상 캐묻지 않고 그저 차갑게 말했다.

"계속."

계속? 또 뭘 알고 싶은 거지? 뭘 더 알고 있는 걸까?

요 이모는 비연의 속을 알 수 없어 점점 더 조심스러워졌다. 그녀는 축운궁에 대해서도 이야기했지만 요 이모가 축운궁에 대해 아는 것은 의아스러울 정도로 많지 않았다. 뜻밖에도 계강란과 별 차이가 없을 정도였다.

그녀는 축운궁이 흑삼림에 있다는 것만 알고 있을 뿐, 축운궁이 언제 건립되었는지, 궁주와 능 호법이 누구인지는 알지 못했다. 그녀는 빙해와 관련한 임무만을 맡았고, 소 숙부는 다른 임무를 맡고 있었다. 어떤 임무인지는 그녀도 모르고 있었다! 그녀와 소 숙부는 수년에 걸쳐 궁주의 총애를 다투었지만, 소 숙부가 어떤 사람인지도 알지 못하는 상태였다.

요 이모가 말했다.

"축운궁주의 목표는 빙해에서 끝나는 게 아니야! 고비연, 나도 그녀에게는 그저 바둑알에 불과해. 네가 나를 성의껏 대해 준다면 나도 당연히 온 힘을 다해 너에게 협조할 거야!"

비연은 마음에 경멸을 품고는, 화제를 자신이 가장 관심 있는 방향으로 돌렸다.

"대진국 황제와 황후가 무엇 때문에 빙해에 왔던 거지? 대체 그들을 어떻게 빙해로 끌어들인 거야? 그리고 그때 어떤 이들이 참여했는지 하나하나 말해 봐. 감히 하나라도 빼놓는다면……."

비연이 더 말하지 않고 그저 냉랭하게 웃었다. 그것만으로도 위협은 충분했다.

그녀는 빙해 꿈을 수없이 많이 꾸었다. 심지어 봉황허영과 용오름 꿈도 꾸었다. 그러나 그녀는 그 꿈이 그녀의 가장 진실한 기억인지 확신할 수 없었다. 또한 그들 중 누가 그녀의 적인지 친우인지도 알지 못했다.

그녀가 아는 것은 단 하나, 절대로 그녀의 적일 리가 없는 사람이 한 사람 있다는 것이었다. 바로 그녀가 꿈속에서 쫓아다니던 사람, 그녀가 계속 시집가겠다고 졸라 댔던 고남신!

요 이모가 비연을 흘깃 보더니, 고개를 숙이고 말하기 시작했다.

"거짓말을 한 게 아니야. 한운석은 확실히 한진의 사생아고, 그들을 빙해로 끌어들인 것은 사실 내가 아니라 다른 사람이지."

비연이 무척 놀랐다.

"한 패거리가 있었던 모양이지?"

요 이모가 여전히 고개를 숙인 채 말했다.

"그 사람은…… 바로 랑종 종주 한진의 양녀, 한향이야. 그 때 용비야와 한운석은 운공대륙을 통일한 후 현공대륙을 호시탐탐 엿보고 있었어. 그들은 현공대륙 사람들을 모방해 진기를 수련하기 시작했지. 한운석은 한진이 종주의 자리를 한향에게 전수하려고 한 것에 불만을 품었고, 한향과 빙해에서 결투를 벌여, 이긴 자가 랑종 종주의 지위를 계승하자고 약속했지. 하하! 그 개 같은 한 쌍은 랑종을 얻고 계속해서 현공대륙을 정복할 작정이었어. 안타깝게도 내가 그들의 꿈을 망쳐 버렸지!"

요 이모의 말이 사실인지 아닌지와 상관없이, '개 같은 한 쌍'이라는 말에 비연이 격분했다. 의자 손잡이를 잡고 있던 두 손에 조금씩 힘이 들어가기 시작했다. 그러나 비연은 요 이모의 말을 멈추지 않고 계속 귀 기울이고 있었다.

"혁씨 가문 가주와 함께 어떻게 그들을 빙해로 끌어들일까 고민하고 있었는데, 한향이 찾아오더군. 자기를 도와 달라고 말이야. 그래서 우리는 봉황력에 대한 진실은 숨긴 채 기씨, 소씨 가문의 가주들과 손을 잡았지. 한운석과 한향이 결투를 벌일 때 그들을 포위 공격해, 한운석이 봉황력을 발휘하지 않을 수 없게 만든 거야."

비연이 견딜 수 없어 묻고 말았다.

"당씨 가문은?"

요 이모가 마침내 고개를 들더니 대답했다.

"주인을 버리고 도망갔지! 비연, 당씨 가문 사람들은 절대 쓸 만한 인물들이 아니야. 내 추측이 틀리지 않았다면 용비야와 한운석이 빙해에서 목숨을 잃은 후 아마 당씨 가문이 운공 대륙을 차지했을걸. 그들의 야심은 결코 용비야와 한운석보다 작지 않거든! 그들에게는 신수도 한 마리 있는데, 백독불침에 빙해를 건널 수도 있어. 그리고 그 흑의 남자의 암기는 분명 당씨 가문이 만든 것이야! 최근 수년 동안 나는 축운궁 궁주와 함께 계속 그들을 경계해 왔어. 지금 그들이 나타난 데다 만진국 황족들과 결탁했으니, 그들을 절대로 놓쳐서는 안 돼!"

아무래도 요 이모는 승 회장과 백리명천이 도망쳤다는 사실을 아직 알지 못하는 모양이었다. 비연의 두 손에 힘이 더 들어갔다.

요 이모가 그녀를 바라보더니 마침내 자신의 뜻을 입 밖에 내기 시작했다.

"내가 당씨 가문을 아주 잘 알아. 그들이 아직 환해빙원에 있다면, 그들을 끌어내 줄 수 있어. 비연, 나를 풀어 줘."

비연이 여전히 평온한 어조로 물었다.

"당씨 가문을 제외하고, 대진국 황제와 황후 곁에 또 어떤 이들이 있었지?"

"수하가 몇 명 있었지."

374

비연이 추궁했다.

"하나하나 이름을 말해 봐."

"모두 중요하지 않은 인물들이야. 죽어도 아쉬울 것도 없는 사람들이지."

요 이모의 말에 비연이 고개를 끄덕이고는 마침내 몸을 일으켰다. 입에서 커다란 웃음소리가 터져 나왔다. 그녀는 눈물까지 흘릴 기세로 웃고 있었다. 그 모습을 본 요 이모가 더욱 불안해져 다급하게 말했다.

"비연, 너…… 아직도 나를 의심하는 건 아니지? 나는 이미 항복한 거야. 지금부터 너와 한배에 탄 거라고. 그런데 내가 널 속여서 무엇 하겠어? 당씨 가문에게는 독수도 한 마리 있고……. 그 사실은 내가 축운궁 궁주를 제외하면 아무에게도 말한 적 없는 거라고. 계강란도 그건 몰라! 나는 지금 내가 아는 걸 전부 다 말해 준 거야! 만약 그래도 믿지 못하겠다면……. 그, 그래, 나를 죽이면 되겠지!"

비연이 마침내 웃음을 멈추고 요 이모에게 다가가 진지하게 물었다.

"너를 죽이면 된다고?"

요 이모는 간담이 서늘했지만 일부러 화가 난 듯 고개를 옆으로 홱 돌렸다.

"네 편한 대로 하면 그만이지!"

비연이 갑자기 차가운 목소리로 물었다.

"고남신은 누구지? 대진국 태자와 공주의 의부는 또 누구고?"

고남신이라는 이름은, 그리고 의부라는 호칭은 비연의 악몽 속에 나타난 적이 있었다. 그들이 빙해의 전투에 참여했는지는 확신할 수 없었지만, 또 결코 참여하지 않았다고는 말할 수 없지 않은가.

그녀의 소꿉친구이자 약혼자인 사람, 또한 그녀와 오라버니의 의부, 이들이 어찌 언급할 가치가 없는 사람들일 수 있을까? 비연은 요 이모가 여전히 자신에게 사실을 감추고 거짓말을 하고 있다고 단정했다.

요 이모는 비연의 질문을 듣자 사납게 고개를 돌려 휘둥그렇게 뜬 눈으로 그녀를 바라보았다.

"너…… 너……."

당씨 가문 사람이 아니라면 현공대륙에서 누가 '고남신'이라는 이름을 알 수 있을까? 또 그 누가 대진국 태자와 공주에게 의부가 있다는 사실을 알까? 비연은 당씨 가문과 적대적인 관계니, 분명 당씨 가문 사람의 입에서 들은 이야기일 것이다! 누구일까, 비연에게 이런 사실을 알려 준 사람은?

요 이모는 비연을 바라볼수록 불안해졌다.

"대, 대체 어떻게 그런 일들을 알게 된 거지?"

비연은 요 이모의 목을 잡고 천천히 다가가 그녀의 귓가에 대고 속삭였다.

"그야 내가 직접 빙해의 전투를 겪었기 때문이지. 그런데 어찌 모르겠어? 너를 죽이지는 않을 거야. 언젠가 너를 직접 빙해로 데려갈 생각이거든. 기억해 두는 게 좋을 거야. 설사 대진제국의 황제와 황후가 이미 백골로 변했다 해도, 나는 네가 그들 앞에 머리를 조아리고 죄를 인정하게 만들 거야!"

비연은 요 이모의 목을 놓은 후 여전히 웃으며 말했다.

"맞아, 당씨 가문과 독수의 존재를 알려 준 건 고맙게 생각해. 네가 나에게 사실을 말했건 아니건 이제 상관없어. 너에게 다시는 기회를 주지 않을 테니까. 그 기회를 그들에게 줄 생각이거든!"

말을 끝낸 비연이 사납게 요 이모의 따귀를 때렸다.

"내가 누구인지, 한번 알아맞혀 봐!"

적인지 친우인지, 시험 한 번이면 알 수 있어

비연의 말에 요 이모는 공포에 질렸다.

"너는……."

비연이 요 이모를 깊이 노려보며 곁에 있는 빙려서 우리를 열었다. 그리고 몸을 돌려 그 자리를 떠났다. 진묵이 즉시 비연을 따랐다.

등 뒤에서 요 이모의 참혹한 비명이 들려오자 비연이 잠시 발걸음을 늦췄다.

진묵은 비연이 요 이모에게 너무 많은 정보를 주었다고 생각하지는 않았다. 비연이 직접적으로 신분을 이야기하지 않은 것만으로도 이미 충분히 냉정을 지키고 있다는 사실을 알고 있던 것이다. 그래서 그는 단 한마디도 하지 않고 묵묵히 비연의 뒤를 따랐다.

설옥을 나올 때에야 진묵이 마침내 입을 열었다.

"주인님, 심문도 하지 않고 죽이지도 않을 거라면, 저 사람, 내가 처리하게 해 줘."

그는 비연이 방금 했던 이야기들이 위험하다고 지적하는 대신 보완할 방법을 직접적으로 이야기했다. 진묵은 요 이모가 빙해 이변을 시작한 사람인 것을 알고 있어, 일단 적의 손에 떨어지면 후환이 두렵다는 사실도 깨닫고 있었다. 북강에 폭풍우

378

가 밀려오기 전에 요 이모를 아무도 몰래 다른 곳으로 옮겨야 했다.

비연이 발걸음을 멈추고 진묵을 바라보았다. 그녀도 바보가 아니니 진묵의 뜻을 알 수 있었다. 그녀가 이를 갈다시피 하며 말했다.

"진묵, 저 여자의 거짓말을 이제 참을 수가 없어. 내 부황과 모후를 폄훼하는 것도 견딜 수 없고! 더 이상 저 여자와 시간을 낭비하고 싶지 않아! 모두에게 초청장을 보냈으니, 승 회장과 다른 사람들이 올 때까지 기다릴래. 그들이 내 적인지 친우인지는, 한번 시험해 보면 알게 되겠지!"

요 이모는 거짓말을 늘어놓았지만 비연은 이변이 있던 해의 진실을 대강 짐작할 수 있었다. 이제 승 회장을 어떻게 시험해야 할지도 알 수 있었다.

승 회장과 소 부인의 관계는 아주 깊고, 당씨 가문과 랑종은 동맹이다. 그들의 입장만 확인한다면 진상에 좀 더 가까워질 수 있을 것이다!

그들이 적이라면 원래의 계획대로 하면 그만이다. 그들은 결코 도망칠 수 없을 것이다!

그리고 그들이 친우라면…… 어쩌면…… 그녀는 집에 돌아갈 수 있을지도 모른다.

진묵이 고개를 끄덕였다.

"응, 요 이모는 나한테 맡겨 줘."

비연이 말했다.

"오늘 밤 북강을 떠나게 해. 목숨을 절대로 붙여 놓아야만 해. 그녀가 제대로 고민할 수 있게, 착하게 기다릴 수 있게 말이야!"

진묵이 두 손을 모아 읍한 다음 다시 감옥 안으로 들어갔다. 감옥 안에서는 빙려서들이 요 이모의 몸을 타고 올라 상처를 물어뜯고 있었다. 요 이모는 계속 참혹하게 비명을 질렀다. 옥졸들조차 차마 볼 수 없다는 듯 고개를 돌리고 있었다.

진묵은 감옥 문 앞에서 발걸음을 멈춘 채 요 이모를 노려보았다. 그의 차가운 얼굴에는 어떤 변화도 보이지 않았다. 군구신의 차가운 성격은, 너무 많은 것을 겪고 너무 많은 것을 보았기에 만들어진 것이었다. 그러나 진묵의 차가운 성격은 어린 시절부터 고독하게 자라다 보니 희로애락이며 사람 간의 정과 욕망을 알지 못해 생겨난 것이었다.

군구신이 타인과의 대화를 즐기지 않아 침묵을 택했다면, 진묵은 대부분의 경우 뭐라 말해야 할지 몰라 침묵하곤 했다.

그가 아는 것은 단순했다.

비연은 그에게 잘 대해 준다. 그도 비연이 불행한 것을 참을 수 없다.

빙려서가 배부르게 먹었을 때, 요 이모는 기진맥진한 상태였다. 온몸에 상처가 가득했고 피도 끊임없이 흐르고 있었다.

옥졸들은 그녀를 죽게 할 수 없어 서둘러 상처를 치료하고 약을 발라 주었다. 그러나 상처 하나를 치료할 때마다 통증이 전해져 와 혼미하던 그녀를 깨웠다.

지난번 형을 당한 후, 그녀는 자신이 정신을 잃지 못하는 것이 안타까웠다. 그러나 이번에는 있는 힘을 다해 버티며 비연이 남기고 간 말을 생각했다.

비연이 누구일까?

요 이모는 너무나 무서웠다. 자신이 적의 손에 떨어졌다는 것을 마침내 깨달았다.

'고비연? 고씨 가문의 적녀 아닌가? 그런데 어떻게 그렇게 많은 걸 알고 있는 거야? 누가 알려 준 걸까? 대체…….'

그녀가 중얼거리며 죽어라 생각을 더듬었지만 아무리 해도 이해할 수 없었다. 비연은 자신이 직접 빙해의 전쟁을 겪었다고 했다. 비연은 겨우 열일고여덟 살밖에 되지 않았다. 10년 전이라면 일고여덟 살이다. 대진국의 공주를 제외하면 10년 전 빙해에 그만한 나이의 아이는 없었다!

하지만 비연이 어떻게 대진국의 공주일 수 있단 말인가? 비연이 대진국 공주라면 분명 그때의 일을 지금처럼 부분적으로 아는 것이 아니라 전부 알고 있을 것이다. 게다가 당씨 가문의 암기를 알아보지 못할 리 없지 않은가. 그리고 당씨 가문과 적이 될 리도 없고 말이다.

그래, 당씨 가문은 그때 대진국의 황제와 황후를 배반하지 않았다. 아니, 당씨 가문만이 아니었다. 당시 그들 곁에 있던 자들은 모두 충성심에 불타던 자들이었다!

비연은 절대로 대진국의 공주일 리 없다!

그러나 비연이 그녀에게 대진국 황제와 황후에게 머리를 조아리게 하겠다는 것은…… 비연의 마음이 분명 대진국 황제와 황후에게로 향하고 있다는 이야기였다. 대진국 황제와 황후에게 충성하면서 당씨 가문과는 적대 관계라고? 대체 비연이 누구인 거지?

요 이모는 생각하면 생각할수록 어지럽기만 했다. 게다가 온몸의 고통까지 더해지니 그야말로 그녀 전체가 붕괴해 버릴 것만 같았다!

그녀는 문득 진묵이 감옥 문 앞에 서 있는 것을 발견하고는 저도 모르게 고함쳤다.

"말해 줘, 대체 비연이 누구야? 대체 누구냐고?"

진묵은 미동도 하지 않았다.

옥졸이 입을 막자 그녀는 발버둥 칠 힘도 없었다. 그저 눈을 뜬 채 진묵을 바라볼 뿐이었다. 그녀는 그렇게 바라보고 또 바라보다가 마침내 정신을 잃었다.

진묵은 상처 치료가 끝난 후에야 안으로 들어와 옥졸들을 모두 내보냈다. 그리고 조용히 요 이모의 얼굴에 화장을 하기 시작했다. 붓으로 선 하나 그을 때도 특별히 세심하게 주의를 기울여서일까, 화장이 끝난 요 이모의 얼굴은 완전히 다른 사람인 것처럼 변해 있었다. 말해 주지 않으면 아마 계강란도 요 이모를 알아보지 못할 것이다.

그날 밤, 진묵은 수하를 상인으로 위장하게 하여 요 이모를 비밀리에 북강에서 떠나보냈다. 동시에 요 이모의 감옥을 몇 번 바꾼 것처럼 위조했다.

밤이 깊어 사방이 고요했다. 비연은 언제나처럼 조용히 화살을 독에 담그고 있었다. 환해빙원에서 돌아온 후 매일 밤, 무슨 일이 벌어지건, 아무리 바쁜 일이 있건 그녀는 화살과 침을 독에 담그는 일을 빼놓지 않았다. 이 순간만이 그녀가 유일하게 마음을 안정시킬 수 있는 시간이었다.

대설은 몸이 거의 회복된 상태였지만 빙려서의 모습으로 있기를 좋아했다. 그는 비연의 소매 속에서 자다가 막 깨어난 참이었다. 대설이 비연의 다리 위로 뛰어내려 게으르게 기지개를 켰다.

비연은 담금질에 정신을 집중하고 있었기에 대설에게 주의를 기울이지 않았다. 대설은 그녀를 흘깃 보고는, 비연이 자신을 보지 않고 있음을 확인한 후 몰래 약왕정 쪽으로 기어갔다.

그러나 대설이 기어오르자 약왕정이 사납게 흔들렸고, 대설은 결국 비틀거리다 쓰러지고 말았다. 약왕정은 그다음에도 대설이 자기를 건드리는 것이 싫은 듯 몇 번이나 몸을 떨었다. 대설이 깜짝 놀라 재빨리 멀리 숨었다. 이 약왕정이 영물인지 몰랐던 것이다.

비연도 깜짝 놀랐다. 그녀는 약왕정이 독약 외에 대설도 싫어할 줄은 몰랐던 것이다. 그녀는 어쩔 수 없다는 듯 웃으며 약왕정을 손에 들고 탕약을 준비했다.

그녀는 약왕정을 깨끗하게 닦고 윤을 내 주었다. 그녀는 한참 동안이나 약왕정의 신화를 수련하지 않았고 약초밭도 일구지 않았다. 이렇게 윤을 내 주는 것도 오랜만이었다.

백의 사부는 지독할 정도로 꼼꼼한 사람으로 결벽증도 있었다. 약왕정이 그의 손에 있을 때는 언제나 깨끗하게 반짝이고 있었다.

　"사부……."

　비연이 천천히 중얼거리다가 그만 손을 멈추고 말았다. 요이모가 축운궁 궁주에게 구원받아 재난을 피했다면…… 그녀는? 그녀도 용오름에 말려들었는데, 백의 사부는 어디서 생긴 힘으로 그녀를 구했을까? 봉황력이 가문 대대로 전승되는 힘이라면, 어째서 그녀와 10년이나 떨어져 있었을까? 빙해영경은 대체 어디일까?

　의문이 너무 많았다. 어떤 것은 아무리 생각해도 헛수고 같았다. 비연이 미간을 찌푸리며 물건을 정리하고 침상 위로 돌아갔다.

　그녀는 침상 위에 올라갈 때면 늘 이불의 반만 덮고 침상의 절반은 비워 두었다. 그녀는 옆으로 누운 채 텅 빈 자리를 바라보며 눈시울을 적시기 시작했다. 그리고 중얼거렸다.

　"군구신, 당신도 내가 보고 싶어?"

　그녀는 항상 이러다가 저도 모르는 사이에 잠들곤 했다. 그러나 오늘 밤은 동포대회까지 며칠이나 남았는지 수를 세던 중 잠이 들게 되었다.

　아아, 정말로 그날이 빨리 왔으면…….

우리 돌아가야만 해

깊고 고요한 밤.

비연은 꿈을 꾸면서 몇 번이나 몸을 뒤척이다가 문득 누군가가 자신의 손을 잡고 있다는 것을 알았다. 그것도 그녀와 단단하게 손깍지를 끼고 있었다.

놀라서 눈을 떠 보니 군구신이 그녀 곁에 누워 있었다. 여전히 얼굴의 반을 가리는 은색 가면을 쓰고 있었지만 비연을 바라보는 그 눈빛만은 너무나 따뜻했다.

비연은 그대로 넋이 나갔다. 과거로 돌아간 것만 같았다. 그녀가 입을 열기도 전에 눈물이 먼저 흐르기 시작했다.

"망할 얼음……."

군구신이 다정하게 미소 지으며 아무 말도 하지 않았다. 비연이 곧 그의 품 안으로 달려들어 그를 강하게 끌어안았다. 그녀는 아무 말 없이 흐느끼기만 했고 군구신은 여전히 웃고 있었다.

비연이 울면서 물었다.

"대체 왜 웃는 거야?"

"가자."

비연이 다시 물었다.

"어디로?"

그가 그녀를 놓아주고 침상 아래로 내려갔다.

"연아, 우린 돌아가야만 해."

비연은 도무지 영문을 알 수 없었다.

"돌아가? 어디로?"

그는 대답하지 않고 문밖으로 걸어 나갔다. 비연은 뭔가 이상하다는 걸 깨닫고 급한 마음에 소리쳤다.

"군구신, 왜 그러는 거야? 결계에서는 어떻게 빠져나왔어? 언제 돌아온 거야?"

그는 여전히 그녀를 상대하지 않고 한 걸음 한 걸음 밖으로 걸어 나갔다. 하늘 가득 눈보라가 날려 앞이 보이지 않는 그곳으로.

칠흑처럼 어두운 하늘에 눈보라가 분분히 날리니, 키가 큰 그의 뒷모습도 어쩐지 외롭고 작아 보였다. 그가 겨우 몇 걸음 나갔을 뿐이라는 걸 알면서도 비연은 그가 멀리 가 버리는 듯한 느낌에 재빨리 쫓아 나갔다. 그리고 두껍게 쌓인 눈을 밟고 그의 앞을 막아섰다.

이유 모를 공포가 치밀어 올라왔다. 비연이 그의 손을 잡고 외쳤다.

"군구신, 왜 그러는 거야?"

그가 몸을 굽혔다. 입가의 미소도, 눈 속의 저 반짝이는 빛도…… 모두 너무나 다정했다. 그는 비연의 눈가에 맺힌 눈물을 가볍게 닦아 주며 속삭였다.

"연아, 나랑 돌아가자. 내가 아니면 시집가지 않겠다고 말한 사람은 바로 너였잖아. 그런데 어째서 다른 사람과 혼사를 치른 거야? 너를 계속 기다렸는데…… 10년 동안 기다렸는데. 약속을 어기지 말아 줘."

비연이 깜짝 놀라 바로 그의 손을 밀쳤다.

"다, 당신은……."

그는 여전히 웃으며 그녀의 눈물을 닦아 주었다. 다정한 가운데 어쩔 수 없는 슬픔이 배어 나오고 있었다.

비연이 고개를 돌렸다.

"당신은 분명 군구신인데…… 당신은……."

그녀는 이제 아무 말도 할 수 없었다. 그녀가 재빨리 손을 뻗어 그의 가면을 벗겼다! 그 순간, 비연은 눈을 크게 뜨며 잠에서 깨어났다.

꿈이었구나!

그녀는 여전히 홀로 침상에 누워 있었다. 심지어 잠들기 시작할 무렵 텅 빈 자리를 바라보며 옆으로 누웠던 자세 그대로였다. 유일하게 달라진 것은 베개가 눈물로 젖어 있다는 것뿐이었다.

그녀는 마치 정신이 나간 것 같은 표정을 지었다.

언제인가부터 그녀는 꿈속에서 고남신과 군구신을 혼동하고 있었다. 자신이 언제부터 군구신을 좋아하게 되었는지 알 수 없는 것처럼, 대체 언제부터 그리되었는지 그녀로서는 도무지 알 수 없었다.

아름다운 꿈은 마음속 희망에서 나오고, 악몽은 마음속 불안의 표출이다. 자신이 깨닫기 전, 자신이 스스로의 마음을 이해하기도 전에 꿈은 종종 답을 가르쳐 주기도 하는 것이다.

예전의 그녀는 알지 못했지만 지금은 알고 있었다. 이것은 아름다운 꿈이 아니라 악몽이었다. 빙해의 진상에 한 걸음 다가갈수록, 집으로 가는 길이 가까워질수록…… 꿈에서 보았던 그 소녀와도 한 걸음씩 가까워지는 것이다.

비연이 한참을 멍하니 있다가 저도 모르게 중얼거렸다.

"고남신, 미안해."

그녀는 손을 뻗어 군구신을 위해 준비해 둔 베개를 품에 안았다. 점점 더, 힘을 주어 세게.

'군구신, 나는 당신을 좋아해. 이렇게나 좋아한다고. 당신은…… 내 마음을 꼭 알아야만 해!'

하늘이 밝기 전에는 눈도 그치지 않을 것이다. 문밖에서는 시위들이 밤을 지키던 진묵에게 바람막이를 가져다주며 권하고 있었다.

"진 시위, 대체 며칠이나 밤을 새운 거야. 일단 돌아가 좀 자도록 해. 여기는 우리가 지킬 테니까 걱정하지 말고."

그러나 진묵은 검을 안고 벽에 기대어 앉은 채 눈을 감고 그들을 상대하지 않았다. 시위들은 어쩔 수 없이 그에게 바람막이를 덮어 준 다음 돌아갔다.

그리고 바로 이 순간 보명고성의 어느 저택에서는, 백리명천이 막 소 숙부와 대황숙에 대한 세 번째 심문을 끝낸 참이었다. 여전히 수확은 없었다. 지하 감옥에서 걸어 나오는 백리명천의 표정이 밝지 않았다.

시종이 쫓아와 말했다.

"삼전하, 수희가 다시 서신을 보내왔습니다. 인질도 손에 넣었으니 어서 돌아가시는 게 좋겠습니다. 삼전하, 이렇게 좋은 시기를 놓칠 수는 없습니다. 수병들의 마음을 얼어붙게 해서는 아니 됩니다!"

안 그래도 화가 나 있던 차에 잔소리를 듣게 된 백리명천은 갑자기 발걸음을 멈추고 소리쳤다.

"다들 꺼져! 본 황자가 뭘 하건 너희들이 가르치려 들 필요는 없다!"

그는 화가 난 것뿐만이 아니라 심지어 조금 초조한 상태였다.

그는 인질 두 사람을 데려온 후 바로 심문에 들어갔다.

그가 알고 싶은 일은 아주 많았지만, 가장 관심 있는 일은 바로 설족 안에 잠복해 있는 세작이 누구인가 하는 것이었다!

비연은 분명 승 회장과 마찬가지로, 군구신이 몽족 결계에 갇힌 일을 그가 퍼뜨렸다고 생각할 것이다. 그가 그런 마음을 먹긴 했지만…… 하지 않았단 말이다! 그는 이런 누명을 쓸 이유가 없었다!

그러나 안타깝게도 군씨 가문의 대황숙이건 축운궁의 소 숙부건, 지금까지 한마디도 대답하지 않았다. 아무리 극형을 가해도 그들은 말을 못 하게 된 것처럼 정말 한 마디도 입 밖에 내뱉지 않았다!

만약 비연이 현상금을 내걸고 소문을 퍼뜨리지 않았다면 그는 지금까지도 소 숙부가 축운궁 출신이라는 것도 알지 못했을 거다. 또한 그들 세 사람이 백새빙천에 온 이유가 '봉황력' 때문 이라는 것도 몰랐을 거다.

백리명천은 지금까지 '봉황력'에 대해 들어 본 적이 없었다. 그러나 그것이 신비한 힘이라는 건 짐작할 수 있었다.

그렇게 좋은 것이 있는데 사부는 뜻밖에도 그에게 알려 주지 않았다.

그가 사부의 제자가 된 지도 10년이 넘었다. 그는 계속 사부 가 자유롭게 소요하며 그 무엇에도 구속받지 않는 사람이라고 생각해 왔다.

그런데…… 사부와 그 흑의 남자는 대체 무슨 관계인 걸까?

백리명천은 이제 떠날 수 없었다! 그는 사부의 서신을 받지 않았다. 당장이라도 사부를 직접 찾아가 따져 묻고 싶었지만 말 이다. 사부가 그를 이 더러운 물에 처넣은 이상 그도 끝까지 가 볼 작정이었다!

백리명천은 몇 걸음 걷다가 갑자기 다시 감옥으로 되돌아갔 다. 어두운 감옥 안, 대황숙과 소 숙부는 두 개의 십자가 형틀 에 나뉘어 묶여 있었다.

한 사람은 동쪽 벽을 등지고, 다른 한 사람은 서쪽 벽을 등진 채 서로 마주 보는 모양새였다.

이 며칠 동안 백리명천이 그들을 어떻게 괴롭혔는지 그들 모 두 힘없이 고개를 숙이고 있었다. 남루해진 의복이며 온몸에 가득한 핏자국, 흐트러진 머리 때문에 그들이 원래 누구인지 알아보기 힘들 정도였다.

그들을 보는 백리명천의 눈동자에 음험한 빛이 스쳐 갔다.

백리명천이 말했다.

"본 황자가 너희들에게 말해 주는 걸 잊고 있었어. 봉황허영이 또 나타났다. 설족 사냥꾼 상당수가 목격했지. 지금 설족뿐 아니라 보명고성에서도 이 일로 시끌벅적하다. 자, 본 황자가 너희들에게 사흘을 주겠다. 사흘 안에 누구든 먼저 털어놓는 자는 본 황자와 협력 관계가 될 수 있다. 그리고 다른 한 사람은……."

백리명천이 웃으며 계속 말했다.

"다른 한 사람은 본 황자의 손에 죽임을 당할 것이다. 본 황자가 한번 말한 것은 반드시 실행한다는 걸 알고 있겠지? 너희가 말하지 않는다면……. 그래, 그때 가서 제비를 뽑아 결정하면 되겠군!"

말을 마친 백리명천이 그대로 나가 버렸다. 대황숙과 소 숙부는 곧 약속이나 한 듯 고개를 들어 서로를 바라보았다. 그러고는 재빨리 고개를 숙였다.

이들 두 사람은 요 이모와 계강란과는 달리 협조를 이끌어 내기 쉬운 사람들은 아니었다. 게다가 이들은 이미 호란설지에서 약정을 맺어, 대황숙이 축운궁에 투신하기로 결정한 상태였다.

그러나…… 백리명천의 이간질은 결국 그들의 마음에 파문을 일으켰던 것이다.

축운궁주는 대권을 잃은 군씨 대황숙보다는 분명 인어족의 후예인 백리명천을 좋아할 것이다. 소 숙부는 이 점을 잘 알고 있었고, 대황숙 역시 알 수밖에 없었다.

그들 중 누가 먼저 입을 열게 될까?

〈제왕연〉 10권에서 계속